庫

ミ　ザ　リ　ー

スティーヴン・キング
矢野浩三郎 訳

文 藝 春 秋

この本をステファニー・レナードとジム・レナードに捧げる。
その理由は、当人たちが先刻ご承知である。

女神

アフリカ

この本で扱った事実資料について、三人の医学関係の方々に助けて戴いた。記して感謝する。その方々のお名前は以下のとおり。

ラス・ドー内科医助手
フローレンス・ドー正看護婦
ジャネット・オードウェイ医学博士（精神科医）

いつものことながら、これらの方々のご助力はまったくの陰の力である。明らかな誤りがあるとすれば、それはすべて著者の責任である。

いうまでもなく、ノヴリルという薬は実在しないが、それに類似したコデインをベースにした薬は数種類存在する。不幸にして、病院の薬局や医院の調剤室での、この種の薬の厳重保管および在庫チェックは、往々にして杜撰であるのが現状である。

この小説の地名および登場人物名はフィクションである。

S・K

目次

ミザリー

第一部　アニー

なんじが久しく深淵を見入るとき、深淵もまたなんじを見入るのである。

――フリードリヒ・ニーチェ（竹山道雄訳）

一

ううんうん　ううんうん
りーりーりりる　ぐるるっいいいいい
しゅうううううっ
朦朧としたなかに、音だけがあった。

二

その音は、痛みに似ていて、ときどきうすらぎ、すると朦朧とした状態だけになった。暗闇の記憶がある。朦朧のまえには、まっ暗闇があったのを憶えている。ということは、進行しているということか。光あれと言ひたまひ（たとえぼんやりした光であろうと）、光を善きものと見たまへり、うんぬん、か？　あの音は暗闇のなかでも聞こえていたのか。疑問。疑問ばかりで、ひとつとして答えられない。どだいこれらの疑問になにか意味があるのか。それすら疑問だ。

音のずっと奥のどこかに、痛みはあった。痛みは光をもたらす太陽のさらに東、彼の耳の南の方にある。わかっているのはそれだけだ。

とてもながいあいだのように思われたが（なにしろ痛みと渦を巻く朦朧しか、実在しないのだから）、そのあいだその音だけが唯一の外的な現実だった。自分が誰なのか、ここがどこなのかもわからない。わかろうともしなかった。死にたいと望んでいたが、痛みをはらんだ朦朧が、彼の心を夏の嵐雲のように充たしているため、自分がそう望んでいることすらわからなかった。

時が経つにつれて、痛みの消えるときがあるのに気づいた。サイクルのようなものがあるらしい。朦朧状態をながびかせていた暗闇から抜け出てはじめて、思考がいま置かれている情況から離れることができた。リヴィア・ビーチの砂から突き出している折れた杭が思い浮かんだ。子供のころ、両親につれられて、よくリヴィア・ビーチに行ったが、彼はいつもあの杭が見える場所に敷物をひろげるのだと言い張った。それは砂浜に埋まっている怪物の一本の牙のように思えた。そこに坐り込んで、海の水が増してきて杭をすっかり隠してしまうのを眺めていた。それから、サンドイッチとポテトサラダを食べ、父のおおきな魔法壜からちびちび飲んでいたクール・エイドもなくなり、母が片づけておうちに帰りましょ、と言いだすちょっとまえになって、腐りかけた杭の頭がふたたび現れだしてくる――はじめは寄せては返す波の間に、ちらりちらりとのぞいているだけなのが、だんだんに姿を現してくる。やがて、ゴミを「浜辺をきれいにしましょう」と書かれたおおきなドラム缶に投げ入れて、ポールの玩具を片づけ、（それが私の名前、そう私はポールだ、今夜は陽に焼けた肌にママがジョンソンのベビーオイルを塗ってくれる――雷をともなった入道雲につつまれた頭で、彼はそう考えた）敷物もたたんだころ、杭はすっかり、泡と汚穢《おわい》につつまれ、ぬめぬめと黒ずんだその姿を見せる。あれは潮というんだ、と父が説明しようとしたが、彼の頭には杭のことしかなかった。潮は満ちてきて、また引いてゆくが、杭はいつもそこにあった。ただときどき見えなくなるだけだ。杭があるからこそ、潮もやってくるんだ。

その記憶が物憂い蝿のように、しつこくぐるぐると回っていた。その意味をさぐろうとしかけたが、例の音にさえぎられた。

しゅううううううっ

るるり　りりり　ぐるるっ　いいいいい

ううんうん　ううんうん

ときどき音はやんだ。そして、ときどき呼吸が停止した。

嵐をふくんだ朦朧をべつにすれば、今現在の明確な意識は、この停止状態の知覚であった。突然に呼吸ができなくなる。それはそれで結構なことだった。あるていどの痛みは耐えられないこともないが、がまんにも限度がある。そこから逃れられるのなら、こんないいことはない。するとロがだれかの口でふさがれた。ごつごつと固い唇だったが、女の口であることは紛れもない。その女の口からこちらの口中に息が吹き込まれてきて、それが喉を通り、肺をふくらませる。唇が離れたとき、彼はその人工呼吸を施している女の匂いを嗅いだ。男が嫌がる女にむりやり自分の一物を押し込むように、彼の内部に押し入ってきた女の息は、ヴァニラ・クッキーとチョコレート・アイスクリームとチキン・グレイヴィーとピーナツバター・ケーキとの混淆した恐るべき匂いをはなっていたのだ。

それから、かんだかい声を聞いた。「呼吸をして、さあ、呼吸をするのよ、ポール！」

また唇が押しつけられてきた。喉に息が吹き込まれる。地下鉄の電車が走り過ぎるときの、新聞紙やキャンデーの包み紙をまきあげる湿っぽい疾風さながらだ。唇が離れた。（頼むから、その鼻から息を吐き出すのをやめてくれ。）とてもがまんできない。（ああ、臭《くさ》い、この匂い、ああ、臭くてたまらん。）

「呼吸をしなさいったら！」声がわめいた。

（するよ。なんでもするから、それだけはやめてくれ。臭い匂いを嗅がされるのはごめんだ。）

彼はやってみようとした。だがその前に、また女の口が被いかぶさってきた。まるで塩漬の皮革のように、干からびた固い唇。そしてまたもや、彼女の息がむりやり押し入ってくる。

唇が離れたとき、彼女に息を吐き出させないようにそれを押しもどし、おもいきりこっちの息を押し出した。どうにか撃退できた。見えない自分の胸がひとりでに上下しはじめるのを待つ。だがいっこうに動きださないので、もういちど精一杯に息を押し出した。ようやく自分で呼吸ができるようになり、女の匂いと味を追い出すために、できるだけ小刻みに呼吸をくりかえした。

普通の空気がこれほど甘美に感じられたことはない。

ふたたび意識がぼやけはじめたが、完全に朦朧界に入ってしまうまえに、女の「よかった。ほんとにきわどいところだったわ」とつぶやく声が聞こえた。

（きわどいなんてものじゃないさ。）そう思うと同時に、彼は眠りに陥ちた。

夢にあの杭が現れた。ひどくリアルに見えていて、手をのばせばその黒緑色の裂け目のある丸みを、掌でなでることができそうに思われるほどだった。

半意識の状態にもどりかけたとき、杭といまの自分の情況とのつながりをみつけていた——掌に流れ込むように、自然に摑みとっていたのだ。痛みは潮流とはちがう。夢そのものとなった記憶が、そう教えていた。痛みはたんに、寄せては返すように思えるだけである。じっさいは杭とおなじように、隠れたりまた現れたりはするが、常にそこに存在していた。痛みが石のような濃灰色の雲のなかで、彼に付きまとうのを止めると、無言の安堵をおぼえるが、もはや騙されはしない——依然としてそこにとどまって、またもどってくる機会を狙っているだけなのだから。しかも杭は一本ではなく二本あった。痛みの杭は二本。その無残につぶれた二本の杭が、じつは自分の脚なのだということを、はっきりと知ることになるずっと前に、心のどこかにそれに気づいている部分があった。

それからずいぶん長く経ってから、ようやく彼は、乾いた唾液の泡に糊付けになっていた唇を押しあけて、「ここはどこですか」と、かたわらの女に嗄《しわが》れ声で訊いた。女は本を手にして、ベッドのそばに腰をおろしていた。その本の表紙に書かれた名前は、ポール・シェルダンと読めた。それが自分の名前だと気づいたが、べつだん驚きはしなかった。

「コロラド州のサイドワインダーよ」彼女はその質問に答えて言った。「あたしの名はアニー・ウィルクス。あたしは――」

「知ってます」と、彼は言った。「私のナンバーワンの愛読者ですね」

「そうよ」彼女はにっこりした。「そのとおりだわ」

三

暗闇。それから痛みと朦朧。痛みは常時あったが、ときおりそれも曖昧にぼやけ、どうやら鎮痛作用に似ていなくもない。最初のはっきりした記憶は、呼吸停止と、女の臭い息に犯されて蘇生させられたことだった。

つぎの現実の記憶は、女の指が定期的に、口のなかにコンタックのカプセルのようなものを押し込んでいたこと。ただ水がないので、カプセルは口中にくっついたまま溶け、どことなくアスピリンに似たおそろしく苦い味がした。その苦いものを吐き出すこともできたが、そうはしないほうがいいという気がした。その苦い味が高潮を杭にかぶせて、

(杭は二本そうだ二本の杭だたしかにまちがいないがとにかく痛いぞ痛みよし・ず・ま・れ。)

一時的に隠してしまうらしかったからだ。

それは長い間隔をおいてくりかえされたが、そのとき痛みは引くというよりも、蚕蝕されていって（ちょうどリヴィア・ビーチの杭が蚕蝕《さんしょく》されてゆくのに似ている――子供時代の彼ならそんな説は受け付けなかっただろうが、なにものも永遠なるものはないからだ）外界のものが急速に侵入してきはじめ、客観的世界がその記憶と経験と先入見との重荷を背負って、かなりはっきり再生されてきていた。彼はポール・シェルダン。純文学とベストセラーとの二種類の小説を書いてきた男。ヘヴィースモーカー（あるいは、以前そうだった――何の〝以前〟かわからないが）。どうやらひどい目にあったが、まだ生きている。あの濃い灰色の雲はしだいしだいに消滅していった。しかし、彼のナンバーワンの読者が、その口をパックリあけた笑顔とマンガのダッキー・ダッドルズばりの声とともに、ロイヤルのタイプライターを運び込んでくるのは、もっとずっと先のことであるが、それよりかなり前から自分が窮地に陥っていることを、ポールは理解していたのである。

四

彼の内面の予知能力は、実際に彼女の姿を目にしているとわかる前から、彼女を見ていたし、彼女を現実に理解する前から、彼女のことを理解していた――そうでなければ、あんな陰険なまがまがしいイメージを、彼女と結びつけて考えていたわけの説明がつかない。彼女が部屋に入ってくるたびに、彼はH・ライダー・ハガードの小説で迷信深いアフリカ人が崇める彫像と、石と、悲惨な運命とを想いうかべた。

アニー・ウィルクスを『洞窟の女王』や『ソロモン王の洞窟』のアフリカの石像になぞらえるのは、滑稽であると同時に奇妙にぴったりはまってもいた。彼女は大女だった。いつも着ているグレーのカーデガンを盛り上がらせている、大きいけれどもお呼びでない感じの胸の膨らみをべつにすれば、女らしい曲線はいっさい見られない。丸味というものがまるで感じられない。ヒップであろうと、屋内でいつも着けているぞろっ引きのウールのスカート（屋外で仕事をするときには、どこかにある寝室にさがってジーンズに着替える）の下に隠れているふくらはぎであろうと、おなじこと。体は大きいが、豊満という感じはない。印象としては、歓迎の入口とか広いスペースではなくて、大きな塊や障害物を連想させる。

なにはともあれ、「固形物」という印象である。血管や内臓すらもないかのようで、ただただ全身これ、かちんかちんのアニー・ウィルクスの塊のようだった。目は動くようには見えるけれども、実際は描いただけの目で、壁に掛けられた肖像画の目がこちらが移動するにつれて動いているように見えるのと大差はない。人差し指と中指でVの字をつくって、彼女の鼻の孔につっこんだとしても、爪の先も入らないうちに固い（いくぶん弾力性はあるにしても）障害物にぶつかるにちがいないという気がした。グレーのカーデガンや、薄汚れた屋内用のスカートや、色褪せた屋外用のジーンズにしても、彼女の閉塞堅牢の体の一部でしかなかった。そういうわけだから、彼女が冒険小説の石像のようだという感想は、すこしもおかしくはない。あの石像のように彼女はただ、じりじりと恐怖へと深まる不安感をあたえるのみで、あの石の神像のように、すべてを奪うのだ。

いや、待て、それはちょっとフェアではない。彼女があたえたものは、ほかにもある。杭をおおい隠す潮をもたらす薬を彼にあたえた。

薬は潮であり、アニー・ウィルクスは彼の口中に、波に浮かぶ漂流物のように薬を導き入れる月の役割をはたした。薬は六時間毎に二錠ずつあたえられた。最初のうち、彼女の訪れは、つっ口につっこまれる二本の指によって知らされた。すぐに彼はその苦い味にもかかわらず、つっこまれた指に待ちかねたようにしゃぶりつくようになった。その後、彼女はカーデガンをはおり、手持ちの五、六着のスカートのうちの一着をつけ、たいてい彼の小説のペーパーバック本を小脇に抱えて現れた。夜には、けばだったピンクのローブを着て、顔はクリームでてかてか（彼女が使っているクリームの瓶を目にしたことはないが、その主要成分は容易に判別できた。羊臭いラノリンの匂いをぷんぷんさせていたからである）彼を揺すって、夢のぎっしりつまった泥のような眠りから覚まさせ、掌にのせた薬をさしだす。その彼女のがっしりした肩越しに、窓に憩うあばたづらの月が見える。

だいぶたってから――彼の懸念が無視できないほどに膨らんでから――彼女が何の薬をあたえているのかを、知ることができた。それは「ノヴリル」という、コデインをベースにした強い鎮痛剤だった。彼女が便器をそうたびたび運んでくる必要がなかったのは、彼の口にしているものが液体とゼラチンだけでしかなかった（雲に包まれていたあいだは、静脈内に点滴で栄養補給されていたのだ）という理由だけでなく、ノヴリルはそれを服用する患者に便秘をおこさせる傾向があるからでもあった。それともうひとつの、もっと重大な副作用は、敏感な患者には呼吸障害をひきおこしかねないことである。ポールは十八年間ちかくヘヴィースモーカーであったにもかかわらず、とくに敏感ということはなかったが、それでも少なくとも一度（もっとあったかもしれないが、朦朧状態で憶えていない）呼吸が停止した。彼女が口移しの人工呼吸を施したときのことだ。それもなんどかあったうちの一つでしかないかもしれず、のちになって彼は、じつは薬の過量服用であやうく死にかけていたのではないか、という疑いを抱くようになった。彼女は自分のしていることをわかっているつもりで、よくわかっていないのだ。それはアニーにたいして彼が抱いた恐怖心のうちの、ごく一部でしかなかった。

黒い雲から脱け出して十日ばかりたったころ、彼はいっぺんに三つのことを知った。その第一は、アニー・ウィルクスが大量のノヴリルを持っていること（事実彼女は、あらゆる種類の薬を山ほど持っていた）。第二は、自分がノヴリル中毒になっていること。第三は、アニー・ウィルクスがおそろしく異常な女だということである。

五

痛みと嵐雲の発端には、まず暗闇があった。さらに、その暗闇の発端となったことを思い出したのは、彼女から何があったのかを聞かされたときだった。彼が正気づいた者の発するお定まりの質問をして、ここはコロラド州のサイドワインダーという小さな町だと、彼女が答えた、そのすこし後のことである。そのとき、彼の書いた八本の小説をすべて、すくなくとも二回は読んでいて、なかんずくお気にいりの「ミザリーもの」は四回も五回も、なかには六回読んだものもある、という話をした。彼女の望みはもっと早く次の作品を書いてほしいということだという。彼女の患者がほんとうにあのポール・シェルダンだとは、彼の財布のなかの身分証明書をたしかめた後でも、まだ信じられないくらいだったわ、とも言った。

「それで、私の財布はどこにあるんです？」と、彼は訊いた。

「ちゃんとしまってあるわよ」そう言った彼女の笑顔が、急に険悪な警戒の表情に崩れた。あたかも愉しげな、のどかな草原で、夏の花々におおい隠されていた深い裂《クレ》け目《バス》がふっとのぞいたようなものだった。「あたしが中身を盗むとでも思ったの？」

「いやいや、そういうわけじゃ。ただ──」

（ただ、あのなかに私の生活があるからだよ。この部屋の外の私の生活。この痛みの外の。なにしろここでは、退屈した子供が口からひっぱりのばすピンクの風船ガムのように、時間がやたらのびるように感じられる。薬を待ちわびている最後の一時間ばかりはとくにそうだ。）

「ただ、なんなのよ、言ってごらん」

目を細めた表情がいっそう険悪になってゆくのを見て、彼は狼狽した。彼女の眉間《みけん》の奥で地震が起きているかのように、裂《クレ》け目《バス》がひろがってくる。戸外に吹きつのるかんだかい風音が耳にはいってきて、ふいに彼女に担ぎあげられるところを想像した。頑丈な肩に担ぎあげられ、石壁に掛けられた麻袋のようにぐんなりなっている彼を、彼女は外に運んでいって、雪の吹溜りに投げ捨てる。彼は寒さで凍え死ぬだろうが、そのまえに脚がすさまじい激痛に悲鳴をあげることになるのだ。

「ただ、父がいつも言っていましたんでね、けっして財布から目を放すなと」そう言って、嘘がすらすらと出てきたことに驚いていた。彼の父は生涯、ポールにたいしては放任主義を通した人だった。彼の記憶しているかぎり、父からアドバイスをうけたのはたった一度だけ。ポールの十四歳の誕生日に、父はフォイルの袋にはいったレッド・デヴィル印のコンドームを渡して、こう言ったのだ。「それを財布に入れておけ。ドライヴインでペッティングしているときに興奮してきたら、興奮しすぎて冷静さを失わないうちに、それを嵌めるんだぞ。世間にはもう私生児が多すぎるくらいいる。それにおまえが十六歳で軍隊に行かなければならんはめになるのを、見たくはないからな」

そこでポールは敷衍《ふえん》した。「財布から目を放すなと、あんまりたびたび言い聞かされていたので、頭にこびりついているのでしょう。気を悪くされたのでしたら、謝りますよ」

アニーは力を抜いて、頰笑んだ。裂け目は閉じた。夏の花々がふたたびにこやかに首を頷かせた。あの微笑に手をつっこんでみれば、そこには柔らかく黒ぐろしたものがあるだけだろう、と彼は思った。

「謝ることはないわ。財布はちゃんとしたところにしまってあるからね。ちょっと待ってて」

彼女は部屋を出てゆくと、湯気の立っているスープのボウルを持ってもどってきた。スープには野菜が浮いている。食欲はあまりなかったが、最初に思ったよりは胃袋におさまった。それを見て彼女は嬉しそうだった。彼にスープを飲ませながら、彼女はこれまでの経緯を話して聞かせたのだった。話を聴くうちに記憶が蘇ってきて、結局脚を潰されただけですんだのは、運がよかったな、と思った。ただその話の持っていきようが気にいらない。自分がまるで物語か芝居の登場人物になったようで、すでに起こったことを語るのではなく、フィクションのように創作されている感じがした。

アニーは家畜の餌といくらかの食料品を買い込むため、四輪駆動の車でサイドワインダーに行った。ついでに、ウィルスンのドラッグ・ストアでペーパーバック本を見てみるつもりだった——それはほぼ二週間前の水曜日で、ペーパーバックの新刊はいつも火曜日に届くのだ。「その途々《みちみち》、あなたのことを考えていたのよ」話しながら、スープを掬《すく》って彼の口にはこび、顎にたれたしずくをナプキンで手際よく拭ってやった。「それですごい偶然の一致が起こったんだわよね。あたしは『ミザリーの子供』がもうペーパーバックに入っていればいいなと思ってたんだけど、そっちは運がなかった」

その日は嵐がやってきていた。だが、天気予報が確信をもって伝えるところによると、昼ごろまでには、南のニューメキシコとサングレ・デ・クリスト山脈のほうへ逸れるはずだった。「そうだった」彼も思い出した。「たしかに逸れると言った。だから私は出掛ける気になったんですよ」彼は脚を動かそうとした。おそろしい激痛が突き上げてきて、彼はうめいた。

「そんなことしちゃダメ」と、彼女が言った。「脚の疼きがペチャペチャおしゃべりしだしたら、止まらなくなるわよ。あと二時間は薬をあげるわけにいかないんだから。いままでも嚥《の》ませすぎなのよ」

（どうして病院につれていかないんだ？）あきらかにそこが疑問だったが、それを質《ただ》してみるべきかどうか、確信がなかった。いまのところは、まだやめておこう。

「食料品店に着くと、トニー・ロバーツが、嵐が来るまえに家にもどりたかったら、急いだほうがいいって言ったんで、あたしは――」

「ここから町まで、どれくらい離れているんです？」と、彼は訊いてみた。

「離れているわ」曖昧な言い方をして、窓のほうに目をやった。奇妙な沈黙がつづいた。ポールは彼女の顔を見て、慄然とした。そこには何の表情もなかったからだ。高原の草地にぽっかり開いた黒い裂け目《クレバス》だけ。そこには花も咲かず、底知れない暗黒があるだけだった。生のあらゆる手掛かりや目印から、瞬間的に解き放たれた女の顔。たどりかけていた記憶だけでなく、まさに記憶そのものを失ってしまった女の顔だ。かつて精神病院に見学に行ったとき――もう何年も前のことで、この十八年の彼の主たる収入源になっている四冊の本の第一作である『ミザリー』のための取材をしていたときである――そこでこれと同じ表情、いや正確にいうと、無表情を目にしたことがある。それを定義する言葉は「緊張病《カタトニア》」というのだが、彼を戦慄させたのはそういうはっきりした言葉ではなくて、むしろ漠然とした比較――彼女の思考もまた、その肉体の特質とおなじく、閉塞堅牢の固形物と化してしまった、という気がしたからである。

それから、ゆっくりと顔に生気がもどってきた。思考の流れが蘇ってくる。いや、〝流れ〟というにはいささか語弊がある。池や潮溜りのように、水嵩が増してくる感じではなく、冷えていた物が暖まってくる感じ。（そうだ……トースターとか電気座布団のように、だんだんに暖まってくるんだ。）

「あたしはトニーに、『嵐は南へ向かっているのよ』と、言ったのよ」ひどくゆっくり、舌がまわらないようなしゃべりかたから、しだいに正常な調子にもどっていった。しかしいまや彼は、神経を尖らせていた。彼女の言うことはすべて、どこかすこしおかしい。なんとなく調子が外れている。まるで、まちがったキーで歌われる歌を聴いているような気がするのだ。

「ところがトニーは、『嵐のやつ、気を変えやがったんだよ』と言うじゃないの。『まあ、たいへん！』あたしは言ったわ。『お尻に帆かけて逃げださなきゃ』って。『できたら町にいたほうがいいよ、ミズ・ウィルクス』って彼は言うの。『ラジオで言ってたんだが、こいつはどえらいやつらしい。だれも予想してなかったんだ』だけど、もちろん、あたしは帰らなきゃならない。家畜に餌をやるのは、あたししかいないんだから。いちばん近い家はロイドマンのとこだけど、それだって何マイルか離れてる。それにロイドマンはあたしを嫌いだからね」

そう言ったとき、横目でちらっと彼を見た。彼がなにも言わないでいると、アニーはボウルの縁をスプーンでつよく叩いた。

「おしまい？」

「ええ、もうお腹いっぱいです。ありがとう。とてもおいしかった。家畜はたくさんいるんですか？」

（つまり、家畜がたくさんいるのなら、当然手伝いが必要だからだよ。せめて雇い人の一人くらいは。）〝手伝い〟というのはごく自然にうかんだ言葉だった。彼女が結婚指輪をしていないのに気づいていたので、それが自然に思われたのだ。

「そんなにたくさんじゃないわ」と、彼女は言った。「メンドリが六羽と、牝牛が二頭。それとミザリー」

ポールは目をパチクリさせた。

彼女は笑い声をたてた。「牝豚にあなたの創りだした勇敢な美しい女性の名前をつけるなんて、ひどいと思うかもしれないけど、でも悪気はないのよ」ちょっと考えてから、つけくわえる。「とっても人懐《なつ》っこい豚なの」鼻に皺をよせ、顎にまばらに鬚を生やし、一瞬彼女は牝豚そっくりになった。そして豚の鳴き声をまねはじめた。「ブウブウ！　ブウブウ！　ブーイ、ブーイ、ブゥウウウウイ！」

ポールは目をまるくして彼女をみつめた。

彼女はそれに気がつきもしない。またしても心はどこか遠くへ飛んでいて、目が光をうしなっている。その目には、ベッド・テーブルのうえのスタンドが、左右それぞれにひとつずつぼんやりと映っているだけだった。

ようやく、ふっとわれに返ると、話をつづけた。「五マイルばかりも行ったころ、雪が降りだしたわ。あっというまに積もりだした――このへんでは、降りだすと、いつもそうなのよ。車のライトを点けて、のろのろ走っていると、あなたの車が道の外にひっくり返っているのが見えたの」そこでジロリと彼を見て、「あなた、ライトを点けてなかったわね」

「不意打ちだったからな」雪嵐がふいに襲ってきたときのことを、やっと思い出していた。だがそのときは、自分がしたたか酩酊していたことまでは、まだ思い出していなかった。

「あたしは車を停めた」と、彼女は言った。「あれが上り坂だったら、停めなかったわね。なにしろ道はもう三インチも雪が積もってたから、いくら四輪駆動だって、いっぺん前へ進むのを止めたら、また動きだせるかどうかわからなかったもの。『たぶんあれに乗ってた人は、とっくに外に這い出して、ほかの車に乗せてもらったでしょう』とかなんとか、自分に言い訳して通り過ぎたでしょうね。だけど、あそこはロイドマンの家を過ぎた、三つめの坂を上りきったところで、しばらく平坦な道がつづくのよ。それであたしは車を停め、外に出たとたんに、呻き声が聞こえたの。それがあなただったのよ、ポール」

母性愛を剝き出したような、妙な笑いをうかべてみせた。

このときはじめて、ポール・シェルダンは心の裡ではっきりと悟った——（これは厄介なことになったぞ。この女はまともじゃない。）

六

この予備の寝室らしい部屋によこたわっているポールのそばで、彼女はそのあと二十分ほど話していった。彼の体がスープの滋養分を吸収するにつれ、脚の痛みがまた蘇ってきた。彼女の話に注意を集中しようとするのだが、それがうまくできない。彼の意識は二つに分裂していた。片方では、アニーがつぶれた七四年型カマロから彼をひきずり出したときの模様を語るのに耳を傾けている――それは潮が引くにつれて、折れた二本の杭が顔をのぞかせるように、痛みが募ってくるのを意識している側でもある。もう一方では、自分がボールデラド・ホテルで、ミザリー・チャスティンの登場しない新作小説を書き上げたのを思い出していた。

　ミザリーものを書かなかった理由は山ほどあったが、なかでも確固として揺るぎない理由が浮かび上がってきた。ミザリーは（なんと喜ばしいことに）死んだのだ。『ミザリーの子供』の終わりから五ページ前で、ついに死んだ。それは涙なしではいられない瞬間であったが、もっとも作者であるポールの目が濡れていたのは、ヒステリックな大笑いのせいで流れた涙のためであった。

　自動車泥棒をあつかった現代小説である新作を書き終えながら、彼は『ミザリーの子供』の最後の文章をタイプしたときのことを思い出していた。「こうしてイアンとジェフリーは、悲嘆のうちにお互いを支え合い、一緒にリトル・ダンソープ教会墓地をあとにしながら、これからの人生を生きてゆこうと心に決めるのであった。」という最後の文章をタイプしたとき、笑いが止まらなくなってしまってキーを正しく打つこともできず、なんども後戻りしなければならなかった。それでも書き終えられたのは、ＩＢＭのコレクトテープのおかげだ。その下に「終わり《ジ・エンド》」と打ち込むと、部屋中を跳ねまわり――それもボールデラド・ホテルの同じ部屋だった――「やった！　自由だ！　やっと自由になったぞ！　あの女め、とうとう死んじまった！」と絶叫したものである。

　新作小説は『高速自動車《ファースト・カーズ》』という題名だった。それを書き終えたときは、笑いはしなかった。しばらくタイプライターのまえに坐って、「これで来年の全米図書賞は戴きかもしれんぞ、おい」と考えていた。それから、たしか――

「――右のこめかみに小っちゃな傷があったけど、たいした傷ではなさそうだったわ。それよりあなたの脚……暗くなりかけてたけど、すぐにわかったわ。脚が――」

――ルームサービスに電話して、ドン・ペリニョンを一本頼んだ。シャンパンが来るのを待つあいだ、一九七四年以後のすべての作品を書き上げた部屋で、うろうろ歩きまわっていたのを憶えている。それからウェイターにチップを五十ドルやって、天気予報を聞いたかどうか尋ねたのを、思い出した。うれしさと驚きで相好をくずしたウェイターは、こちらへ向かっていた嵐が南のニューメキシコ方面へそれる模様です、とたしか答えた。シャンパンの壜のひんやりした感触。栓をぬいたときのコルクの控えめな音。最初の一杯の渋みのあるピリッとした味。旅行鞄をあけて、ニューヨーク行きの飛行機のキップを見ていたこと。それから、突然の衝動に駆られて――

「――すぐに家へつれて帰らねば、と思ったの。あなたを車まで運ぶのは難儀だけど、見てのとおりあたしは体も大きいし、後部《うしろ》には毛布が何枚もあったから。それであなたを運びこんで、毛布でくるんでやった。そのとき、暮れ方の薄明かりで見て、見覚えのある顔だわ、という気がしたのよ。たぶんどこかの――」

――駐車場に置いてあるカマロを出して、飛行機には乗らずに、西へ行くのはどうだろう、と思ったのだった。ニューヨークなんかへ帰ってどうする？　がらんとした陰気な街中のアパートメントなんか。もしかしたら泥棒に入られてるかもしれんじゃないか。あんなとこうっちゃっておけ！　シャンパンの酔いがまわってくるにつれて、そう考えた。「西へ行け、若者よ！」

（一八五一年インディアナのテラホート・エクスプレス紙上にジョン・ソウル記者が書いた言葉）というわけだ。まったくのところクレージーだった。とにかく着替えと――

「――鞄を見つけたわ。それも運び込んだけど、そのほかにはなにもなかった。このままあなたが死んでしまうのじゃないかと、気が気じゃなかったから、オールド・ベッシーのエンジンを掛けて、あなたの――」

――『高速自動車』の原稿だけを持って、ラス・ヴェガスでもリーノーでも、なんなら天使の都ロサンジェルスまででも行ってやろうと思った。最初はちょっと馬鹿ばかしいという気もした――処女小説を売ったころの二十四歳の青二才ならいざしらず、四十歳の誕生日から二年も過ぎた中年男のすることではない。が、シャンパンのグラスをもう二、三杯重ねるうちに、すこしも馬鹿ばかしいとは思わなくなった。むしろ壮大な着想だとすら思えてきた。いわば「大いなる冒険の旅」――小説の世界を脱して、ふたたび現実との触れ合いを取りもどす格好の方途だ、と思った。そういうわけで、彼は――

「――死にかけている。明かりが薄れていくみたい――そうはっきり感じたのよ。それであたしは、あなたのお尻のポケットから財布をひっぱり出して、運転免許証を見たの。そしたら、ポール・シェルダンだって。あたしは『きっと偶然の一致ね』と思ったけど、免許証の写真もよく似てるじゃない。もう肝をつぶして、キッチンテーブルにへたりこんだわよ。でもしばらくしてから、写真だって偶然似ているだけかもしれない、と思いだしたの。だいたい免許証の写真なんて、あんまり本人には似てないでしょうが。ところが、それから作家組合のカードとペンクラブの会員証が出てきたので、ああ、やっぱり――」

——雪嵐に巻き込まれるはめになったのだ。だが、それよりずっとまえ、ボールデラドのバーに寄って、ジョージに二十ドルのチップをつかませ、ドン・ペリニョンをもう一本手に入れて、州間高速自動車道七〇号線を走りながらそれを飲みつづけていたのだった。車はガンメタルみたいにどんよりした灰色の空の下を、ロッキー山中へと上ってゆき、アイゼンハワー・トンネルの東のあたりで、高速道路を外れた。道は乾いて雪のゆの字も見られないし、嵐は南方へそれるはずだったし、あのトンネルはどうも虫が好かないからであった。ダッシュボードの下のカセットレコーダーに、ボ・ディドリーのブルース・ロックのテープをかけ、カマロのタイヤがスリップしはじめるまで、いちどもラジオのスイッチは入れなかった。スリップがひどくなってきてから、これが高地特有の一過性のにわか雪どころではなく、どうやら本降りらしいと気がつきはじめた。嵐はおそらく南へは向かわず、こちらへまっすぐ来ているのではないか。だとしたら、厄介なことになるかもしれん、

（いまも厄介なことになっているが）

とは思ったが、酔っぱらっているため、避難することまでは考えなかった。そのためカナで車を停めて、嵐を避ける場所をもとめることはせず、そのまま車を走らせつづけたのだった。午後の光が鈍い灰色のクロム・レンズのように変わっていったのを、彼は憶えている。シャンパンの酔いは醒めていった。そしてダッシュボードから煙草を取ろうと手をのばしたとき、車がスキッドした。あわてて立て直そうとしたが、かえって事態を悪くしただけで、鈍いおおきな音がして、あっというまに上下の世界が逆さになった。彼は——

「——叫び声をあげたわ。あなたが叫ぶのを聞いて、助かるかもしれないと思ったの。死にか

けている人はめったに叫び声なんかあげない。そんなエネルギーはないもの。あたしにはわかるの。それであたしは、あなたを蘇生させてやろうと思った。痛み止めのお薬を取ってきて、あなたに嚥ませたら、眠り込んだわ。それから目を覚まして、また叫びだしたので、もっとお薬をあたえた。一時は熱もあったけど、それもやっつけたわ。ケフレックスを嚥ませてね。一、二度危ないところまでいったけど、もう大丈夫よ。安心して」彼女は立ち上がった。「さあ、お寝みの時間よ、ポール。体力を回復しなくちゃね」

「脚が痛むんです」

「ええ、そうでしょうね。一時間したらお薬をあげるわ」

「いますぐ。お願いします」遜《へりくだ》った言い方は厭だったが、この際やむをえない。潮は引いてしまって、折れた杭がぎざぎざの部分を剝き出しにしていた。それから逃れることも無視することもできない。

「一時間したらね」にべもない。スプーンとスープのボウルを片手に持って、ドアのほうへ行きかけた。

「待って！」

彼女はふりむいた。厳格さと愛情とがないまぜになった表情で彼を見る。あの表情は気にいらない。どうにも好きになれない。

「私を助けてくれたのは、二週間前ですか？」

彼女はまた曖昧な顔つきになり、機嫌をそこねたようだった。日時の観念がはっきりしないらしい。「そんなところ」

「そのあいだ意識がなかった？」

「ほとんどずっとね」

「私は何を食べていたんですか」

彼女はポールの顔をじっと見た。

「ＩＶよ」とだけ言った。

「ＩＶ？」驚愕して訊き返した彼の言葉を、アニーはＩＶを知らないのだと誤解した。

「静脈に点滴してあげたの」と、言う。「腕に痕がのこってるでしょ」彼を見る目が、何かを考えているような鈍い光をたたえた。「あたしは命の恩人なのよ、ポール。それを忘れないでね。ようく肝に銘じておいてほしいわ」

そう言い残して出ていった。

七

一時間が過ぎた。とにもかくにも、一時間がやっと過ぎた。

彼はベッドで汗をかきながら震えていた。ほかの部屋から、はじめはテレビの「ホークアイ」と「ホット・リップス」の音が聞こえていたが、その後あのクレージーなシンシナティのラジオ局ＷＫＲＰのディスクジョッキーに変わった。アナウンサーの声がギンス印の包丁を褒めたたえ、地方局八〇〇の番号を言ってから、ギンス印の包丁セットをせしめようと虎視眈々のコロラド地方の聴取者に、「さあ、電話係がスタンバイしてますよ」と伝える。

ポール・シェルダンもまた〝スタンバイ〟していた。

ほかの部屋の時計が八時を打つと、だしぬけに彼女がカプセル二個と水の入ったコップをもって現れた。

彼女がベッドの端に腰をおろすのを待ちかねて、彼は片肘をついて身を起こした。

「一昨日やっと、あなたの新しい本を手に入れたわ」と、彼女は言った。コップの氷が小さな音をたてる。彼はもう気が狂いそうだった。「『ミザリーの子供』よ。すてきだわ——これまでのに負けないくらい、いいえ、もっとすてき。最高よ！」

「それはどうも」やっと言った。額に冷汗がにじんでくるのがわかる。「頼む……脚が……痛くて……」

「彼女はきっとイアンと結ばれるだろうって、前からわかってたわ」と、夢見るような微笑を浮かべる。「そして、ジェフリーとイアンは結局、仲直りするんだわ、きっと。そうでしょ？」それから、あわてて「だめ、言わないで！　楽しみがなくなるから。楽しみはながびかせなきゃ。これがなかなか大変なんだから」

痛みが脚で脈をうち、腰を鉄バンドでぐいぐい締め付けられるような気がする。さっき腰のあたりに触ってみて、骨盤は無事らしいことをたしかめていたが、妙なぐあいに捩《ね》じくれている感じだ。膝からしたは、無事なところはどこもないらしい。見てみる気はない。布団のゆがんだ盛り上がりを目にしただけで、たくさんだった。

「お願いです。ウィルクスさん。痛くて――」

「アニーと呼んで。友達はみなそう呼ぶのよ」

彼女はコップをよこした。冷たくて、表面が汗をかいている。カプセルはまだ掌にのせたままだった。彼女の手のなかのカプセルは潮だ。彼女は月で、その月が杭をおおう潮をもたらす。手が彼の口元にちかづいてきた。すかさず彼は口をおおきく開けた……と、またその手をひっこめる。

「あたし、かってにあなたの鞄のなかをのぞいたわ。かまわなかったかしら、どう？」

「ええ、もちろん、かまいません。だから、薬を――」

額の汗が熱くなったり冷たくなったりをくりかえす。いまにも自分が叫びだすのではないか、という気がした。

「鞄に原稿がはいってたわ」カプセルをのせた右手がすこしずつ傾く。カプセルはポトリと左の掌に落ちた。それを彼の目が追う。「『高速自動車』という題名だった。ミザリーものじゃないのはたしかね」彼を見る目にかすかな失望があった――が、愛しげな表情は消えていない。いわば母親のまなざしに似ていた。「高速だろうと低速だろうと、十九世紀に自動車があるわけないものね」冗談ともつかぬ科白に、自分でクスッと笑った。「かってに原稿をのぞいてみたの……かまわなかったかしら？」

「お願いだ」彼はうめいた。「かまわないから、どうか――」

彼女の左手が傾いた。カプセルはのろのろと転がって、こんどは右手のうえに落ち、かすかな音をたてた。

「読んでも？　あたしが読んでも気にしない？」

「ええ――」脚をガラスの破片でギリギリ擦《こす》られ、五体がバラバラになる感じだ。「もちろん……」なんとか微笑をつくろうとする。「気にしませんから」

「あなたの許しをえないで、そんなことはしたくないからね」と、まじめな顔で言う。「あなたをすごく尊敬してるから。ほんとよ、ポール、あなたが大好きなの」とつぜん顔がまっ赤になって、警戒の色をうかべる。カプセルの一個が掌から布団のうえに転がり落ちた。ポールは手を出したが、彼女のほうが素早かった。彼はうめいた。彼女はそれにも気がつかないようすで、カプセルをひっつかんだあと、またぼんやりした目付きになって、窓のほうに目をそらした。「あなたの精神がよ」と、言う。「あなたの創作力が、という意味。それだけのこと」

必死の思いで、とにかく頭にうかんだ科白を口にする。「わかってます。あなたは私のナンバーワンの愛読者だから」

こんどはじわじわ温まるのではなく、いきなりパッと灯がついたようになった。「そうなのよ！」と、声をあげる。「そのとおりだわ！　だから、あたしがその気持ちで原稿を読むのなら、かまわないでしょう？　その……愛読者の気持ちでね。たとえあたしが、ミザリーものほど、あなたの他の小説を好きじゃないとしてもね」

「ええ」と言って、彼は目をつぶった。（いいから、原稿で紙の帽子を折るなりなんなり、好きなようにしてくれ……とにかく頼む……こっちは死にそうなんだ……）

「あなたっていい人ね」と、やさしい声をだす。「そうだと思ってたわ。あなたの小説を読んだだけで、わかってたもの。ミザリー・チャスティンを最初に考え出して、彼女に命を吹き込んだ人だもの。あたりまえよね」

彼女の指がいきなり口に押し込まれてきた。汚いと思う暇もなく、彼はその指をしゃぶってカプセルを吸い取り、水をこぼしながらコップを口につけるまえに、すでに嚥み下してしまっていた。

「赤ん坊みたい」と、彼女は言ったが、彼のほうはまだ目をつぶったままで、その目に涙がにじんでくるのを覚えていて、彼女の顔は見なかった。「でもいい人だわ。あなたに訊きたいことがいっぱいあるの。いっぱい知りたいことがあるわ」

彼女が立ち上がり、ベッドのスプリングが軋んだ。

「あたしたち、楽しくやっていきましょうね」

その彼女の声に、ポールは背筋が震えあがるのを覚えたが、目はまだ閉じたままでいた。

八

漂っていた。潮がやってきて、彼はそのなかを漂っていた。ほかの部屋でしばらくテレビの音声がしていたが、やがて聞こえなくなった。ときおり時計が時をうった。そのたびにチャイムの数をかぞえようとしたが、それ以外のときは意識が朦朧としていた。

(「Ⅳ。静脈に点滴。腕に痕がのこってる」)

片肘をついて、スタンドに手をのばし、やっとのことで灯をつけた。腕をしらべてみた。両腕の肘の内側に、うすく消えかかった紫と黄土色の痣《あざ》があって、中心に黒い血がかたまった小さな穴がひとつずつあった。

またあおむけに横たわって、天井をながめ、風の音に聴き入った。ここはロッキー山脈のてっぺんに近く、いまは冬のさなかだ。そして、ここにいるのは頭のおかしな女だけ。彼女はポールが意識を喪っているとき、点滴で静脈栄養を注入し、鎮痛剤は腐るほどもっているらしく、彼がここにいることをだれにも知らせていないのだ。

これは重大なことだが、いまは、それよりもっと重大なことが起こりつつあった——潮が引きはじめている。彼は二階で目覚まし時計が鳴るのを待ち望みはじめた。まだしばらくは鳴らないだろうが、そのときを待ち焦がれる気持ちが、はやくも動きだしている。

あの女は狂っているが、ポールには彼女が必要なのだ。

(ああ、まったくとんでもないことになってしまった。)天井をいっしんにみつめる彼の額に、ふたたび玉の汗が噴き出しはじめていた。

九

翌朝、アニーはまたスープを運んできて、彼女の表現によれば「原稿本」を四十ページ読んだ、と言った。彼のほかの作品ほどには出来がいいとは思えない、というのが感想だった。

「筋を追いにくいのよ。時間があっちゃこっちゃ飛ぶんだもの」

「手法《テクニック》ですよ」と、彼は言った。いまは痛みがいくらか薄らいでいたので、彼女の言うことに比較的注意をむけることができた。「それが手法《テクニック》なんです。人物——主人公が小説の形式を決めるんです」漠然とながら、こういうやりとりが彼女の気を惹くのに役立つかもしれないと思った。彼が若いころに講演をしたことのある、小説作法教室の出席者たちは、こういう話に興味をしめしたものだ。「つまり、あの青年の心理は混乱している。だから——」

「そうよ！　おっそろしく混乱してるわ。だから、おもしろくないのよ。つまらないとは言わないわ——あなたがつまらない人物を書くわけはないから——でも、あんまりおもしろくない。それに下品よ！　なにかというと、卑猥語ばっかり。あれには——」そこで考え込んだ。機械的にスープを彼の口に運び、しずくが垂れそうになると、ろくすっぽ見もせずにサッと拭ってやる。熟練したタイピストがキーをほとんど見ずに打つようなものだ。それで彼は、アニー・

ウィルクスが看護婦だったにちがいない、と悟った。女医ではない。医者だったら、患者の口からスープがしたたるのを、これほど正確に予知できるはずがない。

(あの嵐のときの予報官が、アニー・ウィルクスほど正確に予知できていたら、こんなはめにはならなかったのにな。)と、苦々しい思いが込み上げてくる。

「あれには崇高なものがないのよ!」と、突然わめいて、牛肉と大麦のスープを、上を向いたポールの蒼白な顔にこぼしそうになった。

「そう」彼は気持ちを抑えながら言った。「あなたの言う意味はわかりますよ、アニー。たしかにトニー・ボナサロには崇高さはない。彼はスラム街に生まれ、なんとか悪い環境から抜け出そうとしている青年ですからね。そこでは、ああいう言葉づかいは……だれもが――」

「だれもじゃないわ!」そう言うと、険悪な目付きをした。「町の飼料屋さんに行って、あたしがそんな言葉を使うと思う? どんなふうに言うと思ってるの? 『やあ、トニー、そのブタ公の餌一袋に、牛女郎のコーン一袋に、くそったれダニ殺しをちょっくらくんない?』するとトニーがこう言うわけ? 『いいとも、アニー、さっさと持ってけ、こんちくしょう』」

彼女はじっとポールを見た。その顔はいまにも旋風を巻き起こしそうな空模様をおもわせた。彼はギョッとして、身を引いた。彼女の手にしたスープ・ボウルが傾いている。ポタリ、ポタリと、しずくが布団のうえに垂れた。

「それから、その先の銀行に行って、ミセス・ボーリンジャーにこう言うの? 『はいよ、こっちの小切手を渡すからよ、そっちの薄汚い五十ドルをさっさとよこしな』あたしが証人席にすわらされたときだって、デンヴ――」

泥のような色のスープが布団のうえにボタボタとこぼれた。彼女はそれを見て、その目をポールにうつした。顔がゆがむ。「ほら、見なさい！　あんたのせいよ！」

「すみません」

「すみませんで、すむもんか！」金切り声をあげると、ボウルを部屋のすみに投げつけた。壁にスープが飛び散る。ポールは唖然とした。

それから彼女は静かになった。おそらく三十秒ほども、ひっそりと坐ったままだった。そのあいだ、ポールの心臓は一度も動悸を打たなかったような気がする。

アニーはようやく気を取り直すと、ふいにクスクス笑いだした。

「あたしって、癇癪持ちだからね」と、言った。

「謝りますよ」彼は干上がった喉からやっと声をだした。

「あたりまえよ」

彼女の顔がまた曇った。暗い表情でぼんやり壁を見ている。またしても空白状態に陥るのではないかと思われたが、彼女は溜息をもらすと、ベッドからおおきな体をもちあげた。

「ミザリーものだったら、あんな言葉づかいはしなくていいのよ。あの時代にはそういうしゃべりかたはしなかったんだから。必要ないのよ。そりゃ下品な時代には下品な言葉が必要でしょうけど、あの時代のほうがずっとましだわ。あなたはミザリーものだけを書いていればいいのよ、ポール。これはまじめに言ってるのよ。あなたのナンバーワンの愛読者として」

ドアのところまで行って、ふりかえった。「あの原稿本は鞄にもどして、『ミザリーの子供』の先を読むことにするわ。そっちを読み終えてから、また読み直すわね」

「読まないほうがいいですよ、腹が立つのだったら」と、ポールは言って、作り笑いをする。「あなたに腹を立てられると困るんだ。私には、いってみれば、あなたが頼りなんだから」

彼女は笑い返さなかった。「ええ、そうよ。そのとおりでしょ、ポール」

そう言うと、出ていった。

一〇

潮が引いた。杭がまた姿を見せた。ポールは時計のチャイムが鳴るのを待ちはじめた。チャイムが二つ、鳴った。頭を枕のうえで突っぱらせ、ドアに目を凝らす。彼女が入ってきた。カーデガンのうえにエプロンを着け、いつものスカート。片手に雑巾バケツをさげていた。

「お薬が欲しいんでしょ」と、言う。

「ええ、頼みます」愛想笑いをつくろうとして、ふたたび屈辱をおぼえた。みっともなくて、自分が自分でないような気さえする。

「持ってきてあげたわ」彼女は言った。「でもその前に、隅をきれいにお掃除しなくちゃ。あなたのせいなんだからね。お掃除が終わるまで、待ってなさい」

脚は布団のしたで折れた枝のような形をつくり、顔面を冷汗が幾筋も流れ落ちる。その格好で、アニーが部屋の隅へゆき、バケツをおろすのを眺めた。彼女は割れたボウルのかけらを拾い集め、それを部屋の外へ持っていって、またもどってくると、バケツのそばに膝をつき、なかから洗剤を含んだ雑巾をとりだし、絞ってから、壁の乾いたスープのしみを拭き取りはじめた。そのあいだポールは、横たわって一部始終を眺めていた。しまいには体が震えだし、震えがいっそう痛みをひどくしたが、どうすることもできない。アニーは一度だけふりむいて、彼が震え、汗で寝具を濡らしているのを見ると、いかにもわざとらしい、いたずらっぽい笑いをうかべた。そのとき彼は本気で彼女を殺してやりたいと思った。

「乾いてるから」彼女は壁のほうに顔を向けながら、言った。「ちょっと時間がかかるかもね、ポール」

そして、ごしごし擦った。漆喰についたしみが少しずつ消えてゆく。アニーは雑巾をバケツのなかにもどし、絞り、ごしごし擦る、という作業をくりかえす。顔は見えなかったが、またしても空白状態に陥って、壁擦りをいつまでもつづけるのではないか（きっとそうだ）――という思いが、彼を拷問にかける。

ようやく、時計が二時半のチャイムを鳴らす直前になって、彼女は立ち上がり、雑巾をバケツのなかに投げ入れた。なにも言わずに、バケツをさげて部屋を出てゆく。ポールはベッドに寝たまま、彼女の鈍重な図体の移動につれて床が軋む音を聴き、バケツの水を空ける音に耳をすました。と、なんたることか、蛇口をひねってまたバケツに水を入れる音が聞こえてきた。

彼は声を殺して泣きだした。潮がこれほど完全に引いてしまったのは、はじめてだった。いまや干上がってゆく泥地と、ぎざぎざの影を落とす杭しか見えない。

アニーはもどってくると、入口のところで立ち止まり、汗と涙にぬれた彼の顔を、厳しさと母親のような愛情とのいりまじった目でながめた。その目を部屋の隅へと移す。スープの飛び散った跡は、すっかり消えていた。

「濯《すす》ぎ洗いしとかないとね」と、言う。「そうしないと、洗剤がしみになるから。やるべきことをちゃんとやる。あたしみたいな一人暮らしでは、手抜きは禁物なのよ。あたしの母がいつも言っていてね、ポール、『一度怠ければ、二度ときれいにならない』って。あたしはそれを守ってるのよ」

「頼みます」彼はうめいた。「痛くて、死にそうだ」

「いいえ、死にゃしないわ」

「叫び声をあげそうだ」だんだん激しく泣きだしていた。泣くと痛みにひびく。脚の痛みと、胸の痛みと。「もうがまんできない」

「叫んでごらん」彼女は言った。「汚したのはあなたなんだからね。あたしじゃないのよ。ほかのだれでもない、あなたが悪いのよ」

ともかく叫ぶのだけは抑えられた。アニーは雑巾をバケツの水に浸け、絞り、拭く。また水に浸け、絞り、拭く。たぶん居間にあると思われる時計が三時を告げると、彼女はやっと立ち上がり、バケツを持ち上げた。

(また出ていくんだ。出ていって、濯ぎ洗いの水を流しに捨てる音が聞こえて、そのまま何時間ももどってこないんだろう。まだ罰しかたが足りないと思ってるんだろう。)

ところが、彼女はベッドに歩み寄ってきて、エプロンのポケットに手を入れた。カプセルを取り出した。二錠ではなく、三錠。

「ほら」と、やさしい声を出す。

彼は飢えたようにカプセルを口に入れた。目を上げると、アニーが黄色いプラスティックのバケツをこちらに傾けている。それがまるで沈みかける月のように彼の視界いっぱいにあった。灰色に濁った水が布団にしたたった。

「これを飲みなさい」と、彼女が言った。あいかわらずやさしい声。

ポールは目をいっぱいに見開いて、彼女を見た。

「さあ。水なしでも嚥みこめるでしょうけど、厭なら薬を吐き出させることだってできるのよ。ただの濯ぎ洗いの水だから。害にはならないわ」

記念碑のような彼女の姿がのしかかってきて、バケツがさらに傾いた。濁り水の底のほうで、雑巾が溺死者のように漂っているのが見える。水の表面に洗剤が薄い皮膜をつくっている。胸の裡には嫌悪感がこみあげてきたが、彼は躊躇しなかった。がぶりと飲み、カプセルを喉に流し込んだ。子供のころ母に石鹼で歯を磨かされたときの味が口中によみがえった。

腹部が痙攣して、鈍い音をもらした。

「もうあげられないからね、ポール。九時まではだめよ」

表情のない目でじっと彼を見ていたが、やがて顔に明るさがもどり、にっこりした。

「もうあたしを怒らせたりしないでしょう、ね？」

「ええ」と、弱々しい声で言った。潮をもたらす月を怒らせるなんて、とんでもないことだ。そんな愚かなこと。

「あなた、好きよ」そう言って、彼の頬にキスした。そして一度もふりかえらずに部屋を出ていった。体からすこし離してバケツをさげたところは、牛乳桶をはこぶ頑強な農婦のようだった。「こぼした牛乳を悔んで嘆く」という諺があるが、彼女には無縁の諺だろう。

ポールは仰向けにもどった。口と喉にジャリジャリする漆喰の味と、洗剤の味がした。

(「もうあげられない……あげられない……あげられない」)

その言葉の恐ろしげな意味が意識から薄らいでゆき、眠りに引き込まれてゆくのがわかった。ともかくも薬が効いてくるまで、なんとか持ちこたえることができた。結局彼が勝ったのだ。すくなくとも、今回は。

一一

鳥についばまれている夢を見ていた。気分のいい夢ではない。銃声がした。(そうだ、いいぞ！　撃て！　こいつを撃ち殺せ！)

そこで目が覚めた。銃声と思ったのは、アニー・ウィルクスが裏口のドアをバタンと閉めた音だった。仕事のために外に出ていったのだ。雪を踏むザクザクという鈍い足音が聞こえてくる。パーカのフードを上げて窓の外を通る、彼女の姿が見えた。彼女の吐く白い息が、動いてゆく顔にあたって砕け散る。窓からこちらを覗き見ることもしなかった。おそらく納屋での仕事のことで頭がいっぱいなのだろう。家畜に餌をやり、小舎の掃除をして、もしかして呪文をとなえるのかも――彼女ならそれくらいやりかねまい。空は濃い紫に染まっていた――日没だ。五時半か、六時頃か。

潮はまだ満ちていて、眠りにもどることもできたし、事実眠りたかったのだが、頭が正常にはたらくあいだに、この奇妙な情況についてよく考えておく必要があった。

ただ困ったことに、たとえ考えることができても、考えたくない。考えなければこの情況から脱け出せないことはわかっていたが、考えるのは厭だった。まるで子供が食べ終わるまでテーブルを立ってはいけない、と言われていながら、食事ののった皿を押しのけようとするように、なんとか考えずに済まそうとしている。

考えるどころか、この情況を生き延びるだけでもせいいっぱいなのだ。それに考えようとすると、不快なイメージばかりが浮かんできて邪魔をする。アニーが空白に陥ったときのようす。石の神像を連想させる彼女の姿。月が落ちてくるように彼の顔のうえで傾く黄色いプラスティックのバケツ。そういったことを考えても、情況を変えることにはならないし、むしろなにも考えないほうがましなくらいだ。しかし、いったんアニー・ウィルクスのことを思い出すと、とたんにそのことがほかのいっさいの考えを押し退けて、いっきに押し寄せてきた。動悸が昂まってくる。それは恐怖心のせいだが、いくぶんかは羞恥心のせいでもあった。自分が黄色いバケツの縁に口をつけたときのことが思いうかんだ。洗剤の浮いた濯ぎ洗いの水。底のほうに漂っている雑巾。それを目にしていながら、ためらいもせずにあの水を飲んだのだ。もしもここから脱出できたとしても、とても人に話せるようなことではない。あれは現実ではなかったのだ、と自分を騙そうとしても、とうてい無理な相談だろう。だが、どんなに惨めな思いをしようとも、彼は生きていたかった。

（考えるんだ、ちくしょう！　考えようともできないほど、おまえは怯えきってしまったのか。）

そうじゃない――が、怯えてはいた。

そこで、妙に腹が立ってきた。（彼女は新しい小説が気にいらないと言った。頭が鈍いから、作品の狙いが理解できないんだ。）

妙なことを考える。この期に及んで、アニーが『高速自動車』についてどう思っているかなど、どうでもいいことじゃないか。だが彼女の言ったことを考えるのは、すくなくとも気を紛らす役にはたつ。腹を立てているほうが、怯えているよりはずっとましだ。そこで彼は、むしろすすんでその考えにのめりこんでいった。

（頭が鈍い？　いや、頭が固いんだ。変化を受け容れようとしないのじゃなく、変化ということに頭から反感をもっている。）

そうなんだ。それに彼女が狂っているとしても、彼の作品の評価という点では、全国の何十万もの読者の反応とさほど異っているわけでもない。女性読者の九十パーセントは、捨て子が成長してイギリス貴族と結婚するにいたる波乱の人生を語った、毎回五百ページの新作を、待ちきれない思いでいるらしい。いや、らしいではなく、待ちきれないのだ。彼女らはひたすらミザリーを、ミザリーだけを読みたがる。ほかの小説――最初のうちは〝本格的な〟文学作品だという自信があるのだが、自信がやがては願望に転じ、しまいには暗い絶望に変わってしまうのが常だったが——を書くために、一、二年の間合いをおくたびに、その手の女性から抗議の手紙が殺到する。その多くが「あなたのナンバーワンの愛読者」と自署していた。手紙の調子は当惑（それが大多数だが）から、非難や憤慨まであるが、文面はいずれも似たり寄ったり——「あれはわたしの期待したものとはちがいます、わたしの読みたいものとはちがいます。どうかミザリーへもどって。ミザリーがどうなるのか知りたいんです」という調子。マルカム・ローリの『火山の下で』や、ハーディの『ダーバヴィル家のテス』や、フォークナーの『響きと怒り』のような作品の現代版を、彼が書くかもしれないことなどは、どうでもいいのだ。ただただ、ミザリー、ミザリー、ミザリーの一本槍でしかない。

（「筋を追いにくいのよ……おもしろくないのよ……それに下品よ！」）

ふたたび怒りがこみあげてきた。彼女の頑迷な愚鈍さに怒り、事実上彼を誘拐したことに腹を立てた——彼を誘拐し、監禁し、バケツの汚い濯ぎ洗いの水を飲むか、潰れた脚の激痛を堪えるか、どちらかを選ぶように強要した——しかも、あろうことか、彼のこれまでの最上の作品を厚かましくも批判したのだ。

「なにが下品だ、なにが卑猥語だ、ちくしょうめ」と、声に出して言うと、いくらか気分がよくなった。いかにも情けない無意味な反抗だとはわかっていたが、それでもふたたび自分自身を取りもどせたような気がした。アニーはいま納屋のなかで、彼の声は聞こえないし、ぎざぎざの杭はすっぽりと潮におおわれている。いまのところは……

彼女が部屋に入ってきて、カプセルを楯にとり、『高速自動車』の原稿を読む許可をむりやり求めたときのことが思い出された。羞恥と屈辱にカッと顔が熱くなり、それに心底からの怒りがくわわった。怒りは一片の火の粉から、鬱勃《うつぼつ》と燃えるちいさな炎へとひろがった。これまで一度も、読み返し推敲し、タイプし直すまでは、だれにも原稿を見せたことはなかった。ただの一度も。彼のエージェントのプライスにもだ。そもそも——

一瞬、思考が途切れた。牛が低く、モーと鳴くのが聞こえてきたのだ。

そもそも、第二稿ができあがるまでは、コピーすら取らないのだ。

いまアニー・ウィルクスの手中にある『高速自動車』の原稿は、事実上、この世に現存する唯一の原稿だった。すでに創作ノートも焼き棄ててしまっている。

まる二年をかけた労作を、アニーは気にいらないと言った。あの気ちがい女は。

彼女の気にいるのは、ミザリーだ。彼女が好きなのはミザリーであって、スパニッシュ・ハーレム育ちの、言葉の汚い自動車泥棒のスペ公は嫌いなのだ。

（いいから、原稿で紙の帽子を折るなりなんなり、好きなようにしてくれ……頼む……）と、胸の裡で叫んだことを思い出した。

またもや怒りと屈辱がふつふつと涌《わ》きあがり、それに応えて脚に鈍い痛みが脈打ちはじめる。そうなのだ。彼の仕事も、仕事にたいする誇りも、作品そのものも……激痛がおそってきたときには、すべて幻灯機の映しだす影のように薄れてしまう。それもこれもあの女のせいだ。彼は成人してからずっと、「作家」であるという自覚に大いなる誇りをもってきた。それにたいしてあの女は、まったく言語道断の仕打ちをした。なんとしてもそれから逃れなければならない。彼女はまさしく石像そのものだ。たとえ彼を殺さなかったにしても、いまに彼の内面にあるものを殺すにちがいない。

豚のかんだかい鳴き声が聞こえてきた。彼女はポールが気を悪くすると思ったようだが、豚の名前にミザリーというのは、まったく誂え向きじゃないか、と彼は思った。彼女が豚の鳴き声をまねてみせたときのことを思い出す。上唇を鼻にくっつくほどめくり上げ、頬をへこませ、一瞬豚そっくりの顔になった――「ブウブウ！　**ブゥウウウイ！**」

納屋から「ほーら、豚ちゃん、豚ちゃん」というアニーの声が聞こえた。

ポールは腕を目のうえにのせて、怒りの感情を持続させようとした。怒りは気を引き締めてくれる。気を引き締めていれば、考えることができる。怯えていては頭が働かない。

あの女はもと看護婦だった――それはまちがいあるまい。いまも看護婦をしているのだろうか。いや、それだったら仕事に出掛けるはずだ。とすると、看護婦をやめたのはなぜか。それも自明のようだった。精神状態が安定していないからだ。内面にあちこちガタがきて、ぐらついているからだ。痛みに朦朧とした彼の頭でもそれがわかったくらいだから、彼女の同僚たちには一目瞭然だったにちがいない。

さらに、彼女の精神にガタがきていると判断できる証拠を、ポールは知っている。彼女はポールを横転した車から救い出しながら、警察も救急車も呼ばず、自分の家の客用寝室《ゲストルーム》に閉じ込めて、腕に点滴をほどこし、彼を薬漬けにした。すくなくとも一度、彼女の言い方によると、呼吸低下に陥ったにもかかわらず、彼女はだれかを呼ぶこともしなかった。ポールがここにいることを、これまでだれにも知らせなかったということは、今後もその気がない、ということだろう。

車から助け出したのが、インディアナ州のココモあたりから来た普通の男だったとしても、彼女はおなじように振舞っただろうか。いや、そうは思えない。彼がポール・シェルダンだったから、ここに閉じ込めることにしたのだ。なにしろ、彼女は――

「ナンバーワンの愛読者だからな」そうつぶやいて、目のうえにのせた腕にギュッと力を入れた。

つぶった目のまえに、厭な思い出が浮かびあがった。母につれられて、ボストン動物園に行ったときのことだ。そこで彼は巨大な鳥を見た。赤と紫とロイヤルブルーとの世にも美しい羽毛をして――世にも悲しげな目をしていた。あの鳥はどこから来たの、と尋ね、アフリカからよ、と母が答えたとき、彼はその鳥が故郷を遠く離れたこの檻で死ぬ運命にあるのだと悟り、泣きだしてしまった。母がアイスクリーム・コーンを買ってくれたので、しばらくは泣きやんでいたが、そのあとまた思い出して泣きだした。市街電車に乗ってリン市内へ帰る途々、母は彼のことを泣き虫で女の子みたいだと言った。

あの羽毛。あの目。

脚の疼きがもどってきはじめた。

（やめてくれ。）

曲げた肘をいっそう目のうえに押しつける。納屋からは、間隔をおいてドサッという音がしている。何の音かはむろんわからないが、彼の想像力は、

（「あなたの精神が、あなたの創作力が、という意味よ」）

アニーが納屋の二階から、束ねた干し草を長靴をはいた足で蹴落とし、干し草の束が床に転が

り落ちるさまを思い描いていた。

（「アフリカよ。あの鳥はアフリカから来たの。アフリカから——」）

そのとき、鋭いナイフで切り裂くように、アニーの興奮した叫ばんばかりの声が蘇ってきた——『あたしが証人席にすわらされたときだって、デンヴ——』

証人席にすわらされた。デンヴァーで証人席にすわらされたのか。

『すべて真実のみを述べ、真実以外のなにものをも述べないことを、神に誓いますか』

（「あの子、どこからあんな着想を得るのかしら」）

『誓います』

（「あんなふうにいかにも本当らしく書くのよ、いつも」）

『あなたの名前を言ってください』

（「わたしのほうの血筋には、あの子のような想像力をもっていた人は一人もいないのよ」）

『アニー・ウィルクス』

（「じつに生き生きと」）

『あたしの名前はアニー・ウィルクスです』

さらにしゃべらせようとしてみたが、うまくいかない。

「そら、もっと」と、腕を目のうえにのせたまま呟く。それが想像力を働かせるときの最適の姿勢なのだ。母が庭の垣根ごしに、ミセス・マルヴェーニに話している——彼がどんなにすばらしい、じつに生き生きとした想像力をもっていて、どんなにお話を書くのが上手か（むろん、彼のことを女の子みたいな泣き虫だと言ったときはべつとして）。「そら、もっと、もっとだ」

彼はデンヴァーの裁判所を思い描くことができた。証人席にすわったアニー・ウィルクス。ジーンズではなく、古びた濃い紫のドレスを着て、妙ちきりんな帽子をかぶっている。傍聴席には人が溢れ、裁判官は禿頭で、眼鏡をかけている。おまけに白い口髭を生やしている。髭のしたには痣がある。白髭が痣の大部分を隠してはいるが、すっかり隠れてしまってはいない。

『アニー・ウィルクス』

(「三つのときから、もうご本を読んでたのよ。信じられる?」)

『愛読者の……気持ちで……』

(「いかにも本当らしく、考え出して書くのよ、いつも」)

『濯ぎ洗いしとかないとね』

(「アフリカよ。あの鳥はアフリカから来たの」)

「そら、もっと考えろ」と、つぶやいたが、それ以上先へ進めない。廷吏が彼女に名前を言いなさいと要求し、なんどもなんども彼女はアニー・ウィルクスですと答えるだけで、それ以上はなにも言わない。あたりの空気を払う、どっしりした無気味な躰軀でそこにすわり、いつまでも名前をくりかえすだけだ。

彼を閉じ込めている元看護婦が、いったいなんでデンヴァーの裁判所で証人席にすわらされたのか。その理由を想像してみようとしながら、ポールはいつのまにか眠りに陥ちていた。

一二

彼は病院にいた。おおきな安堵が体内を駆けぬける——安堵のあまり泣きだしそうになったくらい。眠っていたあいだに、事態が変わったのだ。だれかがやってきたか、あるいはアニーの気持ちに変化が生じたのか。それはどちらでもいい。なにはともあれ、怪物女の家で眠りに陥ち、目が覚めたら病院にいたというわけだ。

それにしても、ばかに奥行きのある病室だな。飛行機の格納庫ほどもありそうだ。同じ格好をした男たち（かれらのベッドのそばには、どれにも同じ点滴のトレイがあって、どれにも同じ栄養剤の瓶がぶらさがっている）がずらりと列をなしている。ポールは上体を起こして、その男たちがみんな同一人だということに気がついた——みんな彼自身だったのだ。そのとき、遠くのほうで、時計のチャイムの音が聞こえ、それが眠りの壁の向こうから聞こえるのに気づいた。夢だった。悲しみが安堵に取ってかわった。

広い病室のはるか向こうのドアが開いて、アニー・ウィルクスが入ってきた。ドレスのうえに長いエプロンを着け、頭には室内用のモップブ・キャップをかぶっている——『ミザリーの愛』の中のミザリー・チャスティンの服装だった。腕に柳細工の籠をさげている。籠にはタオルが掛けてあった。見守るうちに、彼女はタオルを折り返して、籠のなかに手を入れた。そしてなにか摑みだし、それを眠っている第一のポール・シェルダンの顔に投げつけた。砂であった。アニー・ウィルクスは眠りの精の砂男ならぬ砂女に化けたミザリー・チャスティンに化けていたのだ。

そして、第一のポール・シェルダンの顔が、砂をかけられたとたん、幽霊のように蒼白に変わるのを見て、彼は恐怖のあまり夢から脱け出し、現実の部屋にもどった。アニー・ウィルクスがおおいかぶさるようにして立っていた。手には『ミザリーの子供』のぶあついペーパーバックを持っている。栞《しおり》の位置が四分の三まで読み進んだことを示している。

「魘《うな》されてたわ」と、彼女は言った。

「厭な夢を見てたんです」

「何の夢？」

とっさに浮かんだ嘘を、彼は口にした。

「アフリカのね」

一三

つぎの朝、アニーは遅くなって姿を見せた。顔が土気色をしている。ポールはうつらうつら微睡《まどろ》んでいたが、たちまち眠気が吹き飛んで、肘をついて上体を起こしかけた。

「ミス・ウィルクス。アニー。気分でも――」

「悪いわよ」

（心臓発作でも起こしたんじゃないか。）そう思った。一瞬の驚きはたちまち歓びに変わった。いいぞ、その調子！　ドカンとでっかく！　ぶっ倒れちまえ！　そうなったらどんなに脚が痛もうと、喜んで電話のところまで這っていってやる。必要なら、割れたガラスのうえだろうと這っていってみせるぞ。

しかしそれは、心臓発作《ハート・アタック》とはちがっていた……心《ハート》に衝撃《アタック》を受けたことにはまちがいないが。

彼女はポールのほうに近寄ってきた。足取りよろよろというのではなく、体全体が揺れている感じ。長い航海のあと船を降りたばかりの船員、といった気色《けしき》である。

「いったい――」彼は竦《すく》んでアニーから身を引こうとしたが、むろん逃れるすべはない。後ろにはヘッドボードがあり、その後ろには壁があるだけだ。

「最低よ！」ベッドにぶつかって、体が揺れる。一瞬ポールのうえに倒れかかるかと思われた。だがそこで止まって、紙のように白い顔で彼を見おろした。首の血管が浮きあがり、額の中央で青筋が顫えている。両手がパッと開き、つづいて岩のような拳固をつくったと思うと、また開いた。

「この……この……ろくでなし！」

「いったい――なんのことか――」と言いかけて、ハッと悟った。体のまんなかにポッカリと空洞が出来、その部分が消滅してしまったような気がした。昨晩彼女が手にしていたペーパーバックの栞の位置を思い出したのだ。すでに四分の三まで進んでいた。ということは、読み終わったのだ。そして当然知るべきことを知ってしまった。ミザリーに子供が出来なかったのは、彼女が石女《うまずめ》だったからではなく、イアンに原因があったことを知った。ミザリーがついに真実を知り、決心してジェフリーのもとへ忍んでゆく件《くだり》を読みながら、彼女はポールがまだ見たことのない居間で、口をポカンとあけ目を見開いて、茫然とすわっていたのだろうか。ミザリーとジェフリーがかれらの愛している男に隠れてつかのまの情事を持ったのが、彼に二人からの最高の贈り物（彼が自分の子供だと信じている赤ん坊）をあたえるためであったことを知って、彼女は涙を流したかもしれない。そして、ミザリーが懐妊したことをイアンに告げたとき、イアンが彼女をひしと抱きしめ、涙にくれながら「よくやった、よくやってくれた」とくりかえす場面では、胸を高鳴らせたのだろう。おそらくそのとおりだったろうと、ポールはこのわずか数秒間で悟った。しかし、ミザリーが男の子を出産して息を引き取り、子供はイアンとジェフリーが二人して育ててゆくことになるという結末で、あたりまえなら感きわまって号泣して当然のところを、彼女はなんと憤慨してしまったらしい。

「彼女は死んじゃいけないのよ！」アニー・ウィルクスは金切り声でどなった。両手を結んだり開いたりするリズムがだんだん速くなる。「ミザリー・チャスティンは**死んじゃいけない！**」

「アニー――アニー、どうか――」

テーブルにガラスの水差しが載っていた。彼女はそれをひっつかむと、頭上に振り上げた。冷たい水がポールの顔にかかった。左耳のそばに氷が落ちてきて、枕から彼の肩のくぼみへと滑り落ちた。とっさに彼は思い描いた、（「じつに生き生きと」）水差しを顔に投げつけられ、身を切るような氷水をかぶって、頭蓋骨折と脳内出血で瀕死状態の自分の姿を。両腕に鳥肌が立った。

彼女がそのつもりだったことはまちがいない。きわどいところで彼女は、くるりと向きを変えると、水差しをドアに向かって投げつけた。水差しはこのあいだのスープ・ボウルとおなじように、粉々に割れた。

目をポールにもどし、両手の甲で顔にかかった髪を掻きあげる。白い顔に小さな赤い斑点が二つ、はっきりと浮き出ている。

「ろくでなし！」喘ぎながら言う。「よくもあんなひどいことを！」

ポールは目を剝いて彼女の顔を凝視しながら、必死の早口でしゃべりだした――彼の命はこの二十秒間に彼女を言いくるめることができるかどうかに懸かっている、そう確信していた。「アニー、一八七一年には、女の人が出産で死ぬことは珍しくなかったんですよ。ミザリーは自分の命を、夫と親友と子供にあたえたんです。ミザリーの魂はつねに変わらず――」

「魂なんかどうでもいいの！」彼女は叫んだ。指を鉤爪《かぎづめ》のように曲げ、彼の目を抉《えぐ》り出そうとでもするように振り動かす。「大切なのはミザリーよ！　あんたが彼女を殺したんだ！　人殺し！」またもや両手の拳を固め、それをピストンのようにポールの頭のすぐそばに打ち下ろした。パンチは頭の両端で枕にめりこみ、ポールは縫いぐるみ人形のように跳ね上がった。脚に火がついたように感じ、彼は悲鳴をあげた。

「私が殺したんじゃない！」

　アニーはピタリと動きを止め、険悪な猜疑の——あの裂け目《クレバス》をのぞかせた——表情で彼をみつめた。

「そりゃそうでしょうよ」と、皮肉たっぷりに言う。「あんたが殺したんでないのなら、じゃあ殺したのはだれなの、ポール・シェルダン」

「だれでもない」彼はいくらか落ち着きを取りもどした。「彼女はただ死んだんですよ」

　つきつめていえば、それは真実だった。もしもミザリー・チャスティンが実在の女だったとしたら、まちがいなくポールは、よくいう「参考人として警察に呼ばれる」立場にあったはずである。なんといっても、彼には動機があった——彼女を憎んでいたのだから。三作目を書いたときから、彼女を憎んでいた。四年前のエイプリル・フールの日、彼は私家版の小冊子を印刷して、十人あまりのごく親しい友人に送った。題名を、『ミザリーの趣味』という。そのなかでミザリーは、田舎での楽しい週末に、イアンの飼っている〝グロウラー〟という名のアイリッシュ・セッターとの獣姦の趣味に耽ることになっている。

　ミザリーを殺すことになったとしても、おかしくはなかった……しかし殺さなかった。彼女にたいする軽蔑の念が昂じていたにもかかわらず、終幕でのミザリーの死は、ポール自身にとっても思いがけない出来事であった。ミザリーの陳腐きわまる人生航路の最後にいたるまで、彼は実人生を模倣すること——たとえ貧弱なものであろうと——に忠実でありつづけた。彼女はまったく思いもかけず死んだのだ。ポールの悪ふざけの気分は、そのことには何の関与もしていない。

「嘘つき」アニーがささやくような声で言った。「あんたをいい人だと思ってたけど、いい人なんかじゃない。嘘つきの汚いゴロツキ屋よ」

「彼女は知らないまに死んでいったんです。そういうことはよくあるんですよ。たとえば実人生でも、ある人がふっと――」

アニーはベッドのそばのテーブルをひっくり返した。浅い抽斗《ひきだし》がすべり落ちて、それといっしょにポールの腕時計とバラ銭がこぼれ落ちた。そんなところに入っていたとは、知りもしなかった。彼は身を縮めた。

「あたしを嘗《な》めるんじゃないよ」唇がめくれて歯が剝き出しになっている。「仕事をしていた頃は、人が死ぬのを何十回も――いいえ、何百回も見てきたんだからね。泣きわめきながら死ぬ人もいるし、眠ってるうちに死ぬ人もいる――それなら、知らないまに死んでいったと言えるでしょうね、たしかに。

だけど小説の人物が知らぬまに死ぬなんてことは、ぜったいにないわ！　神さまはそのときが来たと思われたときに、あたしたちをお創りになったみたいに作者は登場人物にとっての神さまは作者なのよ。神さまがあたしたちを召されるんだけど、小説の人物を創るんだし、そりゃ神さまをつかまえて説明してもらうってわけにはいかないでしょうよ、そりゃそうだけど、ミザリーについちゃひとつだけ違うところがあるってことを教えてやるとね、悪党、つまり神さまがたまたま両脚とも潰しちゃって、たまたま**あたしの**家にいて**あたしの**世話になって……それで……」

そこで空白状態になった。手を両脇にだらりと垂らして直立したまま、凱旋門の古い絵が掛かった壁をみつめている。そのアニー・ウィルクスを、ポールは左右の耳のそばが丸くへこんだ枕に頭を付けて、じっと見上げていた。水差しからこぼれた水が、ポタリポタリと床にしたたる音が耳に付いて、ふっと彼女を殺すことを考えた。その考えはこれまでもたびたび頭に浮かんだことはあったが、それこそ頭のなかだけでの問題でしかなかった。だが、いまはちがう。アニーが水差しを投げていなかったら、彼が床に叩きつけて割り、その破片で傘立てのように突っ立っている彼女の喉を掻き切っただろう。

ポールは抽斗からこぼれた物のほうに目をやった。だがそこには、バラ銭とペンと櫛《くし》と腕時計しかない。財布はなかった。もっと肝腎な、スイス製のアーミーナイフもなかった。

アニーがすこしずつ元にもどっていった。すくなくとも怒りは消えていた。もの悲しげな目で彼を見る。

「もう行ったほうがいいみたい。しばらくあなたのそばに来ないほうがいいでしょう。そのほうが……無難だわ」

「行く？　どこへ？」

「どこだっていいでしょ。あたしの知ってるある所。ここにいたら、無分別なことをやりかねないから。頭を冷やさなくちゃ。それじゃね、ポール」

彼女は大股でドアへ向かった。

「薬の時間にはもどってきてくれますね？」彼はあわてて訊いた。

彼女はドアの把手をつかみ、返事をせずにドアを閉めた。そのときはじめて、鍵をかける音を、彼は聞いた。

廊下を遠ざかってゆく足音が聞こえた。彼女が腹立たしげになにか叫び（なんと言ったのかわからなかったが）、ポールはビクッとした。つづいて何かが倒れ、割れる音。ドアがバタンと閉まる音。車のエンジンがなんども空回りして、ようやく掛かった。固まった雪を踏むタイヤの音。それからエンジン音が遠ざかりはじめた。しだいしだいに小さくなってゆき、ついに聞こえなくなった。

ポールは独りになった。

アニー・ウィルクスの家にただ独り取り残され、この部屋に閉じ込められ、ベッドに釘づけにされている。ここからデンヴァーまでは、まるで……そう、ボストン動物園からアフリカまでぐらい遠いように思われる。

天井をみつめて横たわっているうち、喉が渇き、動悸が早まってきた。

やがて居間の時計のチャイムが鳴り、潮が引きはじめた。

一四

五十一時間たった。

それがわかったのは、ペンがあったからだ。事故を起こしたときポケットに持っていた、フレア・ファインライナーである。床に落ちていたのを、手をのばして拾いあげることができたのだった。それで時計のチャイムが鳴るたびに、腕に印をつけていった。線を四本までは平行に書き、五本目はそのうえに斜めに引いて、一組ができあがる。アニーがもどってきたとき、それが十組と、さらに線が一本になっていた。最初のうちは小さくきちんと書いていたが、手が震えだしてから、しだいに大きく乱れていった。一時間たりとも聞き逃したはずはない。うつらうつらしていたこともあったが、ほんとうに眠り込んだことはない。一時間たつごとに、時計のチャイムの音で目を覚ました。

痛みに襲われていたにもかかわらず、しばらくたってから、空腹と喉の渇きをおぼえはじめた。それはまるで競馬のレース展開のようになった。まず最初、「イタミオウ」がずっと先頭をきっていて、「ハラヘッター」は十二ハロンぐらいも後方にいた。「ノドノカワキ」はほとんど塵埃にまぎれて姿がみえないほどである。ところが、アニーが出ていった翌日の日の出頃には、「ハラヘッター」が「イタミオウ」とほぼ互角に争うところまで迫ってきた。

夜の大部分は、冷たい汗をかきながら、微睡《まどろ》んだり目覚めたりを交互にくりかえし、いまに死ぬのではないかと思っていた。しばらくすると、「死ぬのではないか」が「死んでしまいたい」に変わりはじめた。この苦痛から逃れられるなら、どうなってもいいと思った。痛みというものがどこまで激しくなりうるものか。それは想像を絶していた。杭がどんどん大きくなってゆく。エボシガイやフジツボがそれに付着しているのが見える。杭の割れ目には、死んだ青白いやつが力なくひっかかっていた。そいつらは幸運だ。もはや苦痛は終わったのだから。三時をまわったころ、なんの役にも立たないとわかっていながら、叫び声をあげずにいられなくなった。

二日目の正午ごろ――二十四時間後――脚と骨盤の痛みにくわえて、それにも劣らぬほかの苦痛に気づいた。薬の禁断症状である。かりにこの出走馬を「クスリノフクシュウ」と呼ぶことにする。なんとかしてカプセルを手に入れたかった。

ベッドから出ることも考えたが、転倒してさらに激痛が増すことを思うたびに、怯《ひる》んだ。その衝撃がどれほどのものか、

（「じつに生き生きと」）

想像することができた。それでもやってみてもいいが、ドアにはアニーが鍵をかけている。所詮は蝸牛《かたつむり》のようにドアまで這っていって、そこで行き止まり、となるだけだろう。

絶望的な気持ちで、両手を使ってはじめて毛布を剝いでみた。毛布のつくっている形から想像されるほど悪い状態ではないことを、空頼みする思いだったのだが、実際は、悪いなどという生易しいものではなかった。彼は膝から下の部分を、恐怖の目でみつめた。頭のなかで、映画「嵐の青春」のロナルド・リーガンの絶叫が響きわたった――「おれの体はどこへ行っちまったんだ？」

ポールの体はここにあった。それをここから脱出させたいのだが、その望みはいっそう遠のいたように思えた。それでも技術的には可能かもしれない……が、このままでは二度と歩くことはできそうにない。両脚ともたぶん何箇所にもわたって折り直し、鋼鉄で繫ぎ留め、手荒な修理を受け、さんざん痛い思いと屈辱とを味わった後でなければ、とても無理だろう。

アニーは副木《そえぎ》を当てていた――もちろんそれはわかっている。ごつごつした固い物が感じら

れたからだ。だが実際にどうやったのかは、いまのいままで知らなかった。両脚の下部はアルミの松葉杖から弓鋸《ハクソー》で截《き》りとったような、細いスティールの棒に取り巻かれていた。その上からテープでぐるぐる巻きにされ、膝から下はまるで発掘されたときの古代エジプトのイムホテップのように見えた。その部分の脚そのものは、奇妙なぐあいにねじくれ、ひん曲がっている。そして左の膝は——そこがずきんずきんする痛みの中心部だったのだが——失くなってしまったように見えた。あるのは、ふくらはぎと腿と、その中間の岩塩ドームのように見える不格好な瘤だけだった。脚の上の部分はおそろしく腫れ上がり、わずかに外側に湾曲しているようだ。太腿にも、股にも、ペニスにすら、色の薄くなりかけた傷痕がまだら模様をつくっていた。それまでは脚の下部は潰れているだろうと思っていた。じっさいに見てみると、潰れているどころか、木っ端みじんに砕けている、といったほうが当たっている。

呻きと泣き声をあげながら、ポールは毛布をもとどおり引き上げた。ベッドから這い出すなどもってのほか。このままじっと横たわって、死んだほうがいい。どんなに痛かろうとこのまま耐えて、痛みがすべて消え去るのを待ったほうがいい。

二日目の四時ごろになると、「ノドノカワキ」が動きだした。それまでも口中と喉はずっと乾いてはいたが、いまやからからになってきた。舌がぶあつく膨らんだように思える。膨らんで疼く。アニーが投げつけて割った水差しのことが頭に浮かぶ。

うつらうつら微睡《まどろ》み、目が覚め、また微睡む。

昼間は過ぎ去り、夜になった。

たまらなく尿意をもよおしてきた。ペニスに上掛けのシーツをかぶせ、それが即席のフィルター役を果たしてくれることを願いながら、漏れ出てきたのを震える両手をカップ状にして受けた。そして掌に溜まったものを、再生利用《リサイクル》のつもりで飲み干し、残った滴まで嘗め取った。これもまた、人にはとても聞かせられない話だ。もちろん、人に話をする機会があるまで生きながらえていたら、ということだが。

アニーはきっと死んだのだ、と彼は思いはじめていた。彼女は精神がひどく不安定だった。精神不安定な人間は往々にして自殺をする。彼の目には、

（「じつに生き生きと」）

見えた――アニーがオールド・ベッシーを道端に停めて、シートのしたから四四口径拳銃を取り出し、銃口を口につっこむ。（「ミザリーが死んでしまったからには、もう生きていたくなんかないわ。さようなら、残酷な世の中」滂沱《ぼうだ》たる涙にくれながら、アニーはそう叫ぶと引鉄《ひきがね》をひいたのである。）

ククッと笑い、とたんに痛みに呻き、叫び声をあげた。風の音が彼の絶叫に唱和した……が、ただそれだけのことだった。

それとも、事故か。そうかもしれない。いや、そうにちがいない。アニーは鬱《ふさ》ぎきって車を走らせ、スピードを出しすぎ、そのとき、

（「わたしのほうの血筋には、あの子のような想像力をもっていた人は一人もいないのよ」）

彼女は空白状態に陥り、車が道路から飛び出してしまう。車は崖を転落してゆき、ぶち当たって火だるまとなり、彼女はそのことすら知らずに死ぬ。

アニーが死んだのであれば、彼もまたここで死ぬしかない。干上がったねずみ捕りに掛かっ

たねずみのように。

意識が喪くなって苦痛から解放されることを願ったが、意識は頑固に退こうとはしなかった。そうやって三十時間がたち、四十時間が過ぎた。いまや「イタミオウ」と「ノドノカワキ」は合体して一頭の馬となり（「ハラヘッター」はとうに塵埃の彼方に取り残されていた）、ポールは顕微鏡のスライドグラスに載った一片の繊維組織か、釣り針につけられたミミズと化して、死ぬまでひたすらのたくりつづけているだけのような気がした。

一五

アニーが入ってきたときは、最初は夢を見ているのだと思った。それから現実が、かろうじて生き残ったボロボロの現実がもどってきて、ポールはうめき、訴え、哀願しはじめた。それも息絶えだえに、非現実の深い井戸の底から呼びかけるように。唯一彼の目にはっきり見えたのは、アニーがダークブルーのドレスを着て、小枝模様のはいった帽子をかぶっていることだった——デンヴァーの裁判所で証人席にすわっている彼女を想像した、そのままの姿だった。

彼女は顔色もよく、目は生き生きと輝いていた。アニー・ウィルクスがきれいになれるとしたら、このときこそそれに近かっただろう。後になってこの情景を思い出そうとしたとき、ポールの脳裡にあざやかに残っていたのは、彼女の血色のいい頬と小枝模様の帽子であった。正気と理性の最後の砦のなかから、ポールは思ったものだ――（まるで十年間男日照りのつづいていた未亡人が、いまファックしてきたところ、といった感じだな。）

　彼女は水のはいったコップを手に持っていた――水のはいった丈の高いコップを。

「飲みなさい」そう言って、彼の首のうしろに戸外で冷えきった手をあてがって、水に噎《む》せないように首をもたげさせた。ポールはいそいで三口飲んだ。乾燥しきっていた舌の気孔が、水のショックに急に広がり反抗した。水が顎をつたってしたたり落ち、彼の着ているTシャツを濡らした。彼女はコップをひっこめた。

　ポールは赤児のような弱々しい声をあげて、震える両手をさしのべた。

「だめ」彼女は言った。「だめよ、ポール。いっぺんに少しずつ。そうしないと、もどすわよ」

　ややあってから、彼女はまた二口だけ飲ませた。

「あれを」言いかけて、彼は咳き込んだ。唇を吸い、舌で濡らしてから、その舌を吸った。自分の小便を飲んだことをぼんやりと思い出し、それが温かく塩辛かったことを思い出した。

「カプセルを――痛い――頼みます、アニー、お願いだから、痛くてとても――」

「わかってるわ。だから、よく聴きなさい」例の厳しい母親のような表情で彼を見た。「あたしは考えるためにここを出た。よくよく考えたわ。充分に考えられたとは思うけど、それほど自信はないわ。あたしはときどき自分でも何を考えているのかわからなくなるときがあるから。それは自分でわかってるのよ。それは認めるわ。あの人たちに質問を浴びせられたとき、自分がどこにいるのかわからなくなってしまったのは、そのせいよ。だから、あたしは祈ったの。

神さまはいるのよ。神さまは祈りに答えてくださる。いつもそうよ。だから、祈った。『神さま、あたしが帰ったとき、ポール・シェルダンはもう死んでいるかもしれません』と、言ったの。そしたら神さまが、『いや、死にはしない。あの男は生かしてある。だから彼に行くべき道を示してやるがよい』と、おっしゃった」

示してやる、というところを、彼女は湿してやる、というふうに発音したが、どっちにしてもポールはろくすっぽ聞いていなかった。ただひたすら水のコップに目を注いでいた。彼女はさらに三口飲ませた。ポールは馬のように音を立てて飲み、ゲップをして、震えが全身にはしったとたん痛さに絶叫した。

そのあいだずっと、アニーはおっとりしたようすで彼を眺めている。

「いまにお薬で痛みを和らげてあげますからね」と、彼女は言った。「だけどその前に、やってもらいたいことがあるの。すぐもどるからね」

彼女は立ち上がって、ドアのほうへ向かった。

「だめだ!」ポールは叫んだ。

彼女はふりむきもしない。彼はベッドで激痛の繭《まゆ》にくるまり、うめき声を上げまいとしたが、呻かずにはいられなかった。

一六

彼は譫妄《せんもう》状態に陥っているのだと思った。正気だったら、あんなものが見えるはずがない。もどってきたアニーは、炭火用のグリルを押していたのだ。

「アニー、痛くてがまんできない」頬を涙が流れ落ちた。

「わかってるわ」アニーは彼の頬にキスした。唇の感触は羽毛のように軽やかだった。「すぐだからね」

彼女はまた出ていった。ポールは呆けたように炭火用のグリルをながめた。夏にテラスで使うバーベキュー用のグリルがいま部屋のなかにいすわり、それが神像とそれに捧げる生贄《いけにえ》のイメージをいやがうえにも掻き立てる。

その生贄が何かは、むろんわかりきっている。もどってきたアニーの片手に、ポールの二年間の労苦の結実である『高速自動車』の唯一の原稿があった。そして、もういっぽうの手には、ダイヤモンド・ブルーティップスのマッチ箱が。

一七

「いやだ」

ポールは泣きながら震えた。苦い思いが胸焼けのように込みあげてくる。百ドルそこそこ払えば、ボールダー市内で原稿のコピーを作らせることはできたのだ。ブライスも、別れた二人の妻も、母ですら、彼が書き上げたもののコピーを取って保管しておこうとしないのは馬鹿げていると、つねづね言い言いしていた。ボールデラド・ホテルが、あるいはニューヨークのアパートが、火事で焼けることだってあるかもしれないし、大竜巻とか洪水とかの自然の災害に見舞われることもないとはいえない。それでも彼は耳を貸そうとしなかった。筋の通った理由があるわけではない。ただのジンクス——コピーを作るのは縁起が悪いような気がするだけだ。

ところがここには、ジンクスと災害とがひとつになった「ハリケーン・アニー」が待ち構えていた。無知な彼女は『高速自動車』の原稿のコピーがどこかにあるかもしれないとは、毫末《ごうまつ》も考えなかったらしい。彼が人の言うことに耳をかたむけて、百ドルの端金《はしたがね》を払ってさえいたら——

「やるのよ」彼女はマッチをさしだした。いっとう上にタイトル・ページのある、純白のハマービル・ボンド紙の原稿が、彼女の膝にのっている。その表情はあいかわらず曇りがなく平静だった。

「いやだ」ポールは紅潮した顔を彼女からそむけた。

「さあ。これは下品よ。そうでなくても、良い物じゃないわ」

「良いか悪いか、そいつが歩きだしてあんたの鼻を嚙み切ったって、あんたなんかにわかりっこないだろう！」ポールはいさい構わず怒鳴った。

アニーは静かに笑った。彼女の癇癪はただいまのところバカンス中らしい。ただし、アニー・ウィルクスのことだから、いつ何時そいつが鞄をさげてバカンスからもどってきて、「やっぱりもどってきたわよ！　どう、元気？」と声をかけてこないとはかぎらない。

「第一に」と、彼女は言った。「〝良い物〟だったら、あたしの鼻を嚙み切ったりなんかしないわよ。〝悪い物〟なら、やるかもしれないけどね。第二に、あたしは〝良い物〟はちゃんとわかるのよ――あなたは〝良い人〟だわ、ポール。ただすこし手助けしてあげる必要はあるけどね。さあ、マッチを取りなさい」

ポールはかたくなに首を振った。「いやだ」

「さあ」

「ことわる！」

「さあ」

「くそくらえ！」

「いくらでも悪態をつくがいいわ。あたしはへっちゃらだからね」

「ぜったいにやらないぞ」彼は目をつぶった。

目を開けてみると、アニーが四角い厚紙を手にしていた。厚紙の上辺に明るいブルーの文字で「ノヴリル」と印刷され、商品名のすぐしたに、赤い字で「試供品《サンプル》」とあって、「医師の処方なしでは服用しないでください」と書かれていた。その注意書のしたには、透明なプラスティックのブリスターがついていて、なかの四個のカプセルが見えている。ポールはひったくろうとした。彼女はさっと厚紙をひっこめた。

「原稿を焼けば」と、彼女は言う。「カプセルをあげるわ――たぶん、四錠ともね。そしたら痛みも消える。また晴ればれした気分になって、落ち着いたら、お布団を替えてあげるわ。濡れて気持ちが悪いでしょうから。それから、着替えもさせてあげる。そのころにはお腹も空くでしょうから、スープを作ってあげるわ。それとバターをつけないトーストもね。だけど、言うことを聞くまでは、なんにもしてあげないわよ、ポール。気の毒だけど」

（わかった、わかった、やるよ！）と言いそうになって、彼は舌を噛んだ。彼女から顔をそむけ、喉から手が出そうな四角の厚紙から、菱形の透明なブリスターに入った白いカプセルから目をそむけ、「あんたは悪魔だ」と、言った。

怒りだすかと思ったが、またしても、いかにも物のわかったような、寛大な笑いが返ってきた。

「ええ、そうよ。台所の流しで、子供が洗剤でいたずらしているところを、お母さんに見つかって叱られたときとおんなじ。子供はお母さんのことを、そんなふうには言わないわ、もちろん。そういう言い方は知らないから。ただ、こう言うだけ、『ママのケチ！』」

彼女の手がポールの熱をもった額から髪をかきあげた。そのまま指が頬をなぞって、首の横を伝い、それからやさしく肩をつかんで、すっと退いた。

「そりゃお母さんは、子供にケチと言われたり、子供がいまのあんたみたいにダダをこねて泣きだしたりしたら、厭な気持ちになるわ。だけどお母さんは自分が正しいことを知っているから、自分の務めを果たすのよ。いまのあたしみたいに」

アニーが握りこぶしで、原稿をつづけざまに三度たたいた。十九万語と五人の中心人物からなる新作小説。無事で健康なときのポール・シェルダンが後生大事に思っていた、十九万語と五人の中心人物が、いまや寸刻ごとに捨てても惜しくない存在になりつつあった。

カプセル。薬。あの薬がほしい。小説の人物は架空だが、薬はちがう。薬は実在している。

「ポール？」

「いやだ！」彼はすすり泣いた。

カプセルがブリスターのなかでカサカサ鳴った——静かになる——マッチ棒が箱のなかでカサカサ鳴る。

「ポール？」

「だめだ！」

「あたしは待ってるのよ、ポール」

（沈没する船の艦橋で頑張っているホーンブロワー提督じゃあるまいに、いったい誰に褒めてもらおうというつもりだ？　これは映画かテレビ・ショウかなにかで、観客がおまえの勇気に評点をつけている、とでもいうのか？　彼女の言うとおりにするか、このまま頑張り通すか。

頑張りつづければ、死ぬだろうし、おまえが死ねば、彼女はどっちみち原稿を焼くだろう。おまえがそのために苦しみぬいている小説は、たとえ出版されても、ミザリーものの最低の売れ行きの本の半分も売れないだろうし、かの偉大な文芸の神託所〈ニューズウィーク〉誌上では、ピーター・プレスコットからいとも慇懃《いんぎん》無礼な蔑《さげす》みを頂戴するのが関の山というところなんだ。さあ、もうバカなことはよせ！　ガリレオだって、相手が悪いとわかったら、自説を翻したじゃないか）

「ポール？　あたしは待ってるのよ。一日中だって待つわよ。もっともそのまえに、あなたが昏睡状態に陥るでしょうけどね。もうその兆候があらわれてるわ。あたしにはちゃんと——」

彼女の声がすーっと遠のいてゆく。

（いいとも、マッチをくれ！　松明《たいまつ》をよこせ！　ヘリコプターにナパーム爆弾を積んで持ってこい！　なんなら戦術核兵器でやってやってもいいぞ、鬼ババアめ！）

と言ったのは、日和見主義の生き残りの部分で、そのほかの敗残の部分は昏睡状態に負けて、弱々しい声をあげながら暗黒のなかへと沈みこんでゆく——（じゅうきゅうまんご！　ごにんのちゅうしんじんぶつ！　にねんかんのろうさくだ！）その本音のところは——（あれは真実なんだ！　あれこそ私の見つけた真実なんだ！）という意味になる。

アニーが立ち上がり、ベッドのスプリングが軋んだ。

「ほんとに、まあ！　強情っぱりな子なんだから、まったく。一晩中ここに坐ってるわけにはいかないわ。急いで帰ってくるのに、一時間ちかく運転してきたんだからね、あたしは。あとでちょっと覗いてみて、あなたの気が変わってたら——」

「それを燃やすつもりなんだな！」ポールがわめいた。

彼女はふりむいてポールを見た。「いいえ、そんなことはできないわ、たとえやりたくてもね。あなたの苦しみを省《はぶ》いてやることになるもの」

「どうして？」

「つまりね」と、澄まして言う。「あなたが自分の自由意志でやらなきゃいけないの」

ポールは笑いだした。アニーの顔が、もどってきてからはじめて、険悪な色をうかべた。彼女は原稿を小脇にかかえ、部屋から出ていった。

一八

一時間してアニーがもどってきたとき、彼はマッチを手にした。

彼女はタイトル・ページをグリルのうえに載せた。ポールはブルーティップスの一本を擦ったが、うまく側薬帯に当たらないせいか、手に力が入らないせいか、いっこうに火がつかない。そこでアニーが箱を取ってマッチをつけ、火のついたやつを彼の手に握らせた。ポールはマッチの火を紙の端にちかづけ、マッチを火皿に落として、火が最初ちろちろと、それから大きく燃えひろがってゆくのを、魅入られたように眺めた。アニーはバーベキュー・フォークを持ってきていて、紙が捲《まく》れあがってくると、それをグリルの格子の間から差し込んでおさえた。

「これじゃいつまでかかっても終わらない」と、ポールは言った。「とても――」

「だから、さっさとやりましょ」と、彼女は言う。「あなたは何ページかを燃やせばいいのよ、ポール――あなたが了解した証《あかし》としてね」

彼女は『高速自動車』の本文の一枚目をグリルのうえに置いた。二十四カ月ばかり前、ニューヨークのアパートで、最初に書きはじめた文章をポールは思い出した――(「おれは車を持ってない」トニー・ボナサロは階段を下りてくる女の子のほうへ歩み寄りながら、言った。「おれは物覚えは悪いけど、運転の腕は良いぜ」)

あのときのことがまるでラジオから流れるナツメロの曲のように蘇ってくる。アパートの部屋をうろうろ歩きまわりながら、小説のことで頭がいっぱいで、というより、妊婦のように小説の構想をはらんで、いまにも陣痛が襲ってくるのを待っていた。あの日、ソファーのクッションのしたから、ジョーンのブラジャーが出てきたのを憶えている。彼女が出ていってからまる三カ月が過ぎていたのだ。それで清掃サービスの仕事がどんなものか、わかったような気がしたものだ。それから、ニューヨーク市街の車の往来の音にまじって、信者たちをミサに呼びよせる教会の鐘の単調な音が聞こえていたのを、憶えている。

それから、彼は机にむかった。

いつものことだが、書き始めの浮き立つような安堵の気持ちは、輝かしい光に満ちあふれた穴に落ちてゆくのに似ていた。

いつものことだが、自分で望んでいるほどにはうまく書けないだろう、という思いに気分が落ち込んでいった。

いつものことだが、空白の壁にぶつかっていって、結局は書き上げることができないのではないか、という恐怖心がじわじわと込みあげてきた。

そして、「旅立ち」の喜びと不安とのいりまじった気持ちを味わっていたのも、いつものことだった。

ポールはアニー・ウィルクスを見て、はっきりと、しかし小さな声で、「アニー、私にこんなことをさせないでください」と、言った。

アニーは彼の目の前にマッチを突きつけて、言った。「あなたのやりたいようにやればいいわ」

それでポールは原稿を燃やした。

一九

アニーが彼に焼きすてさせたのは、一枚目と最終枚と、原稿のあちこちの九カ所からそれぞれ二枚ずつ——というのは、彼女に言わせると、九は強力な数字であり、したがって九の二倍は幸運を意味するからだという。アニーは彼女がすでに読んだ部分の、〝罰当たりな言葉〟を黒のマジック・マーカーで消していた。

「もういいわ」九番目の二枚が燃えてしまうと、アニーは言った。「聞き分けよく、男らしくやったんだものね。脚が痛むのに負けないくらい、胸も痛んだろうってことは、ちゃんとわかってるのよ。だからこれで勘弁してあげる」

彼女はグリルの格子を持ちあげて、残りの原稿を火皿のなかの、すでに燃えてしまった紙の黒くまるまったやつの上に、ドサッと抛りこんだ。部屋中にマッチと燃えた紙の匂いが漂っていた。(まるで便所みたいに臭い。)ポールは濁った頭で思った。しわしわのクルミの殻みたいになっている胃袋になにか入っていたとしたら、おそらく吐いただろう、という気がした。

アニーがまたマッチを擦って、彼の手に握らせた。彼はどうにか体をのばして、火のついたマッチを火皿のなかに抛った。もうどうでもよかった。どうにでもなれという気分だった。

アニーが彼をつついた。

つぶっていた目を弱々しく開いた。

「消えたわよ」またマッチを擦って、手渡す。

そこで、またもや体をのばす。錆びついた鋸で脚を挽き切っているような激痛がはしる。そうやってマッチを原稿の山の角にちかづけた。こんどは消えずに、炎がひろがっていった。

ポールはぐったりと頭を枕につけ、目をつぶって、原稿の燃える音を聞き、その熱を感じていた。

「ああ、たいへん!」アニーのあわてた声がした。

目をあけると、火皿から黒く焦げた紙の破片が、温まった空気にのって舞い上がっている。

アニーが床を踏みならして部屋から跳び出していった。蛇口をひねってバケツに水を入れる音が聞こえてくる。ポールはぼんやりと、黒く焼けた原稿の一枚がふわふわと漂っていって、透き通った薄いカーテンに止まるのを眺めていた。チラリと火が見えた――もしかして火事になるのでは、とふと思った――が、それはすぐに消え、カーテンに煙草の先で焼いたような小さな穴ができただけだった。灰がベッドのうえに舞い降り、彼の腕にもかかった。それもべつだん気にはならない。

アニーがもどってきた。いっぺんにすべてを見ようと目をキョトキョト動かし、あちこちで舞い上がりシーソーをしている黒焦げの紙の行方を追おうとした。グリルの火皿の縁からは炎がチラチラ舌を出している。

「たいへん！」と、また言った。バケツを構えてあちこち見まわし、水をぶちまけたものかどうか迷っている。唇が震え、唾液で濡れていた。舌を出して、その唇をさらに嘗める。「たいへん！　たいへん！」それしか言う言葉を知らないかのようだった。

激痛の万力に締めあげられながらも、ポールは一瞬、嬉しくてたまらなかった――アニー・ウィルクスの心底怯えた表情を見たのだ。あの表情は好きになれそうだった。

またべつのページが舞い上がった。こんどのには、まだ青い炎が小さな巻き髭のように渦巻いている。それでアニーの心が決まった。もういちど「たいへん！」を口走ってから、彼女はバケツの水をグリルの火皿にゆっくり注ぎ込んだ。ジュウジュウいう音がして、蒸気が立ちのぼった。湿っぽくて、焦げ臭い、それでいて妙にこってりした匂いが漂った。

彼女が出ていくと、ポールはもういちど片肘をついて身を起こした。火皿のなかを覗いてみる。黒ずんだ池に浮いた焼け焦げの材木のようなものが見えた。
しばらくして、アニーがもどってきた。
なんと、鼻歌をうたっている。
ポールの体を起こさせ、口にカプセルを押し込んだ。
薬を嚥みこみ、頭を枕にもどしながら、ポールは思った——（きっと殺してやる。）

二〇

「飲みなさい」遠くから声がして、ポールはギリギリと痛みを感じた。目をあけると、アニーがかたわらに坐っていた。はじめて彼女の目がこちらと同じ高さにあり、彼の顔を見ていた。ポールは遙か遠くにかすむ驚きの念とともに、自分が久方ぶりに坐っている……実際に腰掛けているのに気づいた。

（知ったことか。）そう思って、また目を閉じた。潮が満ちている。杭は波のしたに隠れていた。やっとのことで潮がやってきて、こんど引いてしまったら、永久にもどってこないかもしれない。だから波があるあいだに波に乗って漂い、自分が坐っていることを考えるのは、あとまわしにしよう……

「飲むのよ！」また彼女が言った。そしてまた、ギリギリ。痛みは顔の左側で感じられ、ポールは思わずそれから逃れようとした。

「飲みなさい、ポール！　ちゃんと目を覚まして、飲まないと……」

ギリギリギリリリ！　耳朶《みみたぶ》だ。彼女が耳朶をつねっている。

「…かった」彼はつぶやいた。「わかった！　だから、耳を引っぱらないで」

むりやり目を開いた。瞼がセメント・ブロックをぶらさげているように重い。口にいきなりスプーンがつっこまれ、熱いスープが喉に流れ込んできた。息がつまりそうになって、それを呑み込む。

忽然と、どこからともなく――（なんと、前代未聞、奇跡のカムバックであります！）――「ハラヘッター」が姿を現した。スプーン一杯のスープが彼の胃袋を麻痺状態から呼び覚ましたようだった。それから先は、ピチャピチャ音を立てて呑みこむごとに、ますます空腹感がつのってくるようで、口に運ばれてくるのがもどかしいくらい立て続けにスープを飲んだ。

ぼんやり憶えているかぎりでは、アニーが煙のあがっている悍《おぞ》ましいバーベキュー・グリルを押して出てゆき、こんどはまたべつの物を押してもどってきたようだった。薬が効いて薄れゆく意識のなかで、それをショッピング・カートらしいと、彼は思った。そう思っても、べつだん驚きもしなければ、へんだとも思わなかった。なにしろ、相手はアニー・ウィルクスなのだ。バーベキュー・グリルのつぎがショッピング・カートで、明日になったら、こんどはパーキング・メーターか核弾頭でも運び込んでくるかもしれない。ここはビックリ・ハウス、アッといわせる趣向には事欠かない。

あのときはそのまま眠り込んでしまったが、いまになって、ショッピング・カートと思ったのが、畳んだ車椅子だったことに気がついた。そいつに彼はいま坐っているのだ。副木をあてられた脚をまっすぐ前に突き出し、骨盤のあたりが妙に膨らんだようで、いかにも坐り心地が悪い。

(眠っている間に、ベッドから移されたんだ。ずっしりと重いやつを持ち上げて。彼女、よっぽど腕力があるにちがいない)

「はい、おしまい」と、彼女は言った。「これだけ食欲があれば結構よ、ポール。よくなってる証拠だわ。まあ、〝新品同様〟とはいわないけど――そうはいかないけど、ああいう……ああいう生憎《あいにく》なことがもうなければ、ちゃんとよくなるわよ。さあ、この汚れっちまったベッドの寝具を替えなきゃ。それがすんだら、汚れっちまったあなたの着替えもさせて、それから、痛みがあんまりひどくなくて、まだ食欲があるようだったら、トーストでも食べさせてやるからね」

「ありがとう、アニー」と、口ではしおらしく言ったが、彼は心のなかでつぶやいていた――

(いま齧《かじ》りつきたいのは、トーストじゃなく、そっちの喉笛《スロート》だ。なんなら、唇をなめて「たいへん!」と言うぐらいのチャンスはあたえてやってもいい。だがそれも一度だけだぞ、アニー。)

(たったの一度だけだ。)

二一

ベッドにもどったのは四時間後。はやくもノヴリル一錠のためなら、自分の本をのこらず燃やしてもいい、という気分になっていた。坐っていたあいだは、そのことをすこしも苦痛だとは感じなかった——プロイセンの軍隊の半数を眠らせるほどのヤクが、血流中を駆け巡っていたからだ。ところがいまや、下半身内を蜂の大群が飛びまわって、ところかまわず刺しまくっている。

彼は大声で叫んだ。胃袋におさめたスープの効果があらわれたらしい。これほどの大声を出せたのは、暗い雲のなかから脱して以来はじめてのことだという気がした。

アニーの姿が寝室に入ってくる前に、ドアのすぐ外の廊下に、ずいぶんながいこと立っているように思えた。スイッチを切られたようにじっと動かず、ただぼんやりと、ドアの把手だか自分の手相だかを眺めているようだった。それからやっとそばに来た。

「ほら」と、薬をさしだした——こんどは二錠だった。ポールはコップが揺れないように彼女の手首をつかんで、薬を嚥み下した。

「町であなたにプレゼントを二つ買ってきたのよ」彼女は腰を上げながら言った。

と取り付けられている。

「もうひとつは明日見せたげるわ。いまはすこし眠りなさい、ポール」

アニーは隅に鎮座している車椅子を指さした。その前部にスティールの脚乗せが、しっかり

「そうですか」かすれ声で言う。

二三

眠りはなかなか訪れなかった。薬でぼんやりした頭で、自分の置かれている情況を考えていた。わりと楽な気持ちで考えることができた。彼が創造し、そして破壊した作品のことを考えるよりは、ずっと気楽だった。

ばらばらの事実を、端切れを縫い合わせてベッドカバーをこしらえてゆくように、つなぎ合わせてゆく。

ここは、アニーに言わせると、彼女を嫌っている隣人の家から遠く離れている。なんという名前だったか。ボイントン。いや、ロイドマン。そうだ、ロイドマンだった。町からも遠いのか。といっても、ひどく離れているということでもないはずだ。直径が短くて十五マイル、長くてもせいぜい四十五マイルの円のなかにはいるだろう。その円のなかに、アニー・ウィルク

スの家があり、ロイドマンの家があり、サイドワインダーの町並があり、それがどんなに小さな町であろうと……

（それと、私の車だ。私のカマロも、その円のなかのどこかにある。警察は車を見つけただろうか。）

いや、見つけてはいまい。彼は有名人なのだ。もしも彼の名前で登録されているナンバープレートをつけた車が発見されていれば、簡単な調査で、彼がボールダー市にいたことも、そのあと消息を断っていることもわかったはず。彼の大破した車が無人で発見されていれば、当然捜査がおこなわれ、ニュースで報じられているはず……

（あの女はテレビのニュースを見ないんだ。ラジオも聴いているようすがない——イアホーンを使っているのでないかぎり。）

シャーロック・ホームズの「僧房荘園《アベィ》」での、例の犬の話にちょっと似ている——犬が吠えなかった、だからおかしい、というやつ。警察がやってこない、だから車は発見されていない。もしも発見されていたら、彼の想定した円内はくまなく調べられたはずだろう。ウェスタン・スロープの頂上に近いこのあたりにその円を描いてみて、そのなかに何人ぐらいが住んでいるだろう。ロイドマン、アニー・ウィルクス、そのほか十人か十二人というところか。

これまでに発見されていないということは、これからも発見される見込みがないということか。

彼の生き生きとした（母の血筋から受け継いだのではない）想像力が、働きはじめた。長身のハンサムな警官。もみあげを長めにのばした、冷酷な感じの男。色の濃いサングラスをかけていて、質問をうける相手はそこに自分の顔が二つ映っているのを見る。しゃべりかたは鼻にかかった平板な中西部訛り。

（「ハンバッギー・マウンテンを下った途中で、転覆している車が発見されましてね。ポール・シェルダンという有名な作家の車でした。シートとダッシュボードに血が付いていたが、本人の姿がない。たぶん這い出して、意識がはっきりしないままうろついていたかもしれないんで――」）

彼の脚の状態を考えたら、お笑い草だが、もちろん彼の怪我がどのていどなのかは知る由もない。だから単純に、車のなかにいないということは、すくなくとも自力で歩きだすくらいのことはできた、と推測するだろう。その推理の方向が、誘拐というありそうもない可能性へとたどり着くことは、まずないだろう。すくなくとも最初のうちは。いや、たぶん絶対にない。

（「あの嵐の日に、路上でだれか見かけなかったですか？　背が高くて、年齢は四十二歳で、髪は薄茶色。おそらくブルージーンズに、チェックのネルのシャツに、パーカという格好だったと思われるんだが。怪我をしているようすだったか、もしかしたら、自分が誰なのかもわからない状態だったかもしれんのだがね」）

アニーは警官を台所に入れて、コーヒーを出している。そこと客用寝室の間のドアはすべて、抜かりなく閉ざしてある。ポールが呻き声をあげたときの用心のためだ。

（「いいえ、お巡りさん、だれも見かけませんでしたよ。そう、あの日は、嵐が南へはそれなかったってトニー・ロバーツに言われて、もう大急ぎで町から帰ってきたんですけどね」）

警官はコーヒー・カップを置いて、立ち上がる。（「それじゃ、その特徴にあてはまる男を見かけたら、できるだけ早く連絡してください。なにしろ有名人なんでね。〈ピープル〉とか、そのほかいろんな雑誌にも載ったことがある人だから」

（「そりゃもう、かならず！」）

そして、警官は立ち去る。

たぶんこれと似たようなことが、すでにあったのに、彼がそれを知らないだけではないか。彼が昏睡していたあいだに、いまの想像上の警官に似た、あるいはそれに類する人物が、アニーを訪ねてきていたかもしれない。昏睡状態がどれくらい続いたのか、それはまったくわからないからだ。しかし、よく考えてみると、それはあまりありそうにもない、とも思えた。ポールはココモあたりから来た、ただの通りすがりの流れ者とはちがう。ピープル誌に（最初のベストセラーが出たとき）載り、アス誌に（最初の離婚のとき）も載り、ウォルター・スコットの日曜日の「人物クイズ」でも出題されたほどだ。通り一遍の捜索ではすまされず、再三再四電話でなりとも、調査がおこなわれるはずだろう。有名人が――あるいは作家のような半有名人でも――失踪したとなれば、捜索にも熱が入れられるはずだ。

（ただの当て推量じゃないか。）

当て推量か、推理か。どっちにしても、ただ横たわって何もしないよりはましだ。

ガードレールはどうだったか？

思い出そうとしたが、思い出せなかった。憶えているのは、煙草を取り出そうとして、つぎの瞬間には、あっというまに天と地とがひっくり返ったことだけで、そのあとは記憶がない。

だがもういちど推理（なんなら、経験に基いた推量といってもいいが）してみて、ガードレールはなかった、という結論に達した。ガードレールがひん曲がっていたり、支えのワイヤーが切れていたりすれば、当然道路作業員の目をひく。

とすると、実際はどうだったのか？

彼が事故を起こした場所は、それほどの急傾斜ではなかったということだ——せいぜい車が転がるていどの勾配しかなかった。もしも傾斜が急であったら、ガードレールが取り付けられていたはず。もしもそれほどの急傾斜だったら、アニー・ウィルクスが彼を見つけることはなかっただろうし、まして彼女独りで道路まで彼を引き上げることなど不可能だっただろう。

だとすると、彼の車はいまどこにあるのだ？　もちろん、雪に埋もれているのだ。

ポールは目のうえに腕をのせて、町の除雪車が道路を上ってくるところを想像した。そこは彼の車がつい二時間前に転落した箇所である。日暮れちかくの猛吹雪のなかで、除雪車はぼやけたオレンジ色のしみのように見える。運転台の男は目のあたりまで防寒具に包まれ、頭には青と白の亜麻布の昔の鉄道員の帽子をかぶっている。彼の右方のゆるい斜面のすぐ下に、山地特有の地溝にはまりこむようにして、ポール・シェルダンのカマロが横たわっている。後部のバンパーに貼られた「ハートを大統領に」という、色褪せたブルーのステッカーがそこでの唯一の色彩である。除雪車を運転している男は車に気がつかない。バンパーのステッカーはぼやけて、彼の目にはとまらない。側面の視界の大部分は除雪器に遮られていて、おまけに暗い。それに彼は疲れている。はやいとここの最後の走行を終えて、除雪車を交替の作業員に引き渡し、熱いコーヒーを飲みたい一心である。

除雪車はスピードを上げ、道路の両端に雪を雲のように捲きあげながら通り過ぎてゆく。すでに窓のあたりまで雪を被っていたカマロは、屋根《ルーフ》まで埋もれてしまう。そのあと、すぐ目の前の物すら非現実的に見える雪嵐の暮れ時、二人目の作業員の運転する除雪車が反対方向から通り過ぎて、埋葬の仕上げをする。

ポールは目を開いて、漆喰の天井をながめた。細い亀裂がWの形に重なり合って、無数に走っている。黒雲から脱け出していらい、ここに横たわっていた際限のない時間に、すっかり見馴れてしまった模様である。彼はまた、その亀裂を目で追いながら、Wではじまる言葉をぼんやりと考えていた—— wicked（よこしまな）wretched（いやらしい）witchlike（鬼女じみた）wriggling（のたくりまわる）。

そうだ。

そんなふうだったにちがいない。そのとおりだろう。

彼の車が発見されたらどうなるか、あの女は考えただろうか？

考えただろう。彼女は狂っているが、狂っているから馬鹿だということにはならない。

しかし彼女は、ポールが『高速自動車』の原稿コピーを取っているかもしれないとは、考えもしなかったではないか。

（そうなんだ。しかもそのとおりだった。まさしく原稿コピーは存在しなかった。）

焼け焦げた紙が舞い上がり、炎がおどり、焚殺《ふんさつ》の音と臭気がただよう——歯軋りしてそのイメージを追い払い、念頭から閉め出そうとした。想像力が「生き生きと」しているのも、ときには害になる。

（そのとおり、私はコピーを作らなかった。しかし作家なら、十人のうち九人はコピーを取るだろう——すくなくとも、ミザリーものでない小説で私が得ている収入と同程度の実入りのある作家なら。あの女はそんなことは考えもしなかった。）

（彼女は作家じゃないからだ。）

（それに馬鹿でもない。その点はおたがいわかっているんじゃないのか。彼女はエゴの塊なんだ——それもちょっとやそっとのエゴではなく、おそろしく肥大したエゴだ。原稿を焼き棄てることを、あの女は正しいおこないだと考えた。そしてその正しいおこないが、ゼロックス機械となにがしかの費用といった、些末なことで妨げられるかもしれないという考えは……そんな思考パルスは、彼女のレーダースクリーンには、影も映さなかったというわけさ。）

それまでの推理は砂上の楼閣のようなものだったかもしれないが、このアニー・ウィルクス観だけは、『ジブラルタルの岩山のように堅牢であるように思えた。『ミザリー』のための下調べで、ポールはノイローゼと精神病について、素人以上の理解をもっていた。ノイローゼと精神病との境界例の患者は、周期的に、落ち込む抑鬱の時期と、ほとんど攻撃的ですらある快活な躁状態の時期とを交互にくりかえすが、その底流にはつねにかわらず病的に肥大したエゴが居すわっているのだ。患者はすべての人の目が自分に注がれていると思い込み、自分が大ドラマのスターであって、その顛末《てんまつ》を幾百万の観衆が固唾《かたず》をのんで見守っているのだ、と信じ込んでいる。

そのようなエゴはある種の思考の流れを禁止する。その種の思考の流れは予測できる。それはつねに同一方向へ流れるからである。精神の不安定な患者から、その患者のコントロール領域ないしは幻想（その区別はノイローゼ患者にはあるていどわかっているようだが、精神病者にとっては、同じものである）の埒外《らちがい》にある物、情況、あるいは他人へと、流れる。アニー・ウィルクスは『高速自動車』を焼き棄ててしまいたいと思った。だから彼女にとって、原稿は一つしか存在しなかったわけだ。

（ほかにもコピーがあるんだと言ってやれば、焼却はまぬかれたかもしれない。原稿を燃やしてもむだだと、彼女は思っただろうからな。そして——）

眠りかけて緩やかになっていた呼吸が、急に停止して、彼は目を大きく見開いた。

そうだ、彼女は燃やしてもむだだと思っただろう。つまり、思考の流れが彼女のコントロールの埒外へと向かうことを余儀なくされるわけだ。エゴは傷つき、悲鳴をあげ——

（あたしって、癇癪持ちだからね！）

ポールの「下品な小説」を抹殺できないという事実に直面していたら、彼女はその下品な小説の作者を抹殺しようと考えたかもしれない。なにしろ、作家ポール・シェルダンのコピーは存在しないのだから。

動悸が早まってきた。どこかの部屋で時計のチャイムが鳴りはじめ、頭上にアニーの足音が響いた。小便のかすかな音がする。トイレの水を流す音。重い足音がもどってゆく。ベッドのスプリングが軋む。

（「もうあたしを怒らせたりしないでしょう、ね？」）

心臓の鼓動がふいにギャロップに移りだそうとした。育ちすぎの繋駕《けいが》レース馬が足並みを乱しかけている。付焼刃の精神分析によると、彼の車に関することは、どういうことになるのか。車がいつ発見され、それが彼にとって何を意味することになるのか？

「ちょっと待て」彼は暗闇でつぶやいた。「ちょっと、ちょっと待ってくれ。ゆっくり考えさせてくれ」

腕をふたたび目のうえにのせて、もういちど、濃いサングラスを掛け、もみあげを伸ばした州警察官の姿を思い浮かべた。（「ハンバッギー・マウンテンを下る途中で、転覆している車が発見されましてね」）とかなんとか、その警官がしゃべっている。

こんどは、アニーは警官にコーヒーをふるまったりはしていない。警官が家の外に出ていって、道を遠ざかってゆくまでは、彼女は安心できない。たとえ台所でも、たとえ客用寝室までは閉ざしたドアを二つ隔てていて、そこのお客が昏睡状態に陥っているにしても、警官が呻き声を聞きつけるかもしれないからだ。

もしも車が発見されたのなら、アニー・ウィルクスは自分の立場が悪くなっていることに気がつくはずではなかろうか。

「そうだ」と、ポールはひとりごちた。脚がまた痛みはじめていたが、当面の問題の空恐ろしさに気を奪られて、それどころではなくなっていた。

アニーは困った立場にたたされている。それは彼女がポールを家に運んできたからではない。ことに事故現場からは、サイドワインダーよりは彼女の家のほうが近い（そうにちがいあるまい）のなら、なおさらだ。むしろ彼女は表彰され、ミザリー・チャスティン・ファンクラブ（情けないことに、そういうものが現実に存在するのだ）の終身会員に推奨されるほどだろう。問題なのは、ポールを家に運んでから客用寝室に閉じ込め、それを誰にも知らせなかったことだ。町の救急サービスに、「こちらはハンバッギー・マウンテン・ロードのアニーですけどね。

男の人を道で助けたんだけど、まるでキング・コングがトランポリン代わりに踏んづけたみたいな状態なのよ」といったような電話はいっさい掛けなかったのだ。問題なのは、本来なら彼女が入手できるはずのない多量の薬をあたえて、彼を薬中毒にしてしまったことだ。しかも、薬漬けにしたあと、彼の腕に点滴の針を突き刺したり、松葉杖を截断したアルミ棒で脚に副木をあてたり、奇怪な手当をほどこしている。問題なのは、アニー・ウィルクスがデンヴァーの裁判所で証人席にすわらされたことがあること……（それもたんなる参考人としてでないことは、全財産を賭けてもいい。）

だからアニーは、警官がぴかぴかのパトカーで（ホイールウェルとバンパーのしたに雪と塩の塊がこびりついている以外は、ぴかぴかだという意味だが）道を下ってゆくのを見とどけてから、やっとほっとする……だが、すっかり安心というわけにはいかない。いまや彼女はその臭跡を残してしまった獣のようなものだから。それもおそろしく強烈な臭跡を。

警察は徹底的に捜索をつづけるだろう。なぜなら彼はココモから来たただの人ではなく、ポール・シェルダンだからだ。掃き溜めのスターにしてスーパーマーケットの恋人ミザリー・チャステインを、その額から産み出した文壇のゼウスだからだ。どうしても見つからなければ、警察は捜索をやめるかもしれない。あるいは、すくなくともほかを探すだろう。しかし、もしかしたらロイドマンの家の者が、あの夜、アニーの通るのを見ていたかもしれない。オールド・ベッシーの後部に妙な荷物が、毛布にくるんだ人間のような形をした物があるのを見かけたとも考えられる。たとえ見ていなかったにしても、ロイドマンのことだ、アニーに不利な話をでっちあげないともかぎらない。かれらはアニーを嫌っているのだから。

警察がまたやってくる。そしてこんども、寝室の客人ははたして静かにしているだろうか。バーベキュー・グリルの火が手に負えなくなりかけたとき、アニーが目をあらぬ方にキョトキョト動かしていたようすを、彼は思い出した。おそらく彼女は、両の拳を結んだり開いたりしながら、うろうろと歩きまわり、ポールが黒雲のなかに埋没して横たわっている寝室をちらちら覗き込んでいたにちがいない。そしてほかに誰もいない部屋で、「たいへん！」を連発していたことだろう。

彼女は美しい羽根をした珍しい鳥を盗んだのだから――アフリカから来た珍鳥を。

もしも見つかったら、どうなるだろう？

それは、むろん、ふたたび証人席だ。デンヴァーの裁判所の証人席にすわらされる。そしてこんどこそ、放免はしてもらえないだろう。

ポールは目のうえから腕をどけた。天井にはしる重なり合ったWの字が、酔眼で見るように揺らいでいるのをみつめた。その先を想像するには、もはや腕を目のうえにのせるまでもなかった。アニーは一日か、あるいは一週間か、彼のそばに付きっきりになるだろう。電話が掛かってくるか、警官がもういちどやってくるか。それだけで彼女が珍鳥を始末しようと決心するには充分だ。野犬が追いつめられて、盗んできた獲物を土の下に埋めてしまおうとするように。

彼女は薬を二錠ではなく五錠あたえるか、枕で窒息死させるか、あるいは射殺するか。きっとライフル銃があるはず――山地に住む者はたいてい、一挺は持っている――それで問題は片づく。

いや――銃ではない。

それでは、あとが面倒だ。

証拠が残るかもしれない。

そういったことが何も起こっていないということは、車がまだ見つかっていないからだ。もっかニューヨークかロサンジェルスあたりを捜索中で、コロラド州のサイドワインダーまでは目が届かないのだろう。

だが、春になったら。

天井をWの字がのたくる——Washed（洗い流され）Wiped（拭われ）Wasted（処分される）

脚の疼きが執拗になってきた。こんど時計のチャイムが鳴ったら、アニーがやってくるだろう。ポールは彼女に内心の考えを見抜かれるのではないかと、恐ろしくなってきた。それは文字にするには陰惨すぎる物語の赤裸な前説のように、彼の顔にはっきり刻まれているにちがいない。彼は左のほうに目をやった。壁にカレンダーが掛かっている。男の子が斜面を橇で滑っている写真がついている。カレンダーは二月になっているが、彼の計算が正しければ、すでに三月初旬のはず。アニーがカレンダーをめくるのを忘れたのだろう。

雪が溶けて、彼の車が——ニューヨークのナンバープレートを付け、グローヴボックスに持主がポール・シェルダンであることを示す登録証がはいっている、彼のカマロが——姿を現すまでには、あとどれくらいだろう。あの警官がアニーのところにやってくるか、あるいは彼女が新聞で車発見のニュースを読むまでに、あとどれくらい？　あとどれくらいすれば、春がやってくるだろう？

六週間？　五週間？

（それまでが私の生きていられる期間だ。）そう思うと、ポールは震えだした。そのときには脚の痛みがすっかりぶり返していて、ようやく眠ることができたのは、アニーがやってきてさらに薬を嚥ませてくれてからだった。

二三

翌日の夕方、アニーがロイヤルのタイプライターを持ち込んできた。電動タイプライターやカラー・テレビやプッシュホン式電話がまだサイエンス・フィクションでしかなかった時代の、オフィス事務機である。まるで礼装用の靴のようにまっ黒で格式ばった趣がある。両端にガラスのパネルが嵌っていて、機械内部のレバーやスプリングや爪車や連接棒が見えている。片側にヒッチハイカーの拇指のように突き出している、鋼鉄のキャリッジ・リターンレバーは、永いこと使われていないため艶を失っている。キャリッジ・ローラーのゴムは埃をかぶり、疵だらけだった。機械の正面に半円形のＲＯＹＡＬのマークが付いている。アニーは彼に見せるためにタイプライターを持ち上げてみせてから、唸り声とともに、ベッドの足のほうの彼の開いた脚のあいだに置いた。

ポールはそれをじっとみつめた。

タイプライターがなにやらニヤニヤしているように見える。

そうでなくても、えらいものが来たというのが実感だった。リボンは褪せかかった二色の、上が赤で下が黒のやつだ。そんなリボンがあったことすら、彼は忘れていた。とても郷愁を掻き立てられるなんてシロモノではない。

「どう？」笑みがこぼれんばかりの表情。「どう思う？」

「すてきですね」すかさず答える。「りっぱな骨董品だ」

彼女の笑みが翳った。「骨董品として買ったんじゃないわ。中古品だからよ。お買い得の中古品だから」

これにもすぐに応じてやる。「そうですよ！　タイプライターの骨董品なんてものはありえない――はっきりいってね。良いタイプライターは永久に使えるんです。こういう昔の事務機の頑丈なことは戦車並みだから」

手が届いていたら、彼はタイプライターを撫でただろう。できたらキスでもしかねない。

アニーの笑みがもどった。彼の動悸がいくらか休まった。

「ユーズド・ニューズで買ったのよ。ずいぶんバカげた店の名だと思わない？　あの店をやっているナンシー・ダートマンガーが、だいたいバカな女なんだから」アニーの表情がいくぶん暗くなったが、ポールは即座に、それが彼のせいではないことを見てとった。生き延びたいという本能はそれ自体利己的なものかもしれないが、それがいまは感情移入への驚くほどの近道を造りだしていた。彼はアニーの気分に、彼女のサイクルにごく自然に同調することができて、あたかも欠陥品の時計ででもあるかのように、彼女の歯車の動きに耳をすましていた。

「バカだけじゃなくて、ワルなのよ、あのダートマンガーは。ワルバカマンガーよ。二度も亭主と別れて、いまはバーテンなんかとくっついてるんだから。それであんたが骨董品なんて言うから――」

「いや、りっぱに見えますよ」

アニーは一瞬黙ってから、告白でもするように言った。「じつは、nの字が取れてるの」

「ほう?」

「そうなの――ほら」

彼女はタイプライターを傾けてみせた。半円状に整列しているキーが見え、ストライカーの一本が欠けているのが、摩滅した歯並びの臼歯が一本だけ抜けた口のように見て取れた。

彼女はタイプライターを下ろした。ベッドがすこし揺れた。タイプライターの重量はおそらく五十ポンドはあるにちがいない、とポールは推測した。軽い合金もプラスティックもなかった時代の遺物。おそらくは、六桁のアドヴァンス(出版前払い金)も、映画とのタイアップ出版も、「USAトゥデイ」も、「エンターテインメント・トゥナイト」も、有名人がクレジットカードやウォトカのコマーシャルに出演することもなかった時代。

「なるほど」

ロイヤルのタイプライターは疫病神のように、彼にむかってニヤニヤ笑っている。

「あの女、四十五ドルは欲しいところだけど、五ドル値引きするって言ったわ。nが欠けてるから」狡そうな微笑を見せる。あたしはバカじゃないよ、とその笑いが告げていた。

彼も微笑をかえした。潮は満ちていた。おかげで笑うのも横たわっているのも、楽な気分だった。「値引きすると言った？　つまりあなたのほうが値切ったのじゃないんですね？」

アニーはちょっと得意そうな面持ちで、「nは大事な字なんだから、とあの女に言ってやったのよ」と、言った。

「いいこと言いますね。たいしたもんだ！」いったん呼吸をのみこんだら、お追従《ついしょう》がすらすらと出てくる。これは新しい発見である。

彼女はとっておきの内緒事を打ち明けるときのような笑顔になった。

「nはあたしの好きな作家の名前に入っている字なんだからって、言ってやったの」

「私の好きな看護婦さんの名前には、二つも入っている」

彼女の笑みは輝きださんばかりになった。ごつい頬がなんとバラ色に染まった。（そうだ。それこそH・ライダー・ハガードの小説のあの石像の口に、火炉が入れられたときの表情だ。夜の闇に赫奕《かくやく》と輝くその顔。）

「からかってるのね」と、作り笑いをする。

「いやいや。からかってなんかいませんよ」

「そうかしら」一瞬遠くを見る表情になった。例の空白の表情ではなく、嬉しがって、いくらか戸惑ってもいて、考えをまとめようとしている。ポールもこのなりゆきを娯しむところだが、タイプライターの重みが気になってそれどころではない。この女とおなじようにがっしりして、おなじように欠陥のあるタイプライターが、疫病神のように、欠けた歯を見せてニヤニヤしているのだ。

「車椅子はもっとずっと高かったのよ」と、アニーは言った。「人工肛門《オストミー》形成用の器具がめったに使われなくなって、あたしがいたころ――」ふっと口をつぐんで、眉をひそめ、咳ばらいした。それからポールを見て、頬笑む。「だけどあんたに坐ってもらうんだから、少しぐらいの出費は惜しくはないわ。だって寝たままタイプは打てないでしょ？」

「そりゃそう……」

「台にする板も用意したわ……ちゃんと寸法を合わせて……それに用紙も……ちょっと待ってて」

少女のように部屋をとび出していった。あとにポールとタイプライターが睨み合ったまま残された。彼女が背を向けたとたんにポールの笑顔は消えたが、ロイヤルのニヤニヤは変わらない。あとで考えてみると、それがどういうことを意味するのか、彼には察しがついていたようだ。それと同時に、このタイプライターがダッキー・ダッドルズのようながさつな音をたてるだろうということは、そのニヤニヤから予測がついていた。

アニーが透明なシールに入ったコラサブル・ボンド印のタイプ用紙の包みと、幅三フィートに長さ四フィートほどの板をかかえてもどってきた。

「ほら見て！」ベッドのそばに骸骨の見舞い客のように控えていた、車椅子の肘掛けのうえに板をのせた。すでにポールの目には、その板をまえにして囚人のようにしゃっちょこばっている、自分自身の亡霊が見える。

アニーはタイプライターを亡霊のほうに向けて、板の台にのせ、その横にコラサブル・ボンドの包みを置いた。そのタイプ用紙は、ページが擦れるとタイプの文字がぼやけてしまうので、ポールがもっとも嫌っているやつだ。かくして、いわば身障者の仕事場ができあがった。

「どう思う？」

「なかなかいいですね」心にもない大嘘がすらすらと出たところで、すでにわかりきっていることを訊いてみた。「私はそこで何を書くことになるのかな？」

「だって、ポール！」彼のほうに向けられた目が、紅潮した顔のなかで生き生きと躍っている。「そんなこと、わかってるじゃないの！　あんたはこのタイプライターを使って、新作を書くのよ。あんたの最高の小説、『ミザリーの生還』をよ！」

二四

『ミザリーの生還』。彼はなにも感じなかった。電動ノコで手を切断された人が、血の噴き出す手首を驚愕とともにぼんやり眺めている——それがちょうどこんな状態なのではないだろうか。

「そうなのよ！」彼女の顔がサーチライトのように輝きを放つ。ふしくれだった両手が双つの乳房のあいだで握りしめられている。「あたしのための本よ、ポール！　あんたを元気にしてあげた看護の報酬だわ。たった一部しかないミザリーものの最新作！　ほかのだれ一人、どんなに欲しくても手に入れられない作品が、あたしのものになるの。考えてもごらんなさい!」

「アニー、ミザリーは死んだんですよ」しかし心のなかでは、あろうことか、(生き返らせようと思えば、できないことでもない。)と考えていた。その考えは彼の内部を女々しい嫌悪でみたしたが、驚愕は感じなかった。要するに、バケツの汚水を飲むことができたのだから、指図されて小説を書くことだってできなくはなかろう、という気持ちであった。

「いいえ、死んでないわ」アニーは夢見るように応じた。「あたしが、あのとき……あんたには腹を立てたときでも、ミザリーはほんとうは死んじゃいないんだって、わかってたわ。あんたには彼女を殺せるはずがないのよ。だって、あんたは良い人だから」

「ほんとに?」彼はタイプライターを見やった。そいつがニヤニヤして、(「ほんとに良い人かどうか、ひとつ試してみようじゃないか」)と、ささやいた。

「そうよ!」

「しかし、その車椅子に坐れるかどうか。この前のときは——」

「そりゃ苦しかったでしょうね。こんども苦しいでしょうよ。前よりも苦しいぐらいかもしれないわ。だけど、そのうちに苦痛が薄らぎはじめるときが来る。どっちにしてもだいぶ先だろうけど、あんたが思っているほど先ではないわ。そこからは、少しずつ、少しずつ、苦痛を感じなくなってくる」

「アニー、ひとつ訊いていいですか?」

「ええ、どうぞ」

「私がその話を書くとして——」

「長篇小説よ！　これまでのと同じくらい――いいえ、もっと長い傑作を書くのよ」

ポールは目をつぶって、ややあってからまた開いた。「いいでしょう――その長篇小説を書くとして、それが出来あがったら、私を解放してくれますか？」

刹那、彼女の顔に動揺の色がよぎった。ポールの顔を穴のあくほどみつめる。「まるであたしが、あんたを閉じ込めているみたいな言い方だわね、ポール」

彼は無言のまま彼女を見返した。

「小説が完成するころには、あんたはもう……もう人と会えるくらい回復してるでしょう」と、彼女は言った。「訊きたいって、そのことなの？」

「そう、それを訊きたかったんです」

「やれやれ、だわ。作家って、すごくわがままだとは聞いてたけど、恩知らずだとまでは思ってもいなかった」

ポールは彼女の顔に目を当てたままだった。アニーは苛立ちと狼狽をみせて、視線をそらした。

しばらくしてポールは言った。「ミザリーものの本が全作必要です。用語索引を持っていませんのでね」

「もちろん全部あるわ」そう言ってから、「用語索引って、なんのこと？」

「ミザリー関係の用語をすべて書き入れた、ルーズリーフのノートですよ」彼は言った。「大部分は人物名と場所名ですが、三通りか四通りの相互参照ができるようになっている。それから、時の推移、物語の経緯……」

彼女はほとんど聞いていなかった。作家志望者たちを魅了するプロの秘訣の話に、彼女がまるで興味を示さなかったのは、これで二度目だった。理由は明々白々。アニー・ウィルクスは完全な読者であって、小説を読むのは好きだけれども、創作の技術にはいささかの関心もないのだ。彼女はヴィクトリア朝時代の典型的な〝忠実なる読者〟の化身だった。用語だとか索引だとか、そんな話を聞きたがらないのは、彼女にとっては、ミザリーやその周辺の人物たちはまぎれもない現実の存在だからである。索引など彼女にはなんの意味もない。それよりリトル・ダンソープの村の人口調査の話かなにかならば、彼女もいくらか興味を示したかもしれない。

「本は全部揃ってるわ。ページの角がすこし折れてるけど、それは熱心に読んだ証拠だから。そうでしょう？」

「そう、そのとおりですよ」こんどは嘘をつく必要はない。

「製本の勉強をしなくちゃ」と、夢見るように言う。「『ミザリーの生還』を自分で製本したいわ。母の聖書をべつにすれば、それがたった一冊のあたしの本、本当の本になるのよ」

「それはいい」なにか言わなければならないから、そう言ったが、胸がむかついてきた。

「あたしはもう向こうへいくわ。あんたが落ち着いて考えられるように」と、言う。「ほんとにすごいことだわ。そう思わない？」

「そう。たしかにね」

「半刻もしたら、鶏の胸肉とマッシュトポテトとお豆をもってきてあげるわ。それと、小さなジェロもね。あんたが良い子にしてくれたから。それから、鎮痛剤もきちんとあげますからね。

必要だったら、夜の分も余分にあげる。ぐっすり眠って、明日は仕事にかかってもらわなくちゃ。仕事をすれば、それだけ治りも早くなるわよ、きっと」

アニーはドアのところまで行って、そこで立ち止まり、グロテスクな投げキスを送ってよこした。

彼女が出ていき、ドアが閉まった。ポールはタイプライターを見たくなかった。しばらくは見まいとしていたが、しぜんと目がそちらへ行ってしまう。そいつはいま、タンスのうえに載ってニヤついている。まるでそれは、鉄靴や拷問台や吊し刑具といったたぐいの拷問道具よろしく、これから威力を発揮するのを待っているばかりといった風情だった。

(「小説が完成するころには、あんたはもう……もう人と会えるくらい回復してるでしょう」)

(アニー、おまえは自分自身にも私にも嘘をついた。私にはそれがわかったし、おまえにもわかっていたはずだ。おまえの目がそれを物語っていた。)

彼の目の前に、暗澹とした予想がうかびあがってくる。これから六週間、折れた骨の痛みを堪《こら》えながら、ふたたびミザリー・チャスティン(改姓カーマイクル)と鼻突き合わせつづけたあげくに、裏庭にそそくさと埋葬されるはめになるのだ。もしかしたら、彼女はポールの遺体を豚のミザリーの餌にするかもしれない……だとすると、やるべきことは決まっている。たとえ悍《おぞ》ましい絶望的なことであっても。

(つまり、書くのをやめるんだ。彼女を怒らせろ。あの女は歩くニトログリセリンの壜そのものだ。ちょっとばかり揺すってやれば、爆発するぞ。こうやって苦痛に耐えているよりはましだ。)

天井の重なり合ったWの亀裂を眺めようとしたが、視線はたちまちタイプライターのほうへもどった。タンスのうえに、彼が書きたくない言葉を孕んでどっしりと腰を据え、歯が一本欠けた口でニヤついている。

(いまのはどうせ本気じゃないだろう。たとえ苦痛であっても、生きていたいくせに。そのために、ミザリーに再登場を願わなければならないとしたら、そうするに決まっているんだ。やったらいいさ――だがその前に、自分自身と折り合いをつけなければならんぞ……手前の面《つら》とじっくり相談するんだな)

「それでお互いさまだ」ポールは嗄れ声を出した。

こんどは窓の外に目をやろうとした。雪が降りはじめている。だがすぐに、自分ではそれと意識しないうちに、喰い入るようにタイプライターをみつめていた。

二五

車椅子に坐るのは、恐れていたほど苦痛ではなかった。それでホッとした。このまえのときは、あとでひどく痛んだから。

アニーは食事をのせた盆をタンスのうえに置いて、車椅子をベッドのそばまで押してきた。

それからポールを起き上がらせ――骨盤のあたりを鈍い痛みがつらぬいたが、すぐに薄らいだ――腰をかがめて、馬の頸のような首を彼の肩に押しつけてきた。瞬間、彼女の血管の脈動が感じられ、ポールの顔が嫌悪にゆがんだ。アニーは右腕をしっかり彼の背中にまわし、左腕を尻のしたに差し入れた。

「膝から下を動かさないようにね」そう言うと、アニーはあっというまに彼を車椅子に運んで坐らせた。まるきり書棚の空いている隙間に本を差し入れるように、楽々とやってのけたのだ。たいした力持ちだ。たとえポールが元気だったとしても、アニーと闘ってはたして勝てるかどうかおぼつかない。ましていまの状態では、ウォーリー・コックスがブーン・ブーン・マンシーニを相手にしているようなものだろう。

彼女はポールのまえに台板を置いた。「ほら、ぴったしでしょう」そう言って、タンスのうえの盆を取りにいった。

「アニー」

「なに？」

「そのタイプライターをむこうに向けてくれませんかね。壁のほうに向けて」

彼女は眉根を寄せた。「なんでそんなことしてほしいの？」

（そいつのニヤニヤ笑いを夜通し見ていたくないからだよ。）

「私の迷信みたいなものでね」と、彼は言った。「執筆を始めるまえは、タイプライターを壁のほうに向けておくんですよ」そこでつけくわえる。「実際は、執筆をつづけている間ずっと、夜はそうしておくんです」

「『割れ目を踏んだら、お母さんの背骨が折れる』っていう、あれとおんなじようなことね」アニーは言った。「あたしだって、できれば割れ目を踏みたくないから」タイプライターをぐるりと回したので、そいつのニヤニヤは何もない壁に向けられることになった。「これでいい？」

「どうも」

「あんたって、バカな子ね」そう言ってもどってくると、彼に食事を食べさせはじめた。

二六

夢に出てきたアニー・ウィルクスは、さる有名なアラビアのカリフの宮廷にいた。壜のなかから子鬼《インプ》や霊鬼《ジン》を呼び出し、魔法の絨毯にのって宮廷のまわりを飛んでいるのだ。絨毯がポールのそばをかすめて過ぎたとき（アニーはうしろに髪をなびかせ、その目は氷山のあいだを航行する船の船長の目のように、無情な光を放っていた）それが緑と白の糸で織られた、コロラド州のナンバープレートを付けているのが見えた。

「むかしむかし」と、アニーは大声で言った。「むかしむかしのことでした。それは、あたしのおじいさんのおじいさんが、こどもだったころの、おはなしです。それは、あるかわいそうなおとこの、おはなしです。あるひとからきいた、おはなしです。むかしむかし。むかしむかし」

二七

目を覚ますと、アニーが彼を揺すっていて、窓から明るい朝日が射し込んでいる――雪はやんでいた。

「起きなさい、お寝坊さん！」アニーはまるで歌っているようだった。「ヨーグルトと茹で卵ですよ。お食事のあとは、お仕事の時間よ」

彼女の熱心な表情を見ていると、ポールの内部におもいがけない、希望のようなものが涌いてきた。彼が夢で見たアニー・ウィルクスは、『千夜一夜』のシェヘラザードだった。その頑強な体を薄物のローブにつつみ、でかい足に爪先がそりかえったピンクのキラキラ光る上靴を履き、魔法の絨毯にのって、物語の扉をひらく呪文を歌うように唱えていた。しかし、いうまでもなく、シェヘラザード役はアニーではない。ポールなのだ。そして、もしも彼の書いたものがたいそうおもしろくて、その最終結末がどうなるのかわかるまでは、彼を殺すに忍びないという気持ちに、アニーがなったとしたら。たとえ彼女の動物的本能が、いかにしつこく声高に、その実行を彼女に迫ったとしても……

彼にチャンスがないとはいえない。

アニーの背後に目をやって、彼女がポールを起こす前に、タイプライターをこちら向きに動かしているのを見て取った。そいつが歯の欠けた口で晴れやかに笑いながら、希望をもつのは結構だし、努力するのもりっぱだが、最後にすべてを決するのは運命だぜ、と言っていた。

二八

アニーは彼をすわらせた車椅子を、窓際まで押していった。ポールはそれこそ久方ぶりに陽光を浴び、あちこちに軽い床擦れのできた、生白い皮膚が歓びと感謝にうずいた。窓ガラスの内側は霜の網目模様に縁取られている。手をのばして、窓のまわりの盛り上がった冷たい水滴にふれた。その感触はあたかも旧友からの便りのように、すがすがしく懐かしい気分をあたえてくれた。
ここにいた何週間か――彼には何年にも思えたが――ではじめて、寝室のかわりばえのしない光景とはちがった、窓外の景色を目にした。寝室のほうはいつ見ても、ブルーの壁紙と、凱旋門の絵と、長い長い二月を象徴している橇滑りしている男の子の写真（これからさき一月から二月への月替りを、たとえ五十回経験しようとも、そのたびにあの男の子の顔と毛糸の帽子を思い出すにちがいない）だけ。ポールは窓外の新しい世界に、子供時代にはじめて映画を見た――「バンビ」だったが――ときのように、夢中で見入った。

すぐ近くにロッキー山脈がある。その向こうの世界は、聳えたつ基岩プレートにさえぎられて、当然見ることはできない。空は朝のみごとな青色一色で、雲ひとつない。近くの山腹に、森が緑の絨毯を敷いている。この家から森までのあいだの、おそらく七十エーカーはあると思われるひろがりは、一面雪におおわれて銀色に輝いていた。雪の下にあるのが、耕された土なのか草原なのかは、まったくわからない。この開けた視野にたったひとつ、ぽつんと建っているのは、赤く塗られたこぎれいな納屋だった。アニーが家畜のことを話したとき、あるいは、その鈍重な顔のまわりに白い息をなびかせて、彼女が窓の外をむっつりと通るのを見たとき、ポールは子供向けのゴースト・ストーリーの本の挿絵にあるような、崩れかけたオンボロ納屋を頭にえがいていた。永年の雪の重みで屋根はたわんで垂れ下がり、ポッカリあいた窓は埃だらけで、ガラスの割れたところはボール紙でふさがれていて、両開きのおおきな扉は支えからはずれ、外側へかしいでいる――それが彼の想像だった。だがあの濃い赤ペンキを塗られ、きれいなクリーム色で縁取りされた瀟洒な建物は、金持ちの屋敷の、納屋にみせかけて作られた、車が五台も入っていそうなガレージに見えた。納屋の前には、チェロキーのジープがあった。たぶん五年ぐらい前の車だろうが、見るからに手入れが行きとどいている。その片側には、除雪器が手作りの木製の架台にのせられている。除雪器をジープにとりつけるときは、ジープを架台のまえへ動かし、フレームの鉤が除雪器の受け具に合わさる位置にもってきて、ダッシュボードのロック・レバーを入れるだけでいいわけだ。女の一人暮らしで、手助けを頼む隣人もいないアニーには、うってつけの作業車である——なにしろ、例の「ゴロッキ屋」のロイドマンからは、たとえ飢え死にしかかっていても、ポークチョップ一皿もらう気も、アニーにはないだろうから。車廻しはきれいに除雪されていた。彼女がたしかに除雪器を使っている証拠だが、道路の状態は家の陰になっているので、ここからは見えない。

「うちの納屋に感心しているのね、ポール」

彼はギクリとしてふりむいた。予期しない急な動きで、眠っていた痛みが呼び覚まされた。向こう脛の残骸と、岩塩の塊と化している左の膝に、鈍い疼痛が起こった。痛みは骨の空洞のなかから針を突き出したと思うと、まもなくまた浅い眠りにもどっていった。

アニーは食事の載った盆をもっていた。やわらかい病人食だが、それを見たとたん、彼の胃袋が鳴った。こちらへ近づいてくるアニーが白いラバソールの靴を履いているのを、彼は見た。

「ええ」と、彼は言った。「とてもきれいですね」

彼女は車椅子の肘掛けに台板をのせ、板のうえに盆をおいた。それから椅子をポールのそばにひきずってきて、腰をおろし、彼が食べはじめるのを見守った。

「アッタリキよ！　『きれい好きはきれいに見える』って、母がいつも言ってたわ。きれいにしとかないと、近所の連中がうるさいからね。なんとかしてあたしに文句をつけたり、噂をひろめたりしてやろうと、隙をうかがってるんだから、あいつらは。だからあたしは、いつもきれいにしとくのよ。見てくれをちゃんとしとくのが、とっても大事なんだ。納屋のことなら、怠けさえしなければ、たいした手はかからないのよ。一大ケッサクは屋根に雪を積もらせない方法なの」

（一大ケッサク、か）と、彼は思った。（回想録を書くときには、忘れずにアニー・ウィルクス語録のなかに入れておこう――回想録を書くチャンスがあったとしたら、だが。ゴロツキ屋だとか、アッタリキだとか、そのほかのやつも入れて。）

「二年前に、ビリー・ハーヴァシャムに言って、屋根に電熱テープを張らせたの。スイッチを入れれば、テープが熱くなって、雪を溶かすわけ。もっとも、今年はあんまり必要ないけど――ほら、ひとりでに溶けてるものね」

ポールは卵をフォークで掬って、口にもっていきかけていた。その手が途中で止まり、彼は納屋をみつめた。軒につららが列をつくっている。そのつららの先から水が滴っている――それも、ひっきりなしに。水滴はきらめきながら、納屋の横手の氷のなかにできた細い運河に落ちていた。

「もう七度にあがってるわ。まだ九時前なのに」陽気なアニーの声を聞き流しながら、ポールは溶けかけた雪の下からカマロの後部バンパーがあらわれ、それに陽光が反射するさまを想像した。「もちろん、このままじゃ終わらないわ――まだ二回や三回は天候の急変があって、たぶんまた雪嵐が来るでしょう――だけど、春は近づいているのよ、ポール。母がいつも言ってたわ、『春の希望は天国の希望』だって」

彼は卵が載ったままのフォークを皿のうえに置いた。

「もう食べないの？　ごちそうさま？」

「ごちそうさま」と、彼は言った。心の裡では、サイドワインダーの町からの山道を、ロイドマンが車で上ってくる光景を見ていた。隣にすわっているミセス・ロイドマンの顔を明るい光の矢が直撃し、彼女はひるんで、片手を顔のまえにかざす。(「あれは何、あなた?……気のせいじゃないわ、あそこの下のところに何かあるのよ。光が反射して、あぶなく目をやられるところだったの。車をもどして。もういちどよく見てみたいわ」)

「それじゃ、お盆を下げるわね」アニーが言った。「それで、お仕事をはじめられるでしょ」おまけに温かいまなざしを彼に向ける。「あたしがどんなに興奮しているか、口では言えないくらいよ、ポール」

彼女は出ていった。ポールは車椅子にすわって、納屋の軒先のつららから滴る水を凝視していた。

二九

「できれば、ちがう用紙が欲しいんだけど」と、ポールは言った。アニーがもどってきて、台板のうえにタイプライターとタイプ用紙を置いたところだった。

「これとちがう用紙?」セロファンに包まれたコラサブル・ボンドを叩いて、彼女は訊いた。「でも、これがいちばん高いのよ。ペイパー・パッチの店で、ちゃんと訊いたんだから」

「『高ければ良いとはかぎらない』と、お母さんが言ってなかったですか？」

アニーの顔がくもった。防御的態度が退いて、憤りが顔をのぞかせてきた。いまに怒鳴りだすぞ、とポールは思った。

「ええ、言ってなかったわ。母が言ったのはね、お利口坊や、『安物買いの銭失い』ってことよ」

彼女の内面は、中西部の春の気候のようなものだった。大竜巻をはらんで、いつそれが噴き出してくるかわからない。もしも彼が農夫で、いまのアニーの顔にあらわれているような空模様を眺めたとしたら、すぐにも家族と家畜を集め、地下室に避難するに相違ない。彼女の顔は蒼白だった。鼻が火事のけはいを嗅ぎつけた動物の鼻のように、ヒクヒク蠢《うごめ》いている。両手がしなやかに開き、空気をつかんで握り潰すように、いきなり閉じた。

彼の内心の弱い部分、彼女を必要だと感じている部分が、必死にわめいていた――いま言ったことを取り消せ、まだまにあうかもしれないから、いまのうちに彼女を宥《なだ》めろ、ライダー・ハガードの小説に出てくる部族が、かれらの女神が怒ったときに、その石像に生贄をささげて宥めるように、彼女に取り入るんだ。

しかし、もうひとつの部分、もっと計算高く臆病風に吹かれてもいない部分は、もしも彼女が荒れだすたびに、びくびくしておべっかをつかっていたら、シェヘラザードの役は務まらなくなるぞ、と言い聞かせていた。そんなことでは、ますます彼女を増長させ、荒れ狂わせるいっぽうだ。（彼女がなんとしてでも欲しいものを、おまえが持っているのでなかったら、とっくに彼女はおまえを病院へ引き渡しているか、さもなければロイドマンから身を護るために、おまえを殺していただろう。なにしろアニーにとって、世間はすべてロイドマンで溢れていて、いたるところにロイドマンが潜んでいる、と思っているんだから。いまあの女の首に鈴をつけなかったらだな、ポールよ、もう永久にできないぞ。)

アニーの息づかいが早くなり、呼吸亢進の発作でも起こしかけているかのようだった。両の拳《こぶし》を開いたり結んだりするリズムも、いっそうスピードを増している。いまに手に負えなくなりそうな気色だった。

彼は残っているわずかばかりの勇気を奮い起こし、憮然としているらしい口調をだそうと、懸命になった。「そんな仏頂面をしないで。腹を立てても、なんにもならないよ」

彼女は平手打ちをくったように身をこわばらせ、傷ついた表情でポールをみつめた。

「アニー」と、嚙んでふくめるように言う。「そんなたいした問題じゃないでしょう」

「ごまかしてるんだわ」彼女は言った。「あたしの本を書くのが厭なんだ。だから、ごまかそうとしてるのよ。わかってるんだから。だけど、その手はくわないよ。そんな——」

「ばかな」と、彼は言った。「書くのは厭だと言いましたか?」

「言わないわ……だけど——」

「そうでしょう。私は書くつもりなんだから。ちょっとそばにきてくれたら、証拠を見せてあげますよ。あなたのウェブスター・ポットを持ってきてくれませんか」

「何を?」

「ペンや鉛筆を差してある筆立てのこと」と、彼は言った。「新聞ではよく、〝ウェブスター・ポット〟と呼んでいる。ダニエル・ウェブスターの名をとってね」それは嘘だった。いまとっさに思いついただけのことだ。だがそれは狙いどおりの効果をあげた。彼女は自分のまったく知らない専門家の世界をつきつけられて、いよいよ困惑するばかり。困惑は彼女の憤りを拡散させ、そして弱める。もはや腹を立てる権利が自分にあるのかどうかすら、おぼつかなくなっている。

アニーは筆立てをもってきて、台板のうえにドシンと置いた。ポールは（やった！　勝ったぞ！）と思った。いや、そうではない——勝ったのは、ミザリーだ。

（いや、それもちがう。シェヘラザードだ。シェヘラザードが勝ったんだ。）

「それで」アニーがむっつりと言った。

「まあ、見てて」

ポールはコラサブル・ボンドの包み紙をひらいて、一枚だけひっぱりだした。芯を尖らせた鉛筆をとって、紙のうえに線をひく。つぎにボールペンをとり、それと平行してもう一本線をひいた。それからワッフルのような紙の表面を、拇指の腹で擦った。線は二本とも、拇指が擦った方向へしみのようなぼやけを作った。鉛筆の線のほうが、ボールペンの線よりはいくらかよけいにぼやけた。

「ほらね」

「だから、なんなの？」

「リボンのインクも、こんなふうにぼやける」彼は言った。「鉛筆ほどではないけど、ボールペンよりはぼやけがひどいんですよ」

「あんた、そんなふうに拇指でしょっちゅう紙のうえを擦るの？」

「ページをめくっているだけで紙どうしが擦れて、何日も何週間もするうちに、すっかりぼやけてしまうんですよ」と、言う。「原稿を書いているときは、なんどもなんどもページをめくるんです。名前や日付をしじゅう確かめるためにね。ともかく、この商売ではね、編集者は手書きの原稿を嫌うのとおなじくらい、コラサブル・ボンドを使ったタイプ原稿を読むのを厭がるんだってことを、これであなたも知ったわけですよ」

「そんな言い方はやめて。そんな言い方は嫌いよ」

ポールはなんのことかわからなくて、彼女の顔を見た。「そんな言い方って？」

「神さまから授けられた才能を、商売なんて言葉で潰《けが》すことよ。ほんとに嫌いだわ」

「すみません」

「あたりまえよ」彼女は無表情で言った。「自分は淫売です、と言ってるのとおんなじじゃないの」

（いや、アニー、それはちがう）突然怒りがこみあげてきた。（私は淫売じゃない。『高速自動車』は淫売をやめるために書いたものだった。あの馬鹿女のミザリーを殺したのも、いま思うと、そのためだったのだよ。私は淫売稼業から足を抜けたことを祝うために、西海岸へ車を走らせていたんだ。それをおまえは、転覆した車から私を引きずり出して、また元の淫売宿へ連れもどしたんだ。「二ドルならちょんの間《ストレート》。四ドルくれたら、世界一周させたげるよ」ってね。そしてときどき、おまえの目の光から、おまえの内部にもそれを了解している部分があることがわかる。陪審員なら精神異常を理由におまえを放免するかもしれないが、私にはそれは通用しないぞ、アニー。この坊やにはね。）

「一本やられたな」と、言った。「それで、用紙の問題にもどると――」

「あんたの好きな紙を買ってきてあげるわよ」彼女が不機嫌顔で言う。「何を買ってきたらいいのか言ってごらん」

「私があなたの味方だということを、わかってくれれば――」

「笑わせないでよ。二十年前に母が死んでから、あたしには味方なんて一人もいないわ」

「だったら、お好きなように」彼は言った。「私が命を助けてもらって感謝しているのが、そんなに信じられないのなら、そういうあなたの自信のなさこそ問題だな」

こっそりと彼女を観察して、その目に信じたくもあり信じたくもないといった、迷いの色がよぎるのを見て取った。いいぞ。その調子。ポールはありったけの誠実らしさを込めて彼女をみつめ、胸の裡ではまたもや、ガラスの塊を彼女の喉に押し込んで、その狂った脳髄に奉仕している血液を放出させてしまうところを想像していた。

「せめて私が本の味方だということは、信じてもらえるかな。あなたは製本のことを言ってたでしょう。たぶん、原稿を製本するつもりなんでしょう？　タイプ原稿のまま？」

「もちろん、そのつもりよ」

（それはそうだよ。原稿を印刷所にもっていったら、それこそおおごとだものな。本や出版の世界には無知でも、そこまで無知じゃない。ポール・シェルダンが行方不明になっているときに、まさにそのポール・シェルダンのもっとも有名な登場人物を扱った長篇の原稿をうけとったら、印刷屋はどう思うか。しかも奇妙な注文だ――どこの印刷屋でも奇妙に思うよ。長篇小説を一冊だけ印刷する、というのはね。）

（たった一冊。）

（「彼女のようすですか、刑事さん？　そうですね、大女でしたね。H・ライダー・ハガードの小説に出てくる石像みたいでね。ちょっと、待ってください。名前と住所が控えてあったはず……請求書の複写カーボンを見れば……」）

「そのアイデアは結構ですよ」と、ポールは言った。「製本した原稿はりっぱな本になる。フォリオ判の本みたいにね。しかし、本は永持ちしなくちゃだめだ。もし私がコラサブル・ボンドの用紙に書いたら、十年かそこらで、白紙ばっかりの本になってしまう。もっとも、棚のうえにそっと飾っておくだけならいいですがね」

そんなことを彼女が望むわけがない。絶対に。毎日、いや毎時間でも、手にとって、満悦の笑みをたたえながらページをめくりたがるはずだ。

妙に依怙地《いこじ》な表情が彼女の顔にうかんだ。まるで騾馬《らば》のような、強情の看板のようなその顔が、ポールには気にいらなかった。彼は不安をおぼえた。彼女の憤りは計算に入れていたが、このあらたな表情には、小児じみているだけに不透明なものがあった。

「もういいわ」と、彼女は言った。「用紙を買ってきてあげるって言ったでしょ。種類は？」

「その事務用品の店に行って――」

「ペイパー・パッチよ」

「そう、ペイパー・パッチでしたね。そこで、二連分の――つまり、一連というのは五百枚の一束で――」

「知ってるわよ、そんなこと。あたしはボンクラじゃないのよ、ポール」

「わかってますよ」いっそう不安がつのってくる。足の疼きがまた囁きはじめ、さらに大きな声が骨盤のあたりから突き上げてくる。車椅子に坐ってすでに一時間が経過していた。それで骨の脱臼している箇所が抗議の声をあげているのだ。

（あわてるな、落ち着け——せっかく勝ち取ったものをふいにするな！）

（しかし、何を勝ち取ったんだ？　ただの願望的思考にすぎないじゃないか？）

「白のロンググレイン・ミメオを二連分。ブランドはハマーミル・ボンドがいいが、トライアッド・モダンでもいい。ミメオ二連分でも、コラサブル・ボンドの一パックよりは安いですよ。それだけあれば、リライトの分まで充分足りるでしょう」

「すぐに行ってくるわ」アニーはいきなり立ち上がった。

ポールは狼狽して彼女の顔を見た。彼に薬もあたえず、しかも車椅子に坐らせたままで、出掛けるつもりだとわかったからである。いままでもすでに痛みが増してきている。どんなに急いだとしても、彼女が帰ってくるまでには凄まじい激痛に変わっているにちがいない。

「その必要はないですよ」彼はあわてて言った。「最初はコラサブル・ボンドで充分——どうせリライトしなければならないんだから——」

「悪い道具で良い仕事をしようなんて愚かなことよ」コラサブル・ボンドの包みを取り、ぼやけた二本の線が書かれた紙をひったくって、くしゃくしゃに丸めた。そしてその両方を屑籠に投げ込み、こちらに向き直った。あの強情そのものの表情が仮面のように顔に張りつき、両眼は曇った十セント硬貨のように見えた。

「すぐ町まで行ってくるわ」と、彼女は言った。「すぐにでもお仕事を始めたいでしょうから。

あんたはあたしの味方だものね」最後の言葉をわざとらしく強調してみせたが、それには本人の気づかない自己嫌悪の響きがこもっているようだった。「だから、あんたをベッドにもどしてやる暇もないわね」

グロテスクな人形のように唇をゆがめて笑い、音のしない白い看護婦靴を履いた足で、彼のそばにすっとすりよった。指で彼の髪にふれる。ポールは思わず首をすくめた。そうはすまいと思ったのだが、できなかった。彼女の生気のない笑いがいっそう広がった。

「『ミザリーの生還』に取り掛かるのは、延期しなければならないかもね。一日か……二日か……たぶん三日ぐらい。そうね、あんたがまた起き上がれるようになるまで、三日はかかるかも。痛みがひどくなるから。冷蔵庫にシャンパンを冷やしておいたんだけど、納屋にもどしておかなくちゃ」

「アニー、ほんとに、すぐに取り掛かるから――」

「いいえ、ポール」ドアまで行って、ふりかえり、石のような表情で彼をじっと見た。生きているように見えるのは、鈍く光る十セント硬貨の目だけ。「よく考えておくことね。あんたはあたしを騙せると思ってる――あたしがのろまなボンクラみたいに見えることはわかってるわ。だけどね、ポール、あたしはボンクラじゃないよ。それにのろまでもない」

突如、彼女の顔が崩れた。強情な石の顔が砕け散り、そこから輝き出たのは、怒り狂う小児の表情だった。ポールは一瞬、恐怖のあまり絶命しそうになった。彼はいままで優位に立っていたはずではなかったか。本当にそうだったのか。狂人が相手では、シェヘラザード役を演じきるなど、どだい無理な話なのではないか。

彼女がこちらに突進してきた。太い脚が小刻みに床を踏み鳴らし、上下する膝と前後にふれる肘が、病室の饐《す》えた空気をピストンのように切り裂いた。髪が躍り、それをまとめていたヘアピンが外れて、顔のまわりに乱れ落ちる。さっきとちがって、足音がしないどころか、エラの谷に踏み込んでくるゴリアテもかくやとばかりの足音が轟き、壁の凱旋門の絵がおびえたようにガタガタ震えた。

「キェエエエーッ、ヤァーアアアッ！」彼女は奇声をあげ、ポール・シェルダンの左膝の岩塩の塊に拳を叩きつけた。

　彼は首をのけぞらせ、首筋と額に青筋をうきあがらせて絶叫した。激痛が膝で爆発し、新星《ノヴァ》の白熱光が彼を包みこんだ。

　アニーは台板からタイプライターを取り上げ、暖炉のうえに移した。それもあの重い金属の塊をまるで空のボール箱のように、軽々と運んだのだ。

「そうやって坐ってな」唇がゆがんだ笑いの形にもどった。「そして、ここで指図するのはだれか、よく考えることね。あんたが悪いことをしたり、あたしを騙そうとしたりしたら、どんな痛い目にあうか、じっくり考えるんだね。なんなら大声でわめいてもいいよ。だれにも聞こえやしないんだから。だれもここには来やしない。アニー・ウィルクスは頭がおかしいと、みんな思ってるから。あたしを無罪にしたときでも、あたしが何をしたかは知ってたのよ」

　ドアまで歩いてもどり、またふりむいた。またしても牛のように突撃してくることを予期して、ポールは悲鳴をあげた。それで彼女の笑いがいっそうおおきくなった。

「あんたに教えてあげるけどね」と、声を低くして言う。「みんなはあたしがうまいこと逃げおおせたと考えてるけど、事実そのとおりなのよ。あたしが町にあんたの用紙を買いにいってるあいだ、そのことを考えてごらん、ポール」

寝室から出ると、ドアを家が振動するほど強くたたきつけて閉めた。それから、鍵をかける音がした。

ポールは車椅子のうえで反り返って、わなわなと震えていた。震えると痛みが増すので、止めようとするのだが、止めることができない。涙が頬を伝う。なんどもなんども、突進してくるアニーの姿が蘇ってくる。そのたびに彼女は、怒り狂った酔っぱらいがバーのカウンターを殴るように、彼の膝の残骸に拳をたたきつけ、そのたびにポールは激痛の新星《ノヴァ》の白熱光にのみこまれる。

「ああ、神さま、ああ」呻きながら、外でチェロキーのジープが動きだすエンジン音を聞いた。「ああ、神さま、どうか——助けて……ひとおもいに殺してください」

エンジンの唸りが道路を遠ざかってゆき、神は助けも殺しもしてくれなかった。いまや完全に目覚めて全身を暴れまわっている痛みに身を任せ、ポールは涙にくれるのみだった。

三〇

あとで思ったことだが、ポールがそれから取った行動を、世間の人はおそらく英雄的な行いだと解釈するだろう。敢えてそれに異を唱える気は彼にはないが、実際は、藁をもつかむ自衛本能の最後のあがきにすぎなかったのである。

どこか遠くのほうで、熱狂するスポーツ・キャスターの声――ハワード・コセルか、ウォーナー・ウルフか、あるいはあのクレージーなジョニー・モストか――が、実況中継しているのが、聞こえるようだ。苦痛に息絶えてしまわないうちに、アニーが薬を蓄えている場所にたどりつこうとする彼の努力が、あたかも風変わりなスポーツでもあるかのように――さしずめ「マンデー・ナイト・フットボール」の代用というところ。いずれにしろ、あれがスポーツだとしたら、どんな名称をつけるか。「薬をめざして走れ」とでも?

「今日のシェルダン選手のガッツには、ただただ驚きです!」ポールの頭のなかのスポーツ・キャスターが熱くなって中継している。「アニー・ウィルクス・スタジアムの観客も――さらにいえば家庭でテレビを観ている視聴者も――彼があれだけの打撃をうけたあと、車椅子を動かすというひそかな試練に挑戦するとは、だれひとり予想もしなかったでしょう。しかし、なんと……そうなのです! 動いています! ビデオでリプレイを見てみましょう」

汗が額を流れ落ち、目にしみた。唇にしたたってきた塩っぽい涙を嘗め取る。体の震えは止まりそうになかった。激痛はまるでこの世の終わりのように高まった。(いまに痛みが激烈さの頂点に達し、さらに溢れかえるときが来る。それほどの痛みがこの世にあろうとは、だれも知らないんだ。だれひとり。それは悪魔に捕えられる苦痛の極みなんだ。)

彼を行動に駆りたてたのは、ただ薬欲しさ、アニーがこの家のどこかに置いているノヴリルへの想いだけだった。寝室のドアには鍵が掛かっている……薬は彼が当てにしている一階のバスルームにはなくて、ほかのところに隠されているのかもしれない……彼女が戻ってきて、見つかるかもしれない……だが、そんなことは問題じゃない、この痛みから見ればただの影みたいなものだ。問題はぶつかったときにそのつど解決すればいい。さもなければ死ぬしかない。それだけのことだ。

動くと、腰の下と脚の内部にある火の帯がいっそう奥へひろがり、焼けた釘がびっしり内側へ突き出しているベルトで、脚をぐいぐい締めつけられるような気がした。それでも、車椅子は動いた。しごくゆっくりと動きだした。

なんとか四フィートほど動いてから、このまま進めばドアのそばを通り越して、部屋の隅に入り込むしかない、ということに気づいた。向きを変えなければならない。

右の車輪をつかみ、わなわな震えながら、

(薬のことを考えろ、鎮痛剤のことを考えるんだ。)

ありったけの力をこめて、のしかかった。車輪のタイヤが床板を擦り、ねずみの鳴き声のような音をたてた。以前は力もあったが、いまは弛んだ筋肉がジェリーのように震える腕でのしかかり、唇がめくれて、くいしばった歯が剝き出しになる。車椅子はゆっくり向きを変えた。

両方の車輪をつかんで、また前進をはじめる。さらに五フィート進んだところで、体をまっすぐ伸ばすために止まった。とたんに、目の前がまっ暗になった。

五分ほどして正気づいた。頭のなかのスポーツ・キャスターの激励の声が、かすかに聞こえる。「またもや進もうとしています！　シェルダン選手のなんたるガッツ！　まっ・た・く、信じられません！」

意識の表面ではただ薬のことしか考えなかった。視覚に直結しているのは、その奥の意識だった。その視覚がドアのそばに落ちている物をとらえ、彼はそのほうへ車椅子を進めた。手をのばしたが、指の先が床のうえ三インチまでしか届かない。それはアニーが彼の嘘を罰したとき、彼女の髪から落ちたヘアピンのうちの一本だった。ポールは唇を嚙みしめ、汗が顔から首筋へ流れて、パジャマにしみをつくるのも意に介さなかった。

「あのヘアピンを取れるとは思えません。みなさん――なんという、も・の・す・ご・い、努力でしょう。もはやこれまででしょうか」

いや、まだわからない。

ポールは車椅子の右側に身をのりだし、右脇の痛みを無視しようとした――痛みは歯の埋伏症のようにパンパンに腫れあがってくる――が、ついにがまんしきれなくて、絶叫した。アニーが言ったように、どうせだれにも聞こえはしない。

指先は床上一インチあたりで、ヘアピンのすぐうえを前後にかすめて揺れる。右のヒップはいまにも破裂して、ジェリー状と化した白骨を噴出しそうだった。

（ああ、神さま、どうか、どうか、お力を――）

痛みを堪えてさらに体をたわめた。指先がヘアピンにふれたが、ほんのわずか向こうへ押しやっただけだった。車椅子のうえで上体を低くし、なおも体を右へ曲げ、脚の下部に激痛が走って、また絶叫した。眼球は飛び出さんばかり、口をあんぐりと開け、舌はブラインドの引き紐さながら、歯のあいだから垂れさがる。舌の先から床のうえによだれが滴った。

二本の指がヘアピンをとらえ……ピンセットのように挟んで……落としかけ……やっと掌に取り込んだ。

曲げた上体を起こすのがまた一苦労だった。ようやく立て直したときには、ヘアピンを肘掛けに渡した板のうえに置いて、しばらくは堅い背もたれに頭をおしつけ、ただ息を喘がせているだけで精一杯。いまに吐くにちがいないと思ったが、それはやがて治まった。

(なにをしている?)心の裡で弱々しい叱責の声がした。(痛みが去るのを待っているのか? 去るわけはないんだぞ。あの女はなにかというと、母親の言葉を引き合いに出したが、おまえの母もそういう金言を教えてくれたのではなかったか?)

そうだ。そうだった。

頭をのけぞらせ、顔は汗でてらてら光り、額に髪がべったり張りついた格好のまま、母に聞いた金言をまるで呪文のように、声に出して言った。「妖精や小鬼はいるかもしれないけど、神はみずから助ける人を助ける」

(そうだ。だから、待つのはやめろ、ポールよ——ここに現れる妖精は、あのヘヴィーウェイト級のアニー・ウィルクスしかいないんだ。)

また前進しはじめた。車椅子をドアへむかってゆっくり動かしてゆく。ドアには鍵が掛かっているが、開けることはできるだろう、と思っていた。トニー・ボナサロはもはや焼かれて灰となってしまったが、彼は自動車泥棒だったのだ。あの『高速自動車』執筆の下調べのとき、ポールはトム・トワイファードというタフな元警官に、自動車泥棒のテクニックを教わっていた。トムはイグニションをショートさせてエンジンをかけるやりかたから、自動車泥棒仲間で

〝スリム・ジム〟と呼ばれている、薄く軽い金属片をつかって車のドアのロックを外す方法や、盗難防止アラームをショートさせるテクニックなどを、彼に教えた。

「それができなきゃ、車を盗もうなんて考えないことだな」二年半ほど前のある春の日、ニューヨークで、トムはそう言った。「さて、車は手に入ったが、ガソリンが残り少ない、という場合。ガソリンを入れるホースはあっても、せっかく失敬した車のガス・キャップはロックされてる。さあ、どうする？　なあに、やりかたさえ心得てれば、どうってことはない。たいていのガス・キャップのロックってのは、チョロイもんだからね。ヘアピン一本ありゃいいんだよ」

車椅子の左車輪がドアすれすれに来るまで、前後に動かして位置を調整するのに、延々五分間かかった。

鍵穴は錆びたキープレートの中央に付いている。ジョン・テニエルの『ふしぎの国のアリス』の挿絵を思い出させる、旧式のやつだった。ポールは車椅子のうえで体をずらし――吼えるような呻きを一声発して――鍵穴をのぞいてみた。短い廊下が見え、つきあたりはあきらかに居間だ。床にダークレッドの絨毯が敷かれ、おなじような布地張りの昔風の長椅子と、笠から房のさがったスタンドが見えている。

廊下の途中、左手に、半開きになったドアが見える。ポールの動悸が早まった。あれが一階のバスルームにちがいない。アニーがあそこで水を出すのを三度（彼がすすんで汚水を飲んだバケツに入れたときも含めて）聞いているし、彼に薬をあたえる前に、彼女が行くのもあそこではないだろうか。

それに相違あるまい。

彼はヘアピンをつかんだ。つかんだと思ったら、指の間からこぼれ落ち、板のうえをツーッと滑った。

「あっ！」濁声《だみごえ》をあげて、板から落ちる寸前に、掌をヘアピンのうえにかぶせた。それをぎゅっと握りしめたところで、また目の前がまっ暗になった。

確かめるすべはないが、二度目の失神のほうが長かったようだ。左膝の耐えがたい疼痛をべつにすれば、痛みはいくぶんか和らいだようだった。ヘアピンは車椅子の肘掛けに渡した板のうえにあった。こんどは右手を数回結んだり開いたりしてから、ヘアピンを取り上げた。

（さあ）ヘアピンを曲げないように注意しながら、右手にしっかり握りしめ、自分に言い聞かせた。（震えるんじゃない。それを忘れるな。**震えるんじゃないぞ。**）

左側にあるドアへ右手をのばし、鍵穴にヘアピンを差し入れながら、頭のなかのスポーツ・キャスターが、

（「生き生きと」）

実況中継する声を聞いた。

脂汗が間断なく顔をしたたる。彼は耳をすまして……というより、指先で感じ取ろうとした。

「簡単なロックのタンブラーは、揺り子《ロッカー》みたいなもんだ」トム・トワイファードは手をシーソーのように動かしてみせた。「揺り椅子をひっくり返すなんてのは、チョロイもんだろ？　下の揺り子《ロッカー》の部分をつかんで、坐ってるおっかさんごとひっくり返す……造作はないさ。この手のロックを外すのも、おんなじ手を使うんだ。タンブラーをうえへ滑らせておいて、そいつが

もどってくる前に、すばやくガス・キャップを開けちまうのさ」

彼は二度タンブラーをとらえたが、二度ともヘアピンが滑って、タンブラーはすぐにもとにもどった。ヘアピンが曲がりかけていた。あと二、三度くりかえせば、折れてしまうだろう、と思った。

「どうか、神さま」またヘアピンを差し入れながら、言った。「どうか、ひとつ、ほんのちょっとのチャンスをお与えください。それだけしか望みません」

（「さて、みなさん、今日のシェルダン選手はじつに英雄的な闘いぶりを見せてくれましたが、これが彼の最後のショットになるでしょう。観衆は静まりかえって見守っています」）

ポールは目をつぶり、スポーツ・キャスターの声が薄れてゆくなかで、錠の内部のヘアピンのかすかな音にいっしんに耳をすました。そこだ！　ヘアピンに当たるものがある。タンブラーだ！　揺り椅子のそりかえった揺り子《ロッカー》のようなものが、錠のボルトを押えてそこに固定して（彼をこの部屋に閉じ込めて）いるのが、目に浮かぶようだった。

（チョロイもんだよ、ポール。冷静になれ。）

痛みがこんなにひどくては、とても冷静になれるものじゃない。

右腕の下をくぐらせた左手で、ドアの把手をつかみ、ヘアピンをすこし強く押した。もうすこし……もうすこし強く……

心の目に、錠の埃のつもった内部で、揺り子《ロッカー》がすこしずつ動きだすのが見えた。錠のボルトが引っ込みはじめるのがわかる。完全に引っ込んでしまう必要はない。トム・トワイファードの比喩を借りると、揺り椅子をひっくり返す必要はないのだ。ほんの一瞬だけ、ドアフレームから外れれば——そこで一押しして——

ヘアピンが曲がり、滑りかけた。それを感じとって、彼はやけくそ気味にぐいと突き、把手をまわして、ドアを押した。ポキッという音とともにヘアピンが折れ、折れた先の部分が錠のなかに落ちた。ガックリしたとたんに、鉄の指に似た錠のボルトがキープレートから抜けて、ドアがゆっくり開くのが目に入った。

「やった」彼はつぶやいた。「神さま、感謝します」

(「ビデオを見てみましょう!」)ウォーナー・ウルフが彼の頭のなかで狂喜して叫び、アニー・ウィルクス・スタジアムの何万もの観衆が——家庭でテレビを観ている何百万はいうにおよばず——嵐のような歓声をあげる。

「ビデオは後にしよう、ウォーナー」ポールは嗄れ声でつぶやき、ドアをまっすぐに通り抜けられるように、車椅子の位置を調整する大仕事にとりかかった。

三一

困惑の瞬間——いや、困惑どころか、恐ろしい呆然自失の瞬間だ。車椅子が戸口を通らない。せいぜい二インチほど横幅が広いだけだったたが、その二インチはわずかといえるようなものではない。(あの女は畳んで運んできたんだ。だから最初見たとき、ショッピング・カートかと思ったんだ。)そのことに思い当たるとともに、暗澹たる気分に襲われた。

それでもどうにか、車椅子を戸口にがっちりと嵌め込み、身をのりだして両手で側柱《だき》をつかみ、ぐいぐいと車椅子を進めた。車軸キャップが木材と擦れて悲鳴に似た音をあげたが、やっと通り抜けることができた。

そこでまた、気を失った。

三二

アニーの声が彼を失神から呼び覚ました。目を開くと、彼女が散弾銃をこちらに向けていた。その目が凶暴な光をはなち、歯が唾で光っている。

「そんなに自由になりたいのなら」と、言う。「喜んで自由にしてあげるわよ」

そして、撃鉄を二つとも起こした。

三

散弾銃が火を吹く瞬間を予期して、ビクッと体を動かした。だが、むろん、アニーの姿はない——頭ではすでに夢だということを悟っていた。

(いや、夢ではない——警告だ。あの女がいつもどってくるかわからないんだから。)

半開きのバスルームのドアから漏れる光が、明るくはっきり見えるようになった。真昼の陽光のようだ。時計のチャイムが鳴って、彼の正しいことを教えてくれるよう希《ねが》ったが、時計はおし黙ったままだった。

(このまえのときは、五十時間留守にしていた。)

(だとしたら、こんどは八十時間帰ってこないかもしれない。それとも、五秒後にはジープの停まる音がするかもしれないんだ。そんなことはわからなくとも、気象局は竜巻警報を出すことはできるが、それがいつ、どこに襲ってくるか、ということになると、正確にはわかりはしないんだ。)

「まったくそのとおりだ」そう言うと、車椅子をバスルームへと進めた。なかを覗く。六角形の白いタイルを敷いた、簡素な浴室。鉤爪状の足のついたバスタブがあり、蛇口の先に付いたファンは錆びていた。その横にリネン類を入れるクロゼットがある。バスタブとはすかいの位置に洗面台があった。洗面台のうえに薬棚が付いている。

バケツはバスタブのなかにあり、そのプラスティックの上部が見えていた。

廊下は広く、車椅子を方向転換してドアのほうに向ける余裕はたっぷりあったが、腕が疲労のためぶるぶる震えている。彼はかつて欠食児童だったので、大人になってからは体力づくりに充分気をくばってきた。ところがいまは、筋肉が萎えてしまい、またもや欠食児童にもどってしまったようだった。屈伸運動やジョギングやノーチラス・マシーンで筋肉強化をしてきた歳月は、もはや夢のごとくに雲散してしまったようだ。

すくなくとも戸口は広かった――うんと広くはないが、車椅子がすれすれで通る幅はある。入口の敷居を乗り越えると、タイヤのついた車輪は滑らかにタイルのうえへと回転していった。ツンと鼻を刺激する匂いがして、とっさに病院を連想した――たぶん、クレゾールの匂いだろう。便器はなかったが、それはすでに予想していたことだった。水洗トイレの音はいつも二階から聞こえたから。いまから思うと、あの水洗の音は彼がおまるを使った後にも聞こえた。ここにはバスタブと洗面台と扉の開いたリネン・クロゼットがあるだけだ。きちんと積み上げられたブルーのバスタオルと洗面用タオルに、チラリと目をくれ――アニーがスポンジで体を洗ってくれたときに使っていたものだ――その視線を洗面台のうえの薬棚に向けた。

あそこまでは手がとどかない。

どんなに背を伸ばしても、指先よりゆうに九インチは上方にある。それは見ただけで明らかだったが、運命にしろ神にしろ何にしろ、それほど非情であるはずがないという気がして、とにかく手を伸ばしてみた。捕球できるチャンスはないことがわかりきっているホームラン・ボールに、絶望的にグラヴを伸ばす外野手のようなものだった。

がっかりした不満の声を発して、伸ばした手をおろし、荒い息をしながら後ろによりかかった。目の前に灰色の雲が垂れ込めてくる。それを意志の力で払いのけ、薬棚の戸をあけるのに使える道具はないかと、あたりを見まわした。隅に立て掛けてある、長い青い棒の先についたオシーダーのモップが目に入った。

(あれを使うつもりか？　本気か？　そりゃできないことはないだろう。あれを使って薬棚の戸をこじあけ、なかの物をしたの洗面台にはたき落とす。薬壜があれば割れるだろうな。まんいち薬壜がないと仮定しても、リステリンとかスコープの壜の一つや二つは、たいてい入っているものだ。それを下に落として、またもとにもどす方法はない。それであの女が帰ってきて、その惨状を目にしたら、どうなると思う？)

「ミザリーがやったんだ、と言ってやればいい」と、陰気な声を出した。「彼女が死から蘇るための気付け薬を探していて、おっことしたのだって」

そして、泣きだした……涙のあふれる目で、なおもバスルームを見まわし、なにかないか、なにか妙案は、なにかチャンスはと――

リネン・クロゼットにふたたび目をやり、とたんに荒い息がピタリと停止した。目をおおきく見開く。

さっきチラリと見たときは、棚に積まれている畳んだシーツや、枕カバーや、タオルの山しか目に入らなかった。こんどは棚のしたに目がゆき、そこの床にいくつものボール箱が置かれているのが見えたのだ。箱にはそれぞれ、「アップジョン」だとか「リリー」だとか「CAM調合薬品」だとかいった、医師向け医薬品メーカーのラベルが付いていた。

（どうか、神さま、箱の中身がシャンプーやタンポンや死んだ母親の写真なんかではありませんように――）

ボール箱のひとつをつかんで、ひっぱり出し、上蓋を開いた。シャンプーでもエーボン化粧品のサンプルでもなかった。それどころか、箱いっぱいに、医薬品がごちゃごちゃ入っていた。ほとんどが「試供品《サンプル》」と書かれた小さな箱に入ったものばかり。その底のほうに、色とりどりの錠剤やカプセルがこぼれ落ちている。そのなかのモトリンとかロプレッサーというのが高血圧の薬であることは、父が死ぬ三年ほどまえから常用していたので、ポールも知っている。そのほかは聞いたこともない名前の薬だった。

「ノヴリル」と、つぶやきながら、ポール箱のなかを掻きまわす。汗が顔をしたたり、脚はズキズキガンガン痛む。「ノヴリル、ノヴリルはどこだ？」

ノヴリルはなかった。ボール箱の上蓋を閉じ、リネン・クロゼットに押し込んだが、もとどおりの位置にもどすことなどできそうもない。どっちにしても、ボール箱がごった返しているのだから――

こんどは左のほうに手を伸ばして、二つめのボール箱を引き寄せた。蓋を開けてみて、おもわず目を疑ったほどだった。

ダルボン、ダルボセット、ダルボン配合剤、モルフォーズ、モルフォーズ複合剤、リブリウム、ヴェイリウム、そして、ノヴリル。何ダースも何ダースもの、鎮痛剤や鎮静剤や精神安定剤のサンプルの箱。すばらしい箱。愛しい箱。天使のような箱。その一つを爪で破いて、アニーが六時間毎に飲ませたカプセルが小さなブリスターに入っているのを見た。

「医師の処方なしでは服用しないでください」箱にはそう書いてあった。

「ああ結構、医者はこの私の内部《なか》にいるぞ」ポールは涙にむせびながら言った。セロハンを歯で噛み破り、カプセルを三錠噛みくだき、そのひどい苦味もほとんど意識になかった。そこで、ふと、破かれたセロハンに残っている五錠をみつめ、四錠目を口に放りこんだ。

顎を胸に付け、狡猾と不安のまなざしで、すばやくあたりを見まわした。そんなに早く薬が効いてくるわけはないことはわかっていたが、痛みがうすらいでくるような気がした。薬を嚥むことよりも、薬を持っていることのほうが、はるかに重要だと思われた。それだけで、月と潮の干満を制する力をあたえられるからだ——いつでも薬を手にとって、嚥めばいいのだから。それはじつに凄いことだが……同時に、疚《やま》しさをともなった恐ろしいことでもあった。

（もしも、いまあの女が帰ってきたら——）

「わかった、わかった。それがどういうことかは百も承知だ」

ボール箱のなかを覗いて、試供品を何個ぐらいくすねることができるだろうかと計算してみた。ポール・シェルダンという名のねずみが蓄えを齧ったことを、あの女に気づかれない程度にだ。

そう思うと、ひきつったような、余裕のある忍び笑いがもれた。薬はたんに脚の痛みを和らげるだけではないらしい。俗な言い方をすれば、ヤクにラリってるような感じだった。

（馬鹿め、さっさとしろ。いい気分になってる場合じゃないだろう。）

彼はサンプルを五個取った――カプセル四十錠分だ。もっと取りたかったが、がまんした。ほかのサンプルの箱や壜をひっかきまわし、最初ボール箱を覗いたときの乱雑な状態らしく見えるようにした。上蓋を閉じ、ボール箱をリネン・クロゼットに押しもどした。

車の近づいてくる音が聞こえた。

ハッと身を起こし、目をいっぱいに見開く。両手が車椅子の肘掛けをぎゅっとつかむ。アニーが帰ってきたのだったら、万事休す、おしまいだ。この厄介なしろもので寝室までもどる暇はもうない。とにかく鶏みたいに首を捻られるまえに、オシーダーのモップかなにかで一発喰らわすことはできるかもしれない。

膝のうえにノヴリルのサンプルを置き、潰れた脚をまえへ突き出した格好で、車が通り過ぎるか、庭に入ってくるかするのを、じっと待つ。

車の音はしだいしだいに高まって……それから、小さくなっていった。

（まずは、よかった。もっとドキドキする目に遭いたいのかい、ポール坊や）

もうたくさんだ。最後にボール箱をざっと眺める。最初に見たときとだいたいおなじ状態のように見えた――もっとも、さっきは苦痛に朦朧となった目で見たのだから、それほど確信はなかったが。しかし、ボール箱の山は見掛けほどいいかげんに積まれていたのではないのではないか、という気がした。アニーは神経症者の鋭敏な意識をもっていて、それぞれのボール箱の位置をこまかく記憶しているかもしれない。なにげなく覗いただけで、彼女にだけわかる方法で、事の次第をたちまち見抜くかもしれない。そう考えても、恐怖心はわいてこなかった。

それならそれでもいいと、あきらめの気持ちになっただけ。薬はどうしても必要だったのだし、とにかく寝室を脱出し、薬を手にすることができたのだ。その結果として、罰が待っているのなら、甘んじて受けてやろう。自分としてはやることはやったのだから。このあきらめの気持ちは、アニーにひどい目に遭わされたうちでも、最悪のものを予兆していた――苦痛に苛まれたあげく、彼はモラルもなにもない獣同然になってしまったのだ。

そろそろと車椅子をバックさせながら、ときどき後ろをふりかえって、まっすぐドアに向かっていることを確かめた。さっきまでは、そんなことをすれば激痛に悲鳴をあげかねなかったが、いまはすばらしい鈍麻感とともに痛みは消えつつあった。

廊下に出たところで、急に恐ろしい考えにとらわれる。もしかしてバスルームの床が、濡れていたか汚れていたかも――

床をいっしんにみつめた。白いタイルにタイヤの跡が残っているのでは、という思いがあまりに強烈だったせいで、じっさいにそれが目に見えるような気がした。首をふって、もういちど見直す。跡は付いていなかった。ただドアがさっきより広く開いている。車椅子をわずかに右寄りに前進させて、身をのばし、把手をつかんで半分ほどまで閉じた。もういちど眺め、もうちょっと閉めかげんにした。よし、これでいい。

車輪をつかんで、寝室へもどるために方向転換させようとしたとき、車椅子がいくぶん居間のほうに向いていることに気がついた。居間にはたいてい、電話が置いてあるものだが――

霧のたちこめた草原が燃えあがるように、頭のなかがパッと明るくなった。

(「もしもし、こちらサイドワインダー警察署。ハンバッギー巡査です」)

(「聴いてください、ハンバッギー巡査。しっかり聴いて、訊き返したりしないで。時間がないかもしれないので。私の名前はポール・シェルダンです。アニー・ウィルクスの家から電話しています。ここにすくなくとも二週間、もしかしたら一月近く監禁されています。それで──」)

(「アニー・ウィルクスの家！」)

(「すぐに来てください。救急車をよこして。あの女が帰ってくるまえに、大至急……」)

「あの女が帰ってくるまえに」ポールは呻き声を発した。「そうだ。そうこなくてはな」

(どうして電話があると思うんだ？　あの女が電話しているのを、いちどでも聞いたことがあるか。だれに電話をするんだ？　良き隣人のロイドマンにか。)

(おしゃべりをする相手がいないと、なにか事故があった場合のことが頭に浮かぶこともないのじゃないか。階段から落ちて、腕や脚を折るとか、納屋が火事になるとか──)

(その仮想の電話が鳴ったのを聞いたことがあるか。)

(それから、契約条件ということもあるのじゃないか。電話のベルは一日にすくなくとも一回は鳴らなくてはならない。さもないと電話会社がやってきて、取り外してしまう、というようなことは？　それに、こちらは、ずっと意識がなかったことだし。)

(要するに、あらぬ期待を抱いているだけだ。自分でもわかってるだろう。)

そう、わかっていた。しかし、電話のことは、考えるだけでも抗しがたい誘惑だった──黒いプラスティックの冷たい感触、交換手を呼び出す0を回したときの、ダイアルがもどるあの音。

車椅子を回してまっすぐ居間のほうに向け、そちらへ進んでいった。

居間には淀んだ空気の、黴《かび》くさい、むっとする匂いがこもっていた。弓形の張り出し窓のカーテンはなかばまで引かれているだけで、山岳の美景が見えていたにもかかわらず、室内はひどく暗く感じられる。暗い色調のせいだろう、とポールは思った。大部分がダークレッドで、あたかも大量の静脈血を流したかのようだ。

暖炉のうえには、おどろしげな女の着色写真が掛かっていた。肉の盛り上がった顔に、金壺《かなつぼ》眼《まなこ》が埋まりこみ、おちょぼ口をすぼめている。写真は装飾過剰の金泥の額縁にはいっていたが、その大きさたるや、大都市の郵便局にある大統領の肖像写真ほどもありそうだった。言われなくても、アニーの死んだ母親の写真であることは、一目瞭然だった。

さらに室内を進んでゆく。車椅子の左側が、チャチな陶器の装飾品が載っている小さなテーブルに当たった。うえに載っている物がぶつかり合ってカチャカチャ音をたて、その一つ——陶製の氷塊のうえに立った陶製のペンギンだ——が倒れて、テーブルから落ちそうになった。

とっさに手をのばし、それをつかんだ。何を考える暇もなく、反射的に手がさきに出て……

そのあとで反動がきた。手にしっかりペンギンをつかんだまま、懸命に震えを抑えようとした。

(なにもあわてることはなかったんだ。床には絨毯が敷いてある。落ちても割れはしなかったろうし——)

(だが、もし割れていたら!)内心の声がわめいた。(割れていたら、どうするんだ! さっさと寝室へ引き返せ。取り返しのつかないはめにならないうちに……)

いいや、まだだ。ひどく怯えてはいたが、まだ引き返す気はなかった。これまでさんざ高い代金を支払わされたのだ。もしも見返りがあるものなら、それを手にしたかった。

およそ美しさのかけらもない、どっしりした家具類で占められた、居間の内部を見渡す。張り出し窓とその彼方のロッキーのみごとな眺めが、この部屋に美観を添えていて当然なのに、それを押し退けてのさばりかえっているのが、ねじくれた渦巻模様や花飾りのごてごてした、けばけばしい額縁に収まったデブ女の写真なのだった。

アニーがたぶんテレビを観るときに坐るソファーの向こう端に、テーブルがあって、そのうえに普通のダイアル式電話機があった。

息を呑んで、そろそろと、陶器のペンギンを装飾品の載ったテーブルにもどし（氷塊についた銘には「わが儚《はかな》い命運よ！」とあった）、電話のほうへ車椅子を動かしていった。

ソファーのまえに補助テーブルがあり、それを大きく迂回して進んだ。補助テーブルのうえには、ドライフラワーを挿した、不細工なグリーンの花瓶が載っていて、それがいかにも不安定に見え、ちょっと触れただけでひっくり返りそうだったからである。

外からは車の音は聞こえてこない――風の音がしているだけだ。

片手で受話器をつかみ、ゆっくりと持ち上げる。

それを耳におしあて、なんの音もしないのを知る前から、すでに奇妙な失望の予感があった。受話器をゆっくりもとにもどしながら、ロジャー・ミラーの古いカントリー・ロックの一節を、なんということはなく思い出していた――〈電話もない、プールもない、ペットもいない……煙草もないのさ……〉

電話のコードを目でたどっていって、幅木に小さな四角の差し込み口があり、そこにプラグが差し込まれているのを見た。見たところ正常に機能する状態にあるようだ。

電熱テープを張った納屋のように。

（「見てくれをちゃんとしとくのが、とっても大事なんだ」）

目をつぶって、アニーがプラグを引き抜き、差し込み口に接着剤を流し込むところを思い描いた。それからプラグを、白い不透明な接着剤に押し込み、そこにがっちりと固定してしまう。電話会社のほうは、彼女に電話して通じないことを発見しないかぎり、異常に気づくことはないだろう。毎月、通じない電話に基本料金だけの請求書が送られてきて、彼女は即座に料金を払い込んでいるが、電話機そのものは、「見てくれをちゃんとしておく」ための彼女の終わりのない戦いの、たんなる舞台装置にすぎない。赤ペンキをいつも塗り替え、クリーム色で縁取りして、屋根の雪を溶かす電熱テープを張った、あの納屋のように。たとえば、このような事態を予想して、彼女が電話に細工をしたということはありうるだろうか。ポールが寝室を抜け出すかもしれないと、予測して？　それはありそうにもなかった。おそらく彼が現れるずっとまえから、電話が彼女の神経を悩ませていたのだろう。一晩中まんじりともせず、寝室の天井をみつめ、山地にむせぶ風濤《ふうしょう》を聞きながら、彼女に嫌悪や敵意を抱いている人びとのことを考えていたにちがいない。世間のロイドマンみたいな連中が、いつ何時、電話を掛けてきてわめきたてるかもしれない――「おまえがやったんだ、アニー！　だから、デンヴァーの裁判所に引き出されたんじゃないか、わかってんだぞ！　無実だったら、デンヴァーまで連れていかれるはずはないんだ！」アニーは当然、電話帳に記載されていない番号を申請しただろう――重罪で裁判にかけられて（デンヴァーだったら、重罪にきまっている）釈放されたら、だれでもそうする。しかし、たとえ番号が電話帳に載っていなくても、アニー・ウィルクスのような重度の神経症者には、気休めもそう長くはつづかない。あの連中はみんなグルで、いくらでも仲間を増やし、弁護士ですら彼女を嫌っているので、連中が教えろと要求すれば、喜んで番号を教えるにちがいない、と考える。そう、連中は要求するだろう——彼女にとって、世間はうごめく人間でいっぱいの暗黒の海であり、小さなステージを取り囲む悪意の世界であって、そのステージではおそろしく強烈なスポットライトがひとつ……彼女ひとりを照らしている。だから、電話を排除し、沈黙させてしまうにかぎる。だから、ポールがそれを知ってしまったことがわかれば、彼もおなじく沈黙させようとするだろう。

急にパニックに駆られ、内心の声がヒステリックに叫びだした。早くここを出て寝室に引き返し、薬をどこかに隠し、窓際の位置にもどって、あの女が帰ってきたときなにひとつ異常に気がつかないようにしなければ。こんどは内心の声に従った。一も二もなく従った。用心しい電話機の前からバックして、充分余裕のある場所までくると、補助テーブルにぶつけないように気をつけながら、車椅子をターンさせる難作業にとりかかった。

ターンが終わりかけたとき、車の近づいてくる音が聞こえてきた。アニーが町から帰ってきたのだと、直感的にわかった。

三四

かつて味わったことのない恐怖に、あやうく失神しそうになった。それは度を失うほどの罪悪感をともなった恐怖だった。突如、これといくらか似た、切羽つまった心理状態になったときのことが思い出された。あれは十二歳のときだ。夏休みで、父は仕事で留守だったし、母は向かいのミセス・カスプブラクとボストンに出掛けたところだった。ポールは母の煙草を見つけ、一本抜いて火をつけた。夢中で煙を吸い込み、胸がむかつくと同時に得意でもあり、強盗が銀行を襲ったときにはこんな気分になるのではないかと、想像していた。半分ほど吸って、部屋が煙でもうもうとしていたとき、玄関のドアを開ける音が聞こえて、母の声がした。「ポール？　わたしよ――お財布を忘れたの」あわてて煙を手で払いながら、そんなことをしても無駄だとわかっていた。見つけられて、お尻を叩かれるだろうとわかっていた。

今回はお尻を叩かれるぐらいではすまない。

気を失っていたときに見た夢が蘇ってくる――アニーが散弾銃の撃鉄を起こして言う。「そんなに自由になりたいのなら、喜んで自由にしてあげるわよ」

車が近づいてきて速度を落とすにつれ、エンジン音がゆるやかになってきた。

ポールはほとんど感覚の喪くなった手で車輪をまわし、廊下へと車椅子を進めた。ちらりと陶製の氷塊のうえのペンギンを見やる。あの位置で大丈夫だろうか。わからなかったが、そう願うしかない。

寝室へと廊下をもどりながら、スピードをあげていった。まっすぐ戸口へ向かったつもりだったが、すこしばかり外れた。ほんのすこし……だが、幅が狭いため、そのほんのすこしが問題だった。車椅子は戸口の右側にぶつかり、後方に跳ね返された。（ペンキを剝がして、疵をつけたのじゃないか。）

（ペンキを剝がしたのでは？）内心の声がわめいた。

いや、剝がれてはいない。わずかにへこんでいるが、疵はついていなかった。よかった。車椅子をバックさせて、狭い戸口にぴったり合うように必死で調節した。

車のエンジン音がゆるやかになりながら、すぐ間近まで来た。スノータイヤの雪を嚙む音までが聞こえた。

（落ち着け……落ち着いてやるんだ……）

車椅子を前進させる。車軸のキャップが戸口の両端にがっちり嵌まりこんだ。力をこめて車輪を回そうとするが、無駄だった。まるきりワインの壜のコルク栓のように、ぴったり嵌まって、前にも後ろにもびくとも動かない。

最後の力をふりしぼり、腕の筋肉はぴりつめすぎたヴァイオリンの弦のように震え、車椅子はながながと軋み音をあげながら、ゆっくりと戸口を通り抜けた。

チェロキーが車廻しに入ってきた。

(あの女は買い物の包みを持ってる)心の声がつぶやく。(タイプ用紙に、ほかにも何かあるかもしれない。地面が凍っているから、足元に気をつけながら歩いてくる。こっちは寝室に入ったんだ。最悪の事態は過ぎた。まだ時間はある。まだ余裕が……)

さらに室内に入って、どうにか車椅子を半回転させる。開いたドアと平行する位置まで回したとき、チェロキーのエンジンが停まった。

身をのりだして把手をつかみ、ドアを閉めようとした。鋼鉄の指のように突き出たままの錠のボルトが、側柱《だき》にぶつかった。拇指の腹でボルトを押す。ボルトはひっこみかけ……止まった。それから先はびくとも動かず、ドアが閉められない。

ポールは茫然とボルトをみつめ、昔海軍ではやっていた格言を思い出していた――「〝道の通じないところに〝意志〟は通じない」

(神さま、お願いです、電話が通じなかっただけでたくさんじゃないですか?)

彼は拇指を放した。ボルトはまたとび出した。もういちど押したが、やはりつっかえて入っていかない。錠の内部でカラカラと音がして、それでわかった。ヘアピンの折れた先の部分だ。あれが錠のなかに落ちて、ボルトがひっこむ邪魔をしている。

チェロキーのドアの開く音がした。アニーがジープから降りながら唸る声が聞こえた。買い物の包みを取るガサガサいう音までが聞こえてくる。

「たのむよ」と、低声で言って、ボルトをそっと押したり引いたりした。そのたびに、ほんのわずかだけひっこむが、それまでだった。なかでヘアピンがカラカラ鳴る。「たのむよ……たのむ……なんとか……」

また泣きだしていたが、それにも気がつかない。汗と涙がいっしょくたになって頬を伝った。あれだけ薬を噛んだにもかかわらず、強い痛みがあるのに、ぼんやり気がついた。この悪戦苦闘のおかげで、ひどいことになりそうだ。

（いや、このドアを閉められなかったら、もっとはるかにひどいことになるんだぞ、ポール。）

アニーが用心深く雪を踏んでくる足音がする。包みがガサガサ音をたて……バッグから家の鍵をだす音。

「なんとか……なんとか……たのむよ……」

ボルトを押すと、なかでカチリと音がして、とび出している金属部分が四分の一インチほど後退した。それでもまだ、側柱《だき》に当たる……あとすこし。

「お願いだ……たのむ……」

ボルトをはげしく揺すりながら、耳ではアニーが勝手口のドアを開ける音を聞いていた。そのとき、煙草を吸っているところを母に見つけられたあの日の忌わしいフラッシュバックのように、アニーの明るい声がした。「ポール？　あたしよ！　あんたの言った用紙を買ってきたわ！」

（だめだ！　もうだめだ！　どうか、彼女に暴力をふるわせないで――）

拇指をぎゅっとボルトに押しつけた。錠のなかでヘアピンの折れるくぐもった音がした。ボルトがすっとひっこむ。台所のほうで、アニーがパーカを脱ぐジッパーの音がする。

寝室のドアが閉まった。錠の掛かる、カチャリという音が

（彼女に聞こえたか？　きっと聞こえたにちがいない。）

スタート合図のピストルのように響いた。

彼は車椅子を窓のほうへバックさせた。廊下に足音が聞こえたときも、まだバックさせ、位置を調整していた。

「用紙を買ってきたわよ、ポール。起きてるの？」

（だめだ……まにあわない……音を聞かれてしまう……）

ガイドレバーをぐいと捻って、窓際の位置についたところで、鍵を鍵穴に差す音がした。

（鍵が回らないぞ……ヘアピンが……怪しまれる……）

しかし、異物の金属片は錠のいっとう下まで落ちていたらしい。鍵は支障なく回ったのだ。

ポールは目を半眼に閉じて、ひたすら車椅子がもとどおりの位置に（すくなくともアニーに気づかれないていどに近い位置に）あることを希《ねが》い、顔が汗みずくになり体が震えているのを、たんに薬が切れたためだと、彼女が思ってくれるように祈り、さらに寝室から出た痕跡をどこにも残さなかったことを願って——

ちょうどドアが開いたとき、身のまわりに異状はないかと下を見て、肝腎かなめの大事を忘れていたことに気がついた。ノヴリルのサンプルがそっくり、膝のうえに載ったままだったのである。

三五

アニーは用紙の包みを左右の手にひとつずつ持って、それを挙げてみせ、にっこりした。「あんたの言ってたものでしょ？　トライアッド・モダンよ。ここに二連と、万一の場合のために、台所にもう二連あるわ。これで――」

言葉を切り、眉をひそめてポールを見る。

「ひどい汗……顔色もすごく悪いわ」間をおいて、「いったい何をしてたの？」

パニックに駆られた弱い自我の声が、どうせバレるのだから諦めたほうがいい、いまのうちに白状して許しを乞うほうが賢明だと叫んでいたが、ポールは彼女の疑いの視線を、げんなりした皮肉をこめた目で、なんとか受けとめた。

「何をしていたか、わかってるでしょう」と、言った。「痛みを堪えていたんだ」

彼女はスカートのポケットからクリネックスを出し、ポールの額を拭いてやった。ティッシュペーパーはたちまちぐっしょりになった。アニーは例の母親まがいの悍《おぞ》ましい微笑を見せた。

「そんなにひどかった？」

「ええ。そりゃもう。だから――」

「あたしを怒らせたらどんな目に遭うか、まえにも言ったわね。長生きすれば学ぶことも多いって、諺にあるでしょう。あんたは生きてるんだから、学ばなけりゃあね」

「薬をもらえますか」

「もうちょっとしたら」彼女の視線は、蠟のように蒼白の、発疹のような赤い斑点の浮いた、汗に濡れたポールの顔から離れない。「そのまえに、もうほかにあんたの欲しいものはないか、たしかめなくちゃ。このバカなアニー・ウィルクスが忘れているものが、なんにもないかどうか。なにしろ、お利口さんがどうやって小説をお書きになるのか、なんにも知らないものだから。また町へ行って、テープレコーダーだとか作家用のスリッパだとか、なんだか知らないけど買ってこいと、言われないようにね。行ってこいって言うなら、行ってくるわよ。あんたのお望みはなんでも聞くわ。薬を嚥ませる時間も惜しいくらい。すぐにオールド・ベッシーをすっ飛ばして、行ってくるわよ。何かおっしゃることありますか、お利口さん？　不足はないの？」

「不足はない」彼は言った。「アニー、お願いだから――」

「もうあたしを怒らせない？」

「ええ。もうあなたを怒らせるようなことはしない」

「頭にくると、あたしは自分を忘れちゃうからね」視線が下がった。ノヴリルのサンプルをしっかり押えているポールの両手を見る。ながいことじっとみつめている。

「ポール？」静かな声で尋ねた。「ポール、どうしてそんなふうに手を置いてるの？」

彼は泣きだした。後ろめたさから出た涙だった。それがまた厭でたまらない。この恐ろしい女のおかげで、こんどはさらに後ろめたさまで感じなければならないのだ。後ろめたいのと……疲労困憊していたのとで、彼は子供のように泣きじゃくった。

涙が頰をつたう顔でアニーを見上げ、手持ちの最後の切り札をつかった。

「薬が欲しい」と、言う。「それと、溲瓶《しびん》も。あなたがいないあいだ、ずっとがまんしていたんですよ、アニー。でも、もうがまんできない。また濡らすのは厭なんだ」

彼女はやさしい、晴れやかな笑顔をみせて、ポールの額にへばりついた髪を撫で上げた。

「かわいそうに。アニーはあんたをずいぶん辛い目に遭わせたのね。やりすぎだわ。いけないアニーだこと。すぐ持ってきてあげますからね」

三六

薬を絨毯のしたに隠すのはやめた。アニーがもどってくるまでにその余裕はあるにしても、サンプルの箱がいかに小さくても、膨らみでそれとわかってしまうだろう。そこで、彼女が一階のバスルームに入ってゆくのが聞こえると、薬をつかみ、痛む体をひねって、パンツの後ろに突っ込んだ。固い厚紙の角が臀部の割れ目に当たる。

アニーが溲瓶を片手にさげてもどってきた。旧式のブリキ製のやつで、なんとなくヘアドライヤーに似ている。もう片方の手には、ノヴリルのカプセル二錠と水の入ったコップを持っていた。

(三十分前に嚥んだ分に、さらに二錠だぞ。昏睡状態に陥るか、悪くすると死ぬかもしれん。)
そう思ったが、第二の声がそれに応じた。(それでもいいさ。)

カプセルを受け取り、水で嚥み下した。

アニーが溲瓶をさしだす。「手伝ってほしい?」

「自分でやれます」

彼女は気をきかして背中をむけた。ポールは冷たい管にペニスをさし入れ、放尿した。小便の迸るうつろな音がはじまったとき、ふと目を上げると、アニーが微笑しているのが見えた。

「終わったの?」ややあって彼女が訊いた。

「ええ」事実、尿意はひどく強まっていたのだ——ただ、そんなことに構っていられる余裕がなかっただけのことだった。

アニーは溲瓶を取って、そっと床に置いた。「さあ、ベッドにもどしてあげるわ。疲れてるでしょうから……その脚がオペラ歌手みたいに声を張りあげてるんじゃないの」

彼はうなずいた。実際はなにも感じなかった。薬の過量服用のせいで、急速に意識不明への坂を転がりだしていて、室内に灰色の薄靄がかかりはじめている。ただひとつのことだけが頭にこびりついている——アニーがベッドへ運ぶために彼を抱え上げれば、間抜けのうえに盲でないかぎり、下着の後ろにサンプルの箱が入っていることに気がつかないはずはない。

アニーが車椅子をベッドのそばまで押していった。

「もうすぐ、ぐっすり眠れるからね、ポール」

「五分だけ待ってくれませんか」と、やっと言った。

アニーが彼の顔を見た。目がわずかに細まる。

「ひどく痛むんじゃなかったの？」

「ええ、痛むんですよ……とても。とくに、膝が。あなたが……その、頭にきて、殴ったところが。だからまだ、抱えられると、とても、とても。あと五分もすれば、その……その……」

何を言いたいかはわかっていても、言葉が逃げていってしまう。するりと逃げて、灰色の靄のなかへ消える。彼はバレてしまうのじゃないかと思いながら、縋《すが》るように彼女を見た。

「薬が効いてくるっていうの？」と、彼女が訊き、彼はほっとしてうなずいた。

「そりゃそうね。それじゃ、ちょっと片づけものをして、またもどってくるわ」

アニーが部屋から出てゆくなり、彼は手を後ろにつっこんでサンプルの箱を出し、それをひとつずつマットレスのしたに押し込みはじめた。靄はいよいよ濃さを増し、灰色から黒色に変化していった。

（できるだけ奥のほうへ押し込め）と、朦朧とした頭で考える。（あの女が敷布を替えるとき、防水シーツといっしょにひっぱり出してしまわないように。できるだけ、奥……奥のほう……）

全部マットレスのしたに押し込んで、後ろによりかかり、天井を見上げた。漆喰のWの亀裂が酔っ払ったときのように躍っている。

（「アフリカ」）

（「濯ぎ洗いしとかないとね」）

（「ああ、まったくとんでもないことになってしまった」）

（痕跡）と、考えた。（痕跡を残さなかったか？　残さなか——）

ポール・シェルダンは意識を喪った。目が覚めたのは、それから十四時間後で、外にはまた雪が降っていた。

第二部　「ミザリー」

著作は不幸《ミザリー》をもたらさない、著作は不幸《ミザリー》から生まれるのである。

——モンテーニュ

一

「ミザリーの生還」

ポール・シェルダン作

アニー・ウィルクスのために

第一章

イアン・カーマイクルはたとえ王家の財宝をそっくり積まれても、リトル・ダンソープから離れる気はなかったが、このコーンウォール地方の雨だけは閉口だった。イングランドのどこよりも烈しく雨の降る日は、その気持ちもぐらついてしまう。

玄関を入った廊下には、昔からタオル掛けが備えつけてある。イアンは水の滴るコートを掛け、長靴を脱いでから、そのタオルを取ってダーク・ブロンドの髪を拭った。

離れた居間のほうから、軽やかなショパンの調べが流れてくる。イアンは左手にタオルを持ったまま、その調べに聴き入った。

頬が濡れてくる。それは雨水ではなくて、涙だった。

「彼女の前では泣くなよ。それだけは禁物だぞ」と言ったジェフリーの言葉が思い出されてくる。

むろん、ジェフリーの言うとおりだ。ジェフリーが間違ったことを言うことは、めったにない。しかし独りでいると、ときどき、ミザリーがあわやというところで死神の手を脱したことが思い出されて、つい涙を抑えきれなくなるのである。それほどまでに彼はミザリーを愛していた。彼女がいなくなったら、イアンは死ぬだろう。ミザリーなしでは、生きている甲斐がない。

陣痛は長く激しく続いた。だが若いご婦人の場合はこれくらい普通なのだと、産婆は言った。真夜中を過ぎ、医師を連れてくるためにジェフリーが嵐をついて馬で出掛けて一時間も経ってから、産婆がはじめて慌てだした。そのとき出血が始まったのだ。

「ジェフリーのお陰だ」と声に出して言ってから、イアンはイングランド南西部特有の宏くて、頭がぼうっとなるほど暖かい厨房に足を踏み入れた。

「何かおっしゃいましたか、旦那様」と、ラメイジ夫人が配膳室から出てきながら尋ねた。カーマイクル家の変わり者だが愛すべき老女中である。いつものように、室内帽《モブキャップ》は斜めにかしいで、この齢になっても秘かに嗜《たしな》んでいる嗅ぎ煙草の匂いをさせている。

「いや、なんでもないよ、ミセス・ラメイジ」と、イアンは言った。

「玄関でお脱ぎになったコートから滴っていた水音からすると、納屋からお屋敷までお戻りなさる間に、溺れなさるほどの濡れようだったに違いありませんね」

「いや、まったくそのとおりだよ」そう言ってから、もしもジェフリーの医師を連れてくるのが、あと十分も遅かったら、ミザリーは死んでいたかもしれないのだ、と思った。そんな厭なことは考えても詮ないことだと思うのだが、ミザリーのいない人生を思うと怖気を振るい、思わぬときにその考えが忍び入ってくるのである。

その陰気な物想いを破って、赤児の元気な泣き声が起こった。彼の息子トーマスが、目を覚まし、午後のお乳を催促している。トーマスの有能な乳母であるアニー・ウィルクスが、赤児をあやしながら涎掛けを取り替えてやっている、静かな声が聞こえてくる。

「今日の赤ちゃんの声の元気なこと」と、ラメイジ夫人が注釈をつける。イアンは改めて自分が父親となったことを思い、驚異の念にとらわれるのだった。そのとき、戸口のところから妻の声がした。

「あなた」

イアンは目を上げて、愛しいミザリーを見た。彼女は戸口にひっそりと立っていた。栗色の髪が、消えかかった熾《おき》のような、神秘的な深紅の輝きを放って、豊かに肩に落ちている。顔色こそまだ蒼白かったが、その頬には生色の蘇るきざしが見て取れた。目は黒く澄んで、そこに厨房のランプの明かりを映し、宝石店の黒々としたフェルトの上の高貴なダイヤモンドのように見えた。

「ミザリー！」彼は叫んで、そばに駆け寄った。それはあの日リヴァプールで、マッド・ジャック・ウィッカーシャムの予告どおり、海賊が彼女を連れ去ろうとしたときの再現のようであった。

ラメイジ夫人は、居間にしのこした用事があるのを急に思い出し、この場を二人だけにして出ていった。出ていきながら、彼女の顔には笑みが浮かんでいた。ラメイジ夫人もまた、あの二カ月前の嵐の夜のことを、つい考えずにいられなくなることがある。もしもあのとき、ジェフリーと医師の到着が一時間遅れていたら、あるいは、彼女の年若い主人がミザリーの失血した血管に自分の血を注ぎ込んだ、あの輸血の試みが功を奏さなかったら、その後の生活はどうなっていただろうか。

「やめなさい」そう自分に言い聞かせながら、彼女は廊下を急いだ。「そんなことは考えるもんじゃないよ」それはイアンが自分に言い聞かせていたアドバイスでもあった。だが二人とも、アドバイスというものは、ときとして与えるのは易しいが、従うのは難しいものだということに気づいてもいた。

厨房では、イアンがミザリーをしっかりと抱き締め、彼女の温かい肌の甘い薫に彼の魂がいったんは死して蘇るのを感じていた。

彼はミザリーの胸の膨らみに触れて、彼女の心臓の強い確かな鼓動を感じとった。

「おまえが死んでいたら、私も生きてはいなかった」と、彼は囁いた。

ミザリーは彼の首を掻き抱き、乳房の張りを彼の手にいっそう強く押しつけた。「莫迦なことを言わないで」と、囁き返した。「わたしは生きているわ……ほら、こんなに。キスして！　わたしが死ぬとしたら、それはあなたに焦がれ死にするときだわ」

イアンは唇を押しつけ、両手を彼女の栗色の豊かな髪の中に差し入れた。しばしの間、かれら二人のほかは、なにものも存在しなくなった。

二

アニーは三枚のタイプ原稿を、ポールのそばのナイトテーブルに置いた。彼女がどんな感想を言うかと、彼は待った。好奇心はあったが、不安はない——いとも易々とミザリーの世界にもどれたことに、じつをいうと驚いていた。ミザリーの世界はお涙頂戴のメロドラマだが、だからといって、そこにもどるのは予期していたほど不快きわまることでもなかった。事実、古い室内靴《スリッパ》をまた履くような、心和むものすらあった。それだけに、彼女の感想を聞いたときは、開いた口がふさがらないというか、心底面喰らってしまった。

「まちがってるわ」と、彼女は言ったのだ。

「では——気にいらないんですか？」耳を疑った。ミザリーもののほかの作品を気にいっていて、これは気にいらないとは、どういうことか。いかにもミザリーものらしい、ほとんどカリカチュアといえるほどのものではないか。母親のようなラメイジ夫人が配膳室で嗅ぎタバコをやっている一方で、イアンとミザリーがまるで金曜の夜のハイスクールのダンスパーティーからもどった、淫らな気分の若いカップルのように乳繰り合っているところなど——

こんどはアニーのほうが、面喰らった顔をした。

「気にいらない？　もちろん、気にいってるわよ。イアンが彼女を腕に抱くところでは、泣いてしまったわ。泣けてきてしかたがなかった」事実、目の縁が赤くなっている。「それに、赤ん坊のトーマスの乳母に、あたしの名前をつけてくれて……とても嬉しかった」

（それが狙いなんだからな――すくなくとも。ついでにいうとだね、じつは赤ん坊の名前をショーンとつけようとしたんだが、それじゃあんまりnが多すぎるので、よしたんだよ。）

「どうもよくわからないんだが――」

「そうよ、わかってないわ。あたしは、気にいらないなんて言わなかった。まちがってるって言ったのよ。これじゃペテンだわ。書き直すべきよ」

前にアニーのことを、完全な読者だと思ったはずではなかったのか。なんということだ。（りっぱなもんだな、ポール。勘違いもいいとこじゃないか。）忠実な読者がいまや、無情な編集者に変貌していた。

自分でもそれと気がつかないうちに、ポールの顔はしぜんと、編集者の話に耳を傾けるときの、まじめくさった拝聴の表情をうかべた。これを彼は、「いらっしゃいませ、奥様」式表情と呼んでいる。たいがいの編集者は、ガソリン・スタンドに車を乗りつけてきて、なんだか知らないけどボンネットのしたでノッキングしている音とか、ダッシュボードのなかで変な音をたてているものを直して頂戴と、修理工に命じる女のようなものだからである。まじめくさった拝聴の表情は相手の気持ちをくすぐるし、編集者は気持ちをくすぐられると、その無理難題をいくらか引っ込める気になるものだ。

「どうしてペテンだと？」と、彼は訊いた。

「つまり、ジェフリーは馬でお医者を呼びに行った」彼女は言った。「それはいいわよ。それは『ミザリーの子供』の第三十八章であったことだから。だけど、お医者は来なかったじゃないの。だってジェフリーの馬が、ろくでなしのクランソープ氏が置いた通行止めの柵を飛び越えようとして脚をひっかけ——あのゴロツキ屋、『ミザリーの生還』で罰を受けるといいのよ、ポール、そう思うわ——それで、ジェフリーは肩の骨と肋骨を何本か折って、明け方に通りかかった羊飼いの少年に発見されるまで、雨に搏《う》たれて横たわっていたんだからね。だから、お医者は来なかったのよ。わかった？」

「ええ」ポールはいまや、彼女の顔から目を離せなくなっていた。

最初は彼女が、編集者になりたがっている——というより、共作者にすらなろうとして、あれを書けこれを書けと指示するつもりなのだ、と思っていた。だがそうではなかった。たとえば、クランソープ氏のことだ。彼女はクランソープ氏が罰を受けるといいと望んでいるが、それを要求はしなかった。小説の創作技術は自分の領分ではないと、見極めをつけている——ポールを思いのままにできることがわかっていながら、である。創作力のあるなしと、そのこととは関係がない。重力の法則を覆せと要求したり、レンガでテーブルテニスをしたがるような、馬鹿なまねはしないということだ。アニーはたしかに忠実な読者だが、忠実な読者はまぬけな読者だとはかぎらない。

彼女はたしかにミザリーを殺すことを許さなかった……と同時に、ごまかしの手を使ってミザリーを生き返らせることも許そうとしない。

（そんなこといったって、ミザリーは死んだんだぞ）げんなりして、考えた。（どうすればいいっていうんだ？）

「あたしが子供のころ」と、アニーは言った。「映画で連続活劇というのがあったわ。一週間毎に回が変わるの。『仮面の復讐者』とか『フラッシュ・ゴードン』とか、フランク・バック（実在の人物。一九三〇年代の狩猟家）の物語まであった。アフリカに猛獣狩りに行って、ライオンや虎を睨み据えるだけで服従させてしまう男の話よ。連続活劇って憶えている？」

「憶えているけど、あなたはそんな齢じゃないでしょう、アニー。きっとテレビで観たのか、兄さんか姉さんがいて、話を聞いたんじゃないかな」

口元の堅固な肉にチラリと笑窪《えくぼ》があらわれ、すぐに消えた。「おべんちゃら言うんじゃないよ、ウソつき。たしかに、あたしには兄がいたけど、毎土曜日の午後、いっしょに映画を観にいってたんだから。あたしが育った、カリフォルニア州のベイカーズフィールドでのことよ。ニュース映画とカラー漫画と長篇映画もあったけど、あたしはいつも連続活劇の次回がどうなるかということが楽しみだった。まる一週間、よくぼんやりそのことを考えていた。教室で授業が退屈なときとか、階下のミセス・クレンミツのところの四人のガキのベビーシッターをやっているときとかね。あのうるさいガキどもは大嫌いだった」

アニーはむっつりと黙り込み、隅のほうをみつめている。空白状態が訪れたのは何日かぶりのことだった。ポールは不安になって、悪いほうの兆候だろうか、と訝った。もしそうなら、防衛策をこうじなくては。

やがて、正気づいた。いつものことながら、世界がまだそこにあるとは期待していなかったかのような、微かな驚きの表情をうかべた。

「『ロケットマン』があたしの好きな連続活劇だったわ。第六回の『大空の死』の最後は、急降下してゆく飛行機のなかで気を喪っているところ。それとか、第九回の『灼熱の運命』の最後では、燃えあがる倉庫のなかで椅子に縛りつけられている。そのほか、ブレーキのない車だとか、毒ガスだとか、電気椅子だとか」

アニーがこれほどのしっとりとした話し方をするのは、珍しいことだった。

「そういうのを〝絶体絶命もの《クリフハンガー》〟と呼んでましたよ」ポールは言ってみた。

彼女は厭な顔をした。「知ってるわよ、お利口さん。ふん、あんたはときどき、あたしをよっぽどボンクラだと思うらしいね」

「そんなことはないですよ、アニー」

アニーはうるさそうに手をふった。それで、すくなくとも今日は、話の腰を折らないほうがいい、と判断した。「彼がどうやって危機を脱するかを考えるのが、楽しみだった。当たることもあるし、外れることもあったわ。とにかく、映画を作ってる人たちが、フェアに作ってさえいれば、当たっても当たらなくても、気にしなかった」

話のポイントが呑みこめているかどうか、ポールを鋭い目で見た。彼のほうは呑みこんだつもりでいた。

「たとえば、飛行機のなかで気を喪っていた話のときだけど。彼は気がついて、座席のしたにパラシュートがあるのを見つける。それでパラシュートを身につけて、飛行機から飛び降りる。それはフェアなのよ」

(作文の教師だったら、その意見には同意しないだろうよ)と、思った。(おまえが話しているのは、いわゆる〝デウス・エクス・マキナ〟つまり「機械仕掛けの神」という、ギリシア時代の円形劇場ではじめて使われた手法なんだよ。劇作者が主人公を窮地に追い込んでニッチもサッチもいかなくなると、花で飾られた椅子が頭上からするすると降りてくるという仕掛だ。主人公はそれに坐り、椅子とともに引き上げられて、窮地を脱する。どんな愚鈍な田舎者でも、それの象徴的な意味はわかる――つまり、主人公は神に救われた、ということだ。このデウス・エクス・マキナは、じつはプロ仲間の隠語で〝飛行機の座席のしたのパラシュート的陳腐なトリック〟といわれているんだが、すでに一七〇〇年ごろに廃《すた》れてしまったのさ。もちろん、「ロケットマン」とか『ナンシー・ドルー』のシリーズみたいな、陳腐な連続活劇や本はべつだがね。おまえさんには初耳だろうな、アニー。）

ポールは笑いの発作に襲われそうになって、うろたえた。彼女の今朝のムードからすると、ゾッとしない苦痛の罰を受けることになるのは、必定だと思われた。そこであわてて手を口に当て、ほころびかけた口元をぎゅっとつかんで、咳の発作が起きたまねをした。

アニーは彼の背中を痛いほど強くたたいた。

「だいじょうぶ？」

「ええ、どうも」

「話をつづけていいかしら、ポール。それとも、こんどはしゃっくりの発作を起こす？　バケツを持ってこようか？　吐き気のほうはだいじょうぶかしら？」

「いや、アニー。つづけてください。あなたの話はたいへんおもしろい」

いくらか機嫌をなおしたようだった――ほんのすこしだが。「座席のしたにパラシュートを見つけた、というのならフェアなのよ。あんまりリアリスティックじゃないかもしれないけど、でもフェアだわ」

彼はそのことを考えてみて、驚き——アニーがときどき見せる鋭い洞察には驚かされる——そのとおりだと思った。〝フェア〟と〝リアリスティック〟とは、理想的な形では同義語であるともいえる。しかし、そうだとしても、ここは理想的な形とは程遠い。

「ところが、こんどはべつの話」と、アニーは言った。「あんたが昨日書いたものみたいに、まちがってる話のことよ、ポール。だから、よく聴きなさい」

「傾聴してますよ」

ふざけているのかと、彼女は鋭い視線をむけた。しかしポールの顔は、蒼白く真剣そのもの——まじめな学生のような表情だった。笑いの衝動はけしとんでしまっていた。アニーがその名称は知らなくても、デウス・エクス・マキナのことをよくわかっているらしいのに、彼は気がついたのだ。

「いいわ」と、言う。「これはブレーキのない車の話。悪漢どもがロケットマンを——正体を秘しているロケットマンだけどね——ブレーキがひとつもない車に閉じ込め、ドアが開かないように溶接して、曲がりくねった山道を下って行かせるわけ。そのときあたしは、座席の端まで身をのりだしていたわよ、ほんとに」

彼女はいま、ベッドの端に身をのりだすようにして坐り——ポールは車椅子に坐っている。バスルームと居間への遠征から五日たっている。あの経験からは思った以上に早く回復していた。おそらくアニーに見破られなかったことが、元気回復の妙薬となったのだろう。

アニーはぼんやりとカレンダーに目をやった。永遠の二月の雪上を、笑顔の男の子が橇滑りしている。

「それで、哀れ、ロケットマンはロケット・パックも透視ヘルメットもなくて、その車に閉じ込められ、ハンドルを切ったり、車を停めようとしたり、サイドドアを開けようとしたり、それをみんないっぺんにやるわけよ。片手で壁紙張りをやるより忙しかったわよ、それこそ」

ポールはその場面を思い描くことができた――どんなに荒唐無稽であろうとも、そのてのシーンがサスペンスを産み出すことは、直感的に理解できた。背景全体が急角度に傾斜して、飛ぶように過ぎ去ってゆく。ブレーキ・ペダルのカット。足が（それは一九四〇年代に流行った先の反った靴を履いている）さかんにブレーキを踏むが、ペダルはなんの抵抗もなく床まで沈みこんでしまう。肩をドアにぶつけるカット。車の外側のカット。ドアを密閉した溶接ハンダの不揃いなビーズが映る。たしかに馬鹿ばかしい――およそ文学的でない――が、それでも効果はある。観客の脈搏を早める効果はあるのだ。むろん、シヴァス・リーガルではなくて、僻地の密造酒の酔い心地、といったところだが。

「そして、道の先がとつぜん切れて断崖絶壁になるの」アニーが話している。「観客はみんな、あのハドソンのオンボロ車が崖から落ちてしまわないうちに、ロケットマンが脱出できなかったら、一巻の終わりになるって思ったわ。車は走りつづけ、ロケットマンはまだブレーキを踏んだりドアを叩いたりしている……そして、崖から飛び出した！　車が宙に浮いて、落ちていった。途中で崖にぶつかり、燃えあがって、海に落ちて沈んだ。そこでスクリーンにエンドマーク。次週第十一回『ドラゴンは翔ぶ』へつづく」

アニーはベッドの端に坐って、両手をしっかり握り合わせ、おおきな胸を波打たせている。「そこで！」と、彼のほうは見ずに、壁に目を据えてつづけた。「その映画を観たあと、次の週いっぱいは、ただロケットマンのことばかり考えてたわ。どうやってあの危機を脱出できるだろうか。あたしには想像がつかなかった。

次の週の土曜日、あたしは正午になったら映画館のまえに立っていた。キップ売場は一時十五分にならないと開かないし、上映は二時からだというのにね。だけど、ポール……それからどうなったか……あんたには想像もできないでしょう」

ポールはなにも言わなかったが、想像はできた。アニーが彼の書いたものを、気にいってはいるけれども、まちがっていると判断したことを、彼は理解していた。彼女がそれを見抜き、指摘したのは、ときに疑わしいこともある編集者の文学的素養によってではなく、反駁しようのない忠実な読者の確信によってであった。彼は理解し、そして、われながら恥ずかしいとすら思った。彼女の言ったとおりだ。彼の書いたものは、ごまかしにほかならない。

「新しい回の初めには、いつも前回の最後の場面がくりかえされるのよ。山道を下ってゆく車が映り、断崖が映った。ロケットマンは車のドアを叩いて開けようとしている。そのとき、車が崖にさしかかる寸前に、ドアがパッと開いて、ロケットマンは道路に転がりでた！ 車だけが崖から落ちていって、映画を観ていた子供たちはみんな、歓声をあげたわ。ロケットマンが脱出できたんだから。でもあたしは、歓声をあげなかった。頭にきたのよ！ そして、叫びだした、『あれは先週のとちがうわ！ 先週のとちがうわ！』って」

アニーはベッドから立ちあがって、足早に行ったり来たりしはじめた。頭を垂れ、髪が縮れ毛の頭布のように顔をつつみ、拳を掌に打ちつけながら、目はギラギラと光を放っていた。

「兄が黙らせようとしたけど、黙らないものだから、手であたしの口を塞いだわ。あたしはその手に嚙みついて、また、『あれは先週のとちがうわ！　みんな忘れちゃったの？　あんたたち、みんな忘れたの？』って叫んだ。それで兄が『おまえ、気が変になったのか、アニー』と言ったけど、そんなことじゃないのよ。そしたら支配人がやってきて、静かにしないなら出ていけって言ったわ。それであたしは言ってやった、『出てってやるわよ。だってあれは、ひどいインチキだもの。先週のとちがってるんだから！』」

アニーはポールのほうを見た。その目に殺意があらわれているのを、彼は見た。

「彼はあの車から脱出しなかったのよ！　車が崖から飛び出したとき、まだ車の中にいたんだから！　あんた、わかってる？」

「ええ」と、ポール。

「**あんた、わかってるの？**」

いきなり、例のしなやかな身のこなしで、猛然と跳びかかってきた。この前とおなじように、彼を痛めつける気だろうと察した。というのは、ロケットマンを崖から飛び出すまえのハドソンから、インチキな手を使って脱出させたゴロツキ屋のシナリオ・ライターを、殴ることはできないからだ。そうは思ったが、ポールは身動きもしなかった。彼女が開いてみせた過去の窓に、現在の精神不安定の萌芽をすでに認め、それと同時に、彼は恐ろしさに震えあがっていた――子供っぽいとはいえ、彼女が示した不正にたいする憤激が、あまりにもリアルそのものだったからである。

アニーは彼を殴りはしなかった。ローブの前をつかんで、顔が触れ合うほどぐいと引き寄せた。

「**わかった？**」

「ええ、アニー、わかりましたよ」

あの獰猛陰険な目でにらみつけ、彼の顔に真摯さを見てとったか、ややあって軽蔑したように彼を車椅子に衝きもどした。

ポールは激しい痛みに顔をしかめた。だが痛みはすぐに引きはじめた。

「それじゃ、なにがまちがってるか、わかったわね」と、彼女は言った。

「そのつもりですよ」（だけど、どうやって、そのまちがいを正せばいいんだ？）

べつの声がすかさず応じた。（それで救われたのか呪われたのか。それはわからんが、ひとつだけはっきりしていることがある。もしも、ミザリーを生き返らせる方法を――あの女が満足するような方法を――見つけられなかったら、彼女はおまえを殺すぞ。）

「だったら、書き直しなさいよ」彼女はそれだけ言うと、部屋を出ていった。

三

ポールはタイプライターをみつめた。ｎの抜けたタイプライターがそこにある。実際に書いてみるまで、通常の文章でいかにｎの字が多いかにあらためて気がついた。

(「おまえさん、物書きだったんじゃないかい」)と、タイプライターが言った——彼の頭が創りだした嘲笑うような舌足らずの声。ハリウッドの西部劇に登場するティーンエイジャーのガンマンの声。この〝無用者の街〟で名を揚げようと焦っている青二才の声だ。(「おまえさん、たいした物書きじゃないな。なにせ、頭のイカれたふとっちょの元看護婦さえ喜ばすことができねぇんだからな。おおかたあの事故で、物書きの骨まで折っちまったんじゃないかい……折れちまって、治りかけていねぇんだ」)

車椅子にぐったりと背をもたせて、目をつぶった。すべて痛みのせいにできれば、いくらか気は楽だろうが、じつをいうと痛みはいくぶん薄れはじめていたのだ。

盗んだ薬はマットレスとボックススプリングの間に隠してあった。それを嚥んだことはない——いわば〝アニー保険〟として、そこにあることがわかっているだけで、充分だった。もしも彼女がマットレスを裏返すことでもあれば、いっぺんでバレてしまうだろうが、それは覚悟のうえだった。

タイプ用紙の一件いらい、二人の間にトラブルはいちどもなかった。薬は定時にきちんとあたえられ、彼はそれを嚥んだ。彼が麻薬中毒になっているのに、アニーは気がついているのだろうか。

(おい、おい、ポール、ちょっとばかり芝居がかりすぎじゃないのか。)

いや、そんなことはない。三日前の夜のことだが、アニーが二階にいるのがわかっていたとき、彼はサンプルの箱を取り出し、ラベルの文字をよく読み直してみた。もっとも、ノヴリルの主要成分を見てみたときに、必要なことはすべて読んでいたはずだった。だが「ROLAIDS」とでも書いてあれば、ただの制酸剤かと安心もするだろうが、ノヴリルには「CODEINE」と書かれている。コデインというのは、彼の知識によれば、阿片から取るアルカロイドのはずだ。

（要するに、もう治りかけているんだよ、ポール。脚の膝から下は四歳児が描いた棒線画みたいだが、治りかけていることはまちがいない。いまはもう、アスピリンかエンピリンで充分なのさ。ノヴリルなんか必要ない。そんなものは麻薬中毒者にくれてやればいいんだ。）

カプセルの量をなんとか減らさなければなるまい。それまではアニーに、車椅子にだけでなく、ノヴリルのカプセルにも縛りつけられることになるのだ。

（よし、あの女が薬をくれる一回置きごとに、二錠のうちの一錠を嚥まないでおくことにしよう。一錠だけ嚥んで、もう一錠は舌のしたに入れておき、あの女がコップを置きに行っているあいだに、サンプルの箱を隠しているマットレスのしたに突っ込むんだ。だが、今日はやらない。今日はまだ心の準備ができていない。明日から始めよう。）

彼の頭のなかで、アリスに説教をしている白の女王の声がしている――（「ここでは、昨日の行い、明日の行いはあるが、今日の行いはないのじゃぞ」）

（「はっはっは、ポール、おまえさんはおもしろいね」）と、タイプライターが彼の創りだしたガンマンの声で言った。

「われわれゴロツキ屋はおもしろいなんてことはない。ただ絶対にあきらめないだけだ――それだけは忘れるな」と、ポールはつぶやいた。

(とにかく、薬の服用のことは考えたほうがいいぞ、ポール。真剣に考えたほうが。)

そこで、とっさに心が決まった。アニーの気にいる第一章を――彼女がペテンではないと判断する第一章を書きあげたらすぐ、服用を制限する方途にとりかかろう。

内心の一部――いかに公正な編集上の意見でも、ひねくれてしか受け止めない部分――が、反対の声をあげた。あの女は頭が狂っているから、何が気にいって何が気にいらないか、わかったものじゃない、何を書こうとバクチみたいなものだ、と。

しかし、べつの一部――もっと物分かりのいい部分――は、それには同意しなかった。良いものは良い、それは自分でわかる。本物と読み較べてみれば、昨晩アニーに渡したあの偽物、三日がかりでなんども躓《つまず》いたあげくにでっちあげた擬《まが》いものは、一ドル銀貨のそばに置いた犬の糞にしか見えないはずだ。あれが出来損ないだということは、自分でもわかっていたのじゃないか。彼らしくもなく、さんざ四苦八苦して、メモの書き散らしやら、途中まで書いて「ミザリーは瞳を輝かせ、彼のほうを向くと、囁くがごとくに、ああ、馬鹿ヤロー、**てんでなっちゃいない!**」という調子で終わる書き損じばかりが、紙屑籠の半分ほども溜まってしまった。

そしてそれを、痛みのせいにし、飯のためでなく命のために書かなければならない現在の情況のせいにした。そんなのはもっともらしい言い訳でしかない。要するに、構想が枯渇していたのだ。それでごまかしをやり、それが自分でわかっていたから、ろくでもないものを書いてしまった。

(「つまり、彼女に見抜かれたってことだよ、間抜け」)タイプライターが横柄な口調で言った。(「そうだろ?　それで、いったいどうする気なんだい?」)

わからない。だが、なんとかしなくてはならない。それも早急に。今朝のアニーの機嫌はお世辞にも良いとはいえなかった。彼女の本の書き出しが気にいらないからと、野球のバットで彼の脚をあらためて叩き折るとか、生爪を剝がすとか、そんなたぐいのことをやられなかったのが、むしろ幸運だったのだ——アニー独特の生活と意見からすると、そういう批評方法をやりかねない。もしも、ここから生きて脱出することができたら、クリストファー・ヘイルに手紙を書いてやろう。ヘイルはニューヨーク・タイムズに書評を書いているのだ。手紙には、こう書く——「編集者から連絡があって、あなたがタイムズで私の本の書評をする予定だと知らされるたびに、私は膝がガクガク震える思いをしたものです。あなたは私の本をよく褒めてくれたが、いうまでもなく、コテンパンにやっつけたことも一度ならずありました。私としては、いいから好きなだけトコトンやってくれ、と言いたかった。ところで私は、まったく斬新な批評の方法を発見しました。名づけて、〝コロラド式バーベキューと雑巾バケツ派〟とでも言いましょうか。それに較べると、あなたがたの批評などは、セントラル・パークのメリーゴーラウンドに乗るていどの怖さしかありません」

(「じつにケッサクだな、ポール。頭のなかで批評家にあてた恋文を考えるのは、たしかに愉快なもんだよ。だけど、いまやらなければならんのは、真剣に問題解決の方途を考えることじゃねぇのか」)

そう。そのとおりだ。

タイプライターが妙な笑いをうかべてこちらを見ている。

「厭なやつだ」ポールは陰気につぶやいて、窓の外に目をそらした。

四

バスルームまで遠征した日の翌日に目を覚ましたとき降っていた雪は、それから二日間つづき、そのあらたな降雪ですくなくとも十八インチは積もっていた。ようやく雲間から太陽が顔をのぞかせたとき、車廻しにあるアニーのチェロキーは、ただの雪の小山と化していた。

それでも、いまは太陽がふたたび現れ、空は光り輝いている。あの太陽は光だけでなく、熱も持っているのだ——それが車椅子にすわっているポールの顔や手に感じられる。納屋のつららがまた水を滴らせていた。ポールはちらりと、雪に埋もれた彼の車のことを思い、それからタイプ用紙を取り上げて、ロイヤルのプラテンに巻き込んだ。上端の左隅に「ミザリーの生還」と打ち込み、右隅に数字の1を打つ。キャリッジ・リターンレバーを四、五回動かし、キャリッジを中央にもってきて、「第一章」と打ち込んだ。必要以上に強くキーを打つ。ともかくもタイプを打っている音を、アニーに聞かせるためである。

「第一章」の下には、空白がひろがっている。その白さはまるで、ポールがそこに落ちて凍え死ぬかもしれない、雪の吹溜まりのように見えた。

（「アフリカ」）

（「フェアに作ってさえいれば」）

（「あの鳥はアフリカから来たのよ」）

（「アフリカから」）

（「濯ぎ洗いしとかないとね」）

彼はうつらうつらしだした。いまアニーが入ってきて、彼が書くのをさぼっているのを見つけたら、腹をたてるにちがいないとは思ったが、それでもうつらうつらしていた。ただ微睡《まどろ》んでいるだけではなかった。妙なことだが、そうしながら考えていたのだ。考え、探していた。

（なにを探しているんだい、ポールよ？）

それはわかりきったこと。飛行機が急降下中だから、座席のしたのパラシュートを探しているのだ。それならいいだろ？　フェアじゃないか？

（「それはフェアなのよ。座席のしたにパラシュートを見つけた、というのならフェアなのよ。あんまりリアリスティックじゃないかもしれないけど、フェアだわ」）

夏に二度ほど、母に言われて、モールデン市民文化会館での昼間のキャンプに参加したことがある。あそこでゲームをやった……みんなが輪をかいてすわり、それはアニーの言う連続活劇みたいなゲームだったが、彼はいつも勝った……あれは何というゲームだったか。

運動場のすみの日陰に、十五人か二十人の子供たちが輪になってすわっている。みんなモールデン市民文化会館のTシャツを着て、指導員がゲームのやりかたを説明するのに熱心に聴き入っている。（どうする？　そうだ、あれは〝どうする？〟というゲームだった。例の絶体絶命劇《クリフハンガー》によく似ていたが、おまえがあのときやったゲームは〝どうする？〟というのだったじゃないか、ポール、そうだろ?)

そうだ、たぶんそうだった。

その〝どうする?〟で、指導員がまず、〝うっかり〟コリガンという登場人物の話をする。〝うっかり〟は南米の人跡未踏のジャングルに迷いこんだ。ふと、あたりを見まわすと、後ろにはライオンがいる……右にも左にもライオンがいる……そしてなんと、前にもライオンだ。〝うっかり〟コリガンは周囲をライオンにかこまれてしまった……さて、そこでゲームの始まりだ。時刻はいま午後の五時だが、そんなことは子供たちにはどうでもいい。南米のライオンということになれば、夕食までに帰りなさいという言い付けなど、どこかに吹っ飛んでしまうのだ。

指導員はストップウォッチを手にしていた。ポール・シェルダンは微睡みながらも、それをはっきりと見ている。三十年前よりももっと、その時計の重みがずっしりとのしかかっていた。美しい銅の文字盤。その下のほうに付いた、十秒毎に単位を刻む小さな針。ANNEX というブランド名の小さな文字まで見える。

指導員は子供たちの輪を見わたし、一人を名指して言う、「ダニエル。どうする?」この〝どうする?〟の呼び掛けと同時に、指導員はストップウォッチをスタートさせる。

ダニエルの制限時間はきっかり十秒だ。その十秒内にお話を作らなければ、輪を抜けなければならない。もしもダニエルが、〝うっかり〟をライオンから逃げ出させるお話をしたら、指導員はもういちど子供たちを見まわして、このゲームのもうひとつの質問をする。情況をあらためて認識させ、ダニエルが成功したかどうかを問う、〝やったかな?〟という質問。

このときのゲームのルールは、まさしくアニーのルールと同じだった。リアリスティックである必要はないが、フェアでなければならない。たとえば、ダニエルが、「〝うっかり〟は運よくウィンチェスター銃と弾をたくさん持っていたので、ライオンを三頭撃ち殺し、残りのライオンは逃げてしまった」と、答える。その場合は、ダニエルは〝やった〟ことになる。そこで彼はストップウォッチを受け取り、お話の続きをはじめる。こんどは〝うっかり〟が流砂にはまって、お尻まで埋まってしまった、とかなんとか言って、ほかの子供を名指し、「どうする？」と問い掛け、ストップウォッチのスタート・ボタンを押すわけだ。

十秒というのは長くはない。たちまち答えに窮するか……ごまかしをやることになりかねない。かりに次の子供がこう答えるとする、「ちょうどそこへ、コンドルみたいな大きな鳥が飛んできた。〝うっかり〟はその首につかまって、流砂から脱け出すことができた」

そこで指導員が「やったかな？」と問い掛け、その答えで良いと思った者は手をあげ、答えがなってないと思ったら手はあげない。たいてい、このコンドルのようなケースでは、答えた子供はまちがいなく輪から抜けさせられた。

(どうする、ポール？　やれるかい？)

(やれるとも。だからこそ生き残れるんだ。だからこそ、ニューヨークとロサンジェルスの両方に家を持ち、車だって何台も持つ身になれるんだ。とにかくやるしかないし、謝って引き下がることじゃないんだ。私よりはうまい文章を書くやつはたくさんいるし、人間とは何か、人間性とは何を意味するのか、私よりは深く理解しているやつも大勢いる――それくらいわかっているさ。しかし、指導員がその連中について「やったかな？」と訊くと、たまに何人かが手をあげるだけだ。ところが、私については……それとミザリーについては（結局その二つは同じものだからだ）、みんないっせいに手をあげる。〝どうする？〟やれるかい？　ああ、やれるさ。私にやれないことは、もちろん山ほどある。ハイスクールのときでも、カーヴを打てなかった。水の漏れる蛇口を修繕することもできない。ローラースケートができないし、ギターのFコードをちゃんと弾けない。二度結婚したが、二度とも失敗した。だけど人をうっとりさせたり、ゾッとさせたり、熱中させたり、泣いたり、笑ったりさせることなら、お手のものだ。相手が参ったと言うまで、とことんやってやるさ。やれる。やってみせる。）

タイプライターの横柄なガンマンの声が、深まってゆく夢のなかでささやいた。

（「さっきから、ごちゃごちゃ大口たたいてるけど、原稿用紙は白紙のまんまじゃねぇか」）

〝どうする？〟

（やるさ。）

〝やれたかな？〟

（いや。インチキをやった。『ミザリーの子供』では、医者はやってこなかった。おまえはたぶん、先週のストーリーを忘れていたかもしれないが、あの石像はけっして忘れない。ポールは輪から抜けなければならない。では、失礼。濯ぎ洗いしとかないとね。しとかないと――）

五

「――濯ぎ洗いを」と、つぶやいて、体が右に傾いた。そのとたんに左脚がわずかに捩《ねじ》れ、潰れた膝に激痛がはしって、はっと目が覚めた。五分とは経っていなかった。台所でアニーが食器を洗っている音が聞こえる。いつもなら家事をするときは鼻歌を歌うのだが、今日は歌っていなかった。食器のぶつかり合う音と、ときどき流す濯ぎ洗いの水音がするだけだ。剣呑《けんのん》な兆候。(シェルダン地方の住民に、臨時の天気予報を申し上げます――本日午後五時までに、竜巻警報が出ております。くりかえします。竜巻警報が――)

ふざけるのは止めて、仕事にかからねば。アニーはミザリーを死から生還させることを望んだが、それはフェアでなければならないという。かならずしもリアリスティックである必要はないが、フェアでなければならない。この午前中にそれができれば、たぶん、兆《きざ》している抑鬱状態が爆発しないうちに、事前に回避することができるだろう。

ポールは頰杖をついて、窓の外に目をやった。いまはすっかり目が覚めて、猛烈ないきおいで考えてはいるのだが、自分が考えているという意識はなかった。この前はいつ髪をシャンプーしただろうかとか、アニーが時間どおりに薬を持ってきてくれるだろうか、といったような思考を処理する、意識の表面の二層か三層分が、そっくりお留守になっているらしい。頭のその部分がこっそり脱け出して、パストラミの載った黒パンかなにかを食べに出掛けてしまったのだ。知覚の入力《インプット》はされていても、それを処理することができない――目に映っているものが見えず、耳に入ってくるものが聞こえていない。

そのほかの部分は汗みどろになって、構想を練っては捨て、またそれを組み立てては捨て、といった作業をくりかえしている。作業がおこなわれていることは感じていたが、それに直《じか》に手を触れることはしないし、また触れたくもなかった。なにしろその作業現場は穢《よご》れているからだ。

自分のやっていることが〝構想探し〟であることはわかっていた。〝構想探し〟は〝構想を得た〟というのとはちがう。〝構想を得た〟というのは、いい換えるならば「インスピレーションが涌いた」とか「発見《エウレカ》した！」とか「ミューズ神の声を聞いた」とかいうことの、穏やかな表現である。

『高速自動車』の構想は、ある日、ニューヨークの市内でうかんだのだった。そのときは、八十三丁目にあるアパートで使うビデオカセット・レコーダーを買うつもりで出掛けた。ある駐車場のそばを通りかかったとき、そこの係員が車のドアを鉄梃《かなてこ》でこじ開けようとしているのを見掛けた。それだけのことだった。あれが違法な行為であったのかなかったのかは知らない。さらに二、三ブロック歩いたころには、そんなことは気にもならなくなっていた。その駐車場の係員がトニー・ボナサロになったのだ。トニーについての構想はすべて出来あがり、ただ名前だけは後で電話帳から拾いあげた。たちまちストーリーの半分がパッと頭にうかんで、残りの部分もすぐに埋まっていった。彼の心は浮き立ち、酔っぱらったように昂揚していた。思いもかけず小切手が郵便でとどいたように、ミューズ神が訪れたのだ。ビデオカセット・レコーダーを買いに出て、それよりはるかにすばらしいものを手に入れた。彼は〝構想を得た〟のである。

べつのプロセス――〝構想探し〟――のほうは、昂揚も興奮もまるでないが、それでも同じく不可思議であり……どうしても必要な作業である。というのは、小説を書いていると、かならずどこかで道路閉鎖にぶつかる。そのときは〝構想を得る〟までは、先へ進もうとしてもむだだからである。

〝構想を得る〟ために彼がいつもとる方法は、上着を着て、散歩に出掛けることだった。〝構想を得る〟必要がない場合は、散歩に出るとき、本を携えてゆく。歩くことが良い運動になることはわかっているが、それだけでは退屈してしまう。歩きながら話をする相手がいればべつだが、さもなければ本を持って出る。しかし〝構想を得る〟必要があるときは、その退屈が、道路閉鎖された小説にとっては、癌患者にとっての化学療法のような効用をもたらすものとなる。

『高速自動車』がなかばまで進んだとき、トニーはタイムズ・スクェアの映画館で、彼に手錠を掛けようとしたグレイ警部補を殺した。ポールはなんとか、トニーに――せめてすこしの間だけでも――逃げのびさせたかった。ここでトニーが刑務所に入ったのでは、物語の第三幕が進行しなくなるからである。だが、左の腋からナイフの柄が突き出したままのグレイを、映画館の座席に置き去りにして逃げるわけにはいかない。グレイがトニーに会いに行ったことを知っている者が、すくなくとも三人はいるからだ。

問題は死体の処理だった。それをどう解決したものか、ポールにはわからなくなった。これが道路閉鎖だ。ゲームだ。つまり——「〝うっかり〟がタイムズ・スクェアの映画館で、男を殺した。死体を自分の車まで運びたいが、人に見られて、『おい、おまえ、そいつは死人みたいに見えるけど、発作かなにか起こしたのかい』などと訊かれてはまずい。グレイの死体を車まで運びさえすれば、彼のよく知っている工事を中断している建築現場へ行って、そこに捨てることができるのだが。さあ、ポール。どうする？」というわけだ。

もちろん、十秒の制限時間などはなかった。出版契約は結んでいなかったし、出版の当てがなく書いていたのだから、締切り日のことを考える必要はなかった。それでも、デッドラインはある。それを過ぎると輪から抜けなければならなくなる、ということはたいていの作家が知っている。あまりにも長いこと道路閉鎖にひっかかったままでいると、小説は風化して解体しはじめ、迷いや幻滅が生じてくる。

彼は散歩に出掛けた。意識の表面では、ちょうどいまの状態のように、なにも考えないで歩いた。三マイルも歩いたころ、意識の下層のほうの作業現場から閃光が送り出されてきた——

（映画館に火をつけたらどうだろう？）

それならうまくいきそうに思えた。目の眩むような、インスピレーションの実感はなかった。大工が建材になりそうな材木をつぶさに調べている、といった趣きだった。

（隣の座席の詰め物に火をつける、というのはどうだ。ああいう映画館のオンボロ座席はたいがい切り裂かれている。そこで煙が充満してくる。もうもうと。トニーはできるだけ長く留まっていてから、グレイを担ぎ出す。グレイが煙にやられて倒れた、ということにすればいい。それでどうだ?)

ポールはそれならいけると思った。名案というほどのことでもないし、細部については検討しなければならない点がたくさんあったが、やれそうだと思った。彼は〝構想を得た〟のだ。これで仕事がつづけられる。

本を書き始めるときは、かならずしも〝構想を得る〟必要はないが、やれそうだということは、いつも本能的に理解していた。

ポールは車椅子にじっと坐って、頬杖をつき、窓外の納屋をながめていた。歩くことができたら、外に出て歩きまわるところだ。いまはじっと坐って、なかば微睡《まどろ》みながら、なにかが起こるのを待っていた。ただひたすら、下層のほうでなにかがおこなわれていることしか、意識にない。見せ掛けの構築物がきずかれ、判定され、その欠陥が見つけられ、一瞬のうちに瓦解してしまうのを、みつめているだけだった。

十分が過ぎた。十五分。

アニーはいま、居間で掃除機をかけている(が、あいかわらず鼻歌は歌っていない)。その音が聞こえてはいるが、ただ聞こえているだけのことだ。水が用水路を通り抜けるように、右の耳からはいって左の耳へ抜けるだけの、ただの音にすぎない。

やがて下層の作業現場から、閃光が送られてきた。最後はいつもそうなのだ。下層にいるあの連中は、つねに休みなく重労働に励んでいる。人に羨まれるような身分じゃない。

ポールはじっと坐って、〝構想を得る〟ことに掛かりはじめていた。全意識がもどってきて

――全快だ――ドアの郵便受けの隙間に手紙が押し込まれるように、送られてきた構想を受け取った。彼はそれを点検してみた。危うく破棄しそうになり（作業現場からかすかに失望の呻きが聞こえたようだ）、もういちど考え直して、それの半分だけは残すことにした。

第二の閃光が送られてきた。こんどは前のよりも輝きが強い。

ポールは窓敷居を指で小刻みにたたきはじめた。

十一時ごろになって、彼はタイプを打ちはじめた。最初はゆっくりだった。ちょっとキーをたたいては、手を休め、それがときには十五秒間ぐらいつづいた。その音の断続は、空中から群島を見るように、幅広い紺碧の帯をへだててポツンポツンと島が連なってゆく、といった塩梅である。

しだいしだいに音の断絶が短くなってゆき、いまや、ときにはタイプ音の連続射撃のようになった――これがポールの電動タイプライターなら、快い響きを聞かせてくれただろうが、このロイヤルのひび割れ音は、なんとも鈍重で不愉快きわまりない。

しかし、タイプライターのダッキー・ダッドルズ調の声は、もはや聞こえなかった。ポールは一枚目が終わるまでにウォーミングアップを終えて、二枚目の終わりでは、すでに全力疾走に入っていた。

しばらくしてアニーが掃除機を止め、寝室の入口に立って、ポールを眺めた。ポールは彼女がそこにいることにも気づかなかった――事実、自分自身の存在すらも意識になかった。彼はついに脱出したのだ。いまはリトル・ダンソープの墓地にいて、夜の湿った空気を吸い、苔と土と霧の匂いを嗅いでいた。長老派教会の塔の時計が二時を打つのを聞き、それを間を置かずに文字に移してゆく。それがうまくゆくと、紙の背後にその情景が見えてくる。紙を透かして彼は物語を目にすることができた。

アニーは長いことポールを眺めていた。その石のような顔はにこりともせず、不動のままだったが、どこかしら満足げな色がうかんでいた。しばらくたって、彼女は行ってしまった。重い足音が響いたが、それもポールの耳にはとどかない。

彼は午後の三時までタイプを打ちつづけた。そして、夜の八時に、もういちど車椅子に坐らせてくれるように、アニーに頼んだ。それからまた三時間仕事をしたが、十時ごろから痛みが激しくなってきていた。十一時にアニーがやってきた。彼はもう十五分待ってくれるように頼んだ。

「いいえ、ポール、もうたくさんよ。あんたの顔、まっ蒼だわ」

彼女がベッドに運ぶと、ポールは三分で眠りに陥ちた。灰色の雲から脱け出していらいはじめて、朝までぐっすり眠った。それははじめての、夢を見ない眠りであった。

夢は起きているあいだに充分見たからだ。

六

「ミザリーの生還」

ポール・シェルダン作

アニー・ウィルクスのために

第一章

ジェフリー・アリバートンは、とっさに、玄関に姿を見せた老人が誰だったか、思い出せなかった。それは呼鈴の音に深い眠りから覚まされたせいばかりでもない。村の生活で困ることは、まったく知らない顔は一人もいないかわりに、村人を見てすぐに誰それとわかるほど、人口が少ないわけでもない、というところであろう。ときにはどこの誰それに似ているという、家族の顔の類似で判断するしかないことがあるが、その類似はむろん、ごく稀ではあっても、不義密通が生み出したものである可能性もないわけではない。それでも、たいていの場合は、なんとか切り抜けられるものである。たとえこちらが毫碌しかかっていようとも、その名前をどうしても思い出せない相手と、通常の会話を続けるくらいはなんとかなる。しかし、そういう顔見知りが同時に二人いたりして、お互いを紹介してやらなければならない立場に立ったときは、まさに困惑の極みである。

「お邪魔して申し訳ねぇですが」その訪問者は言った。粗末な鳥打ち帽を落ち着きなく揉みしだいている。ランプの明かりで見ると、その皺の寄った顔は黄ばみ、ひどく不安そう、というより怯えているようにすら見受けられた。「ドクター・ブッキングスんとこへ行くのもどうかと思ったし、お屋形様を煩わすのもなんだからね。なんにしても、あなた様にお話ししてから、と思いやしてね。わかっていただけるかどうか」

ジェフリーにはわからなかった。ただ、この深夜の訪問者が誰かということだけは、唐突に判明した。英国国教会の牧師ドクター・ブッキングスの名前が出たからである。三日前、ドクター・ブッキングスは牧師館の裏にある墓地で、ミザリーの埋葬式を執り行った。そのときこの男もそこにいた——ただし、あまり人目につかない、隅のほうに控えていたのである。

彼の名前はコルターだった。教会の寺男の一人である。ありていに言ってしまえば、墓掘り人だ。

「コルター」ジェフリーは言った。「つまり用件は何なんだね？」

コルターはおずおずと口を開いた。「音がしますですよ。墓地で音が。奥方様は安らかに眠っておられねぇんじゃねぇかと。それで、あっしは——」

いきなり腹部を殴られたように、ジェフリーは感じた。思わず喘ぎの声を漏らす。ドクター・シャインボーンがしっかり肋骨を固定してくれたあたりに、針を刺すような痛みがあった。シャインボーンの診断によると、深夜の冷雨に搏たれて溝の中に横たわっていたのだから、肺炎になる恐れ充分であるという。しかし、すでにあれから三日、いまだに発熱も咳の発作もなかった。肺炎にはならないだろう、と彼は思っていた。神様がそう易々と罪を許してくださるはずはないと。喪った愛する女《ひと》の思い出をいつまでも抱いて生きてゆくように、神はジェフリーを死なしてはくれないだろう。

「大丈夫でございますか？」と、コルターが訊いた。「大怪我をなさったと聞いとりますが。あの晩」言い淀んで、「奥方様が亡くなられた晩に」

「私は大丈夫だ」ジェフリーはおもむろに言った。「コルター、お前が聞いたその音だが……ただの気のせいか何かではないのかね？」

コルターは気を悪くしたようだった。

「気のせい？」と、言った。「何をおっしゃるか！　その次は、イエス様も永遠の命も信じられんとでも、言われるおつもりかね。なら、あのダンカン・フロムズリーが、パタースン爺さんの葬式の二日後に、爺さんが沼の狐火みてぇに光っているのを見たちゅうのも、信じなさらんかね？（それこそ、たぶん、沼の狐火とフロムズリーの酒壜が作り出したものではないのかな、とジェフリーは思った）それから、あのローマカトリックの修道僧がリッジヒース屋敷の胸壁の上を歩いておるのを、村の衆の半分がたが見たのではなかったかね？　それを調べるちゅうことで、ロンドンの心霊協会たらいうところから、二人のご婦人が来たほどでなかったかね」

コルターの言っている二人のご婦人というのは、ジェフリーも知っていた。おそらく更年期の躁鬱に罹った、単純な頭のヒステリー老女であろう。

「幽霊はあんた様やあっしとおんなじように現実のもんです」と、コルターは熱心に言い立てる。「どういうつもりで出て来るのかは知らねぇけど……あの音は恐ろしく気色が悪いで、それであっしは墓地に近寄りたくねぇです……けど明日はロイドマンのとこの赤児の墓掘りをしなきゃならねぇんで、しかたねぇけど」

ジェフリーは内心の苛立ちを堪えようとした。この墓掘りの老人を怒鳴りつけたい衝動は、ほとんど抑えがたいほどであった。暖炉の前で、膝に書物をのせて心地よく眠っていたところを、このコルターに起こされ、刻一刻と目は冴えてくるばかりだ。それとともに、愛する女《ひと》を喪った悲しみがひしひしと深まってくる。あの女《ひと》が墓に入ってから、はや三日。それがまもなく一週間になり、一月になり、一年になり、十年になってゆくのだ。悲しみは海辺の岩のごときものだ、と思う。眠っているときは、潮が満ちていて、安らかな気持ちでいられる。睡眠は悲しみの岩を覆う潮である。しかしながら、目覚めると、潮は引いてゆき、たちまち岩を露わにして、フジツボの付着した赤裸な現実の姿を白日のもとに曝す。岩は神が押し流してしまう日まで、そこに居坐り続けるのだ。

しかもこの愚か者がやってきて、幽霊の話なぞを喋りまくるとは！しかし、この男のあまりに打ち拉《ひし》がれた顔付きを見て、ジェフリーはどうにか自制することができた。

「ミス・ミザリー——その、奥方——は、みんなに愛されていたからな」ジェフリーは静かに言った。

「はい、さようです」コルターが熱っぽく首肯する。彼は鳥打ち帽を左手だけに委ねて、右手はポケットから大きなハンカチを引っ張り出した。ハンカチで大きな音をさせて洟をかむ。目が濡れていた。

「みんながあの方の死を悲しんでいるのだ」ジェフリーの手は、シャツの下にぐるぐる巻きにされた包帯を撫でていた。

「はい、そのとおりです」コルターの声はハンカチに遮られてくぐもって聞こえたが、その目はジェフリーにも見えた。この男は本当に泣いている。ジェフリーの独り善がりの腹立ちは、憐憫に変わった。「りっぱな奥方様でした。はい、すばらしいお方で。お屋形様のお嘆きぶりは、それはもう——」

「そう、すばらしい方だったな」ジェフリーは静かに言って、不覚にも、晩夏の午後の俄か雨のように、涙がこみあげて来るのをいかんともし難かった。「りっぱな方が——みんなに愛される人が——亡くなると、ときには、その方が亡くなったことを認めるのが困難なことがある。その方は死んではいないのだと、思ってしまうものだ。私の言うことがわかるか？」

「はい、わかりますです」コルターは力を込めて答えた。「だけど、あの音は……あなた様も、もしお聞きになったら！」

ジェフリーは気持ちを抑えながら、「どういう音なのだね？」と、尋ねた。

胸の内では、コルターの聞いた音というのは、木々を渡る風の音が彼の想像で増幅されただけのことだろう、あるいは、墓地の向こうを流れているリトル・ダンソープ川へアナグマが這い下りてきた物音だったかもしれん、と考えていた。それだけに、コルターの答えた囁くような言葉が、彼の不意を衝いたのである。

「引っ掻くみてぇな音です！　あのお方が土の下でまだ生きておられて、這い出してこようとされてるみてぇな、そんな音でした！」

第二章

それから十五分ほど後、ふたたび独りになったジェフリーは、食堂のサイドボードに歩み寄った。大浪に揺られる船上の前甲板に立つ人のように、足元がふらついている。あたかも強風に身を曝しているような気分であった。ドクター・シャインボーンがほとんど嬉しげに予告した熱病が、いまになって復讐にやってきたのか。否、彼の頬が紅バラのように染まり、あまつさえ額が蠟のごとくに蒼白になっているのは、熱病のせいではなかった。手がわなわなと戦き、サイドボードからブランデーのデカンターを取ろうとして、危うく取り落としそうになったのは、熱が出たからではない。

万が一にも、コルターが彼の心に植えつけた途方もない話が、真実である可能性があるとするならば、ここで手を束ねている場合ではないのだ。しかし、今は、酒を飲まなければ、頽《くずお》れてしまいそうな気がしていた。ジェフリー・アリバートンはそのとき、後にも先にも二度としないようなことをした。デカンターをいきなり口に付けて、そのままラッパ飲みしたのである。

それからサイドボードを離れ、こう呟いた。「確かめてみよう。なんとしても確かめてみなければ。それで、この気違いじみた敢行の結果、墓掘り老人の妄想にすぎなかったとわかったならば、あのコルターの奴の耳朶をちょん切って、時計の鎖の飾りにしてくれるぞ。彼奴《きゃっ》めがいかにミザリーを崇めていたにしてもだ」

第三章

ジェフリーは一頭挽き二輪馬車を駆り立てた。飛びすさるちぎれ雲に七分月がせわしなく見え隠れして、夜空には不気味な薄明かりが射していた。出掛ける前に、階下の廊下のクロゼットから、手に触れた物をろくに見もせずに着てきたが、今気がつくと、濃いえび茶色のスモーキング・ジャケットであった。雌馬のメアリーに鞭をくれるたびに、ジャケットの裾が後ろに翻る。年老いた雌馬は駆り立てられることに不満げであり、ジェフリーは強まってくる肩と脇腹の痛みに苛立ったが、痛みだけはどうしようもなかった。

「引っ掻くみてぇな音です！　あのお方が土の下でまだ生きておられて、這い出してこようとされてるみてぇな、そんな音でした！」

ジェフリーを半狂乱に駆り立てているのは、あの科白だけではなかった。彼はミザリーが息を引き取った翌日のコールソープ屋敷でのことを思い出していたのである。彼とイアンが顔を合わせたとき、イアンはとめどない涙に目が宝石のように光っていたが、無理にも頬笑もうとした。

「彼女がもっと……もっと死人らしく見えたら、まだしも気が休まるかもしれないのに。妙な言い方かもしれないが……」

「何を言う」ジェフリーも頰笑み返そうとした。「あれは葬儀屋が手をつくして――」

「葬儀屋だと！」イアンは絶叫せんばかりだった。そのとき初めて、ジェフリーは友が狂気の縁でよろめいているのを悟った。「葬儀屋など、死者にたかる鬼じゃないか！　私は葬儀屋なぞ入れなかった。私の妻にルージュを付けたり、人形のように塗りたくることは、絶対に許せない！」

「イアン！　君、気をしっかり――」ジェフリーはイアンの肩を叩くつもりが、そのまま抱擁する形になった。二人は相擁して、疲れきった小児のように泣きじゃくった。一方、別の部屋では、ミザリーの産んだ、生後一日足らずのまだ名もない赤ん坊が、目を覚まして泣きだした。ラメイジ夫人はみずからも胸張り裂けんばかりの悲嘆に暮れながら、涙に哽れた声で子守歌を歌いはじめた。

あのときは、イアンの正気を気遣うあまりに、彼の言った言葉よりも、その言い方のほうにばかり注意を向けていた。それが、メアリーを鞭打ちながら、強まる痛みを堪えてリトル・ダンソープへと疾駆している今、コルターの話とともに執拗に蘇ってくるのだ――「彼女がもっと死人らしくみえたら。もっと死人らしくみえたら」

それだけではない。あの日の夕刻近く、村人たちが傷心の領主にお悔やみを述べるため、コールソープ・ヒルを列をなして登って来はじめた頃、シャインボーンが戻ってきた。ドクターはひどく疲れて見えた。彼自身が病人のようであった。それも驚くにはあたらない。なにしろ子供の頃にウェリントン将軍――あの〝鉄血公爵《アイアン・デューク》〟その人だ――と握手をしたと自慢している人である。ウェリントンのことは眉唾だとしても、〝オールド・シャイニー〟（ジェフリーとイアンは子供の頃シャインボーンをそう呼んでいた）はジェフリーの少年時代から彼の病気を診てきた人であり、その当時ですらかなりの年寄りに見えた。子供の目には、二十五歳から上の大人はすべて年寄りに見えるということを認めるとしても、シャインボーンはすでに七十五歳は下らないはずである。

彼は老人であった。そのうえ、くたくたに疲れるほどの二十四時間を過ごしたのだ。老齢で、疲れ果てていれば、誤りを犯すかもしれないではないか。

口にするも恐ろしい誤診があったのか？

なによりもその疑問が、ジェフリーをして、この寒風の吹く夜の、雲間隠れの月明かりの下へと駆り出したのであった。

〝オールド・シャイニー〟が誤りを犯したのか。ジェフリーの内面には、そのような誤りの結果がどうなったかを目にするよりは、いっそミザリーを永久に喪うほうがましと考える部分があって、その臆病心は誤診の可能性を否定した。しかし、シャインボーンが戻ってきたあのとき……

ジェフリーはイアンのそばに坐っていた。そして、なんの脈絡もなく、イアンと二人して狂気のフランス子爵ルルーの城内の地下牢から、ミザリーを救出したときのことを回想していた。馬車に積まれた干草に身を隠して逃走したこと。万事休すかと思われたとき、ミザリーが見事な脚を干草から突き出して振り動かし、子爵の番兵の目を眩ましたこと。ジェフリーは冒険の追憶に耽るうち、いよいよ悲嘆にかきくれてしまったのだ。今になって、彼はそのことを悔やんだ。そのために彼は（イアンもそうだったと思うが）シャインボーンのことなど、ほとんど眼中になかったのである。

シャインボーンは妙にうわの空な、なにかに気を奪られている風情ではなかったか。あれは単なる疲労のせいだったのか。それとも、他に何か……何か気懸かりなことがあって……？

いや、いや、そんなはずはない、と彼の心が打ち消す。屋敷は暗かった。が——しかし、ルソープ・ヒルを飛ぶように駆け上っていた。二輪馬車はコーラメイジ夫人の離れ屋だけには灯がともっている。

「ハイ、ドウ！」馬を励まし、鞭を鳴らした。「あと少しだ、メアリー、そしたら休ませてやるからな！」

お前の考えているようなことは、絶対にあるはずはない。

しかし、ジェフリーの折れた肋骨と肩を検《しら》べたシャインボーンの診察は、いかにもお座なりだったし、イアンにもほとんど言葉もかけなかった。彼のほうは深い悲しみのあまり、しばしば唐突に泣き出す有様だったのにである。今にして思うと、社交上の慣習《しきたり》でしかない挨拶を述べただけで、シャインボーンは「奥方は――？」と、静かな声で訊いた。

「居間に」と、イアンはやっとのことで言った。「妻は居間にいます。私の代わりに彼女《あれ》に接吻してやってください、シャイニー、そして私もすぐ後から行くと言ってやって」

イアンはまた泣き崩れた。シャインボーンはよく聞き取れない悔やみの言葉を述べてから、居間に入っていった。今から考えると、老医師はかなり長いこと出てこなかったように思える……あるいは、記憶違いかもしれないが。しかし、居間から出てきたときの老人は、まるで嬉しそうに見えた。それは断じて記憶違いではない。すでにラメイジ夫人が喪の黒いカーテンに替えていた部屋の、悲嘆と涙に満ちた中で、あの表情はいかにも場違いに思えたものである。

ジェフリーは老医師の後に蹤いていって、厨房に入ってから躊《ため》らいがちに声をかけた。イアンの様子がおかしいので、睡眠用の粉薬を処方してもらえまいかと言ったのである。

しかし、シャインボーンはまるで心ここにあらずという風情であった。「イヴリン＝ハイド嬢のようなことはない」と、言ったのだ。「その点は間違いなかった」

そして、ジェフリーの頼みにはろくすっぽ返事もせずに、幌付き二輪馬車のところへ戻っていった。ジェフリーは屋内に戻りながら、早くも医師の奇妙な言葉のことは忘れ、彼の妙な振舞いもその老齢と疲労と彼なりの悲嘆の故だろうと、結論づけていた。それよりイアンのことのほうが大事だった。睡眠薬がもらえないのなら、意識が喪くなるまで、無理にでもウィスキーをイアンの喉に流し込んでやるしかあるまい、と心に決めた。あのときのことは、ジェフリーの脳裡からすっかり拭い去られていた。今の今まで。

「イヴリン＝ハイド嬢のようなことはない。その点は間違いなかった」

〝その点〟とは？

わからないが、突き止めるつもりだった。そのために彼の健康を犠牲にしなければならなくなろうとも――それが並大抵のことではないことも承知の上であった。

第四章

ジェフリーが離れ屋のドアを叩いたとき、ラメイジ夫人はまだ起きていた。彼女の正常な就寝時間をとうに二時間は過ぎていた。ミザリーが亡くなってから、ラメイジ夫人のベッドに入る時刻は、日に日に遅くなっていた。眠れないまま輾転反側するのにケリをつけられないのなら、せめてそれの始まる時を遅らせるしかない。

およそ物に動じない、実務的な女性ではあったが、突如ドアを激しく叩く音に、思わず小さな叫びをあげて、ポットからカップに注ぎかけていた熱いミルクを零し、火傷を負ってしまった。このところ彼女は、いつも神経がピリピリしていて、何かというと叫び声を上げそうになる。それは悲嘆の故というのではなさそうだった。むろん悲しみは彼女を圧し潰さんばかりに大きかったが、それとは違って、何やら身に覚えのない、いまに落雷にでも見舞われそうな予感めいたものがあった。本当はその正体を知りたくないものが、彼女の疲労と悲しみに囚われた心のすぐ外側を、ぐるぐると巡っているような気がする。

「もう夜の十時なのに、いったい誰かしら」と、彼女は声を上げた。「誰だか知らないけど、お陰で火傷してしまったじゃないの」

「ジェフリーだよ、ミセス・ラメイジ！　ジェフリー・アリバートンだ！　ドアを開けてくれ、頼む」

ラメイジ夫人は口をあんぐり開けた。ドアのほうへ行きかけたが、そこで寝間着とナイトキャップ姿であるのに気がついた。ジェフリーがあんな声を出すのは聞いたことがなかったし、人からそう言われたとしたら、とても信じなかったであろう。このイングランドで、彼女の大事なご主人様よりも勇猛な男がいるとしたら、それはジェフリー様だと思っていた。それが今は、ヒステリーを起こしかけた女の声のように震えているのだ。

「待ってください、ジェフリー様。いま服を着ますから」

「構わん！」ジェフリーは怒鳴った。「すっ裸だろうと、構ったことではない！　このドアを開けろ！　早く開けてくれ！」

一瞬躊躇ってから、彼女はドアへ駆け寄って閂を抜き、急いで開いた。ジェフリーの様子はなお一層彼女を驚かした。そして、またしても、脳裡の片隅で鈍い雷鳴が轟くのを聞いた。

ジェフリーはこの女中の離れ屋の戸口に、身を屈めるような恰好で立っていた。永年重い荷物を背負っていたため背骨が曲がってしまった行商人のような恰好である。右手を左の腕と脇の間に差し入れている。髪は乱れていた。濃い褐色の目は熱っぽく、顔面は蒼白だった。服装も、人にダンディとさえ言われる普段のジェフリー・アリバートンにしたら、目を剝くような装いであった。古ぼけたスモーキング・ジャケットのベルトは歪んでいるし、ワイシャツの襟ははだけ、紅いサージのズボンはリトル・ダンソープ一の金持ちよりも、ご用聞きの庭師が穿いていそうなシロモノだった。おまけに足には、擦り切れかかった室内靴を履いていた。

ラメイジ夫人のほうも、宮廷舞踏会に出るような服装ではない。裾の長い白の寝間着に、マスクラット毛皮のナイトキャップのリボンは結ばれないまま、電灯の笠の房飾りのようにぶら下がっていた。その恰好で彼女は、しだいに不安を募らせながら、ジェフリーを凝視した。三日前、医師を呼びに行く途中で骨折した肋がまた痛みだしているのは、明らかだったが、あんなふうに蒼褪め、燃えるような目をしている原因は、痛みだけではない。それは、どうにも抑えきれない恐怖であった。

「ジェフリー様！　いったい――」

「何も訊くな」彼は嗄れ声で言った。「質問は後だ――その前に、こちらの訊くことに答えてくれ」

「どんなことです？」彼女はすっかり怯えきっていた。左手を豊満な胸の上できつく握りしめている。

「イヴリン＝ハイド嬢という名前に、心当たりはあるかね？」

突然にして、彼女は土曜日の夜以来恐れていた、落雷に見舞われそうだという感情が何であったかを悟った。彼女の心の片隅にはすでにこの悍《おそ》ましい考えがあって、ただそれを抑圧していただけなのだ。だから、何の説明も要らなかった。リトル・ダンソープの西隣の村ストーピング・オン・ファーキルの、不運な死に方をしたイヴリン＝ハイド嬢の名前だけで、彼女に叫び声を上げさせるのに充分だったのである。

「ああ、神様！　イエス様！　あの方は生きたまま埋められたのですか？　まだ生きておられたのですか？　あのミザリー様が、生きたまま埋葬された？」

そして、ジェフリーが何も言わない先に、こんどはラメイジ夫人が後にも先にも二度とないことをした。彼女は失神したのである。

第五章

気付け薬を探している暇はなかった。ラメイジ夫人ほどのしっかり者の老婦人が、そういうものを置いているかどうかも疑わしい。ジェフリーは流しの下に、微かにアンモニアの臭いのする布巾を見つけた。それを単に嗅がせるのではなく、顔の下半分に軽く押し付けた。コルターの話が、ほんの微かにではあっても、惹き起こした可能性は、考えたくもないほど忌わしいことではあった。

ラメイジ夫人はピクリとして、叫び声を上げ、目を開いた。一瞬、ぼんやりした当惑の目でジェフリーを見上げる。それから、起き上がった。

「そんな。ジェフリー様、いまのは本気じゃないと言ってください、本当ではないと言って――」

「本当かどうか、私にもわからない」と、彼は言った。「だが即刻確かめてみなければ。即刻にだ、ミセス・ラメイジ。私一人では、墓を掘り返すことはできない。その必要があるとしてだが……」彼女は目を恐怖に見開いてジェフリーをみつめた。両手を口に、爪が白くなるほどきつく押しつけている。「そのときは手伝ってくれる？　他に頼む人がいないのだ」

「旦那様が」彼女は力のない声で言った。「イアン様が――」

「確かなことがわかるまで、このことは知らせたくないのだ」ジェフリーは言った。「出来ることなら、彼は何も知らないほうがよい」心の奥底にある、言葉にできない望みのことを、彼女に伝える気はなかった。その望みは、彼の恐れとともに、途轍もないものであった。もしも神の御恵みがあったときは、イアンはこの夜に行われたことを知ることになる……それは、彼の妻があたかもラザロのごとくに奇跡によって死から蘇り、愛がふたたびイアンのもとに復活したときだ。

「ああ、なんと恐ろしい……恐ろしいこと」ラメイジ夫人は弱々しい震える声で言った。彼女はテーブルに摑まって、やっと立ち上がった。まだふらふらしていて、垂れ下がった髪がマスクラット毛皮のナイトキャップのリボンとともに揺れている。

「大丈夫かね？」ジェフリーがさっきより優しい声を出した。「無理なようだったら、私一人ででも何とかやってみるしかないが」

彼女は震える息を深々と吸って、吐き出した。ふらふらが治まった。そこで、食料貯蔵室のほうへ歩きだす。

「裏の小屋にシャベルが二丁あります」と、言った。「たぶん、鶴嘴《つるはし》もあるでしょう。それをあなた様の馬車に積んでおいてください。食料貯蔵室にジンが半分ほど残っている壜が置いてあるのです。五年前の収穫祭《ラマス》の夜にビルが死んでから、手をつけてませんので。それを少し飲んでから、すぐ参りますから」

「あなたは勇敢な女《ひと》だ、ミセス・ラメイジ。では、急いでくれ」

「あたくしには怖いものなんてありませんからね」そう言うと、ごくわずかに震える手で、ジンの壜を摑んだ。壜は埃ひとつ着いていなかった——食料貯蔵室であろうと、ラメイジ夫人の雑巾掛けを免れる物はひとつとてない——が、CLOUGH & POOR BOOZIERS と書かれたラベルは黄色くなっていた。「あなた様こそお急ぎになって」

彼女は酒は嫌いだった。杜松子《としようし》の臭いと油の味のするジンに、胃袋が反吐《もど》しそうになったが、どうにか落ち着かせた。今夜は、どうしても飲まないではいられなかったのである。

第六章

雲は暗い夜空にいっそう暗い影を作って、相変わらず東から西へ飛ぶように流れ、月は既に地平線に傾きかけていた。その夜空の下を、二輪馬車は墓地へと急ぐ。こんどはラメイジ夫人が手綱を握って、困惑ぎみにメアリーに鞭を振るっていた。もしも馬が口を利けたなら、これでは理不尽すぎる、今頃は暖かい厩舎で眠っていられる時刻のはずだと、文句を言ったであろう。シャベルと鶴嘴は互いにぶつかり合って冷たい音を立てている。今のあたくしたちを人が見たら、きっと震え上がるわ、とラメイジ夫人は考えた。ディケンズの小説から抜け出して来た死体盗掘人だと思うであろう——それも、幽霊の御者が駆る二輪馬車に乗った。それというのも、彼女は白い寝間着のままだったから——ローブを羽織ってくる暇すらなかったのだ。寝間着の裾が血管に浮き出た逞しい踝《くるぶし》をあらわにして翻り、ナイトキャップのリボンを後ろに靡《なび》かせている。

教会に着いた。彼女は教会に沿った小道へとメアリーを駆り立てながら、軒の庇を鳴らす風の物凄い音に身震いした。教会のような聖なる場所が、夜だと、なんでこんなに恐ろしく感じられるのだろう、と不思議に思ったが、すぐにそれは教会のせいではない、と思い当たった。恐ろしいのは教会ではなく、あたくしたちがこれからしようとしていることなのだ。失神から正気づいて、とっさに考えたことは、旦那様が助けてくださるかもしれない、ということであった。どんな場合にも、常に迷わず水火に飛び入る勇気をお持ちの方だから。しかしすぐに、それが莫迦げた考えだと気づいた。この場合は、旦那様の勇気ではなく、正気をこそ気遣わなければならない時なのだ。

あのことがあったとき、ジェフリー様も旦那様も、リトル・ダンソープにはおられなかったのだ、ということに彼女は気づいた。あれはほぼ半年前の春であった。ミザリー様は、妊娠のバラ色の夏を迎えられたばかりだった。悪阻《つわり》の期間は過ぎ、お腹が迫り出してきてそれに伴う体の変調などはまだ先のこと。それで殿方お二人を、ドンカスター地方のオーク・ホールでの一週間ばかりのお遊びに、気持ちよく送り出されたのだった。雷鳥猟やら、トランプ・ゲームやら、フットボールやら、とにかく殿方たちの埒もないお遊びだ。旦那様はちょっと心配そうだったが、ミザリー様は大丈夫だからと言われて、まるで玄関口から押し出すようにして送り出された。ミザリー様は大丈夫だろう、とラメイジ夫人も信じて疑わなかった。それより、旦那様とジェフリー様がドンカスターに出掛けられるといつも、どちらか――あるいはお二人とも――の身に何事かがあって、馬車の後部に横たわって帰ってこられるのではないかと、気が気ではなかった。

オーク・ホールというのは、ジェフリーとイアンの学友であったアルバート・フォシントンが相続した屋敷である。ラメイジ夫人はアルバート・フォシントンをキジルシだと固く信じていた。三年ばかり前、アルバートは彼の愛用のポロ・ポニーが脚を折って殺さなければならなかったとき、その肉を料理して食べてしまったことがある。それが愛情というものさ、と彼は言ったものだ。「ケープタウンのスーダン兵士たちから教わったのだ。素晴らしいグリークワ（アフリカ原住民とヨーロッパ人の混血）だったな、あの連中は。口に棒切れや何かを突き通していてね。なかには、下唇で英国大航海図の全十二巻をそっくり運べそうな奴もいたよ、はっはっは。そいつらが人はその愛するものを喰わなければならない、と教えてくれた。ゾッとするほど詩的じゃないかね」

その奇矯な言動にもかかわらず、ジェフリーとイアンはアルバートを好いていて(まさかあの人が死んだら、お二人はあの人を食べるのじゃないでしょうね、とラメイジ夫人は思ったものだ。あれはアルバートがコールソープ屋敷を訪ねてきて、飼い猫をクロッケーのボール代わりにし、可愛い頭を叩き潰しそうになったときのことだった)、去年の春、十日間ばかりをオーク・ホールで過ごしたのであった。

二人が出掛けた翌日か翌々日、ストーピング・オン・ファーキルのイヴリン＝ハイド嬢が、彼女の住まいであるコーヴ・オバーチズ荘の裏の芝生で死んでいるのが発見された。死体の伸ばした手のそばに、摘み取ったばかりの花の束が落ちていた。村の医師はビルフォードという、村人の話では有能な人物であった。にもかかわらず、彼はドクター・シャインボーンを呼んで相談した。ビルフォードは心臓発作による死亡と診断していたが、娘はまだ十八歳でしかなく、健康そのもののように見えたのである。ビルフォードは首を傾げた。

何かの間違いかもしれない。〝オールド・シャイニー〟も首を傾げたが、結局はビルフォードの診断に同意した。村の大部分の人々も同様であった。娘は心臓が悪かったのだろう、ということで片づけられた。稀なことではあるが、そういう不幸なケースも間々あった、とみんなが思い出していた。このみんなが同意見だったということのお陰で、その後の忌わしい結末の後も、ビルフォードの医師としての職業は——頭のほうはどうか知らないが——救われたのであった。つまり、娘の死にみんなが首を傾げながらも、彼女が死んではいないのではないかという疑問を抱いた者は、一人としていなかったのである。

埋葬の四日後のこと、ソームズ夫人（名前だけはラメイジ夫人も聞いたことがあった）という年配の婦人が、会衆派教会の墓地に、前の冬に亡くなった夫の墓に花を供えに行って、白いものが地面に落ちているのを目にとめた。花びらにしては大きすぎるので、鳥の死骸かなにかかしら、と彼女は思った。そばに寄ってゆくと、その白いものは地面に落ちているのではなくて、土の下から突き出ているらしく見える。さらにこわごわ二、三歩近づいて、それがまだ新しい墓の下から突き出ている人の手だということがわかった。指は何かを訴えかけるような形に凍りついて、拇指を除く四本全部の先から血まみれの骨が飛び出していた。

ソームズ夫人は悲鳴を上げて墓地から逃げ出すと、そのまま一マイルと四分の一も先のストーピングの本通りまで駆けつづけ、村の治安官も兼ねている床屋の店に駆け込んで、そのことを知らせた。そして、知らせ終わると、ばったり倒れて気を失った。彼女はその夕刻、病いの床に就いてから、およそ一カ月も枕から頭が上がらなかったが、そのことをとやかく言う者は村には一人もいなかった。

イヴリン＝ハイド嬢の遺体が掘り出されたことは言うまでもない。二輪馬車がリトル・ダンソープの英国国教会墓地の門の前に停まった。ラメイジ夫人は遺体発掘の話を聞かなければよかったと、心から思った。それは身の毛もよだつ話であった。

ドクター・ビルフォードは、彼自身正気の限界ぎりぎりのところにあったが、改めて強硬症《カタレプシー》であったという診断を下した。不幸な娘は明らかに、死によく似たある種の昏睡状態に陥っていたのであった。それはインドの行者が、生きたまま埋められたり、自分の体に針を刺したりする前に、みずからを入神の境に追い込む、あの状態のようなものである。彼女はおそらく四十八時間、もしかしたら六十時間も、その昏睡状態にあったのである。いずれにしても長時間である。そして目覚めてみると、彼女が花を摘んでいた裏の芝生ではなくて、棺桶の中に閉じ込められていたというわけだ。

あの娘は必死で生きようとした。ラメイジ夫人は今、ジェフリーのあとに蹤《つ》いて門を入った。薄い霧が傾いた墓碑を海洋の島々のように見せている。立派に装われた墓ほど、よけい恐ろしげに見える、と彼女は思った。

あの娘は婚約していた。左手には——溺死者の手のように土中から突き出ていたほうの手ではない——ダイヤの婚約指輪を嵌めていた。彼女はそれで棺の繻子の内張りを切り裂き、何時間かかったか知る由もないが、棺の木の蓋を破るのにそれを使ったのだ。さらには、空気の希薄になってゆく中で、左手の指輪で切ったり掘ったりしながら、右手で土を掻き退けてゆく作業を続けたことは明らかであった。どんなに長い時間だったろう。掘り出されたときの彼女の顔は、どす黒い紫色になり、血に縁取られた眼は極限の恐怖に飛び出さんばかりになっていたという。教会の塔の時計が十二時を打ちはじめた。ラメイジ夫人が母親から聞かされた話では、生と死との境の扉が少し開いて、死者が出入りする時刻である。彼女は悲鳴を上げて逃げ出さないように自分を抑えるのが精一杯であった。一旦逃げ出したら、それこそぶっ倒れて気を失うまで駆け続けるであろう。

愚かな臆病女！　彼女は自分を叱りつけた。それからすぐに、愚かで臆病で利己的な女、に訂正した。今は旦那様のことを考えなければいけないのに、怖がってばかりいてどうする！　旦那様と……もしもチャンスがあるものなら、奥方様と……

いいえ――そんなことは考えるだけでも、気が変になりそうだ。ああ、途方もなく長い、長い、長い時間。

ジェフリーが先に立ってミザリーの墓の前に来た。二人は魅せられたように、じっと墓を見下ろした。「レディ・コールソープ」と、石に刻まれている。そして、誕生と死の年月日の他は、ただ「多くの人に愛された」という銘があるだけだった。

彼女はジェフリーを見て、深い眠りから今目覚めたかのように、「道具をお持ちにならなかったのですね」と、言った。

「そうだ――今はまだ」そう答えると、ジェフリーは地面に身を投げ出して、耳を押しつけた。やや雑に盛られた土のあちこちに、早くもぽつぽつと草が新しい芽を吹き出している。

ラメイジ夫人の掲げるランプの明かりに照らされたジェフリーの顔には、彼が離れ屋の戸口に立っていたときから変わらぬ、苦悩と恐れの表情が見えた。すると、そこに新たな表情が浮かび上がってきた。それはほとんど狂おしいばかりの希望がないまぜになった、極度の恐怖の表情であった。

彼はその顔を上げてラメイジ夫人を見た。目を大きく見開き、口を動かす。「生きているようだ」と、力ない声で囁く。「ああ、ミセス・ラメイジ――」

だしぬけに地面に腹匍いになると、彼は地面に向かって叫んだ――こんな場合でなかったら、滑稽な図である。「ミザリー！　ミザリー！　私たちはここにいるぞ！　わかっている！　頑張れ！　頑張るんだぞ！」

さっと立ち上がり、シャベルと鶴嘴を積んだ馬車のほうへ駆け出した。

彼のスリッパを履いた足が、地表にたたなづく霧を慌しく掻き乱す。

ラメイジ夫人は膝の力が抜け、へなへなと坐り込んで、またしても失神しそうになった。頭がひとりでに傾いて、右の耳を地面にぴったり押しつける恰好になった――こんな恰好で線路に耳をつけ、汽車の音を聞いている子供を見たことがある。

すると、聞こえた――動物が土を掘り進むときの音とは違う、あれは、あれは、爪で必死に板を引っ掻く音だ。

彼女は震えながら息をいっぱいに吸い込んだ。止まっていた心臓がやっと動き出したようだった。そして、叫んだ。「いま助けてあげますよ、奥方様！　どうか、神様、優しいイエス様、どうか間に合いますように――いま出してあげますからね！」

彼女はわななく指で、地面に半分根付きかけていた芝生を剝がしはじめた。ジェフリーはすぐに取って返してきたが、そのとき既に、ラメイジ夫人は八インチほどの深さの穴を掘っていたのである。

七

すでに第七章を九枚目まで書き進んでいた――ジェフリーとラメイジ夫人がきわどいところでミザリーを墓から助け出したが、ミザリーはかれらが誰で、自分が誰なのかもわからなくなっている――ところへ、アニーが部屋に入ってきた。こんどはポールも、彼女が入ってくる音を聞きつけた。しぶしぶ夢から引きもどされ、彼はタイプを打つ手を止めた。

アニーは第六章までの原稿を、スカートの横にしっかり押しつけて持っていた。その最初の草稿を読むのに、二十分とはかからなかったはずだが、彼女がその二十一枚分を持っていってから、すでに一時間が過ぎていた。ポールは彼女を観察して、顔色がすこし蒼ざめているのに気づき、いくらか好奇心を動かされた。

「どうです？」と、訊いてみた。「フェアですか？」

「ええ」と、うわのそらで答える。それは既定の結論のようだった。「フェアだわ。それに、すばらしいいし、凄い。ただ、ちょっと陰惨ね。あの可哀そうな女の人が、指先を擦り切らしてしまって――」首をふって、つづけた。「ほかのミザリーものとはちがうわね」

（それを書いた本人が陰惨な気持ちになっているからだよ。）と、ポールは胸の裡でつぶやいた。

「先をつづけますか？」

「つづけなかったら、殺してやるから！」彼女はそう答えて、ちらりと微笑をみせた。ポールは微笑を返さなかった。「あなたって食べてしまいたいくらいすてき」という科白と似た月並みなこの言葉が、いまの彼にはいささかも月並みには聞こえなかった。

ただ、入口のところに立っているアニーの態度に、ポールは興味をひかれた。まるで彼の近くに寄るのを恐れているような気色なのだ――そばに寄ると、火傷をするのではないか、とでも思っているかのように。それが早すぎた埋葬の話のせいでないことは、彼にはよくわかった。そうではなく――最初の原稿とこんどの原稿との差異のせいだ。最初のやつは、いってみれば、中学生の夏休みの作文のような調子でしかなかった。こんどのものはちがう。熱気がこもっている。彼の書いたものがとくに優れているというわけではない――ストーリーは緊迫しているが、登場人物は紋切り型で、凡庸だ――だが、そこには力強さがあり、行間から燃え上がる熱がある。

ポールはちょっと愉快になった。（彼女はその熱を感じたんだ。だからあんまり近くに寄ると火傷するのじゃないかと、怖がっている。）

「だったら」と、彼は穏やかに言った。「私を殺すことはないですよ、アニー。私は書きつづけたいのだから。それを返してもらえますか」

「いいわ」そう言って、そばに寄ってくると、原稿を台板のうえに置き、また急いで後退った。

「私が書いた分をそのつど読みたいですか」と、訊いてみた。

アニーはにっこりした。「ええ！　あたしが子供のときの、あの連続活劇みたいだわ」

「といっても、章の終わりごとに絶体絶命《クリフハンガー》のシーンを作る、というぐあいにはいきませんよ」

彼は言った。「そんなふうにはいかない」

「あたしには同じことよ」と、力説する。「たとえば第十七章が、ミザリーとイアンとジェフリーがポーチの肘掛け椅子で新聞を読んでいるところで終わったとしても、第十八章ではどうなるか、あたしは知りたいわ。いまだって、このつづきを知りたくて、知りたくて——言わないで！」ピシャリと言った。べつだんポールが話してやろうとしたわけでもないのに。

「ふつうだったら、完成するまではだれにも見せないんですがね」そう言って、微笑してみせる。「この場合は特別だから、一章毎にあなたに読んでもらいましょう」（かくして、ポール・シェルダンの千夜一夜の始まりだ。）「ただし、あなたにやってほしいことがあるんですがね」

「なんなの？」

「nの字を手書きで埋めてください」

アニーはこぼれんばかりの笑みを見せた。「ええ、喜んで。さあ、もうあたしは退散するわね」

ドアのところまで行き、そこでためらってから、ふりむいた。そして、おずおずといかにも恥ずかしげに、彼女としてははじめての編集者的サジェスチョンをした。「蜂のせいにしたらどうかしら」

ポールはすでに、タイプライターに挟んだ用紙に目を落として、その向こうの世界へ通じる穴を探しかけていた。小休止にはいる前に、ミザリーをラメイジ夫人の小屋に運んでしまいたかったので、苛立ちを見せまいと用心しながら、目を上げてアニーを見た。「なんです?」

「蜂よ」そう言った彼女の首から頬にかけて、みるみる朱がさしてきた。すぐに耳まで赤くなる。「ふつう十人に一人は、蜂の毒のアレルギーなのよ。そういう患者をたくさん見たことがあるの……RN（正看護婦）の仕事をやめる前だけどね。アレルギーは症状がそれこそさまざまだからね。ときには蜂に刺されただけで、昏睡状態……つまり、その……いわゆる……カタレプシーに似た状態になることがあるわ」

いまや彼女の顔は深紅に近かった。

ポールはちょっと考えてみてから、そのアイデアを廃棄物の山に捨てた。蜂はイヴリン＝ハイド嬢の不幸な埋葬の原因としてなら妥当かもしれない。あの出来事は春のなかばで、しかも庭園で起こったことだから、筋は通る。しかし、彼はすでに、二人の生きながらの埋葬にはなんらかの関連性がなくてはならない、と決めていた。ミザリーが倒れたのは寝室である。それが蜂の季節から外れているということは、さしたる問題ではない。問題なのは、カタレプシー反応が稀なケースだということである。隣り合った村に住む、なんの関係もない二人の女が、六カ月の間隔をおいて、どちらも蜂に刺されたことが原因で生きたまま埋葬されるというのでは、読者が納得しないのではないか。

だが、そうとはアニーには言えなかった。そう言うと彼女が立腹するかもしれないからではなく、彼女をひどく傷つけることになるからである。彼女からはさんざん痛めつけられていながらも、そういう形で彼女を傷つけたくはなかった。彼自身がこれまでに同じようなことで傷ついてきたからである。

そこで、小説作法教室でのありふれた婉曲語法で答えることにした。「それも可能性としては、考えられますね。いちおう提案としていただいておきますよ、アニー。だけど私には私なりの考えもあってね。それとうまく合うかどうかはわからない」

「ええ、そりゃそうね――作者はあんたで、あたしじゃないんだから。よけいなことを言って、ごめんなさい」

「そんな、謝ら――」

だが彼女はいなくなっていた。重い足音がほとんど駆けるように、廊下を居間のほうへ遠ざかっていった。ポールは開け放されたドアのほうを見ていた。その目が下にさがって――大きく見開かれた。

戸口の左右両側の、床から八インチほどのところが、黒ずんでいる――車椅子をむりやり通したときに、車輪の軸の部分が擦れてつけた痕《あと》だということは、すぐにわかった。いまのところはまだ、アニーは気がついていない。あれからほぼ一週間が過ぎている。彼女が気がつかないとは、ちょっとした奇跡だ。しかし、いまに——明日か、あるいは今日の午後にも——掃除機を掛けにやってきて、気づくにちがいない。

それはもうまちがいない。

その日、ポールの執筆作業はほとんど進まなかった。

原稿用紙の穴は消え去ってしまっていた。

八

翌朝、ポールはベッドのうえに半身を起こし、枕を重ねて背をもたせ、コーヒーを飲んでいた。そのあいだも、目はドアの両側の黒ずんだしみをみつめていた。殺人者が処分しそこなった衣服の血痕を見ているような目付きだった。と、ふいにアニーが部屋に駆け込んできた。目をとび出さんばかりに丸くして、片手にボロ布を持っている。そしてもう一方の手には、なんと、手錠が握られていた。

「なにごと——」

それだけ言う余裕しかなかった。アニーはものすごい力で彼をつかみ、いきなり上半身をまっすぐに立てさせた。何日ぶりかの激痛が両脚で爆発し、ポールは叫び声をあげた。手からコーヒー・カップが飛んで、床に落ちて割れた。（よく物が割れるな）と、彼は思った。（あのしみを見たんだ。もちろんそうだ。ずっと前から知っていたのかもしれない。）この突然の奇怪な振舞いは、そうとしか解釈のしようがなかった——彼女はあのしみに気がついていて、これはまたあらたな処罰の始まりなのだ、と。

「静かにしなさい」叱りつけるように言うと、彼の両手を背中にまわさせた。手錠の掛かるカチリという音がすると同時に、外の車廻しに車が入ってくる音が聞こえてきた。

彼は口をあけた。言葉か絶叫かを発するはずだったが、そのまえに彼女がボロ布を突っ込んだ。ボロ布はおそるべき味がした。おそらく洗剤か磨き粉かなにかの味だろう。

「音を立てるんじゃないよ」両手で彼の顔をはさみ、のしかかるように顔を寄せて言った。彼女の髪がポールの頬と額をくすぐった。「いいわね、ポール。だれが来たのか知らないけど、もしも音を聞かれたら——ちょっとでもなんか音がしただけでも——あたしはあいつを殺し、あんたも殺して、自殺するからね」

彼女は身を起こした。両眼がとび出している。顔は汗に濡れ、口元に乾いた卵の黄身がくっついていた。

「わかったわね、ポール」

ポールはうなずいたが、彼女はそれを見なかった。すでに部屋から駆け出していた。

古いがよく手入れをされたシヴォレーのベルエアーが、アニーのチェロキーの後ろに停まっていた。居間のちかくのドアが開いて、いきおいよく閉める音がする。そこがどうやら、野外着などをしまってあるクロゼットではないか、とポールは思った。

車から降りてきた男は、その車とおなじく、年老いていて、手入れが行きとどいているように見えた——そういう言いかたができるとしたら、コロラド・タイプの男。見たところ六十五歳ぐらいだが、もしかしたら八十歳かもしれない。法律事務所の所長か、建設会社の引退間際の創立者か。いや、それより牧場主か不動産業者といったところ。共和党支持で、車のバンパーにステッカーを貼ったり、先の尖ったイタリアン・シューズを履いたりは絶対しない、というたぐいだろう。町の役人かなにかを兼ねていて、ここにはその方面の用事で来たのにちがいない。ああいう男がアニー・ウィルクスのような一人住まいの女に会いにくるとしたら、町の役所関係の用事としか考えられない。

ポールはアニーが車廻しへせかせかと歩いてゆくのを見ていた。男を出迎えるためではなく、男が家に入ってくるのを阻止するためだ。ポールが前に空想したものに似た場面が展開されようとしている。相手は警官ではないが、役所の人間にはちがいあるまい。役人がとうとうアニーの家までやってきたが、それは彼の命を縮めることになるだけかもしれない。

(彼を家に入れてやったらどうだい、アニー)ポールはボロ布で窒息しそうになりながら、胸の裡でつぶやいた。(家に招じ入れて、おまえのアフリカの鳥をみせてやったらいいだろう。)

いやいや、いや。彼女があのロッキー山の事業家氏を家に入れるわけはない。それはポールをステイプルトン・インターナショナル空港まで連れていって、ニューヨーク行きの一等切符を渡す、などということが考えられないのとひとしく、ありえないことだ。

アニーは男のそばに行き着くまえから、なにやらしゃべっていた。口から白い息がマンガの吹き出しのように出ていたが、その中には文字は書かれていない。男がピッチリした黒の革手袋につつまれた手をさしだした。彼女はそれを馬鹿にしたようにチラリと見ただけで、相手の顔のまえに立てた指をふり動かした。口からまたさかんに、空白のマンガの吹き出しがとびだす。そこでやっとコートに腕を通し終わり、ジッパーを上げるあいだだけ、指をふり動かすのを中断した。

男はトップコートのポケットに手を入れて、一枚の紙を取り出した。それをまるで悪いことでもするように、おずおずとアニーにさしだす。それが何の紙かは知りようもないが、アニーが「いまいましい」と思っているだろう、ということはわかった。

彼女はしゃべりつづけながら、男の先にたって車廻しを歩いていった。二人の姿はポールの視野の外に出た。雪のうえに二人の影が、切り紙細工の影絵のように映っているのが見える。アニーが意図的にそうしたのだとわかって、ポールはげんなりした。彼のほうから二人の姿が見えなくなったということは、あのランチョ・グランデ（牧場主）氏がたまたま客用寝室の窓に目をやって、ポールを見るという可能性もなくなった、ということだから。

影絵は車廻しの溶けかけた積雪のうえに、五分間ほど映っていた。その間に一度だけ、アニーの憤慨した怒鳴り声が聞こえた。その五分間はポールにはひどく長く感じられた。肩が痛んできた。痛みを和らげようとしても、身動きもできない。両手に手錠を掛けたうえ、それをベッドの枠にくくりつけたのに相違ない。

それより口中のボロ布は最悪だった。家具磨き剤かなにかの匂いに頭痛がしてきて、それで吐き気をもよおしてきた。彼は懸命になって吐き気を堪えた。アニーが、一週間毎に町の理髪店で髪を刈り、おそらく冬のあいだ黒のオクスフォード・シューズのうえにゴムのオーバーシューズを履いているにちがいない、あの老役人と口論しているあいだに、こちらは吐物で気管支をつまらせて窒息死する、などというのはごめんだからだ。

額に冷汗がじっとりにじむ。ようやく二人の姿が、また視界に入ってきた。アニーはさっきの紙を手にしている。車へもどるランチョ・グランデ氏の背中に、さかんに指をふり動かし、口から文字のないマンガの吹き出しを吐いていた。ランチョ・グランデ氏はふりかえらない。彼の顔は無表情だった。ただ唇が見えなくなるほどにきつく結ばれた口元が、内心の感情をあらわしていた。腹立ちか？　たぶん。嫌悪感？　そう、むしろそれに近いだろう。

（あんたは彼女がイカれていると思っている。あんたやあんたのポーカー仲間たち——たぶん町のマイナーリーグ野球場を牛耳っている連中——は、この厭な役目をだれが引き受けるかで、あべこべポーカーかなにかをやったのだろう。だれだって、イカれた女に悪い知らせを持ってゆく役なんかやりたくない。だけど、ランチョ・グランデ氏よ、彼女がどれほどイカれているかを、あんたがほんとうに知っていたら、そんなふうに彼女に背を向けるなんてことはしないと思うよ！）

男はベルエアーに乗り込んだ。ドアを閉める。アニーは車のそばに立って、閉じた窓に向かって指を震わせている。またしても彼女の声がかすかに聞こえた。「——何様だと思ってんだい！」

ベルエアーがゆっくり車廻しをバックしはじめた。ランチョ・グランデ氏は歯を剝き出しているアニーのほうは、わざと見ないようにしている。

さらに大きい声が聞こえた。「自分をよっぽどお偉いさんだと思ってんだろう！」

いきなり彼女は、ランチョ・グランデ氏の車のフロント・バンパーを蹴とばした。その衝撃で、ホイールウェルから雪の塊が落ちたほどだった。男は右肩越しに後方を見ながら、車をバックさせていたが、さすがにギョッとして彼女のほうを見た。それまでずっと保っていた無色透明の表情が崩れた。

「このゴロツキ屋！　いくらお鰓《えら》いさんだって、水に入ったらアップアップのくせに！　魚になって出直してきな！　どうだい、参ったかい？」

参ったとしても、ランチョ・グランデ氏はそれらしい顔はみせなかった——例の無色透明の表情が、甲冑《かっちゅう》の面頬《めんぼお》のようにふたたび彼の顔をすっぽり覆ったからである。彼の車はバックしながら、ポールの視界から消えていった。

アニーは握った拳を腰にあてて、しばらく突っ立っていたが、やがて大股で家のほうへもどった。勝手口のドアが開き、すさまじい音をたてて閉まった。

(行ってしまった)と、ポールは思った。(ランチョ・グランデ氏は行ってしまって、こちらは元のまま。そう、元のままだ)

九

こんどはアニーも、その腹立ちを彼にぶつけることはしなかった。部屋に入ってきたとき、コートはまだ着たままだったが、ジッパーは開いていた。足早に行ったり来たりしはじめ、ポールのほうは見ようともしない。例の紙をまだ手に持っていて、それをときどき自分を鞭打つかのように、自分の鼻先で振りまわす。

「税金の十パーセント増し、だって！　滞納、だって！　担保権！　弁護士！　なにが年四回払いだい！　なにが期限超過だ！　偉そうに！　クタバッテシマエ！」

ポールはボロ布を突っ込まれた口で唸ったが、彼女はこちらを見もしなかった。この部屋には彼女独りしかいないのだ。がっしりした体で風を切り、ますます速く歩きまわる。いまに手にした紙を引き裂くのではないか、とポールは思ったが、そこまでする勇気はないらしい。

「五百と六ドルよ！」と叫んで、こんどは紙をポールの鼻先で振りまわした。それから、うわのそらで彼の口からボロ布を引っぱり出して、床に投げ捨てた。ポールは首を片側に垂れて、空嘔吐《から》をした。腕が徐々に肩の関節から抜けてゆくような気がする。「五百六ドルに十七セント！　あいつらは、あたしがここに人を寄せつけないのを知ってるからね。そう言ってやったんだ。それが、なによ！　なんだってのよ！」

　ポールはまたゲェと空嘔吐をした。

「吐くんだったら、ゲロのなかで寝てなきゃならないよ。あたしはいま忙しいんだから。あたしの家の抵当権のことを、あいつが言ってたからね。あれはどういうことなの？」

「手錠を……」彼はかすれ声で言った。

「わかったわよ」と、苛立たしげに、「ほんとに世話が焼けるんだから」

　スカートのポケットから鍵を出して、ポールの体をさらに左へ、鼻がシーツにくっつくほど押し倒した。ポールは悲鳴をあげたが、耳も藉《か》さない。カチリ、ガチャガチャという音がして、手がやっと自由になった。ポールは身を起こし、そろそろと脚をのばすようにしながら、ゆっくりと枕によりかかった。痩せた手首に蒼白い筋ができている。それが見るまに赤く血の気を帯びてきた。

　アニーは手錠をスカートのポケットに、まるでクリネックスかコートハンガーでも入れるように、こともなげに落としこんだ。普通の家庭にも拘置所があって当たり前という気色だ。

「抵当権って、どういうことなの？」彼女はまた訊いた。「あたしの家があいつらの物になるってこと？　そういうことなの？」

「いや」彼は言った。「それはつまり……」咳ばらいをした。ボロ布のむかむかする後味がひろがって、胸がひきつり、また空嘔吐が起こった。アニーはそんなことには構わず、苛々しながら彼が話しだすのを待っている。ややあってから、やっと言った。「ただ、家を売ることはできない、というだけのことですよ」

「ただ？　だけのこと？　だけのことなんて、よく言えるわね、ポール・シェルダン。だけど、あたしみたいな貧乏未亡人が困ってたって、あんたのようなお金持ちのお利口さんには、たいした問題じゃないのよね」

「とんでもない。あなたの問題は私の問題だと思ってますよ、アニー。つまり、抵当権というのは、それほど重大な滞納じゃなければ、心配するにはおよばない、ということを言いたかったんですよ。どうです？」

「滞納って。未払いってこと？」

「そう。未払い。払いが遅れているということ」

「あたしはアイルランドの乞食じゃないんだからね」上唇がめくれて、光沢のない歯が見えた。「払いはちゃんとしてるのよ。ただ……こんどはちょっと……」

（忘れた、そうだろう？　あのカレンダーを破くのを忘れたように、忘れたんだ。年四回分割の財産税の支払いを忘れるのは、カレンダーの月を変えるのを忘れるのとは比較にならないくらい重大なことだから、そういう大事なことをはじめて忘れたというので、動顛しているんだな。つまりは、症状が進んでいるということだよ、アニー。日毎にすこしずつ悪化している。精神病者はどうにか世の中と折り合っていけるし、おまえにはよくわかっていると思うが、ときにはひどい状態も切り抜けられる。しかし、精神病には、まだ制御できる領域と手がつけられなくなる領域との境界線があるんだ。おまえは日に日にその境界線に近づいている……自分でもうすうすそれがわかっているんだ。）

「そこまで手がまわらなかったのよ」アニーは憮然として言った。「あんたのことだけで、それこそ大忙しだったものだから」

ポールはふっと思いついた――なかなかいい思いつきだ。彼女に取り入る効果抜群のアイデアだと思えた。「わかってますよ」と、いかにも誠意のあるところを見せる。「あなたは命の恩人だし、ずいぶん世話を掛けましたからね。私の財布に四百ドルほど入っているんです。それを税金の払いに使ってください」

「まあ、ポール――」困ったような嬉しいような顔で、彼をみつめる。「あんたのお金をいただくわけには――」

「私の金じゃない」と言って、にっこりしてみせる。最高に甘い「きみが好きなんだよ、ベイビー」ふうの笑みだ。だが内心では、（こっちの望みはだね、アニー、私がナイフを手に入れて、そいつを使える状況になったとき、おまえにその物忘れ状態になっていてもらいたいんだよ。死にかけていることに気がついたときは、十秒遅すぎる、というぐあいにね。）と、考えていた。「あなたの金ですよ。なんなら、頭金ということにしてもいい」一息いれて、とどめの殺し文句。「あなたがいなかったら、私は死んでいた。それが私にわからないとでも思ってるんですか」

「ポール……でも、なんだか……」

「本気ですよ」笑顔をさらに愛想のいい（そうであってほしい）誠実そうな表情に変えた。「あなたは私の命を救ってくれただけじゃない。二人の命を助けたんですよ――あなたがいなかったら、ミザリーも墓の中に入ったままだったんですから」

いまやアニーは陶然と彼をみつめていた。手にしている紙のことも忘れている。

「それから、私の過ちを指摘してくれて、正しい道にもどしてくれた。それだけでも、あなたには四百ドルではとても追いつかないくらいの借りがあるんだ。もしお金を取ってくれなかったら、こっちが気を悪くしますよ」

「それなら、その……わかったわ……ありがとう」

「お礼を言うのは私のほうです。その紙を見せてくれませんか」

彼女はおとなしく紙を渡した。滞納の通知書だった。抵当権というのは形式だけのことにすぎない。ポールはすばやく目を通して、アニーに返した。

「銀行に預金はありますか」

彼女は目をそらした。「すこしは貯金してるけど、銀行にじゃないわ。銀行は信用できないから」

「それによると、抵当権は、三月二十五日までに払い込みがあれば行使されない、となっている。今日は何日です？」

アニーは眉を寄せてカレンダーを見た。「あら！　まちがってるわ」

彼女がそれを鋲からはずし、橇に乗った男の子は姿を消した――ポールはそれを見て、名残り惜しいような妙な気持ちをおぼえた。三月は、雪の残った川岸と、その間を川の水が白く泡立ちながら流れる情景だった。

アニーは近眼のように目を細めてカレンダーを見てから、言った。「今日は三月二十五日よ」

（もうそんなに経っていたのか。）と、彼は思った。

「なるほど――だからあの男が来たんだ」（彼はおまえの家を差し押えるとは言っていないん

だ、アニー――今日、町の税務署が閉まるまでに払わなければ、抵当権を行使することになると、知らせにきたのさ。彼は親切心からそうしたんだよ。)「しかし、その五百六ドルを――」

「それと十七セントよ」彼女は強調した。「十七セントのことを忘れないで」

「そう、それと十七セントを、今日の午後税務署が閉まるまでに払えば、抵当権はもどる。町の連中が、あなたが言ったような感情を、あなたにたいして持っているとしたら――」

「あたしを憎んでるのよ！　みんなあたしの敵なのよ、ポール」

「――この税金問題は、あなたに意地悪するためのかれらの手かもしれない。財産税の四分割払いを一回滞納しただけで、抵当権を持ち出すのはおかしい。どうも臭い。かなり匂う。それで未払いが二回も重なれば、かれらはあなたの家を差し押え、競売《せり》に掛けるつもりかもしれない。常識では考えられないことだけど、法的にはかれらに権利があるわけですからね」

アニーはがさつな声で高笑いした。「やったらいいじゃない！　あいつらのどてっ腹に風穴あけてやるわ！　やると言ったらやるんだから。ああ、そうだよ！　やってやる！」

「でも最後は、あなたのほうが風穴をあけられる」ポールは静かな声で言った。「問題はそんなことじゃない」

「じゃあ、なんなのよ？」

「アニー、サイドワインダーには税金を二年や三年滞納している人たちはいるでしょう。それでも、家を差し押えられたり、町の公会堂で家具を競売されたりはしていない。そういう人たちが受ける最悪の処置でも、たいていは水道を止められるくらいが関の山だ。たとえば、ロイドマンだけど」横目でちらりと彼女を見やる。「彼はきちんと税金を納めていると思いますか？」

「あの貧民が？」ほとんど金切り声に近い。「まさか！」

「かれらはあなたのことで頭にきているのじゃないですか、アニー」事実彼はそう信じていた。

「あたしは行かないわ。ここにじっとしていて、あいつらを困らせてやる。ここにいて、あいつらに唾を吐きかけてやる！」

「私の財布の四百ドルを足せば、五百六ドルは払えるんですか」

「ええ」アニーはホッとしているらしい様子。

「それならいい」と、彼は言った。「だったら、そんな税金なんか今日中に払ってしまいなさい」（そして、おまえが出掛けている隙に、こっちはあのドアの両側の黒いしみをなんとかするつもりさ。それが済んだら、ここから逃げ出す算段にとりかかる。お前さんのもてなしには、いいかげんうんざりしたからね、アニー。）

ポールはなんとか笑顔を作った。

「それと、そこのナイトテーブルに、十七セントぐらいはあるでしょう」

一〇

アニー・ウィルクスには彼女なりの規律があって、その点に関しては、異常なくらい規律を守っていた。いっぽうでポールにバケツの水を飲ませたり、激痛に苦しむ彼に薬をあたえなかったり、彼の新作小説の唯一の原稿を燃やさせたり、手錠を掛けて家具磨き剤の匂いのするボロ布を口に押し込んだりした。しかし、彼の財布の金には手を触れようともしない。ポールが学生時代から使っている擦り切れたロード・バクストンの財布を持ってくると、そのまま彼の手に渡した。

身分証明書類のカードはすべて失くなっていた。そのことでは彼女は気が咎めることもなかったと見える。ポールは問い質しはしなかった。そのほうが賢明だという気がしたのだ。

IDカード類は失くなっていたが、金はちゃんとあった。大部分が五十ドルの新札だった。突如、禍《まが》まがしいほどの鮮明さで、ボールダー銀行のドライヴイン窓口にカマロを乗りつける自分自身の姿がうかびあがった。『高速自動車』を脱稿する前日のことである。現金化するために裏書きした四百五十ドルの小切手を、トレイに入れる（あの下層の作業現場の連中は、そういうときでも休暇について論じていたのだろうか、と思う）。あのときの彼は、自由で、健康で、意気軒高だった。生き生きとしたまなざしで、ドライヴイン窓口の出納係をみつめた──彼女は長身のブロンドで、その体の曲線を紫色のドレスがやわらかに包みこんでいた。そして、彼女もじっと見返した……あの出納係がいまの彼を、あのときより四十ポンドも軽くなり、十歳も老けこみ、両脚とも使いものにならなくなった男をみたら、どう思うだろうか。

「ポール？」

ポールは片手にお金を握ったまま、彼女を見上げた。金額は全部で四百二十ドルあった。

「え？」

アニーは彼をみつめていた。その母親のような愛情と優しさをたたえた表情が、彼を狼狽させた——その裏にどす黒いものの蟠《わだかま》っているのがわかっているからだ。

「ポール、あんた泣いてるの？」

彼は空いているほうの手で頬にさわってみた。たしかに濡れている。微笑して、彼女にお金を渡した。「ちょっとね。あなたがどんなに良くしてくれたかと考えていたので。ええ、ほかの人にはわからないかもしれないけど……私にはよくわかっている」

アニーも目を潤ませて、身を屈めると、軽く唇をふれてきた。彼女の息は臭かった。彼女の内奥の暗い饐《す》えた部分から発する匂い。死んだ魚のような匂い。それはボロ布の悪臭より幾層倍もひどかった。それが地獄の底から吹く穢れた風のように、彼の喉に送り込まれてきた、

(「呼吸をして、さあ、呼吸をするのよ！」)

あのときのことを、ありありと思い起こさせた。胃がキュッと縮んだが、彼は笑顔をつくった。

「あんた、好きよ」と、彼女は言った。

「出掛けるまえに、車椅子に坐らせてくれませんか。仕事をしたいのでね」

「もちろんよ」アニーは彼の体に腕をまわした。「もちろんだわよ」

一一

アニーの和らいだ心も、寝室のドアに鍵を掛けないでおく、というところまではいかなかった。だがそんなことは問題ではない。いまのポールは、痛みと禁断症状に打ちのめされるようなことはない。それに、これまでせっせと、栗鼠が冬にそなえて木の実を蓄えるように、アニーのヘアピンを拾って、すでに四本を薬のサンプルといっしょにマットレスのしたに隠していた。

彼女がたしかに出掛け、ポールがなにか〝おいたをして〟（これもウィルクス語録のひとつだ）いないか、ようすを窺ってはいないと確信できるまで待ってから、彼は車椅子をベッドまで動かしていき、ヘアピンを取り出した。さらにナイトテーブルから、水差しとクリネックスの箱を取る。タイプライターを台板のうえにのせたまま車椅子を動かすのも、さして苦にはならなかった。彼の腕はそれほど強くなっていたのだ。彼にどれほどの腕力があるかを、アニー・ウィルクスが知ったら、さぞ驚くことだろう――そのときが来るのが待ち遠しい。

ロイヤルはタイプライターとしてはろくな機械ではないが、体操具にはうってつけだった。ポールはいつでも、車椅子に坐らされ、アニーが部屋から出ていくとすぐ、ロイヤルでウェイト・リフティングのまねごとをやっていた。最初のうちは、六インチばかり持ち上げるのを五回やれればいいほうだったが、いまでは休まずにつづけて十八回から二十回は軽い。このシロモノの重さが少なくとも五十ポンドはあることを考えると、なかなかのものである。

ポールはお針子がドレスの裾を縁取りするときのように、予備のヘアピンを二本口にくわえ、一本を鍵穴に差し入れた。錠のなかに入ったままの折れたヘアピンの先が邪魔になるのではないかと思ったが、そんなこともなかった。すぐにタンブラーを探りあて、うえに押し上げることができた。それにつれて、錠のボルトが引っ込んでゆく。ふっと、アニーがドアの外側にさらに差し錠を取り付けてはいないだろうか、という疑念がわいた。彼は実際よりずっと弱っているように見せる努力をつづけてきたが、パラノイア患者の猜疑心はどこまでひろがるか知れたものではない。が、ドアは開いた。

またしても後ろめたい臆病心が頭をもたげ、早くしなければという焦りをおぼえた。オールド・ベッシーのもどってくる音がしないかと聞き耳をたて——彼女が出掛けてからまだ四十五分しか経っていなかったが——クリネックスの箱からひとつかみティッシュペーパーを引き出し、それを水差しの水に浸して、その濡れた塊を片手になんとか上体を右側に傾けた。歯を喰いしばり、痛みを堪えながら、ドアの右側の黒ずんだ個所を擦る。

すぐに黒ずみが薄れてきたので、心からホッとした。車椅子の車軸は、彼が恐れていたようにペンキに疵をつけてはいなかった。ただ強く擦っただけだったのだ。

車椅子をドアからバックさせ、方向を変えてまたドアのそばへもどると、もういっぽうのしみにとりかかった。そうやってすべて終わったところで、また車椅子を後退させ、ドアを眺めた。アニーのこのうえなく疑り深い詮索の目を想定して見る。しみはまだ残ってはいたが、そう思って見なければわからないくらい薄い。これなら大丈夫だろう。

大丈夫だと思いたかった。

「竜巻用退避壕のようなものだ」そう言って、唇を嘗め、乾いた笑い声をたてた。「どんなもんだべ、皆の衆」

ドアのそばへもどって、廊下を覗いてみた——だが、しみの心配がなくなったいま、今日はこれ以上の冒険をする気分にはなれなかった。またの日にしよう。その日はきっとやってくる。いまは仕事をしたかった。

ドアを閉じた。錠の掛かる音がいやに大きく響いた。

(「アフリカ」)

(「あの鳥はアフリカから来たのよ」)

(しかし、あの鳥のために泣くことはないんだ、ポール。しばらくたてば、鳥はアフリカの白昼の草原の匂いを忘れ、ヌーが泉で水を飲む音も、大きい道の北の大平原にあるイエカイエカの樹の刺激のつよい匂いも、キリマンジャロの向こうに沈むサクランボ色の夕陽も、みんな忘れてしまう。しばらくたてば、鳥が知っているのは、ボストンのスモッグに汚れた落日だけになり、鳥はそれしか憶えていないし、それしか思い出したいとも思わない。そして鳥は、もう帰りたいとは思わなくなり、もしもアフリカに連れもどされて、放されたとしたら、不安と困惑とホームシックに引き裂かれ、ひとところにじっと蹲《うずくま》っているだけで、結局はほかの動物に殺されてしまうのだ。)

「ああ、アフリカ、ああ、ちきしょう」ポールは声を震わせた。

涙を流しながら、車椅子を紙屑籠まで動かしていって、濡れたティッシュペーパーを紙屑のしたに押し込んだ。それから窓際の位置へもどり、タイプ用紙をロイヤルにセットした。

(ところで、ポールよ、おまえの車のバンパーは、いまでも雪のしたから突き出しているのだろうかね？　陽光をうけてキラキラ光り、だれかが通りかかって目にとめるのを待っているのだろうか。そしておまえはここに坐って、最後のチャンスすらも取り逃がしてしまうことになるのか。)

彼はタイプライターに挟んだ紙を恨めしげにみつめた。

(今日はもう書けない。意欲が殺《そ》がれてしまった。)

とはいうものの、意欲が殺がれるなどということはないのだ。そういうことがありうることは、彼も知ってはいたが、創作意欲の脆弱なことがよく言われるにもかかわらず、彼の人生でこれくらいタフで持続力の強いものはない。なにものもその尽きない夢想の泉を汚染させることはできない——酒も薬も痛みも。そしていまも、彼はその泉に駆け寄って、喉の渇いた獣が日暮れ時に水溜りをみつけたように、その水を飲んだ。言い換えると、原稿用紙の穴をみつけて、そのなかに喜んで跳び込んだ、ということである。六時十五分にアニーが帰宅したとき、彼はほぼ五枚分を書き上げていた。

一二

　それからの三週間、ポール・シェルダンは、身内に電気でも流れているような、異様な平穏状態にあるのを感じていた。口中はいつもからからに乾いていた。物音はひどく大きく聞こえた。みつめるだけでスプーンを曲げることができそうな気がする日々があるかと思うと、ヒステリックに泣きわめきたい気分の日々もある。

　そうした状態の外で、傷の治りかけた脚のたまらないほどのむず痒さとは切り離されたところで、仕事だけは晴朗な歩みをつづけた。ロイヤルの右側に積まれた原稿の山は着実にうずたかくなっていった。この異様な経験を味わうまえは、一日に四枚というのが適切な仕事量だと考えていた（『高速自動車』のときは、ラスト・スパートに入るまで、日に三枚――わずか二枚という日も多かった――が通常のスピードだった）。ところが、四月十五日の暴風雨で締めくくられるこの電気的ピリピリの三週間は、一日に平均十二枚――午前中七枚、夕刻時五枚――を書き上げたのである。もしも前の生活（知らず識らずのうちに、そういうふうに考えるようになっていた）で、あなたはそのペースで書けると人に言われたとしたら、ポールは笑い飛ばしただろう。雨が降りだしたとき、『ミザリーの生還』は二百六十七枚書き上がっていた

――むろん、第一草稿にはちがいないが、読み返してみて、第一稿にしてはよく出来上がっているとと思った。

その理由の一端は、彼が極端にまじめな生活を送っているということにあった。はしご酒に溺れる長い夜もないし、それにつづくコーヒーとオレンジジュースとビタミン剤を呷る二日酔いの日もない(そんなときは、たまたまタイプライターが目に入っただけで、身震いして、そっぽを向いたものだ)。もはや前夜どこかで拾った大柄のブロンドや赤毛の隣で目を覚ますということもない――そういう女はたいてい、夜中には女王のように見え、一夜明けると鬼女に変貌する。もはや煙草を吸うこともない。いちど、おずおずと遠慮がちに煙草を要求してみたところ、アニーに凄まじい目で睨みつけられ、たちどころに要求を取り消したのだった。彼はいまやミスター・クリーンとなった。悪習はいっさいなし(むろん、例のコデイン常用はべつ。それについてはまだ何も手を打っていなかったのじゃないか、ポール?)、気晴らしもない。(禁欲的な麻薬中毒者なんて、世界にも一人しかいないのじゃないかな。)朝は七時に目覚め、ジュースでノヴリルを二錠嚥み下す。八時には朝食が、〝ムッシュー〟のベッドまで運ばれてくる。週に三日は、ポーチかスクランブルにした卵一個。そのほかの四日は、繊維の多いシリアル。それから車椅子にすわる。窓際へ移動。紙のなかの穴をみつけ、男が男であり、女は腰《バッツ》当《ス》て《ル》をつけていた時代の十九世紀へと跳び込む。昼食。午後は昼寝。起きると、原稿に手を入れるか、あるいはたんに読書をする。アニーはサマセット・モームの作品を全部持っていたので(ポールはいちど、もしかして彼女の書棚にジョン・ファウルズの『コレクター』があるのではないかと勘ぐったことがあったが、よけいなことは訊かないほうがいいと判断した)、ポールは二十巻以上のモーム全集を端から読みはじめ、彼の緻密なストーリー造りの妙技に魅せられた。もう何年もまえから、ポールは小説を、子供のときに読んだようには読むことができないという、諦めの心境が強くなっていた。彼自身が作家の仲間入りをしてからは、小説は必然的に解剖分析の対象でしかなくなった。だがモームはまず彼を魅了し、ふたたび子供時代に帰らせた。それはすばらしい体験だった。五時になると、アニーが軽い夕食を運んでくる。七時には白黒のテレビを移動させてきて、いっしょに連続ドラマの「マッシュ」や「WKRP・イン・シンシナティー」を観る。それが終わると、ポールは仕事にもどる。書き疲れると、自分で車椅子をベッドまでゆっくりと動かしてゆく（もっと速く動かすことはできるのだが、それをアニーに悟られてはまずいのだ）。その音を聞きつけて、アニーがやってきて、彼をベッドに寝かせる。そこでまた薬を服用。一発で、灯が消えるようにダウン。そして翌日はまた同じことのくりかえし。その翌日も、またその翌日も。

こうしたまじめ一方の生活が、驚異的な量産の理由ではあったが、もっと大きな理由はアニー自身にあった。なんといっても、彼女がためらいがちに示唆した蜂の毒の件が、執筆を進行させることになったのである。そのおかげで、ミザリーに熱をあげることは二度とあるまいと堅く信じていたポールが、執筆への熱意を吹き込まれたのだ。

そもそも『ミザリーの生還』など、本気で書く気などはじめからなかった。彼の関心はもっぱら、アニーがギンス印の包丁で彼の尻に風穴をあけようという気を起こさないうちに、ミザリーを墓から生き返らせるための、もっともらしい方法をみつけることだけだった。そのほかの、どういうストーリーにするかといったような些細な問題は、すべて後回しだった。

アニーが税金を払いに町へ行った日から二日間、ポールは脱出の絶好のチャンスだったかもしれない機会を逃したことは忘れるように努め、ひたすらミザリーをラメイジ夫人の小屋に連れもどすことばかり考えていた。ジェフリーの家に運ぶのはまずい。召使たち――なかでもゴシップ好きの執事のタイラー――が、ほうぼうに言い触らすだろう。それから、生きながら埋葬されたショックが、記憶喪失を引き起こしたということにしよう。記憶喪失？　いや、口が利けなくなったんだ。普段のミザリーのうるさいおしゃべりのことを考えると、そのほうがこちらもホッとする。

それで――その先はどうする？　あの馬鹿女は墓から出たが、それから先はどうなるんだ？　ジェフリーとラメイジ夫人は、ミザリーが生きていたことをイアンに話すか。ポールの心は決まらなかった。この〝心が決まらない〟というのが、行先も不確かなまま先を急ぐ作家を待ち構えている、落とし穴になりかねないことを、彼はよく承知していた。

（いや、イアンには話さない）と、外の納屋をみつめながら考えた。（イアンはまだだ。それより、医者が先だ。あのnの多い老いぼれ医者のシャインボーンを呼ぶ。）

医師のことを考えたことで、アニーの言った蜂の毒のことが思い出された。もっとも、これがはじめてではない。なにかというと、あの言葉が頭にうかんだ。（「十人に一人は……」）

しかし、どうにもいただけない。隣りあった村の、なんの関係もない二人の女が、どちらも珍しい蜂の毒のアレルギーだったというのは。

アニー・ウィルクスの税金危難から三日後、ポールが午後の仮睡に入りかかっていたとき、下層の作業現場の連中が邪魔をした。それも並大抵の妨害ではない。こんどのは閃光ていどの生易しいものではなく、まさに水素爆弾級であった。

彼はいきなりベッドのうえで起き上がった。両脚を激痛が貫くのすら気にならなかった。「アニー！」彼は大声をはりあげた。「アニー、ちょっと来て！」

彼女の重い足音が階段を転げるように駆け下りて、廊下を走ってきた。部屋に入ってきた彼女の目は、仰天してとび出さんばかりだった。

「ポール！　どうしたの？　痛むの？　いったい――」

「そうじゃない」もちろん、そうだ。痛むのは心のほうだが。「いや、アニー、驚かしてすみません。車椅子にすわらせてほしいんです。見つけたんだ！　浮かんだんだ！」

アニーは尊敬と畏怖のまなざしで彼をみつめた。あたかも奇跡を目の当たりにしているような目付きだった。

「わかったわ、ポール」

大急ぎでポールを車椅子に運び、窓際へ押していった。ポールはじれったそうに首を振る。

「そう長くはかからないけど、とても重要なことなんだ」

「小説のこと？」

「そう、小説のこと。静かにして。私に話しかけないでください」

彼はタイプライターを無視して――ノートをとるときはタイプライターは使わない――ボールペンをつかむと、紙のうえに、おそらく本人以外には読めない筆跡で殴り書きしていった。

二人は血縁関係にあった。蜂が二人に同じ症状を惹き起こしたのは、血のつながりのせいだ。ミザリーは孤児だ。それで何が考えられるか。イヴリン＝ハイド嬢がミザリーの姉妹だということ！　腹違いか種違いでもいい。それならたぶんうまくいく。それを最初に気づくのは誰か。シャインボーン？　いや、あの医者はバカだ。R夫人がイヴリン＝ハイド嬢の母親に会いにいって

そこで、すばらしいアイデア——すくなくとも小説のプロットとしては——がひらめき、彼は口をポカンと開き、目を見開いて、虚空をみつめた。

「ポール？」アニーが心配そうに声をかける。

「母親は知っていた」ポールは低声でつぶやく。「もちろん、知っていた。あるいは、すくなくとも感づいていた。しかし——」

彼女——R夫人——はすぐに、母親のE＝H夫人がMと自分の娘が姉妹であることに気づいていたのだと悟る。同じ髪の色とか、そんなことだ。母親のE＝Hを主要人物に入れるようにすること。彼女の人物像を創りあげる必要あり。R夫人はミザリーが生きながら埋葬されたことを、E＝H夫人が知っていたのかもしれない、と思いはじめる。うまいぞ！　それだ！　もしも老夫人が、ミザリーを自分の若い頃の乱れた関係から産み落とした子供ではないかと思っていたのだとしたら——

ポールはボールペンを置いて、紙を睨んでいたが、またゆっくり取り上げ、さらに殴り書き

をつづけた。

三つの問題点

1・E＝H夫人はR夫人の疑いにたいして、どういう反応をしめすか。激しい憎悪か、ひどく怯えるか。怯えるほうが好ましいが、A・Wには憎悪のほうがお気に召すだろう。よし、憎悪でいこう。

2・このことにイアンをどう絡ませるか。

3・ミザリーの記憶喪失は？

さらに、もうひとつ浮かんだ。自分の母親が事実を明らかにするくらいなら、娘が二人とも生き埋めにされたままのほうがいいと思っていたことを、ミザリーは知ることになるか。

それもいいだろう。

「よかったら、もうベッドへもどしてください」と、ポールは言った。「とつぜん驚かしてすみませんでしたね。なにしろ興奮していたもので」

「いいのよ、ポール」まだ畏怖から醒めきらないようす。

そのときから、執筆は軌道にのっていった。アニーの言ったとおり、これまでのミザリーものより、はるかに陰惨な様相を呈してきた――第一章はただの見せ掛けではなく、その後への前兆だったのだ。最初の『ミザリー』以来のどれよりも、プロットがしっかりしていて、人物も生き生きとしてきた。ミザリーものの最後の三作は、女性読者を歓ばすためのセックス描写をふんだんにまじえた、単純な冒険小説でしかなかった。こんどの作品は、どうやらゴシック小説になりそうで、それだけに情況よりはプロットに比重がかかってきていた。構想への挑戦は毎度のことになった。〝どうする？〟は、書き始めのときだけの問題ではなかった——この何年かではじめて、ほとんど毎日〝どうする？〟の連発となり……そのつど彼は答えを見いだしていった。

そして、雨が降りだし、事態は一変した。

一三

四月の八日から十四日まで、ずっと好天気がつづいていた。晴れあがった空から太陽が照りつけ、気温はときに十六度まで上がった。アニーのきれいな赤い納屋のむこうに見える高原のところどころに、茶色の土が露われはじめた。ポールはひたすら仕事に埋没して、車のことは努めて考えまいとした。発見されるものなら、とっくに発見されていなければならない。仕事は順調だったが、気分のほうはそうはいかなかった。しだいに霧箱のなかで暮らしながら、反撥し合う電気を帯びた大気を呼吸しているような気がしていた。カマロのことが頭に忍び込んでくると、ただちに脳髄警察を呼んで、その思考に手錠足錠を掛けて連れ去らせる。しかし、そいつはすぐに逃げ出す癖があって、しばらくするとまたもどってくるのだった。

ある夜、ランチョ・グランデ氏がアニーの家にまたやってきた夢をみた。手入れのいいシヴォレー・ベルエアーから降り立った彼は、片手にカマロのバンパーの一部分を持ち、もう一方にはハンドルを持っていた。「これはあなたのものですか」と、夢のなかで彼はアニーに訊いた。


ポールは目を覚まし、気分はいっそう落ち込んだ。

反対にアニーのほうは、この早春の晴れわたった日々ほど、ご機嫌のよかったときはないくらいだった。掃除に励み、料理に精を出し（ただし、彼女の料理は奇妙に手作りの味がしなかった。かつては調理の腕があったとしても、長年病院のカフェテリアで食べつづけていたために、損なわれてしまったかのようだ）、毎日午後には、ポールを大きなブルーの毛布で包み、グリーンのハンチングを被らせて、車椅子を押して裏のポーチに出た。

そういうとき彼はモームの本を持っていったが、ほとんど読むことはなかった――外に出るというだけで、とてもほかのことに注意を向ける気にはなれなかった。ただそこにじっと坐って、病室じみた室内の饐えた匂いのしない、馨《かぐわ》しく冷たい空気の匂いを嗅ぎ、つららから滴る水音を聴き、雪解けの高原をゆるやかに流れてゆく雲の影をながめていた。それが最高の気分だった。

アニーは調子はいいが、妙に旋律を感じさせない声で鼻歌を歌った。「マッシュ」や「WKRP・イン・シンシナティ」のジョークに、子供のようにくすくす笑い、ことに婉曲なきわどい冗談（「WKRP」の場合はほとんどがそうだ）には、声をたてて大笑いした。そして、ポールが第九章と第十章を書き上げるまで、倦むことなくせっせとnの字を埋めていった。

十五日の朝は、風が強く、どんよりと曇っていた。そして、アニーに変化があらわれた。おそらく気圧が下がったせいだろう、とポールは思った。それで納得できたわけでもないが。

彼女は九時になるまで、薬を持ってこなかった。ポールは待ちきれなくなって、隠匿しているサンプルに手を出そうかとすら考えた。やっと姿を見せたときも、持ってきたのは薬だけで、朝食はなかった。アニーはまだピンクのキルトのハウスコートを着ていた。頬と腕に麻疹に似た赤い斑点が浮いているのを見て、ポールは不安をおぼえた。ハウスコートが撥ねかかった食べ物の滓で汚れているのも目に入った。スリッパは片方だけしか履いていない。そのため、彼女が近づいてくると、ズンザザッという足音がする。ズンザザッ、ズンザザッ、ズンザザッ。髪が顔に乱れかかり、目は虚ろだった。

「ほら」と、カプセルを投げてよこした。その両手もなにやらべたつくもので汚れている。赤いものや、茶色のもの、白いねばねばしたもの。それが何なのか、ポールにはわからない。わかりたいという気もしない。カプセルは彼の胸に当たって、膝のうえに落ちた。アニーはくるりと背を向け、立ち去ってゆく。ズンザザッ、ズンザザッ、ズンザザッ。

「アニー?」

彼女は足を止めたが、振り向かない。ピンクのハウスコートの背を丸め、髪は叩き潰されたヘルメットのようで、図体が普段より大きく見える。まるで洞窟から外をのぞいているピルトダウン原人といったところ。

「アニー、大丈夫ですか」

「大丈夫じゃないわ」こともなげに言うと、こちらを向いた。あいかわらず虚ろな表情でポールを見ながら、右手の拇指と人さし指で下唇をつまみ、それをギュッと引っぱって捩りながら、同時に内側に爪をたてた。唇と歯茎のあいだに見る見る血がもりあがり、顎をつたって流れ落ちる。それから、また背を向けて、ひとことも口をきかないまま出ていった。ポールは茫然として、いま目にしたものがまだ信じられないでいた。彼女はドアを閉め……鍵を掛けた。ズンザザッが廊下を居間のほうへ遠ざかってゆく。アニーが愛用の椅子に腰をおろす軋み音が聞こえた。それっきり何の音もしない。テレビの音も、鼻歌も、食器のぶつかり合う音も聞こえない。ただじっと坐っているだけ。なにもせずに坐っているだけだ。

それから、また音がした。一度だけだったが、はっきりと聞こえた。平手打ちの音だ。それも強く叩いた音だった。彼女が自分自身をひっぱたいたのだろうということは、シャーロック・ホームズならずとも推測がつく。音からすると、力いっぱいひっぱたいたにちがいない。唇を引っぱって、柔らかいピンク色の肉に短い爪をたてた、さっきのようすが目にうかんだ。

ポールは第一作の『ミザリー』のために取っておいた精神病に関するノートを、思い出した。主としてロンドンのベツレヘム精神病院を舞台に展開される場面で、そこにミザリーが嫉妬に狂った悪女の手で送り込まれるのである。あのノートに書いたこと――「躁鬱病者が鬱の期間に入りはじめるとき、その一つの症状は、自己処罰という行為にあらわれることがある。自分自身をひっぱたいたり、殴ったり、つねったり、煙草の火を体に押しつけたり、などなど……」

ポールは急に怖くなった。

一四

ポールはエドマンド・ウィルスンのエッセイを思い出した。そのウィルスン一流の吝嗇《けち》くさい文章のなかで、ワーズワスの良い詩を書くための基準——平静なときに想起された強烈な感情——は、ドラマティックなフィクションにも充分に有効であろう、と彼は述べている。たぶんそのとおりだろう。つまらない夫婦喧嘩のあと執筆ができなくなる作家をポールは知っているし、彼自身、気持ちが動揺していると書けなくなることが多い。しかし、ときにはそれが逆効果を及ぼすこともあるのだ。仕事をしなければならないから書くのではなく、その動揺の原因から逃れたいがために、書かずにいられなくなるのである。それはたいてい場合、動揺の原因を取り除くことが、自分の手に負えないからだった。

いまがその場合だった。アニーが十一時になっても、彼を車椅子に坐らせにやってこないことがわかると、独力でやってみる気になった。暖炉のうえからタイプライターを下ろすのはとても無理だろうが、それなら手書きでやればいい。独りで車椅子に乗ることができる自信はあった。独りでできることをアニーに知られるのはまずいが、書くための場所が必要だった。ベッドに寝たまま書くことはできない。

まずベッドの端まで移動してゆき、車椅子のブレーキが掛かっているのを確かめてから、肘掛けをしっかりつかみ、ゆっくりとシートに移った。脚を片方ずつ支えに載せる。このときだけは痛みを堪えなければならなかった。それから窓際まで動かしていって、原稿を取り上げた。

ドアの錠で鍵の回る音がした。アニーがこちらを覗き込んだ。両眼は燃える双つの黒い穴のよう。右の頰が腫れあがっている。それが寝起きのときの目のまわりの黒い痣のでかいやつのように見えた。口のまわりと顎に赤いものが付着している。一瞬ポールは、唇が裂けて血が出ているのかと思ったが、そのなかに種らしいものが見えた。キイチゴのジャムかなにかで、血ではないようだ。彼女はポールをじっと見た。ポールも見返した。どちらも何も言わない。降りだした雨が、窓ガラスに打ちかかってきた。

「自分ひとりで車椅子に乗れるのなら」ようやく彼女が口をきいた。「nの字を埋めるのも、自分ひとりでやれるでしょう」

そしてドアを閉じ、また鍵を掛けた。ポールはしばらくのあいだ、閉まっているドアをみつめていた。まるでそこに何か見るべきものがあるかのようだったが、ただただ茫然自失して、ほかに何もできなかったのである。

一五

アニーは午後遅くまで、ふたたび姿を見せなかった。彼女がドアから覗いてから、仕事はさっぱり進まなくなった。二、三度むなしい努力をくりかえしたあと、原稿用紙をくしゃくしゃにまるめ、ついにあきらめた。お手上げだった。ポールは車椅子を動かしてベッドへもどった。車椅子からベッドへ移るとき、片方の手が滑って、あやうく転落しそうになった。とっさに左の脚を支えから下ろし、それで体重をささえて転倒をまぬかれたものの、凄まじい激痛が脚をつらぬいた――まるでボルトを十本あまりも骨に打ち込まれたようだった。彼は絶叫し、台板にしがみついて、痛む左脚をひきずりながらベッドにやっと這い上がった。

(いまの声で彼女が来るぞ)と、痛みに朦朧となった頭で考えた。(シェルダンがテノール歌手のルチアーノ・パヴァロッティにでも変身したかと思って、もういっぺんあの声を出させてやろうとするかもしれん。)

だがアニーは現れなかった。左脚の痛みはどうにも耐えきれない。彼はどうにか腹匍いの姿勢になると、片手をマットレスのしたに差し入れ、ノヴリルのサンプルをひとつ取り出した。二錠を水なしで嚥みこみ、それからしばらくうつらうつらした。

目が覚めたときも、最初はまだ夢を見ているのだと思った。それはあまりに超現実的で、アニーがバーベキュー・グリルを持ち込んできた、あの夜と似ていた。彼女がベッドの端に腰掛けている。ナイトテーブルには、ノヴリルのカプセルと水の入ったコップが置いてあった。そして彼女の手には、ヴィクターのねずみ捕りがあった。しかもそれには、ねずみがいた――灰色と茶色のぶちの、でかいやつだった。ねずみ捕りに背中を挟まれ、背骨が折れているらしい。後足がねずみ捕りの板の両側に垂れて、ピクピク引き攣《つ》っている。ひげには血がビーズのように玉になっている。

夢ではなかった。これもまたアニーのビックリ・ハウスの演し物なのだ。

彼女の息は腐った食物のなかで腐敗してゆく死骸のような匂いがした。

「どうしたんです？」彼は上体を起こして、アニーとねずみとを見較べた。外は日が暮れかかっていた。青みがかった奇妙な黄昏で、雨が窓一面に流れ落ちている。強風が吹きつけ、そのたびに家が揺れて軋み音をたてた。

アニーの状態は今朝より悪くなっている。それも、ずっと悪くなっていた。彼女はすべての仮面を脱ぎ捨てていた――これが本物のアニー、赤裸なアニーの姿なのだ。以前にはおそろしく堅牢そうに見えた顔の肉が、いまは生気のない練り粉のように垂れ下がっている。目は虚ろ。服は着ていたが、スカートは裏返し。肌は麻疹のようなぶつぶつが増え、着ている物にも食べ物の撥ね滓が増えている。彼女が身動きすると、数しれない異なったものの匂いが立ちのぼった。カーデガンの片方の腕いっぱいに、なかば乾きかかった肉汁のような匂いのするものがべっとり付着していた。

彼女はねずみ捕りを持ち上げてみせた。「雨が降ると、地下室に入り込んでくるのよ」ねずみが弱々しい鳴き声をあげ、口をぱくぱくさせた。その黒い目は、ねずみを捕えた女の目よりはるかに生き生きと動いた。「それで、ねずみ捕りを仕掛けるの。しようがないものね。板にベーコンの脂をすりつけて。たいてい八匹か九匹は捕れるわ。そのほかにも何匹か——」

そこで空白状態に陥った。ねずみ捕りを宙に差し上げたまま、蠟人形と化したような緊張病状を呈し、空白状態は三分間ちかくつづいた。ポールは彼女を凝視し、鳴き声をあげてもがくねずみをみつめ、自分がこれ以上悪くなりようはないと思い込んでいたのが、まちがいだったことに気づいた。とんでもない間違いだった。

賑やかな出立の銅鑼《どら》の音もないまま、アニーは永久に忘却の彼方へ船出してしまったのではないか、と思いはじめたとたん、彼女がねずみ捕りを下ろし、話を中断しなかったかのように、先をつづけた。

「——隅で溺れ死んでいることがあるわ。可哀そうにね」

ねずみを見下ろし、ぶちの毛皮に涙が落ちた。

「可哀そう」

がっしりした手でねずみを摑み、もういっぽうでスプリングをもどした。ねずみは彼女の手のなかで身もだえ、首をめぐらせて咬みつこうとした。かぼそい、悍《おぞ》ましい鳴き声をあげる。

ポールは引き攣る口元に、掌の付け根を押しつけた。

「心臓がドキドキしてるわ。逃げようとしてもがいている。あたしたちと同じようにね、ポール。あたしたちとおんなじ。あたしたちは、なんでもわかってるつもりでいるけど、ほんとうはねずみ捕りのねずみとおんなじなのよ――背骨を折られて、まだ生きたがってるねずみとね」

ねずみを摑んでいる手が、ぎゅっと拳をつくる。彼女の目はずっと虚ろなまま、遠くを見ていた。ポールは目をそらせようとしたが、できなかった。彼女の腕の内側の腱がうきあがってくる。ねずみの口から、ふいに血が細い流れとなって噴き出た。骨の折れる音がして、彼女の太い指がねずみの胴にぐいっと第一関節までめりこんだ。血が床に飛び散る。ねずみの光を喪った眼球が飛び出した。

アニーはねずみの死体をベッドの隅に置くと、手をシーツに擦りつけて、そこに長い赤いしみをつけた。

「これで安らかになった」肩をすくめて、笑った。「さあ、あたしの銃を取ってこようね、ポール。きっとあの世はもっと良いところよ。ねずみにとっても、人間にとっても――どちらもたいしてちがうわけじゃないもの」

「書き終わるまではだめだ」一語一語をはっきり発音しようとしながら言った。これがなかなか困難だった。口がノヴリルの総攻撃を受けているような感じだったからである。ポールはまえにも彼女が鬱状態にあるのを見たことがあったが、これほどではなかった。もしかして、彼女がこれほどまでに落ち込んだのは、はじめてのことなのではないだろうか。これは鬱病患者が、家族全員を射殺し、そのあと自殺するときの状態に近いだろう。絶望に陥った女の精神病者は、自分の子供たちに最上の服を着せ、アイスクリームを食べに連れていって、近くの橋まで歩いてゆき、両腕にそれぞれ子供を抱きかかえて、橋から飛び込むのである。精神病者は自分自身のエゴという揺り籠に揺られながら、手近なものはだれでもいっしょに乗せてやって、道連れにしようと望むものなのだ。(彼女がそれを望んでいる。この女はその気なんだ。)

(これほど死をまぢかにしたことはない)と、彼は思った。

「ミザリーのこと?」アニーは訊いた。まるでその言葉をまえには聞いたこともなかったようなようすだが、瞬間的に、彼女の目にチラリと光るものが走った――ようにポールには見えた。

「そう、ミザリーですよ」どう説得したものかと、必死に考えた。あらゆる接近の道はすべて破壊しつくされてしまっているように思える。「この世はたしかに、くだらないところだと思いますよ」そう言ってから、無意味なことをつけくわえた。「とくに雨の降る日なんかはね」

(よせ、バカ、くだらんことを言うな!)

「つまり、この何週間かは、痛みがひどかったものだから――」

「痛み?」アニーは陰鬱な土気色の顔に、軽蔑の色をうかべて彼を見た。「痛みがどんなものかも、わかってないくせに。あんたにはぜんぜんわかってないのよ、ポール」

「そう……そうでしょうね。あなたに較べれば」

「そうよ」

「でも――私はこの本を書き上げたい。最後までちゃんと見とどけたいんです」間を置いた。

「そして、あなたにも見とどけてもらいたい。そばにいて読んでくれる人がいなかったら、本なんか書かないほうがましだ。わかりますか?」

ポールは横たわったまま、動悸が早くなるのを感じながら、恐ろしい石の顔を見上げていた。

「アニー？　私の言うことがわかりますか？」

「ええ……」彼女は溜息をついた。「あたしもどうなるのか知りたいわ。この世でのあたしの望みは、そのことだけでしょうね、たぶん」のろのろと、自分で何をしているか気がつかないまま、彼女は指についたねずみの血をしゃぶりはじめた。ポールはぐっと歯を噛みしめ、必死の思いで、吐くんじゃない、吐くんじゃないぞ、と自分に言い聞かせた。「あの連続活劇の終わりを待っているようなものね」

ふいに顔をこちらに振り向けた。唇についた血が口紅のように見える。

「じゃあ、もういちど言うわ、ポール。あたしは銃を取ってきてもいい。それであたしたち二人ともおしまいにすることもできる。あんたはバカじゃないから、あたしがあんたをこの家から出してやるはずがないってことは、わかってるわね。もうずっと前からわかってたでしょ？」

(怯《ひる》むんじゃない。おまえの目を見て、怯んでいるのがわかったら、この女はたちどころにおまえを殺すぞ。)

「わかってますよ。しかし、何にだって終わりはある、そうでしょう、アニー？　そして終わりには、みんな仲良くなるものです」

彼女の口元に微笑の影のようなものが差した。慈《いつく》しむように、ちらりと彼の顔に手を触れた。

「逃げようと思ってるんでしょう。ねずみ捕りに掛かったねずみみたいなものね。だけど、そうはいかないわよ、ポール。これがあんたの書く小説だったら、そうなるかもしれないけど、これはちがうんだよ。逃がしてなんかやらないからね……ただあんたに調子を合わせてあげる」

とっさに、ポールは（もういいよ、アニー、さっさとやっちまってくれ。もうおしまいにしようじゃないか。）と言いそうになった。だが、生きたいという意志――それはまだたっぷりとあった――が頭をもたげ、つかのまの心の弱さを蹴散らしてしまった。まさしく弱さだった。弱さと臆病。幸か不幸か、彼は心の病いの支えとすべき松葉杖を持ってはいなかった。

「ありがとう」と、彼は言った。「私はやりはじめたものを、書き上げてしまいたい」

アニーは溜息をついて、立ち上がった。「わかったわ。たぶん自分でも、それはわかってたのよね。だから、あんたにお薬を持ってきてあげたんでしょう。よく憶えてないけど」笑った。たるんだ顔から起こる異様な忍び笑いは、まるで腹話術を見ているようだった。「あたしはしばらく出掛けなきゃならない。そうしないと、おしまいになっちゃう。あたしは何するかわからないからね。こんな気分のときに行く場所があるのよ。山の上にあるの。アンクル・リーマスのお話を読んだことある、ポール？」

彼はうなずいた。

「ウサギどんが〝笑いの家〟のことを、キツネどんに話してきかせるのを憶えてる？」

「ええ」

「その山の上の家を、あたしは〝笑いの家〟と呼んでるのよ。あんたを見つけたとき、サイドワインダーから帰ってくる途中だった、という話をしたでしょう？」

彼はうなずいた。

「あれは嘘よ。あんたのことをまだよく知らなかったから、嘘をついたの。ほんとうは〝笑いの家〟からもどるところだった。ドアのうえには、ちゃんと『アニーの笑いの家』って書いてあるんだよ。あそこへ行って、ときどき笑うこともあるわ。だけど、たいていは叫び声をあげるだけだけど」

「どれくらい行っているつもりですか、アニー」

彼女は夢遊病者のようにドアのほうへ行きかけていた。「わからないわ。お薬は持ってきてあげたでしょう。だから大丈夫よ。六時間毎に二錠嚥みなさい。それとも、四時間毎に六錠でも。なんなら、いっぺんに全部でもね」

（だけど、食べる物はどうするんだ？）そう訊きたかったが、やめた。彼女の注意がこちらにもどってくるのは望ましくない。早く出ていってもらいたかった。ここに彼女といるのは、死の天使といっしょにいるようなものだ。

ポールはベッドに身を固くして寝たまま、アニーの動きまわる物音に聞き耳をたてていた。最初は二階で、それから階段を下りてきて、台所にはいる音。そのあいだずっと、いまに彼女の気が変わって、銃を手にして引き返してくるのではないかと、気が気ではなかった。家の横手のドアが閉まり、錠をおろす音がして、雨のなかを歩いてゆく足音がしても、まだ安心できなかった。銃は外のチェロキーのなかにあるのかもしれないのだ。

オールド・ベッシーのエンジンの掛かる音が聞こえてきた。猛烈な勢いで吹かしている。ヘッドライトが扇状にひろがって、銀色に光る雨のカーテンを照らし出した。ライトが車廻しから後退してゆく。それからぐるりと回って、消えていった。アニーは行ってしまった。麓のサイドワインダーのほうへではなく、こんどは山の上へ向かって。

「〝笑いの家〟へ向かって」そうつぶやいて、ポール自身が笑いだしてしまった。アニーには彼女の〝笑いの家〟があり、ポールはすでに〝笑いの家〟のなかにいる。そのうかれ気分も、ベッドの隅の潰れたねずみの死骸を目にしたとたん、すっと消えた。

そこでふっと気がついた。

「食べる物がないなんて、だれが言ったんだ？」そう言ってから、いっそう激しく笑いだした。ひとけのないポール・シェルダンの〝笑いの家〟は、あたかも狂人の部屋と化したかのようであった。

一六

二時間後、ポールはふたたび寝室の錠をこじあけ、狭すぎる戸口を車椅子で通り抜けた。二度目だが、これが最後になることを望んだ。膝には毛布を二枚のせている。マットレスのしたに匿しておいた薬は全部クリネックスにくるんで、下着のしたに突っ込んである。雨が降っていようといまいと、できれば脱出するつもりだった。いまがチャンスだし、こんどこそはやる気になっていた。サイドワインダーへは山道を下らなければならず、道は雨で滑りやすく、しかも坑道より暗いだろう。それでもやってみようと思った。彼は英雄とか聖者の人生を歩んできたわけではないが、動物園の異国の鳥のような死に方はしたくなかった。
彼はぼんやりと思い出した。あれはバーンスタインという陰気な劇作家と、スコッチを飲んでいた夜のことだ。場所はグレニッチ・ヴィレッジのライオンズ・ヘッドだった。（もしも生きてふたたびヴィレッジを見ることができたら、膝がどうなっていようと、クリストファー・ストリートの汚い歩道にひざまずいて、地面にキスしてやろう。）話がたまたま、ドイツ軍がポーランドに侵入し、情勢が深刻になるまえの不安な四、五年間に、ドイツに住んでいたユダヤ人のことになった。バーンスタインはユダヤ人大虐殺《ホロコースト》で伯母と祖父を亡くしていたのだが、その彼にポールが言ったのは、全ヨーロッパとくにドイツにいたユダヤ人たちが、まだ間に合ううちになぜ国外へ逃げ出さなかったのか、理解できないということだった。かれらがけっして愚かであったとは思えないし、それ以前にも迫害を直接体験していたはずなのだ。なにが起こりつつあるか、とうぜんわかっていたはずなのに、なぜ国内に留まったのか。

　バーンスタインの答えは、なんとも馬鹿げた、とうてい承服しがたいものだった。彼はこう言ったのだ、「大部分が家にピアノを持っていたからだよ。われわれユダヤ人はピアノに愛着がある。ピアノを持っていると、なかなか移住するという考えになれないものなんだ」

　あの言葉がいまはよく理解できた。そうだ。まず最初、それは彼の折れた脚と潰れた骨盤だった。そのうえ、さらに、執筆が始まった。しかも彼は、書くことに楽しみをすら感じていたのだ。すべてを折れた脚や薬のせいにするのは、いとも簡単なことだが、じつをいうとそこには、小説を書くということが大きく介在していた。そのことと、傷の回復期の単純なパターンとに、のらくらと明け暮れる日々だった。それこそ――なかでもとくに本を書くこと――が、ポールにとってのピアノだったのだ。アニーが帰ってきたとき、もしも彼がいなくなっていたら、彼女はどうするだろうか。原稿を焼くか？

「かまうもんか」と、彼はひとりごちた。それは本心だった。生きていさえすれば、またべつの本を書くことができる――その気になれば、この小説をもう一度書くことだってできるだろう。しかし、死んでしまったら、もはや書くことはできない、新しいピアノを買うことはできない。

ポールは居間に入っていった。このまえのときはきちんと片づいていたが、いまはありとあらゆるところに、汚れた皿が積み重ねられている。この家にある食器がひとつ残らず集まっているのではないか。アニーはあきらかに、鬱状態のとき、自分をつねったり、ひっぱたいたりしていただけではない。やたらと食物を詰め込んで、後かたづけをいっさい放擲《ほうてき》していたのだ。ポールは意識が朦朧としていたときに、喉の奥まで吹き込まれた臭い息のことを思い出しかけて、胃袋が引き攣るのを覚えた。食べ残しのほとんどは、甘いものだった。いくつものボウルやスープ皿には、溶けたのや溶けかかったアイスクリーム。皿には、ケーキの屑やパイの残りがこびりついている。テレビのうえには、ペプシの二リットルのプラスティック壜と、舟形のグレイヴィーソース入れのそばに、乾いて皺《ひび》のはいったホイップクリームのかかった、ライムのジェロが載っていた。ペプシの大壜はまるで、タイタン‐Ⅱロケットの円錐頭《ノーズコーン》ほどもあるように見えた。アニーはその壜からラッパ飲みしていたらしく、彼女の手についていたグレイヴィーやアイスクリームのために、壜の表面がしみだらけでほとんど不透明になっている。金属食器のぶつかる音は聞こえなかったが、それも道理で、ここにはひとつもなかった。あるのは皿とボウルのたぐいばかり、ナイフもフォークもスプーンも見当たらない。さらに絨毯とソファーでは、こぼしたり飛び散ったり——それもほとんどがアイスクリームだ——した跡が、乾きかけていた。

（あの女のハウスコートに付着していたのと同じものだ。彼女が食べ、その息から匂っていたのが、これなんだ。）ピルトダウン原人のようなアニーのイメージが蘇ってきた。それがここに坐って、せっせとアイスクリームを口に運んだり、なかば凍りかかったチキン・グレイヴィーを手づかみで口に入れては、ペプシで流し込んでいる姿が思い浮かぶ。鬱状態の呆《ほう》けた目をして、ひたすら飲み食いしている姿が。

氷塊のうえに載ったペンギンは、まだ装飾品のテーブルにあったが、アニーはほかの陶器類の多くを隅に放り投げていた。割れた破片や尖った小さな針金が散乱している。

彼女の指がねずみの胴体にくいこんだときのことが、いまだにポールの目のまえに浮かんでくる。その指がシーツに赤いしみを擦りつけたときのようす。その指についたねずみの血を嘗めるアニー。おそらくあれとおなじ放心状態で、アイスクリームやジェロや黒いジェリーロール・ケーキを食べていたのに相違ない。それはなんとも悍《おぞ》ましいイメージだったが、それだけに早くここを逃げ出さねばと思わせる拍車の役にはたった。

コーヒー・テーブルのうえに、ドライフラワーがひっくり返っている。テーブルのしたにチラリと覗いているのは、干からびたカスタード・プリンの皿と、分厚いスクラップブックだった。それには『思い出の小道』という表題がついていた。（落ち込んでいるときに、〝思い出の小道〟をたどるのは、あんまりいい考えじゃないな、アニー——もっとも、おまえさんには、とっくにわかっていることだろうけど。)

車椅子を居間の向こう端まで進めていった。真正面に台所がある。右手には広く短い廊下があって、その先に正面玄関のドアが見える。その廊下の横手に、二階へ上がる階段。そちらにチラリと目をくれただけ(絨毯を敷かれた踏み段にアイスクリームが滴っていて、手摺はそのしみで光っていた)で、ポールはドアのほうへ向かった。車椅子に坐ったまま出てゆくとしたら、台所のドアのほうがいいかもしれない——アニーが家畜に餌をやりに出るときに使うドア、あのランチョ・グランデ氏がやってきたときに、彼女がとび出していった勝手口のドアだ——とは思ったが、とにかく当たってみるべきだろう。もしかして、ということもあるかもしれない。

そういうことはなかった。

表のポーチには、思っていたとおり、急な階段がついていた。しかし、たとえ車椅子用の傾斜がつけられていたとしても(そういう可能性は、〞どうする?〟のゲームでも受け入れがたいが)、どっちみち利用はできない。ドアには錠が三つも掛かっていた。そのうち、差し錠はなんとかできるかもしれない。しかしあとの二つは、クレイグ錠だった。元警察官のトム・トワイファードに言わせると、クレイグは世界最高の錠前だそうだ。これを開ける鍵はどこにあるでしょう? ええーっと、そうですね、アニーの〞笑いの家〟へ向かっているところかな?

(ぴったしカンカン! その方に葉巻と、火をつけるトーチランプを渡してください!)

ポールは昂まってくるパニックを抑えながら、車椅子をバックさせて廊下を引き返した。いずれにしても、玄関のドアにはたいして期待はしていなかったのだ。居間にもどったところで車椅子の向きを変え、台所へ向かった。床にリノリウムを敷き、天井にはブリキ板を張った、昔風の台所だった。冷蔵庫も古いが、音は静かだ。冷蔵庫の扉に三つ四つのマグネットがくっついている。当然、どれもお菓子に似ている――風船ガムに、ハーシー・チョコバーに、トゥーツィー・ロール。戸棚の扉のひとつが開いていて、棚に油布がきちんと敷かれているのが見えた。流しのうえには大きな窓があり、曇り日でも充分明かりが射しこむだろうと思われた。明るく気分のいい台所のはずだが、事実はちがっていた。蓋のあいたゴミ缶からゴミが床まであふれ出し、腐りかけた食物の生温かい悪臭がたちのぼっている。それだけではなく、もっと悪い匂いもある。それは主としてポールの想像の産物かもしれないが、それでも強烈に臭っていた。それは〝ウィルクス印の香水〟――妄執と化した心因性の臭気だ。

台所にはドアが三つあった。左手に二つ、正面の冷蔵庫と食料貯蔵室とのあいだに一つ。まず左のほうに向かう。片方はクロゼットのドアだった――なかにコートや帽子や襟巻や長靴が入っているのを目にする前に、すぐそれとわかった。蝶番の騒々しい軋み音に聞き覚えがあったのだ。もうひとつのほうが、アニーが出入りに使っているドアだった。こちらには、差し錠と二個のクレイグ錠が掛かっている。ロイドマンを閉め出し、ポールを閉じ込めるための戸締まり。

アニーの笑い声が聞こえてくるようだ。

「あんちくしょうめ！」ドアの横をこぶしで殴った。手が痛かった。その手を口にぎゅっと押しつける。涙が出そうになり、目をしばたたくと視界が二重に霞んだ。堪えようとしたが、止まらなかった。パニックがいよいよ昂まってきて、いったいどうするんだと、喧しく喚きたてる。どうするんだ、いったい、これが最後のチャンスかもしれないのに——（どうするったって、まず徹底的に情況をチェックすることさ）憮然として自分に言い聞かせる。（いましばらく冷静にしていられればな。なにができるか考えるんだよ、バカタレが。）

涙を拭いた。泣いていたって、ここから出られるわけじゃない。ドアの上半分に嵌まっているガラスを見てみた。といっても一枚ガラスではなくて、十六にちいさく仕切られている。ガラスは一枚一枚割っていけるだろうが、そのうえ桟を破らなければならない。いかにも丈夫そうで、鋸がなければ何時間もかかるだろう。その後どうする？　裏のポーチめがけてカミカゼ・ダイビングを敢行するか？　たいした名案だな。おそらく背骨を折るのがオチだろう。ともかく脚の痛みから気をそらすことにはなるだろう。降りしきる雨に打たれて横たわったまま、死ぬまでそう時間もかかるまい。それでこのクソいまいましい劇の閉幕というわけだ。（いやいや、まっぴらごめんだ。ともかくもこの状態から脱出するにしても、あのナンバーワンの愛読者に、彼女のことがだんだんわかってきて、いかに楽しかったかを知らせてやるチャンスをつかまなければ。それだけは絶対やってやる。）

アニーの鼻をあかしてやるという考えが、自分を叱咤するよりも、パニックを鎮めるのに役立った。いくらか落ち着きがもどって、錠のおりたドアの横のスイッチを入れてみた。庭を照らす外の灯がともった——彼が寝室を出たときから、昼間の明かりは急速に薄れていた。車廻しが照らし出され、庭が水溜りと溶けかかった雪とで、ぬかるみと化しているのが見えた。ドアの左のほういっぱいに車椅子を移して、彼ははじめて、アニーの家のまえを通っている道路を見ることができた。広い道ではない。二車線のアスファルト道路で、左右の溶けかかった雪堤のあいだに、雨と溶けた雪とで水浸しになってアザラシの毛皮のようにてらてら光っているのが見える。

（あの女がドアに錠をおろしたのは、ロイドマンを寄せつけないためかもしれないが、私を閉じ込めるためなら、錠など必要なかったはずだ。車椅子であそこに出ていったら、たちまち車輪が泥濘にはまって、にっちもさっちも行かなくなってしまう。どこにも行けはしないぞ、ポール。今夜だけじゃなく、たぶん何週間も——車椅子で道路に出られるほどグラウンドが固まる野球シーズンまでは、まだまだ一ヵ月はかかるだろうな。ガラスを破って、這ってゆく気があればべつだが。）

いいや、そんな気はなかった。冷たい泥水と溶けかけた雪のなかを、瀕死のオタマジャクシみたいにのたくって十分か十五分もすれば、骨の折れた脚がどういうことになるか、考えてみるまでもない。たとえ道路まで這い出すことができたとしても、乗せてもらう車に遭遇するチャンスがはたしてあるのかどうか。オールド・ベッシーを除いて、これまで車の音を聞いたのは、たった二度しかなかった。ランチョ・グランデ氏が乗ってきたベルエアーと、もう一度は、ポールが〝客用寝室《ゲストルーム》〟をはじめて抜け出したとき、家のまえを通りかかって彼の肝を冷やさせたあの車だった。

外の灯を消し、冷蔵庫と食料貯蔵室とのあいだにある、もうひとつのドアへ向かった。それにも三つの錠が掛かっていた——直接外に通じているドアでもないのに。こちらのドアの横にも灯《あかり》のスイッチがある。スイッチを入れた。家の風が吹きつけている側に沿って、こぎれいな差し掛け小屋が建て増しされているのがわかった。その一方の端に薪の山があり、薪割り台には斧がくいこんでいる。反対端には、作業台があって、釘に掛けた道具がならんでいた。差し掛け小屋の左端にもドアがあった。電灯はあまり明るくはなかったが、そのドアにもやはり差し錠と二つのクレイグ錠が付いているのは見えた。

（「ロイドマンは……みんなが……あたしの隙を狙っているんだから……」）

「みんなのことは知らないが」と、だれもいない台所で言った。「この私《ヽ》はまちがいなくそうだ」

ドアはあきらめて、食料貯蔵室のほうへ車椅子を動かしていった。いくつもの棚に収納された食料品よりさきに、マッチに目が行った。紙のブックマッチが二カートンと、ダイヤモンド・ブルーティップスの箱がすくなくとも二ダース、きちんと積み上げられている。

家に火をつける、という考えがチラリと頭をかすめ、すぐに馬鹿げていると斥けたが、ここにもドアがあるのが目について、考え直してみる気になった。そのドアには錠がついていなかったのだ。

ドアを開けると、粗末な造りの急な階段が地下へつづいているのが見えた。ポッカリと口を開けた暗闇から、湿気をふくんだ腐りかけの野菜のむっとする匂いが襲いかかってきた。かすかなキーキーという鳴き声が聞こえてきて、「雨が降ると、地下室に入り込んでくるのよ。それで、ねずみ捕りを仕掛けるの。しようがないものね」と言った、アニーの言葉を思い出した。

彼はあわててドアを閉めた。汗が一筋、こめかみをつたって右目の角《すみ》をチクチク刺した。それをこぶしでぐいと拭う。このドアが地下室へ通じていて、しかも鍵が掛かっていないということで、家に火をつけるという考えが、現実味を帯びかけていたのだ——地下室に潜り込んでいれば、なんとかなるのではないかと。しかし、階段はおそろしく急だし、サイドワインダーの消防隊がくる前に、家が地下まで燃え落ちてきて焼け死ぬかもしれない、ということのほうが、もっと現実的なように思われた。それに、地下室にはねずみがいる。あの鳴き声は最悪だ。

（「心臓がドキドキしてるわ。逃げようとしてもがいてる。あたしたちと同じようにね、ポール。あたしたちとおんなじ」）

「アフリカ」ポールはそう言ったが、自分では意識すらしていなかった。彼は食料貯蔵室の缶詰や食料品の袋をながめて、アニーに感づかれないようにするには、何を取ればいいかを物色しはじめた。それが何を意味するか、心の片隅でははっきり理解していた。要するに、逃げ出すことをあきらめた、ということだ。

（ひとまず、ということだよ。）うろたえた内心の声が抗弁する。

（いや）もっと奥深いところからの声が無慈悲に応じた。（永久にだ、ポール、永久にだよ。）

「あきらめるもんか」彼は低声で言った。「聞こえるか？　ぜったいにあきらめないぞ」

（ほう、そうかい？）皮肉な声がせせら笑う。（それはそれは……ま、いまにわかるさ。）

そう、いずれははっきりすることだ。

一七

そこは食料貯蔵室というよりは、むしろ生存主義者《サバイバリスト》の防空壕のようであった。それはあるていどまで、アニーの生活情況を考えれば、うなずけないことではない。山中に女がひとりで住んでいるのだ。世間と切り離されたまま、ある期間を過ごすことも当然あるだろう——それは一日だけのこともあれば、ときには一週間、あるいは二週間ということだってあるはず。おそらくゴロツキ屋のロイドマンの家にすら、ほかの土地の人間がおもわず眉をつりあげるほどの貯蔵室があるに相違ない。しかし、いかにロイドマンでも、あるいはこの辺のだれだろうと、これほどの食料を貯えている家がほかにあるとは、とても考えられない。これはもはや食料貯蔵室ではなく、ちょっとしたスーパーマーケットだった。このアニーの食料貯蔵室には何か象徴的な意味があるにちがいない——厖大な食料品は、現実主権国とパラノイア人民共和国との国境線の不明瞭な領域について、何かを物語っているのだろう。しかしながら、いまのポールの心境では、そんな微妙な問題にかかずらわっている余裕はなかった。象徴的な意味などほっとけ。食べもののほうが先だ。

そうではあるが、用心しなければ。アニーが食料品の減っていることに気づくか気づかないかの問題だけではない。まんいち彼女が突然帰ってきたときに、なんとか隠しおおせるていどしか取るべきではない。帰ってくるとしたら、突然に帰ってくるに決まっているのだから。電話は通じないのだし、まさかアニーが電報を打ってくるわけはなかろう。だが、そのうちに、アニーが気づこうが、彼の寝室で食べものを見つけようが、どうでもいいという心境になってきた。どっちにしろ、食べなければならないのだ。もはやそのことしか念頭になかった。

鰯《いわし》の缶詰。例のひらべったい四角の缶で、ラベルのしたに缶切りが貼りつけてあるやつが、山ほどある。これなら、いくつか取っても大丈夫。香辛料のきいたハムの缶詰。こちらには専用の缶切りはついていないが、二個ばかり台所へもっていって普通の缶切りで開け、その場で食べて、空缶はあふれているゴミの奥に突っ込んでおけばいいだろう。開いているサン・メイドのレーズンの大箱があって、なかには小箱が詰まっていた。破かれたセロファンの宣伝文句には、「ミニ・スナック」とある。この「ミニ・スナック」を四個、すでに膝にのせた缶詰のうえに積み上げ、さらにそのうえに、コーンフレイクスとホイーティーズの一食分の小箱をのせた。甘味をつけたシリアルの一食分の小箱はなかった。もしあったとしても、アニーが独りだけの飲み食いパーティーで平らげてしまったのだろう。

上の棚には、スリム・ジムがさっきの差し掛け小屋の薪のように、きちんと積み上げてあった。それを四本、ピラミッドの山が崩れるのも構わずに取って、一本を貪り食った。塩気と脂の味がした。包み紙はあとで処分するつもりで、肌着のしたに押し込んだ。

脚が痛みだしてきた。逃亡も放火もあきらめるのだったら、そろそろ寝室へもどったほうがいい。期待はずれのアンチクライマックスではあるが、ぐずぐずしていると、もっと悪い事態にもなりかねない。部屋へもどり、薬を二錠嚥んで、頭がぼんやりしてくるまで仕事をするのだ。それから、眠る。アニーは今夜は帰ってこないような気がする。暴風雨は衰えるどころか、ますます烈しくなっていた。静かに独りで仕事をして、まったく自分独りであるという安心感とともに眠りに就く。アニーが突然、とてつもない考えや要求をもって、跳び込んでくることもない。そう思うだけで、アンチクライマックスであろうとなかろうと、おおいに安堵をおぼえた。

バックで食料貯蔵室から出ると、灯を消した。撤退するときには、かならず後を、

（「濯ぎ洗いしとかないと」）

キチンとしておくことを肝に銘じる。アニーが帰ってくる前に、食料が尽きたら、またここへ遠征してくればいい

（腹をすかしたねずみみたいにかい、ポール。）

が、用心だけはくれぐれも忘れないように。寝室を離れるたびに、命の危険を冒しているのだという事実だけは、忘れないようにしなければならない。それを忘れたら、それこそ一巻の終わりだ。

一八

居間を通りぬける途中、コーヒー・テーブルのしたのスクラップブックが目にとまった。「思い出の小道」とある。シェイクスピアの戯曲のフォリオ版ほども大きく、家庭用聖書のように分厚い。

好奇心をおぼえて、拾い上げ、開いてみた。

最初のページには、新聞の一段だけの記事の切り抜きが貼ってあった。見出しは「ウィルクス、ベリマン両家の婚礼」。写真もあって、細面の色白の男と、黒い目の唇のぶあつい女が写っていた。ポールは新聞の写真と、暖炉のうえの肖像とを見較べてみた。まちがいない。切り抜きにクリシルダ・ベリマンとある（ミザリーものに使えそうな名前だ。）女は、アニーの母親にちがいない。切り抜きのしたには、黒インクの端正な字で「ベイカーズフィールド・ジャーナル、一九三八年五月三十日付」と書かれていた。

二ページ目は、出生の記述。ポール・エマリー・ウィルクス、一九三九年五月十二日ベイカーズフィールド・リシーヴィング病院にて誕生。父親はカール・ウィルクス、母親はクリシルダ・ウィルクス。アニーの兄の名前をみて、ギクリとした。彼女がいっしょに映画館に行って、連続活劇を観たという、あの兄にちがいない。その名前も、ポールだったのだ。

三ページ目に、アニー・マリー・ウィルクスの出生が記録されていた。日付は一九四三年四月一日。とすると、アニーは四十四回目の誕生日を過ぎたばかりだ。彼女がエイプリル・フールの日に生まれたということも、ポールの注意を引いた。

外では風が唸り、雨が家に敲《たた》きつけていた。

ポールは脚の痛みも忘れて、ページをめくった。

次の切り抜きは、〈ベイカーズフィールド・ジャーナル〉の一ページの記事だった。写真には、木造の建物の窓から噴き上げる炎を背景に、梯子にのった消防士が写っている。


「アパートの火事で五人焼死」

水曜日の早朝、ベイカーズフィールドのウォッチ・ヒル・アヴェニューのアパート火事で、五人が煙にまかれて死亡。そのうち四人はクレンミツ家の人たちだった。四人のうちの三人は子供――ポールちゃん（八つ）、フレドリックちゃん（六つ）、アリスンちゃん（三つ）。あと一人はこの子らの父親の、エイドリアン・クレンミツさん（四十一歳）。クレンミツ氏は生後十八カ月のローレンスちゃんを火のなかから救出した。妻のジェシカ・クレンミツさんの話によると、夫のエイドリアンは一番下の子供を彼女に渡すと、「すぐにほかの子供たちを助け出してくる。祈っていてくれ」と、言ったという。「それっきりあの人はもどってきませんでした」と、夫人は語った。

犠牲者の五人目はアーヴィング・サルマンさん（五十八歳）。独身で、アパートの最上階に住んでいた。三階の住人は火災発生時は留守だった。そのカール・ウィルクスさん一家は、はじめ行方不明と伝えられたが、台所の水漏れのために火曜日の夜に、アパートメントを空けていたことがわかった。

「クレンミツの奥さんには本当にお気の毒だと思います」と、クリシルダ・ウィルクス夫人は本紙〈ジャーナル〉の記者に語った。「でも、わたしの夫と二人の子供を助けてくださったことを、神に感謝します」

セントラリア消防署のマイクル・オファン署長は、出火場所がアパートの建物の地下室だったことを明らかにした。放火の可能性についての質問には、「酔っぱらいの浮浪者が地下室に入り込んで、一杯やっているうちに、煙草の火が何かに燃え移ったのではないかな。それで、火を消そうとはせずに、逃げ出したのだろう。そのため五人が焼死した。われわれはその浮浪者を捕まえるつもりだ」と、答えた。手掛かりについて訊かれて、オファン署長は「警察がいくつか摑んでいる。すでに捜索にかかっているので、すみやかに捕えられることはまちがいない」と、言った。

切り抜きのしたには、おなじく黒インクの端正な字で、「一九五四年十月二十八日付」と書かれていた。

ポールは目を上げた。ひっそりと坐ったままだが、動悸が喉元まで突き上げてくるような気がした。膀胱が弛緩して、小便を漏らしそうになる。

(「四人のガキ」)

(焼死したうちの三人は子供だった。)

(「階下のミセス・クレンミツのところの四人のガキ」)

(いや、いや、そんな。)

(「あのうるさいガキどもは大嫌いだった」)

(彼女はまだ子供だったんだ。家では半人前でしかない。)

(彼女は十一歳だった。年齢的にも頭の働きも、充分だったろう。たぶん安酒の壜のまわりに灯油を撒いて、火をつけたローソクを灯油のまんなかに立てておく、ぐらいのことは考えついたにちがいない。たぶんあんな結果になるとは、考えてもいなかったのだろう。ローソクが下まで燃える前に、灯油が蒸発すると思っていたのかもしれない。みんな無事に逃げ出すだろうと思っていて……ただ脅かしてやりたかっただけなのではないか。それでも、あの女がやったんだぞ、ポール、あの女の仕業だ。わかってるだろう。)

そう、たぶんそうだろう。だが、だれも彼女を疑いもしなかったのだ。

次のページをめくった。

ここにも〈ベイカーズフィールド・ジャーナル〉の切り抜きがある。日付は一九五七年七月十九日。いくぶん年取った感じのカール・ウィルクスの写真が出ていた。ひとつはっきりしていることは、彼がこれ以上は年を取らなかったということだ。切り抜きは死亡記事であった。

「ベイカーズフィールドの会計士、転落死」

生涯ベイカーズフィールドの住民だったカール・ウィルクス氏は、昨夜ハーナンディズ総合病院に運ばれてまもなく死亡した。氏は自宅で電話に出る途中、階段に積まれていた衣類につまずいて転落したものと見られている。担当医ドクター・フランク・キャンリーは、ウィルクスさんの死因を頭蓋の複雑骨折と頸椎骨折だったと述べている。享年四十四歳。後には、妻のクリシルダさんと、長男ポールくん（十八歳）、長女アニーさん（十四歳）が残された。

次のページをめくると、そこにも死亡記事が貼ってあった。アニーの父親への想いからか、それとも、気づかずに同じものを二枚貼っただけなのか。後者のほうが可能性がありそうだと、一瞬そう思ったが、これはまたべつの事故の記事だった。この二件が似ている理由ははっきりしている。要するに、どちらもたんなる事故ではなかったということだ。

ポールは心の底が冷えるような恐怖をおぼえはじめた。

この切り抜きのしたの手書きの文字は、「ロサンジェルス・コール、一九六二年一月二十九日付」と読めた。

「USCの生徒、転落死」

USC看護婦学校の生徒アンドリア・セント・ジェームズさんは、昨夜、奇怪な事故に遭い、北ロサンジェルスのマーシー病院に運ばれたがすでに死亡していた。

セント・ジェームズさんはディローム・ストリートにあるキャンパス外のアパートに、同じ看護婦学校の生徒アニー・ウィルクスさん（ベイカーズフィールド出身）と共同で住んでいた。昨夜十一時少し前、ウィルクスさんが勉強をしていると、悲鳴が聞こえ、つづいて「ドドドッと物凄い音」がしたという。三階の踊り場へ跳び出してみると、階段の下にセント・ジェームズさんが「不自然な格好に手足をのばして」倒れているのが見えた。

ウィルクスさんは助けに下りようとして、自分も危うく転落しそうになったという。「あたしたちはピーター・ガンという名前の猫を飼ってたんです」と、彼女は話した。「それが何日か前から姿が見えなくて、きっと動物収容所の人に捕まえられたんだろうと思ってました。鑑札を付けていなかったので。そのピーター・ガンが階段の途中で死んでいたんです。アンドリアは猫の死骸につまずいたんです。あたしは彼女に自分のセーターをかけてやって、病院に電話しました。彼女が死んでいるのはわかりましたが、ほかにどこに知らせたらいいかわからなかったので」

セント・ジェームズさんはロサンジェルスの生まれで、二十一歳だった。

「なんてことだ」

ポールは同じ言葉をなんどもつぶやいた。ページをめくる手が震えた。次の〈ロサンジェルス・コール〉の切り抜きには、看護婦学校の生徒が飼っていた迷い猫は毒殺されていた、と書かれていた。

ピーター・ガン。猫にしてはしゃれた名前だ、とポールは思った。

そのアパートの地下室にねずみがいた。テナントからの苦情申し立てがあって、その前年にアパートの家主は家屋検査官から警告を受けていた。その後に開かれた市議会で家主は大騒ぎを演じ、そのことが新聞で報道されたほどだった。アニーはそのことを知っていたにちがいない。複数の市議会議員（名前は明らかにしたがらない）が強硬に処罰を主張したため、家主は地下室に毒入りの餌を撒くことにした。その餌を猫が食べる。猫は地下室に二日間倒れていて、それから死ぬ前に飼い主のそばへ行こうと、地下室から這い出し——それが飼い主に命を落とさせる結果になる。

（ポール・ハーヴェイ好みの皮肉な話だね）そう思って、彼はゲラゲラ笑いだした。（彼の毎日のラジオ・ニュースのネタになったにちがいない。）

よくできた話だ。

（ただし真相は、アニーが地下室から毒入りの餌を取ってきて、猫に食べさせたということだ。ピーター・ガンのやつが食べるのを厭がったとしても、棒の先につけて食道まで押し込んだだろう。猫が死ぬと、彼女は死骸を階段に置いて、結果を待った。たぶんルームメイトがほろ酔いで帰宅すると踏んでいたに相違ない。猫の死骸に、衣類の山。同じMO（手口）だ、とトム・トワイファードなら言うだろう。しかし、なぜなんだ、アニー？　この新聞の切り抜きを読んでも、ひとつだけわからないことがある。理由は何だったのか。）

この何週間かの自衛本能の働きを通じて、ポールの想像力の一部はじっさいにアニーになりきってしまっていた。そしていま、そのアニーになりきった部分が、抑えようもなく、その乾ききった声音でしゃべりだした。それの言っていることは気違いじみていたが、意味はちゃんと通っている。

(「彼女が夜遅くラジオをつけるから殺したのよ」)

(「猫にあんなバカげた名前をつけたから殺したの」)

(「彼女がソファーでボーイフレンドとディープ・キスをしたり、彼がまるで金鉱でも探るみたいに、彼女のスカートの奥に手を差し入れるのを見せつけられて、うんざりしたからなの」)

(「彼女がインチキをやるのを見つけたからよ」)

(「あたしがインチキをやったのを、彼女に見つけられたからだよ」)

(「理由なんて、どうでもいいじゃないの。彼女がうるさいガキだから殺したのよ。それで充分じゃないの」)

「それにたぶん、彼女が〝お利口さん〟だったからだろう」と、ポールはつぶやいた。そして頭をのけぞらせ、ロバの声のようにかんだかい、怯えた笑い声をあげた。つまりこれが「思い出の小道」というわけか。アニーのその妙ちきりんな小道の傍には、なんと珍しい毒の花が咲き乱れていることか!

(だれもその二件の転落死を結びつけて考えた者はいなかったのか。最初が父親で、次がルームメイトだ。おまえは本気でそう考えているのか?)

そう、彼は本気で考えていた。二件の事故はほぼ五年のあいだをおいて、ちがった土地で起こっている。それを報じたのも、それぞれべつの新聞だし、しかも階段から転落して首の骨を折る事故など、とくに珍しくもないにちがいない人口の多い土地のニュースなのだ。

（それに、あの女はじつに巧妙だった。）

それこそ悪魔そのもの、といってもいいくらい巧妙だ。だがいまは、それほど巧妙でもなくなっている。たとえアニーが最後はポール・シェルダン殺しに走ることになるにしても、そのことがいくらかなりとも彼にとって貴重な慰めになるかもしれない。

ポールはさらにページをめくって、またもや〈ベイカーズフィールド・ジャーナル〉からの切り抜き（それが最後だったが）を見た。見出しには「ウィルクス嬢、看護婦学校を卒業」とある。地元の娘のお手柄、というわけだ。日付は一九六六年五月十七日。若くて、びっくりするほど可愛らしいアニー・ウィルクスの写真がある。看護婦の制服に帽子をかぶり、カメラにむかって頰笑んでいる。もちろん、卒業のときの写真だ。彼女は優等で卒業していた。（ただし、そのためにルームメイトを殺さねばならなかったがね。）ポールはまた、ロバよろしく、かんだかい怯えた笑い声をあげた。それに呼応するかのように、強風が家の側面を烈しくたたく。壁に掛かったアニーの母親の肖像写真が、カタカタと揺れた。

次の切り抜きは、ニューハンプシャーの〈マンチェスター・ユニオンリーダー〉からのものだった。日付は一九六九年三月二日。アニー・ウィルクスとはなんの関係もなさそうな、たんなる死亡記事である。七十九歳になるアーネスト・ゴンヤーが、セント・ジョーゼフ病院で死去した、という。とくに死因についての言及はなく、ただ「長患いの末」と書かれているだけだ。後に残されたのは、妻と十二人の子供、さらに孫と曾孫が四百人もいそうな感じだった。オギノ式なんて関係なく、老いも若きも子孫作りに励んだわけだ、そう思って、ポールはまたロバの声を発した。

（アニーが殺したんだ。アーネスト老人の死因はそれさ。でなければ、死亡記事をここに貼るわけがない。つまりこれは、アニーの『死者の書』なのさ。）

（それにしても、なぜだ？　**なぜなんだ？**）

アニー・ウィルクスに尋ねても、まともな答えは得られない。それはよくわかっている。

次のページも〈ユニオンリーダー〉の死亡記事。一九六九年三月十九日。死亡者は八十七歳のヘスター〝クィーニー〟ボーリファントという婦人だった。写真で見ると、トリニダッドのラ・ブリーア・タール坑から発掘された骸骨さながらである。この〝クィーニー〟もアーネスト老人とおなじく、「長患いの末」の死去らしい。息を引き取ったのも、おなじセント・ジョーゼフ病院。告別はフォスターズ葬儀所で三月二十日の午後二時と六時。二十一日午後四時、メアリー・シア共同墓地にて、埋葬。

（モルモン教タバナクル大会堂聖歌隊による〈アニーよ、おまえも共に来れ〉の特別合唱付き、かな。）ポールはまたもやロバの高笑いを発した。

そのあと、〈ユニオンリーダー〉の死亡記事がさらに三件つづいていた。うち老人二人は、例によっての「長患いの末」に死んでいる。もう一人はポーレット・シモーという四十六歳の女性だった。ポーレットのほうは次点入賞の「短期患い」。死亡記事につけられた写真は粒子が粗くぼやけていたが、それでも〝クィーニー〟ボーリファントに較べれば月とスッポンだった。彼女の病気はまさしく「短期」だったにちがいない——青天の霹靂《へきれき》の心臓発作かなにかで、セント・ジョーゼフ病院に運ばれ、そのあと……そのあと、何だ？　何があった？

何があったのか考えてみたくもなかった……が、この三人に共通しているのは、いずれも息を引き取った場所がセント・ジョーゼフ病院だったということだ。

（そこで一九六九年三月の看護婦名簿を調べてみれば、ウィルクスの名前が見つかるのじゃないか。さて、みんな、森に入った熊は何をするかな？）

それにしても、このスクラップブックはなんとも分厚い。

（もうたくさんだ。もう見たくない。よくわかった。スクラップブックを元の場所にもどして、部屋にもどろう。とても仕事をする気分じゃない。薬を一錠よぶんに嚥んで、ベッドにもぐりこむ。悪い夢を見ないためだ。これ以上アニーの「思い出の小道」をたどるのは、やめてくれ。たのむ、やめろ。）

しかし、彼の手はそれ自身の意志をもっているかのように、ますます速くページをくりつづけた。

〈ユニオンリーダー〉の短い死亡記事が、さらに二件あった。一件は一九六九年の九月末で、もう一件は十月の初め。

一九七〇年三月十九日、こんどはペンシルヴェニアの〈ハリスバーグ・ヘラルド〉からの切り抜き。裏ページ。「病院の新任スタッフ紹介」。頭が禿げ、眼鏡をかけた、人のいないところでこっそりハナクソを喰っているようなタイプの男の写真がある。記事には、新任の広報室長（禿げた眼鏡の男だ）のほかに、あらたに二十人がリヴァーヴュー病院のスタッフに加わった、と書かれている。医師が二人、正看護婦八人、その他厨房スタッフに、用務員に、雑役夫。

正看護婦のひとりにアニーがいた。

（この後のページには、ペンシルヴェニア州ハリスバーグのリヴァーヴュー病院で死亡した、老齢の男女の死亡記事がつづくにちがいない。）と、ポールは思った。

当たった。病人。例によってトップの「長患いの末」死亡。

つぎも老人。こちらは次点の「短期患い」。

そのつぎは三歳の小児。井戸に落ちて頭部に重傷を負い、意識不明のままリヴァーヴュー病院に担ぎこまれた。

げんなりしながら、さらにページをめくる。外では風雨が荒れ狂っている。決まりきったパターンだった。アニーは仕事に就き、人を殺し、職場を移る。

ふいに、ひとつのイメージが浮かびあがってきた。意識の上ではすでに忘れていた夢のイメージだったので、あたかも神託のような既視感《デジャ・ヴュ》の雰囲気をともなっていた。それはドレスのうえに長いエプロンを着け、頭に室内用のモップ・キャップをかぶったアニー・ウィルクスの姿だった。ロンドンのベツレヘム精神病院の看護婦のようなアニー。彼女は腕に籠をさげている。その籠に手をさしいれ、砂をつかみだし、ベッドに寝ている人の顔に向かって、通りすがりに砂を投げつける。それは眠りを誘う鎮静の砂ではなく、毒の砂なのだ。人殺しの砂だ。砂をかけられた人の顔は蒼白になり、かれらの危うい生命をモニターしている装置に表示された波が直線に変わる。

（クレンミツの子供たちを殺したのは、かれらが〝うるさいガキ〟だったからだ……それからルームメイトも……おそらくは自分の父親も似たようなものだろう。だが、ほかの人たちは？）

彼にはわかっていた。彼の内なるアニーが知っていた。老いぼれの病人。かれらはみんな、老いぼれの病人で、ミセス・シモーだけが例外だったが、彼女は病院に運ばれたとき、すでに植物人間になりはてていたのだろう。ミセス・シモーと井戸に落ちた子供だ。アニーがかれらを殺したのは、それは――

「それはかれらが、ねずみ捕りに掛かったねずみだったからだ」と、ポールはつぶやいた。

(「可哀そうにね。可哀そう」)

そうなのだ。それが理由だ。アニーの見るところ、この世の人間は三つの種類にわけられる。うるさいガキ、可哀そうな人……それとアニー。

彼女はひたすら西へ西へと移動していた。ハリスバーグから、ピッツバーグへ、それからダルースへ、さらにファーゴーへ、そして一九七八年には、デンヴァーにたどり着いている。いずれの場合も、判で押したように同じパターン。まず「新任歓迎」の記事で、何人かにまじってアニーの名前が記される(マンチェスターの「新任歓迎」が見当たらなかったが、おそらくその手の記事を載せる地方新聞をアニーが知らなかったせいだろう、とポールは推測した)。それから二、三の目立たない死亡記事。そしてまた、同じサイクルが始まる。

デンヴァーまでは、そうだった。

最初は、同じパターンで始まった。こんどの新任スタッフ紹介記事は、デンヴァーのリシーヴィング病院の院内新聞からの切り抜きで、そこにアニーの名前が出ていた。院内新聞の名前は、アニーの端正な字で「ザ・ガーニー(車付き寝台)」と書かれている。

「病院の新聞としてはりっぱだね」ポールは人のいない居間で声に出して言った。「だれも〝ザ・ストゥール・サンプル(大便器)〟なんて名前は思いつかなかったのかね」そしてわれ知らず、いっそう怯えた高笑いをはりあげた。

ページをめくる。最初の死亡記事があった。〈ロッキー・マウンテン・ニューズ〉からの切り抜き。ローラ・D・ロスバーグ。長患い。一九七八年九月二十一日。デンヴァー・リシーヴィング病院にて死去。

そこでパターンが完全に崩れる。

次のページにあったのは、葬式ではなく結婚式の記事だった。写真のアニーは看護婦服ではなく、レースのいっぱいついた白いドレスを着ている。そばに立って彼女の両手を執っている男の名前は、ラルフ・ドゥーガンという。ドゥーガンは物理療法士だった。「ドゥーガン氏とウィルクス嬢の婚礼」と、切り抜きのトップにある。〈ロッキー・マウンテン・ニューズ〉一九七九年一月二日付。ドゥーガンは一つの点を除けば、ごくありふれた何の特徴もない男だった——彼はアニーの父親に似ているのだ。ドゥーガンのハントバー向き口髭を剃り落としたら——アニーはハネムーンが終わりしだい、剃り落とさせたにちがいない——そっくりといってもいいほどだろう。

ポールは分厚いスクラップブックの残りのページをくりながら、ラルフ・ドゥーガンはアニーにプロポーズした日、自分の星占い（ホロスコープならぬホラースコープだ）を調べてみるべきだった、と思った。

（賭けてもいいが、まだくっていないページのどこかで、ドゥーガンに関する短い記事にぶつかるはずだ。人によってはサマラでの約束（モームの戯曲『シェッピー』第三幕。死神との出会いの約束を指す）があるが、ドゥーガンの約束の場所には、たぶん階段におかれた衣類の山か猫の死骸があるだろう。しゃれた名前の猫のな。)

だが、彼の予想は外れた。次の切り抜きは、ニーダランドの新聞の「新任」の記事だった。ニーダランドはボールダーの西隣にある小さな町だ。ここからもそう遠くはないはずだ、とポールは判断した。最初、その小さな切り抜きに並んだ名前のなかに、アニーの名が見つからなかったが、すぐに自分のまちがいに気づいた。あるにはあったのだが、「ラルフ・ドゥーガン夫妻」として夫婦一括で記載されていたのである。

ポールはハッと顔をあげた。あれは車の音では？　いや……ただの風だ。風の音にきまっている。また目をスクラップにもどす。

ラルフ・ドゥーガンはアラパホー郡立病院で、身体障害者の面倒をみる仕事に就いていた。おそらくアニーも、重傷者の手当と看護をする、例の名だたる看護婦職にもどったのだろう。(いよいよ人殺しが始まるぞ)と、ポールは思った。(だが問題はラルフの身だ。彼の番は初めか、中間か、終わりか。)

こんども予想が外れた。次の切り抜きは、死亡記事ではなく、不動産業者の一ページ広告のゼロックス・コピーだった。広告の左上隅に、一戸建ちの家の写真がある。それに付属している納屋に見覚えがあった——彼はこの家を外から眺めたことはなかったのだ。

切り抜きのしたに、アニーのきちんとした字で、「一九七九年三月三日、手付金を払う。三月十八日、契約を取り交わす」と書かれている。

退職後の住まいか？　まさか。夏の別荘？　いや、かれらにそれほどの余裕はなかっただろう。すると……？

ま、夢みたいな話だが、たぶんアニーはほんとうにラルフ・ドゥーガンを愛していたのだ。たぶん一年を経てもまだ、彼を〝うるさいガキ〟だとは思わなかったらしい。何かが変わったのだ。最後の死亡者はたしか――

スクラップブックの前のほうをくってみた。

一九七八年九月のローラ・ロスバーグだった。アニーはラルフと出会ったころから、殺人をやめていた。だがそのときはそのとき、今は今だ。ふたたび圧迫感が兆しはじめている。抑鬱の幕間劇が復活してくる。老人たち……治るみこみのない病人……彼女はかれらを見て、なんて可哀そう、と思う。そして、きっとこう考える――「あたしの憂鬱の原因は、この環境のせいなんだわ。長い長いタイル張りの廊下、この匂い、ラバソールの靴の鳴る音、病人の呻き声。こんな場所から脱《のが》れられれば、あたしは大丈夫なんだ」

その場所へ、ラルフとアニーはもどっていった。

ページをめくって、ポールは目をまるくした。

そのページの下の部分に、殴り書きで「**一八八〇年八月四十三日バカタレ！**」とあったのだ。スクラップブックの紙は厚かったが、それを力まかせのペン先がところどころ引き裂いている。

そこにはニーダランドの新聞の「離婚」欄が貼ってあった。そのなかにアニーとラルフの名があるかどうか確かめるのに、スクラップブックをひっくりかえして見なければならなかった。切り抜きが逆さまに貼られていたのだ。

やはりあった。ラルフ・ドゥーガン、アニー・ドゥーガン。離婚理由――精神的虐待。

「短期患いの後、離婚か」ポールはつぶやいて、また顔をあげた。車の音が聞こえたような気がした。風だ。ただの風……しかし、もう寝室の安全地帯へもどったほうがいい。脚の痛みがひどくなっていただけでなく、彼の精神状態がしだいに現実から遊離しはじめていた。にもかかわらず、またスクラップブックに目をもどした。どういうわけかやめられない。小説に嫌悪をおぼえながらも、おしまいまで読まずにいられないときの心境に似ていた。

アニーの結婚は、ポールが予期していたよりはるかに合法的な終わり方をしている。離婚はやはり「短期患い」の結果だろう。一年半の結婚生活は幸福な時期ばかりではなかったのだ。かれらは三月に家を買っている。結婚が崩壊しそうだと感じていたら、そんなことはしない。何があったのか。わからない。話を作り上げてみることはできるが、それは作り話でしかない。そこで、もういちど、切り抜きを読んでみて、なんとなく、わかりかけたような気がした。離婚した夫婦の名前がならんでいる――アンジェラ・フォード、ジョン・フォード。カーステン・フローリー、スタンリー・フローリー。デイナ・マクラレン、リー・マクラレン。それから……

ラルフ・ドゥーガン、アニー・ドゥーガン。

（この順序が問題なんだ。これがアメリカの風習というやつじゃないかな。だれもはっきり口に出しては言わないが、そうなんだ。男が月夜にプロポーズをして、女は裁判所に駆け込む。いつもそうとはかぎらないが、おおむねそうだ。とすると、この順序は何を物語っているか。離婚の訴えを起こしたほうが、先に書かれているということだろう。アンジェラが「裏口からそっと出てってよ、ジョン」と言う側だし、カーステンが「生き方を変えなさいよ、スタン」

と言い、デイナが「鍵を返してちょうだい、リー」と言う役だったのだ。すると、ラルフは？ ここでは先に名前が書かれている唯一の男性である彼は、何と言っただろう？　おそらく、「ぼくを解放してくれ！」だ。）

「たぶん階段に猫の死骸があるのを見てしまったんだな」と、ポールは声に出して言った。

次のページ。またもや「新任紹介」の記事だ。新聞はコロラドの〈ボールダー・キャメラ〉。ボールダー病院の芝生に十人あまりの新任スタッフが立っている写真がある。アニーは二列目にいた。黒のストライプの入った帽子をかぶった、白くぼやけた丸顔が見える。あらたなショウの始まりだ。日付は一九八一年三月九日。彼女は結婚前の姓にもどっていた。

ボールダー。アニーがほんとうに狂気に奔《はし》ったのは、この地でだった。

ポールのページをくる手が速くなり、恐怖がいや増してくる。くりかえし、くりかえし「どうしてみんな、もっと早く気がつかなかったのか」「彼女はどうしてうまく逃れることができたのか」という二つの疑問が交互に去来する。

一九八一年五月十日――長患い。五月十四日――長患い。五月二十三日――長患い。六月九日――短期患い。六月十五日――短期患い。六月十六日――長患い。

短、長、長、短、長、長、短。

ページをくる手が震える。乾いた糊のかすかな匂いがした。

「いったい何人殺したんだ？」

死亡記事の切り抜き一つを殺人一件として数えれば、一九八一年の終わりまでに、三十人以上を殺した勘定になる。その間、警察が動いた形跡は一度もない。もちろん、犠牲者のほとんどは高齢者か重傷者ばかりだが、それにしても……すこしはなにか……

一九八二年になって、アニーはついに躓《つまず》いた。〈ボールダー・キャメラ〉の切り抜きに、彼女の虚ろな石像の顔の網点写真が載っていて、そのうえに「産科病棟の新婦長任命」という見出しがある。

一月二十九日、新生児の最初の死亡者が出た。

アニーはすべての記録を、彼女らしい細心なやりかたで保存していた。おかげで起きたことを順序だてて追ってゆくことができる。（アニー、このスクラップブックがおまえを疑っている連中の目にとまっていたら、おまえは確実に刑務所か、あるいは精神病院に、ほうり込まれていたはずだ。）

新生児の最初の二人の死亡までは、なんの疑惑も引き起こさなかった——一人のほうは、重度の先天性欠損症が原因とされている。しかし、欠損症があろうとなかろうと、赤ん坊の場合は、腎不全で亡くなる老人とか、頭が半分潰れたり腹部に車のハンドル大の穴のあいた重傷者の場合とは、わけがちがう。だが、アニーのいよいよ悪化してゆく精神状態では、そのいずれもが「可哀そうな」存在として映るようになっていたのだろう。

一九八二年の三月なかばまでに、ボールダー病院での新生児の死亡者は五人になっていた。本格的な調査が開始された。三月二十四日付の〈キャメラ〉紙は、原因を「乳幼児用ミルクの汚染」ではないかとしている。「病院内の信頼すべき情報提供者による」とされているが、その情報提供者とはアニー・ウィルクス自身ではないか、とポールは思った。

四月にまた一人乳児が死亡。さらに五月に二人。

つづいて、〈デンヴァー・ポスト〉六月一日付の一面の記事の切り抜き。

「乳児の死亡について婦長を取り調べ」
まだ起訴はせず、と保安官事務所の弁
（マイクル・リース記者）

ボールダー病院の産科病棟の三十九歳の婦長アニー・ウィルクスは、今日、この何カ月かに起きた八人の乳幼児の死亡について、取り調べをうけた。その死亡はすべて、ミス・ウィルクスの婦長就任後に起こったものである。

ミス・ウィルクスは逮捕されたのか、という記者の質問にたいして、保安官事務所のスポークスウーマンであるタマーラ・キンソールヴィングは、そうではないと答えた。それでは彼女は自由意志で症例についての説明を申し出たのかというと、「症例というようなことではない、と言わざるをえないでしょう。もうすこし重大なことです」という。ミス・ウィルクスは何らかの罪で起訴されるのか、という質問に、ミズ・キンソールヴィングは「いいえ。いまのところはまだです」と答えた。

そのあとには、アニーの経歴について述べられている。彼女が職場を転々と移ってきたことは、その記事でも明らかにされているが、ボールダーでだけでなく、アニーのいたすべての病院で、患者の死亡が頻発していたことをにおわす記述はない。

記事に付けられた写真に、ポールは魅せられたように見入った。

拘引されるアニーの写真。アニーが拘引されたのだ。石像は倒れはしなかったものの、ぐらつき……傾きはじめている……

アニーはまったくの無表情で、屈強の婦人警官にともなわれて、石の階段を上りかけている。彼女は看護婦の制服を着て、白靴をはいている。

次のページ——「ウィルクス釈放。尋問には黙秘のまま」

彼女は逃げおおせたのだ。とにもかくにも切り抜けた。そこで姿を消し、よその土地に出現するときが来た——こんどはアイダホか、ユタか、たぶんカリフォルニアあたりか。ところが、アニーは職場にもどっていた。さらに西のどこかの「新任紹介」の記事かと思ったら、〈ロッキー・マウンテン・ニューズ〉一九八二年七月二日付の大見出しが目に飛び込んできた——

「ボールダー病院でまた新生児三人死亡」

惨劇相継ぐ

二日後、警察は病院のプエルトリコ人の雑役夫を逮捕したが、九時間後には釈放している。それから、七月十九日に、〈デンヴァー・ポスト〉と〈ロッキー・マウンテン・ニューズ〉の二紙が、アニーの逮捕を報じた。八月初め、簡単な予審がおこなわれた。九月九日、彼女は生後一日の「女児《ガール》クリストファー」殺害の容疑で裁判にかけられている。「女児《ガール》クリストファー」

の他に、七件の第一級殺人罪の容疑が控えている。新聞記事によると、アニーの推定被害者のうちには、生まれてから正式の名前を付けられるまでの日にちを経ていた乳児もいたという。

裁判の記事のあいまに、デンヴァーとボールダーの新聞に寄せられた「読者の声」の切り抜きがあちこちに挿入されている。アニーがとくに敵意に満ちた投書ばかりを選んだらしいのがわかる。それが「人類すべて残虐」とみなす彼女の歪んだ考え方をいっそう助長したにちがいないが、ここにあるのは、どこから見ても悪罵雑言としかいいようのないものばかりだった。そのすべてに共通しているのは、アニー・ウィルクスには絞首刑では手緩《てぬる》すぎる、ということのようだった。投書子の一人が彼女に「ドラゴン・レディ」という諢名《あだな》をつけ、それが裁判のつづいていた間ずっと付いてまわった。ほとんどの人が「ドラゴン・レディ」は焼き串で突き殺すべきだと思っていたらしく、なんなら喜んで突き殺す役を引き受ける、と名乗りあげている。

投書のそばに、アニーのこれまでのしっかりした手ではない、震える字で、いささか哀れっぽい文句が書き込まれていた——「棍棒や石なら骨を砕くかもしれないが言葉では傷もつかないぞ」

あきらかにアニーの最大の過ちは、周囲に気づかれだしてからも、殺人をやめなかったことだ。彼女への攻勢は烈しくなっていたが、残念ながら、止めを刺すにはいたらなかった。石像はよろめいただけだった。検察側が握っていたのはすべて情況証拠でしかなく、新聞を全部読み通しても、弱いところが目につく。地方検事は「女児《ガール》クリストファー」の顔と喉についていた手形を証拠として提示した。アニーの手の大きさに符合し、彼女が右手の薬指にはめていたアメジストの指輪の跡がついていたものである。さらに、アニーが育児室に出入りしているのを目撃された時間が、新生児たちの死亡時とほぼ一致していることが指摘された。しかしアニーは、なんといっても産科病棟の婦長だったのだから、出入りはしょっちゅうしていた。弁護側はアニーが病室に入って、不都合な事態がなにも起こらなかったケースを、何十例も反証に挙げていた。まるで農夫ジョンの北の畑に、五日間隕石がひとつも落ちてこなかったことを理由に、隕石は地球に降らないと主張するようなものじゃないか、とポールは思ったが、その論証が陪審員に強い印象をあたえただろうということは、理解できた。

検察側は尽くせるかぎりの手を尽くしてはいたが、指輪の跡のついた手形以上の有力な証拠をつかむことはできなかった。コロラド州が有罪にできる確たる証拠もなくアニーを法廷にひっぱり出すことにした、という事実から、ポールは仮説と確信を抽き出した。仮説のほうは、アニーが尋問のさいに、きわめて意味ありげな、もしかしたら有罪を認めるほどのことを口走ったのではないか、ということである。ところが彼女の弁護人がうまくやって、その尋問の筆記録を裁判記録から外させることに成功したのだろう。確信のほうは、アニーが予審で自己弁護のために証言したというのが、軽率きわまる行為だったということだ。その証言は、弁護人の奮闘にもかかわらず、裁判記録から抹消させることはできなかった。アニーは「デンヴァーで証人席にすわらされた」八月の三日間、多くの言葉を費やしていながらなにひとつ告白してはいないけれども、ポールからみると、彼女はすべてを告白していたのだ。

その切り抜きから、核心にふれている言葉を抜き出してみると――

「あの子たちを可哀そうだと思ったか、ですか？　そりゃ、可哀そうだと思いましたよ、あたしたちの生きてるこの世界のことを考えればね」

「あたしは何も恥じてません。恥じたことなんてないです。なんだって、やればおしまい。後をふりかえるなんてことはしません」

「あの子たちのお葬式に行ったか？　いいえ。葬式って暗くて憂鬱になるだけですからね。それに、赤ん坊に魂があるなんて信じませんから」

「いいえ、いちども泣きませんでした」

「悲しんでいるか？　なんか哲学的な質問みたいね」

「もちろん、わかってます。あんたの質問は全部わかってますよ。あんたたちは寄ってたかって、あたしをやっつけようとしてるんだから」

（アニーが公判廷でも証言台に立つと言い張っていたら）と、ポールは思った。（弁護人は彼女を殺してでも阻止しようとしただろうな。）

裁判は一九八二年十二月十三日、陪審員の評決に委ねられた。〈ロッキー・マウンテン・ニユーズ〉から切り抜いた驚くような写真が貼ってある。留置所の房に静かにすわって、『ミザリーの旅』を読んでいるアニーの写真である。写真のしたのキャプションに「悲嘆《ミザリー》にくれて？〝ドラゴン・レディ〟ならぬアニーの読書をしながら評決を待つ姿」とある。

そして、十二月十六日の全段抜き大見出し――「〝ドラゴン・レディ〟無罪」。本文記事のなかに、名前を秘した陪審員の一人の談話がある。「彼女の無罪にはおおいに疑いを持っています。ただ残念ながら、有罪にする決め手がなかった。べつの件でもういちど裁判に掛けられるといいと思います。そのときは、検察ももっと有力な証拠を提出できるかもしれませんから」

（あの女がやったことを、みんな知っていながら、だれもその証拠を挙げられなかったんだ。それで彼女はまんまと逃げおおせた。）

裁判問題はつづく三、四ページで見る見る下火になってゆく。地方検事はアニーがべつの件でかならず起訴されるだろうと語ったが、その三週間後、そんなことを言った覚えはないと、前言を翻している。一九八三年の二月初め、地方検事局はステートメントを発表する。ボールダー病院での嬰児殺しの捜査はつづけられるが、アニー・ウィルクスの容疑は取り消される、というものだった。

（まんまと逃げおおせた。）

（彼女の亭主はどちらがわの証人にもなっていない。どういうわけだろう？）

スクラップブックのページはまだあったが、アニーのこれまでの行状はほぼ終わった、と言えそうだった。ホッとする。

次のページにあるのは、〈サイドワインダー・ガゼット〉の一九八四年十一月十九日付の切り抜き。グライダー野生生物保護地の東地域で、ハイカーたちが若い男のバラバラ死体を発見していた。翌週の新聞に、死体の身元が確認されたことが出ている。ニューヨーク州コールドストリーム・ハーバーのアンドルー・ポムロイ（二十三歳）。ポムロイはヒッチハイクでロサンジェルスへ行くために、前年の九月にニューヨークを出立していた。両親が彼から最後に電話を受けたのは、十月十五日。ジュールズバーグ（ネブラスカ州）からのコレクト・コールだった。死体は干上がった川床で発見された。警察の憶測では、ポムロイはハイウェイ九号線の近くで殺害され、春の雪解け水に流されて野生生物保護地まで運ばれてきたのであろう、ということだった。検視官の報告は、死体の傷を斧によるものと断定していた。

ポールはふと、グライダー野生生物保護地はここからどれくらい離れているだろうか、と考えていた。

ページをめくり、最後の切り抜きを見て、息が止まりそうになった。これまでのページでなんとも陰鬱な死亡記事をさんざん見てきた後、突然自分自身の死亡記事にでくわしたような気がした。正確には死亡記事ではないが……

「公的にはそれと似たようなものだ」低い嗄れ声でそう言った。

それは〈ニューズウィーク〉の「消息欄」の切り抜きだった。テレビ女優の離婚の記事と、中西部の鉄鋼王の死去の記事との間にはさまっていた。

［行方不明］ポール・シェルダン（四十二歳）。セクシーでおつむの弱いヒロイン、ミザリー・チャスティンを主人公にしたロマンス・シリーズでよく知られる作家。エージェントの

ブライス・ベルは、「元気でいると思うが、せめて連絡をくれて、安心させてくれればね。前夫人たちも、彼が連絡をくれて、銀行振込みを履行してくれれば、と思ってますよ」と語っている。シェルダン氏は新作小説を仕上げるために行った、コロラド州のボールダーで、七週間前に姿を見られたのが最後だった。

切り抜きは二週間前のものである。

（行方不明、それだけだ。ただの行方不明で、死んだわけじゃない。死んだのとはちがう。）

しかし、死んだも同じだ。急に薬が欲しくなった。脚が痛むだけではない。身も心も痛みだらけ。スクラップブックをそっと元のところにもどし、車椅子を動かして、寝室へと向かった。外では風が前にもまして烈しく吹き荒れ、家に雨をたたきつけていた。ポールはそれから逃れるように身を竦《すく》め、必死に自制心をとりもどし、涙を抑えようとした。

一九

一時間後、薬が効いてうつらうつらしていると、風の咆哮は恐ろしいよりもむしろ心を慰撫してくれるようだった。（逃げられない。どうにもならない。トーマス・ハーディの『日陰者ジュード』にあった言葉は？「誰かがやってきて、少年の恐怖を鎮めてくれればよいものを、誰一人やってはこなかった……誰も来はしないのだ」そうだ。そのとおり。助け船はやってこない。船などないからだ。ローン・レンジャーは朝食用シリアルのコマーシャル作りに忙しく、スーパーマンはハリウッドでの映画撮影にうつつを抜かしている。おまえは独りなんだ、ポール。孤立無援なんだよ。それでもいいさ。どうすればいいか、答えはわかってるだろう？）

もちろん、わかっている。

ここから脱出する気なら、彼女を殺すしかない。

（そう、それが答えだ――それしかないと思うよ。そこで、例のゲームだ。さあ、ポール……〝どうする？〟）

返事はひとつ――（やるしかない。）

彼は目を閉じて、眠りに陥ちた。

二〇

暴風雨は翌日一日中つづいた。夜に入ってから、雲がちぎれ、飛び去っていった。それと同時に気温が十六度から、いっきょに零下四度まで下がった。戸外の世界ではなにもかもが凍りついた。そのあくる朝、寝室の窓辺にすわって、氷結した煌《きら》めく外の世界をながめていたとき、納屋から豚のミザリーがキーキー喚き、牡牛の一頭が咆えるような声をあげるのが聞こえてきた。

家畜が鳴くのはこれまでもときどき聞いていた。居間の時計のチャイムとともに、それはここでの背景音の一部でもあった。しかし、豚があんなふうに喚くのは聞いたことがない。牡牛のあの声は前にも聞いたような気がしたが、あれは悪夢のなかで幽かに聞いた悪夢の声だったようだ。あれを聞いたのは、激痛のあまり意識が朦朧としていたとき。アニーが彼に薬をあたえずに、はじめてどこかに行ってしまったときのことだった。ポールはボストンの住宅地で育ち、主としてニューヨーク市内で暮らしてきたが、牡牛のあの苦しそうな声が何を意味するか、わかっているつもりだ。乳を搾ってやる必要がある、ということだろう。もう一頭のほうは、たぶん、アニーが勝手なときに乳搾りをやりすぎたために、乳が出なくなってしまったのにちがいない。

では、豚は？

腹をすかしている。それだけで充分。

牡牛も豚も、今日は面倒を見てもらえそうにない。かりにアニーが帰ってきたいと思っても、今日はむりだろう。外はいまや巨大なスケート・リンクと化している。ポールは家畜に同情している自分に驚きをおぼえ、アニーが彼女の身勝手から家畜を苦しむままに放置していることに憤慨した。

（家畜が口をきくことができたら、おまえこそほんとうの〝ゴロツキ屋〟だと言うだろうな、いっぽう彼自身は、快適な日を過ごしていた。缶詰の食料を食べ、水差しに新しく汲んでおいた水を飲み、定時に薬を服用して、午後は昼寝をした。ミザリーと彼女の記憶喪失と以前は考えもしなかった血族との物語は、小説の後半の舞台となるアフリカへむかって、着々と地歩を移していた。皮肉なことに、アニーが無理強いして彼に書かせはじめた小説が、ミザリーもの最高作となろうとしている。イアンとジェフリーはサウサンプトンに出立し、ローレライ号というスクーナー船の支度を整える。ミザリーはまだときおり、カタレプシー様の失心状態に陥っていて(そしてむろん、このうえまた蜂に刺されることでもあれば、ほぼ即死となるだろうが)、彼女が死ぬにしろ快癒するにしろ、その場所は暗黒大陸ということになるのだ。危険なバーバリー海岸《コースト》の三日月形の北端にある英蘭居留地ローズタウンから、内陸に百八十マイル入ると、アフリカでもっとも凶暴なブールカ族が住んでいる。ブールカ族はときに〝蜂族〟とも呼ばれている。ブールカ族の土地に足を踏みいれた白人で、生きて帰ってきたものは数少ないが、そのわずかな生還者の伝える有名な話に、丈高く脆い岩山の側面に浮彫りされていたという、女神の顔のことがある。大きく口をあけたその残忍な顔の額には、巨大な紅石《ルビー》が嵌め込まれているという。さらにもうひとつの話——たんなる流言だが、ふしぎと根強く流布している話もある。それによると、紅石《ルビー》の嵌まった女神の額のうしろにあたる岩面には、穴が蜂の巣のように無数にあって、そこに巨大な白子《アルビノ》の蜂の群れが棲んでおり、その蜂群が護っている女王蜂は、恐るべき毒と恐るべき魔術を秘めたジェリー状の化物だということである。

日中はその埒もないストーリーに没頭して過ごし、夜になると、ひっそりすわって豚の喚き声を聞きながら、「ドラゴン・レディ」を殺す方策に考えをめぐらせた。

現実の場で〝どうする？〟を実践するのは、子供のときに円陣をつくって遊んだときとか、成人してタイプライターをまえに考えるのとは、まったく異質なものであることに、ポールは気がついた。それがゲームであるかぎり（たとえそれでお金を稼ぐとしても、ゲームであることに変わりはない）、かなり突飛なことでも信憑性をもたせることはできる。たとえば、ミザリー・チャステインとシャーロット・イヴリン＝ハイド嬢の血縁関係といったことだ（二人は異父姉妹だったことが判明し、ミザリーはのちにアフリカで、ブールカの蜂族と暮らしている父親を発見する）。しかし現実の場では、そういう奇術は通用しないのだ。

奇術を考えてみなかったということではない。一階のバスルームにある大量の薬――あれを使って、アニーを片づけることができるのではないか、そう考えた。すくなくとも、彼女を片づけるあいだ、無抵抗状態にさせておくことはできるだろう。ノヴリルを使えばいい。あれを大量に服用させれば、手をくだして殺すまでもなく、自分で昇天してくれるかもしれない。

（そいつは名案だな、ポール。やりかたを教えてやろう。あのカプセルをごっそり、あの女の食べるアイスクリームのなかに突っ込んでおくのさ。彼女はピスタチオだぐらいに思って、がつがつ喰うだろうよ。）

むろん、そううまくいくわけはない。あるいは、カプセルの中身を出して、あらかじめ柔らかくしたアイスクリームに混ぜる方法もだめだ。ノヴリルはおそろしく苦い。それは彼がよく知っている。甘いはずのアイスクリームが苦ければ、すぐに気がつくだろう……（そいつはまずいぞ、ポール。最高にまずい。）

これがお話なら、かなりいいアイデアだ。しかも現実では、まるで通用しない。かりにカプセル内の白い粉が味のないものであったとしても、はたしてうまくいくかどうか、覚束ない。安全確実とはいえない。これはゲームではない。自分の命がかかっているのだ。

ほかにもいくつか案がうかんだが、すぐに破棄してしまった。たとえば、ドアのうえになにかを吊り下げておく（とっさにタイプライターのことが頭に浮かんだ）というのを考えた。彼女が入ってきたとたん、それが頭上に落ちてきて、死ぬなり気絶するなりする、という仕掛けである。あるいは階段に針金を張っておくという手も考えた。しかしいずれの場合も、アイスクリームにノヴリルを混ぜる策とおなじく、確実とはいえない。アニーを殺そうとして失敗したら、わが身にどういうことが降りかかってくるか。考える気すらしなかった。

夜が更けてきても、ミザリーの鳴き声はあいかわらず一本調子でつづいていた。鍵を掛け忘れた戸が風にあおられ、錆びついた蝶番が軋んでいるような声。だが牝牛のほうは、ぱったり静かになった。とっさにポールは、牝牛の乳房が破裂し、出血して死んでしまったのではないか、と心配になった。一瞬、目の前に、

（生き生きと！）

乳と血潮にまみれて横たわっている牛の姿がうかびそうになって、あわてて打ち消した。馬鹿なことを考えるな、と自分に言い聞かせる——牛はそんなことでは死なない。しかし、確信はなかった。はっきりしたことは知らない。どっちにしろ、牛のことなんか、どうでもいいじゃないか。

（おまえの考えていることは、要するに、彼女をリモートコントロールで殺したい、というこ

となんだ。自分の手を血で汚したくない、ということさ。分厚いステーキが大好物のくせに、畜殺場には一時間といられない男みたいなものだ。いいか、ポール、はっきりさせとこう。いまこそおまえの人生の正念場だ。現実を直視しろ。空想や遊びじゃないんだ。わかったか？）

わかった。

車椅子を台所へ動かしていって、抽斗をつぎつぎに開け、包丁をさがした。見つかると、いっとう長い肉切り包丁を選びだし、部屋へ引き返した。引き返す途中で、戸口の両側についた車軸の痕を擦り消した。にもかかわらず、痕跡は前よりいっそう顕著になっている。

（かまうもんか。あの女がもういちど見過ごしたら、永久に気がつかないまま終わることになるんだからな。）

包丁をナイトテーブルに置いて、車椅子からベッドに移り、それからマットレスのしたに包丁を突っ込んだ。アニーがもどってきたら、冷たい水を飲ませてほしいと頼む。そして彼女がコップを渡そうと上体を屈めたとき、包丁を喉に突き立ててやる。

空想なんかじゃない。

ポールは目を閉じて、眠りに陥ちた。朝方の四時に、チェロキーが静かに車廻しに入ってきて、エンジンを切り、ライトを消したときも、まだぐっすり眠っていた。腕に注射針を刺され、目を開けてアニーの顔がまぢかにあるのを見るまで、ポールは彼女が帰ってきたことに気づかなかった。

二一

最初は、自分の小説の夢を見ているのだと思った。あたりが暗いのは、夢でブールカ族の蜂の女神像のうしろの岩穴のなかにいるからで、チクリとしたのは蜂に刺されて――

「ポール?」

彼は意味のないことをぶつぶつ呟いた――あっちいけ、夢なんか消えちまえ、というようなことを。

「ポール」

夢ではなかった。アニーの声だ。

むりやり目を開けた。やっぱり、アニーだった。一瞬、うろたえた。そのパニックの感情は、なかば詰まった排水管を液体が流れ落ちてゆくように、ゆっくりと沈澱していった。

(どうして――?)

なにがなんだか、さっぱりわからなかった。アニーはどこにも出掛けなかったかのように、いつものウールのスカートに薄汚れたセーターを着て、薄暗がりに立っていた。その手に注射器が握られているのを見て、ポールはチクリと刺したのは蜂ではなく、注射針だったことを知った。どっちにしても同じことだろう。女神にやられたことに変わりはない。だが、いったい彼女は何を――

またパニックが襲ってきそうになったが、こんども途中で遮られた。彼が感じたのは、感情をともなわない、頭のなかだけでの驚きでしかなかった。それと、アニーがどこから現れたのか、なんでいま出現したのか、という知的好奇心だけだった。ポールは両手をうえに上げようとしたが、ほんのわずかしか持ち上がらない。腕に見えない錘がぶらさがっているかのようだ。手は力なくシーツのうえに落ちた。

（何を注射したにしても同じことだ。要するに物語の最後に書く文字と同じこと。「終わり《ジ・エンド》」。）

そう思っても、恐怖はなかった。ただ穏やかな陶酔感をおぼえただけだった。

（すくなくとも彼女は、まんまと……まんまと……）

「やっぱり！」アニーが鈍重なコケットを見せて言った。「ほら、ポール……そのブルーの目よ。あんたがとってもきれいなブルーの目をしてるって、言ったことあったかしら？　もっとも、ほかの女たちから、とっくに言われたでしょうけど――あたしなんかよりずっときれいで、思ったことを平気で口にする女たちにね」

（帰ってきた。夜中にこっそり、殺すために帰ってきたんだ。注射だろうと蜂の一刺しだろうと、変わりはない。おまけにマットレスのしたには包丁があるしな。いまやこっちは、アニーの厖大な死亡者目録の仲間入りだ。）注射による痺れるような陶酔感が全身にひろがってくるにつれ、彼は一種愉快な気分で、（ついに、出来損ないのシェヘラザードになっちまった。）と思った。

まもなく眠りが——最後の眠りがやってくるだろうと予期したが、眠りはやってこなかった。アニーは注射器をスカートのポケットにしまい、ベッドに腰をおろした。が、いつもの位置ではなく、ベッドの足元側のほうにすわり、上体を曲げて床に置いた何かを点検しているようすなので、彼のところからはどっしりした背中だけしか見えない。木のゴツンという音、金属のカチンという音、それから、ガサガサ振り動かす音がする。ガサガサいう音には聞き覚えがある。思い当たった。(「さあ、マッチを取りなさい、ポール」)

　ダイヤモンド・ブルーティップスだ。そのほかに何がベッドの足元に置かれているのかはわからないが、ダイヤモンド・ブルーティップスのマッチ箱があることはまちがいない。

　アニーはこちらに向き直って、にっこりした。ほかのことはともかくとして、あの絶望的な抑鬱状態は去ったのだ。彼女は垂れ下がってきた髪の毛を、少女のような仕草で耳のうしろへかきあげた。その髪が鈍い汚れた輝きを放つ。

(鈍い汚れた輝き　そう悪くもないが　ああそうかわかったぞ　これはつまりハイ状態でトリップしているということだ　これまでのことはすべてこのクソッタレ　ヘイ　ベイビーのためのプロローグだったのでいまやカンゼンにラリっちまってクリスタルの輝きが一マイルの高波のテッペンに乗りロールスロイスに乗りいまや——)

「どっちを先に聞きたい、ポール?」アニーが尋ねた。「良い知らせか、悪い知らせか」

「良い知らせから」ポールは馬鹿みたいにニタニタ笑いをうかべた。「悪い知らせっていうのは、『終わり《ジ・エンド》』ってことでしょう?　小説があんまり気にいらなかったんだ、そうでしょう?　残念だね……頑張ったんだけど。頑張ってるんだけど。やっとのって……そう……のってきたところなんだがね」

アニーは咎めるように彼を見た。「小説は気にいってるわ、ポール。そう言ったでしょう。あたしは嘘はつかないわ。とても気にいってるから、完成するまではもう読みたくないの。あんたにnの字を埋めさせるのは気の毒だけど、でも……なんだか覗き見してるみたいな気がして」

彼のニタニタ笑いはなおいっそう大きくひろがった。どこまでもひろがって顔の後ろまで一周し、そこでリボンで恋結びにされて、頭ごとポンと吹っ飛んでしまいそうだ。吹っ飛んだ部分はたぶん、ベッドのそばの便器のなかに着地するだろう。彼の内部の、薬の効力がまだ達していない奥深いところで、警報ベルが鳴り止みかけていた。小説を気にいっているということは、ポールを殺すつもりではない、ということだ。何をする気かは知らないが、殺す気はない。そのことは、彼がアニー・ウィルクスを見損なっているのでないかぎり、それよりもっと悪い事態が待ち構えている、ということを意味している。

部屋の明かりはもう薄暗くはなかった。目の覚めるほどに清らかで、灰色の無気味な魅惑をたたえている。その明かりのなかに、ガンメタル・グレーの霧につつまれた山の湖畔で、ひっそりと一本足で立っている鶴が見え、高原の春草のあいだに頭を出した岩の雲母が、窓の磨りガラスのように鈍く輝き、露に濡れた蔦の葉のしたで、小人たちが列をつくってせっせと立ち働いているのが見え……

(なんとカンゼンにトリップ状態だ)そう思って、ポールはクスクス笑った。

アニーが笑い返す。「良い知らせというのはね」と、言う。「あんたの車が消えてしまったってこと。あの車のことは、とっても気になっていたのよ。こんどのような嵐が来れば、あれを片づけてくれるだろうとは思ってたけど、それでも心配だった。あのポムロイのやつは春の雪解け水が始末してくれたけど、車は人間より何層倍も重いからね。だけど、この嵐と雪解け水の両方で、大成功。車は消えて失くなったわ。それが良い知らせ」

「なんのことか……」警報ベルがかすかに鳴る。ポムロイ……知っている名前だが、どうして知っているのかわからない。そこで、思い出した。ポムロイ。ニューヨーク州コールドストリーム・ハーバーのアンドルー・ポムロイ（二十三歳）。どこにあるのか知らないが、グライダー野生生物保護地という場所で発見された男だ。

「そんな、惚《とぼ》けなくてもいいのよ、ポール」彼のよく知っている取り澄ました声音で、アニーは言った。「アンドルー・ポムロイが誰か、知ってるはずでしょう。あたしのスクラップブックを読んだんだから。あんたに読ませたいという気があったのよね。そうでなきゃ、出しっ放しにしとくわけないでしょ。だけど、確かめることだけはしときたかった――あたしはなんでも確かめる性なんだから。で、たしかに、糸が切れてたわ」

「糸が」ポールはつぶやいた。

「そうよ。机の抽斗を覗かれていないかどうか確かめるときの方法を、何かで読んだことがあるの。抽斗に極細の糸をテープで張っておく。で、外から帰ってきて、糸が切れてれば、つまり、だれかが抽斗をあけたことがわかるわけ。簡単でしょ」

「そうですね」彼女の話に耳を傾けてはいたが、実際のところは素晴らしい明かりに包まれてトリップしていたかった。

アニーはふたたび身を屈め、なんだか知らないが床にあるものを点検した。またもや、木と金属のぶつかり合うかすかな音がした。彼女は姿勢をもどし、髪をかきあげた。

「スクラップブックにそれをやっといたの。ただ、実際には糸じゃなくて、あたしの髪の毛を使ったんだけどね。それを三カ所に張っておいた。で、今朝早くに、あんたの目を覚まさせないよう、子ねずみみたいに、こっそりもどってきてみたら、三本とも切れてたわ。だから、あんたがスクラップブックを覗いたことがわかった」そこで一息入れて、にっこりした。アニーにとっては勝利の微笑だろうが、そこには何とはっきり指摘できない不快なものが混じっていた。「驚いたわけじゃないのよ。あんたが部屋を出ていたのは知ってた。これが悪い知らせのほうよ。あたしはずーっと前から知ってたのよ、ポール」

腹立ちと狼狽を感じてしかるべきだったろう。彼女はどうやら、最初から知り抜いていたらしいのだから……ところが、彼はただ夢のように浮遊する陶酔を感じるだけで、アニーの言っていることも、夜明けが近づくにつれて増してくる光のみごとさほどには、重大でないような気がしていた。

「そうそう、あんたの車の話だったわね」仕事の話にでももどるような調子で、彼女は言った。「あたしの車のタイヤには鋲が打ってあるのよ、ポール。それに山の上の家には、10Xのタイヤ・チェーンが用意してあるの。昨日の午後早く、とっても気分がよくなった——あそこではたいてい、ずっと跪いてお祈りしてるんだけど、そしたらたいていお祈りが聞きとどけられる。神さまにしっかりお祈りすれば、神さまはそれの千倍のお返しをくださるのよ、ポール。それで、タイヤにチェーンを巻いて、ここにもどってきたわけよ。楽じゃなかったわ。鋲とチェーンが付いていても、事故を起こすかもしれないのはわかっていた。それに曲がりくねった山道では、〝軽い事故〟では済まないからね。でもあたしは安心してた。神さまが守ってくださっているんだから」

「精神が昂揚されるようだな」ポールは嗄れ声で言った。

アニーは不意をつかれ、猜疑のまなざしをポールに向けた……が、すぐに力をぬいて微笑した。「あんたにプレゼントがあるのよ、ポール」と、ものやわらかに言う。アニーからプレゼントなぞ貰う気もないので、それは何かと訊こうとしたが、その前に彼女は語をついだ。「道はすっかり凍ってたわ。オールド・ベッシーが二度も危なく道から飛び出しそうになって……二度目のときは、ぐるっと一回転して、そのまんま坂をズーッと滑っていった」アニーは楽しそうな笑い声をあげた。「そして雪堤に突っ込んだ。そのときは真夜中だったけど、ユースティス公共事業局の砂撒き作業員が通りかかって、助け出してくれたのよ」

「ユースティス公共事業局バンザイ」と、ポールは言ったつもりが、舌が縺れてしまって、「エスチスくうきょうずぎーきゃくバンジャイ」と、わけのわからない言葉になった。

「郡のハイウェイから二マイルあたりまでは、路面がしっかりしていた。つまりハイウェイ九号線よね。あんたが事故を起こした道路よ。そこまでは作業員がすっかり砂撒きしてたからね。あたしはあんたが事故を起こしたあたりに車を停めて、あんたの車を探したわ。車を見つけたらどうするかは、わかってた。でないと、いろいろ訊かれるだろうからね。まっさきに調べられるのは、このあたしに決まってるから。アニー。理由は知ってるでしょ」

（そんなことはとっくに考えたよ、アニー。もう三週間前に検討してみたことだ。）

「あんたをここに連れてきたのは、あれがただの偶然とは思えなかったからよ……なにか神さまのお導きみたいな気がしたから」

「神さまのお導き、どうして？」やっとのことで質問を口にした。

「あんたの車が事故に遭ったのは、あのポムロイの馬鹿を始末した場所のすぐそばだったから。あの馬鹿、自分を画家だと言ってたんだ」さも蔑むように、片手をひらひらさせ、両足をいらいら動かした。足が床にある木製のものに当たって、ゴツンと音がした。

「あの男はエスティズ・パークからの帰り道で、車に乗せてやったのよ。陶器の展示会からの帰りにね。あたしはちっちゃな陶器類が好きなの」

「気がついてましたよ」と、ポールは言った。自分の声が何光年もの彼方から聞こえてくるように思える。（カーク船長！　亜エーテル層を越えてやってくる声があります。）ポールはクスクス笑った。薬の効力の達していない、奥深い部分から、口をつぐめ、黙れという警告の声があがったが、いまさらどうにもなるまい。彼女は知っているのだ。（もちろん、知ってるさ――ブールカ族の蜂の女神は、なにもかも知っている。）「とくに氷のうえに載ったペンギンが良かった」

「ありがと、ポール……あれ、可愛いでしょ。ポムロイはヒッチハイクしてたの。バックパックを背負ってね。あの男は画家だって言ってたけど、あとでわかったのは、ただの麻薬中毒のヒッピーで、それまでの二カ月、エスティズ・パークのレストランで皿洗いをしてたってことよ。あたしがサイドワインダーに家を持ってるって話すと、それはほんとに偶然だなんて言うのよ。あたしもちょうどサイドワインダーに行くところだったんだって。ニューヨークの雑誌の仕事をしてるんだと言った。これから昔のホテルがあった場所に行って、その残骸を絵に描く。彼の絵が雑誌に載る記事の挿絵になるんだって。それはオーヴァールックという有名なホテルだったんだけど、十年前に焼けたのよ。管理人が火をつけたの。その男は頭がおかしかった。町の連中はみんなそう言ってた。だけど、どうでもいいことだわ。その男は死んじゃったんだから。あたしはポムロイをこの家に住まわせることにしたの。あたしたちは愛し合うようになったわ」

アニーはごついけれども青ぶくれした顔を向け、燃えるような黒い目で、ポールを見た。
（アンドルー・ポムロイがおまえを見て勃起したとしたら、彼もホテルを焼いたその管理人と同じく、頭がおかしかったにちがいないな。）と、ポールは胸中でつぶやいた。

「その後、彼が仕事でホテルの絵を描いているのじゃないってことがわかった。絵を売ろうと思って、自分で勝手に描いていただけだった。オーヴァールックについての記事が雑誌に載るのかどうかも知らなかったのよ。そのことはすぐにわかった。それであたしは彼のスケッチブックをこっそり見てみた。あたしにはその権利があると思った。なにしろ、あの男はあたしの料理を食べ、あたしのベッドに寝てたんだからね。絵は八枚か九枚あっただけで、それがヘタクソな絵」

顔にクシャッと皺をよせた。刹那、豚の泣きまねをしてみせたときの顔に似た。
「あたしだって、もっと上手に描けるわよ。そこへ彼が入ってきて、腹を立てたわ。覗き見しやがってって言うの。ここはあたしの家なんだから、覗き見なんて言われるいわれはない、って言ってやったわ。あんたが画家だっていうのなら、あたしはキュリー夫人だわよってね。彼は笑ったわ。あたしを嘲笑った。だから……だから……」

「殺した」と、ポールは言った。幽かな、遠いところからの声のようだった。

アニーは壁にむかって、あやふやな微笑を見せた。「まあ、そんなところでしょうね。よくは憶えてないの。とにかく、彼は死んだのよ。それは憶えてる。それで彼をお風呂に入れたのを憶えてるわ」

ポールは彼女を見て、胸のむかつくような嫌悪感が淀んでくるのをおぼえた。幻影が浮かんだ——一階のバスルームの浴槽に、ポムロイの裸の死体が、パン生地の塊のように浮かんでいる。頭部を琺瑯の縁にななめにのせて、虚ろに開いた目が天井を睨んでいる……

「やらなければならなかった」唇をひきしめ、わずかに歯がのぞいた。「ほんの糸屑一本とか、爪の間につまった埃とか、死体の髪の毛についた塵だけで、警察がどれだけのことを探りだせるものか、あんたは知らないでしょう。あんたは知らないだろうけど、あたしは病院で働いてたんだから、知ってるわ。よーく知ってるわ！　法医学のことをね！」

アニー・ウィルクスお得意の狂乱状態に近づきつつあった。ポールはなんとかして、一時的にでも緊張を和らげさせる言葉をかけなければとは思ったが、口が麻痺して言うことを聞かない。

「あいつら、みんなしてあたしを捕まえようとしている！　あたしが本当のことを話しても、あいつらが耳を藉すと思う？　どうなの？　そう思うの？　いいえ！　あたしがあの男に言い寄って、笑いものにされたので殺したんだとか、そんなふうなたわごとを言うだけよ。どうせそうよ！」

（それでどうなんだ、アニー？　どうなんだ？　じつはそれが真実に近いのじゃないのかね。）

「この辺りのゴロツキ屋どもは、あたしを陥れたり、あたしの名前に泥を塗るためなら、どんなことでも言いかねないからね」

そこで言葉を切った。喘ぐというほどではないが、息遣いが荒くなっている。あたかも、そうじゃないと言うつもりなら言ってごらん、とでもいうように彼を睨みすえる。さあ、言ってごらん！

それからいくらか気を鎮めたらしく、抑えた口調でつづけた。

「それで洗ったのよ……その……あの男の体や……着ていた物をね。どうすればいいかはわかっていた。外は雪が降っていた。あの年の最初の本格的な雪で、あくる朝までには一フィートは積もる、という予報だったわ。彼の服をビニール袋につめ、死体はシーツにくるんで、暗くなってからハイウェイ九号線沿いの干上がった川へ運んでいった。あんたの車が転覆した辺りよりさらに一マイルほど下って、森のなかに入るまで歩いてから、捨てたわ。死体を隠したと思うでしょうけど、そんなことはしなかった。雪がすっかり隠してくれることはわかっていたし、川床に死体を置いておけば、春になったら雪解け水が運び去ってくれるだろうと思ったのよ。そして、そのとおりになった。ただあれほど遠くまで流されるとは思ってなかったけどね。なにしろ、発見されたのは、一年後……死んでから一年後で、二十七マイル近くもはなれた場所でだったから。ほんとうのところは、あれほど遠くまで流されなかったほうがよかったんだけどね。グライダー野生生物保護地には、いつもハイカーとかバード・ウォッチャーとかがうろうろしてるけど、あの森のあたりだったら、あんまり人が来ないからね」

にっこりした。

「あんたの車がいま、そこにあるのよ、ポール——ハイウェイ九号線とグライダー野生生物保護地との中間の、森のなかにね。ずっと奥まってるから、道路からは見えない。オールド・ベッシーのサイドには強力なスポットライトが付いてるんだけど、それで照らしてみても、森のずっと奥まで川床には車の影も形もなかった。水が流れだすころになったら、歩いて調べてみるつもりだけど、まず心配ないと思うわよ。たぶんハンターが二年後か、五年後か、七年後に見つけるころには、すっかり錆だらけになって、シートにはシマリスが巣を作ってるでしょうね。そのころまでには、あんたはあたしの本を書き上げて、ニューヨークでもロサンジェルスでも、好きなところに帰っていて、あたしはここで静かな暮らしを送っている。おそらく、ときどきは手紙をやりとりしてね」

うっすらと微笑した。天空に美しい城を夢見る女の微笑だ。と、微笑が消え、ふたたび事務的な口調にもどった。

「それから、ここへ帰ってくる途々、じっくりと考えたのよ。なにしろ、あんたの車が失くなったということは、あんたが本格的にここに腰を据えて、あたしの本を書くことができるようになった、ということだからね。これまでは、じつをいうとその確信がなかったの。口には出さなかったけど、それはあんたを動揺させたくなかったからだわ。動揺させたら、あんたが書いてくれないだろうと思ったからだけど、そう言うとなんだか冷たいように聞こえるけどね。最初あたしは、あんなすばらしい物語を書く人としてだけ、あんたを好きだった。それしか知らなかったんだからね。あんたという人の、そのほかの部分については、なにも知らなかったし、ほんとうは厭な人かもしれない、と思ってたわ。あたしだってバカじゃないからね。だって、F・スコット・フィッツジェラルドやアーネスト・ヘミングウェイや、あのミシッピーの田舎者——フォークナーとかなんとかいうやつよ——あの連中は全米ピュリッツァー図書賞やなんかを獲ったかもしれないけど、それでもただの飲んだくれのゴロツキ屋じゃないの。ほかの作家だって、りっぱな小説を書いていないときは、飲んだくれたり、女を買ったり、麻薬を射ったり、そんなことばっかしやってるのよ。

でも、あんたはそうじゃない。だんだんにポール・シェルダンの他の部分を知るようになって、こんなことを言って気を悪くしないでほしいんだけど、その部分もあたしは好きになったのよ」

「ありがとう、アニー」いまやポールは金色に輝く波に乗っていた。そして、心の裡で思った。(だけど、おまえは私を買いかぶってるんだよ——つまり、ここでは誘惑のタネがおそろしく限定されているだけなのさ。両脚とも折れていて、バーのはしごをするなんて、とてもじゃないが無理な相談だからね、アニー。麻薬のことなら、そのブールカ族の蜂の女神が、たっぷり薬漬けにしてくれてるじゃないか。)

「でも、あんたはここにいたいと思ってるんだろうか」アニーはつづけた。「その点をあたしは自問してみた。自分の目をごまかせるものなら、そうしたい気は山々だけど、でもあたしはその答えを知っていた——あそこのドアに痕がついているのを見る前から、知ってたのよ」

彼女は指さしてみせた。ポールは思った。(そもそもの最初から知っていたにちがいない。自分の目をごまかす？　そんな、アニー、おまえがそんなことをするはずがない。だが私は、自分の目も、おまえの目も、ごまかそうとしていた。）

「あたしがここを跳び出してったときのこと、憶えてる？　タイプ用紙のことでくだらない喧嘩をした後のことよ」

「憶えてますよ、アニー」

「あのときはじめて、この部屋から出たんでしょ？」

「ええ」否定してもしかたがない。

「そうよね。あんたは薬が欲しかった。薬を手に入れるためなら、あんたがどんなことでもしかねないことは、わかってたはずなんだけど、あたしはカッとなると、それこそ……わかるでしょ」ちょっと神経質な笑いをもらした。それにたいして、ポールはにこりともしなかった。苦悶に引き裂かれ、架空のスポーツ・キャスターが実況放送をする声を聞いていた、あの果てしない幕間劇の記憶が、いまなお生々しくよみがえる。

（そう、わかるさ。おまえは狂ったように飲み食いをはじめるんだ。）

「最初ははっきりと確信はなかった。そりゃ、居間のテーブルの陶器が動かされてるのには気がついたけど、あたしが自分で動かしたのかもしれない、と思った。ときどき物忘れすることがあるからね。あんたが部屋から出たのじゃないか、という気はしたけど、でも『いいえ、そんなはずはない。あれだけの傷を負ってるし、それにドアには鍵をかけておいたんだから』と思ったのよ。鍵がスカートのポケットに入っているかどうか確かめてみたら、ちゃんと入ってた。それから、あんたが車椅子に乗ってるってことに思い当たったのよ。とするとと、もしかしたら……

看護婦を十年もやってるとね、〝もしかしたら〟と思ったら調べてみるにかぎる、ということを学ぶのよ。そこで、一階のバスルームを調べてみた。病院にはああいうものがごろごろしてるのよ、ポール。それで折りを見ては、すこしずつ……つまり余分なものを、持って帰っていたの。あたしだけじゃなく、みんなやってたことよ。だけど、モルヒネ製剤だけは取っちゃいけないことはわかってた。その手の薬はロッカーにしまってあって、数を数えてあるし、記録が取ってあるの。もしもある看護婦が、チッピングしてる――ときどき麻薬を使うことを、そう言うのよ――のじゃないかと疑われたら、その看護婦は監視され、確証をつかまれたところで、バン！」アニーは手刀を叩きつけた。「彼女は馘になって、たいていは二度と白い帽子を被れなくなるわね。

あたしはそんな回りくどいことはしなかった。サンプルの入ってる箱を見て、居間のテーブルの陶器のときとおんなじことを感じた。箱の中身が動かされている。それに、前には下にあったはずの箱が、上になっているのもわかった。でも、まだ確かじゃない。あたしが自分でやったのかもしれない。あたしが……その……ほかのことに気を奪られてるときに。

それから二日後、この問題は放っておこうと決めた矢先のことだった。午後の薬を嚥ませるために、ここに入ってきたときよ。あんたはまだ眠っていたわ。ドアの把手を回そうとしたら、回らないのよ――鍵が掛かってるみたいだった。それから、やっと回ったんだけど、錠のなかでなにかカラカラと音をたてた。そのときあんたが目を覚ましたので、あたしはいつものように薬をあげたわ。何喰わぬ顔をしてね。そういうことは、あたしはうまいんだから。そのあと、お仕事のために、あんたを車椅子に坐らせた。あのとき、あんたを車椅子に坐らせながら、あたしはダマスコへの道で開眼した聖パウロ（『新約聖書』「使徒言行録」）みたいな経験をしたの。目から鱗が落ちたようだった。あんたの顔色がすっかり良くなってるのを見た。しかも脚が両方とも動いてるじゃないの。動かせば痛むから、ほんのちょっとしか動かないけど、それでも動いてる。腕にも力がもどってきた。もうほとんど回復してるんだって、わかったのよ。

　そのときから、あんたには要注意だということに気がついた。たとえ外部の人間からは怪しまれることがなくてもね。秘《かく》し事をやるのが上手なのは、どうやらあたし一人じゃないらしい、と思った。

　その夜、薬をすこし強いのに変えて、あんたがベッドのしたで手榴弾が破裂しても、目を覚ましそうにないほどぐっすり寝入ってから、地下室の棚から道具を取ってきて、あのドアのキープレートを外したの。そして、これを見つけたわ」

　アニーは男物のようなシャツのフラップの付いたポケットから、小さな黒い物を取り出し、ポールの力の萎えた手に握らせた。彼はそれを顔のまぢかに寄せ、眉をひそめて眺めた。捩《ねじ》れ曲がったヘアピンの一部だった。

　ポールはクックッと笑いだした。笑わずにいられない。

「なにがそんなにおかしいの、ポール」

「あなたが税金を払いに出掛けた日。私はもういちど、あのドアを開けなければならなかった。車椅子が大きすぎたため、黒い跡形が付いていたから。そいつを拭い消そうと思ったんですよ」

「あたしに見つけられないようにね」

「そう。だけど、あなたはすでに見つけていたんだ。そうでしょう？」

「錠のなかからヘアピンを見つけたあとに？」にんまりした。「バッチリとね」

ポールはうなずいて、いっそう声を高めて笑いだした。あまり笑ったので、目に涙が滲んだ。あれだけ苦労して……さんざ心配して……それがみんな無駄事だった。これが笑わずにいられるか。

「あのとき、折れたヘアピンが邪魔になるのではないかと心配したのに……なんともなかった。カラカラという音もしなかった。そりゃ当たり前ですよね。あなたが取り出していたんだから、音がするはずがない。あなたも人が悪いね、アニー」

「そうよ」彼女は薄く笑った。「あたしは人が悪いのよ」

そして足を動かした。ベッドの足元で、また何かが木にぶつかる鈍い音がした。

二二

「部屋から出たのは何度だったの？」

ナイフだ。そうだ、きっとナイフの音なんだ。

「二度。いや——ちょっと待って。昨日の午後五時ごろ、もう一度出た。水差しに水を汲みに」それは事実だ。たしかに水差しに水を汲んだ。ただし、あの三度目の遠征の真の理由は言わないでおいた。その真の理由はいま、マットレスのしたにある。〝王女とエンドウ豆〟〝ポールと包丁〟「水を汲みに行ったのも数えて、三度ですよ」

「ほんとうのことを言いなさい、ポール」

「三度だけですよ。それ以上は出ていない。ここでずっと小説を書いていたんだ、キリストに誓ってもいい」

「みだりにキリスト様の御名を持ち出すもんじゃないよ、ポール」

「そっちこそ、みだりに私の名前を持ち出さないでもらいたいな。一度目のときは、それはひどい痛みようで、膝から下を地獄に突っ込まれたような気がしたから。だれかのおかげでね。あなたのおかげですよ、アニー」

「お黙んなさい、ポール」

「二度目は、食べるものを取りに行った」彼女の制止を無視して、つづけた。「あなたが当分帰ってこない場合に備えて、この部屋に食料を貯えておきたかった。それと、喉も渇いていた。それだけのことですよ。べつだん悪いことを企んだわけじゃない」

「その二度とも、電話を掛けようとしてみたり、錠を調べたりはしなかった、というわけね——あんたはそれはお行儀のいい子だから」

「たしかに電話を掛けようとしましたよ。錠も調べてみた……もっとも、ドアが開け放しになっていたとしても、あの泥濘のなかじゃ、たいして遠くまでは行けなかったけどね」薬の効果が大きなうねりとなって押し寄せてくる。いまはただ、彼女が話を打ち切って、立ち去ってくれることを願った。彼女は本当のことをしゃべらせるために、薬をたっぷり用いたのだ。その結果の報いはいずれ受けなければならないだろう。しかしいまは、とにかく眠りたかった。

「部屋から出たのは何度だったの？」

「だから言ったじゃ――」

「何度なの？」彼女の声が高くなってくる。「正直に言いなさい！」

「言ったよ！　三度だ！」

「ほんとうは何度なの？」

たっぷり薬を注射されていたにもかかわらず、ポールはしだいに恐ろしくなってきた。

(すくなくとも、そんなにひどい仕打ちはしないだろう……彼女は本を書き上げてもらいたがっているのだから……自分でそう言った……)

「あたしをバカにしてるね」彼女の肌がやけに光って見える。石の表面にアクリル樹脂をぴっちり張りつめたようで、顔の毛穴がすっかり失くなったように見えた。

「アニー、誓ってもいい――」

「嘘つきほど、すぐ誓いたがる。そんなにあたしをバカにしたいのなら、したらいいじゃない。いいわよ。ああ、結構ですよだ。女だと思ってバカ扱いしてるけど、その女のほうがずっと先を見通してるんだ。教えてあげるよ、ポール。あたしはね、糸やあたしの髪の毛を、この家のあっちこっちに張り巡らせておいたのよ。それを後で見たら、切れてるのがいっぱいあった。切れてたり、失くなってたり……ぜんぜん失くなってたんだから……跡形もなく。スクラップブックのだけじゃなくて、そこの廊下のも、二階のドレッサーの抽斗のも……納屋のも……そこらじゅう」

（アニー、台所の勝手口にも錠がおりているのに、どうやって納屋に出て行けるんだい？）そう尋ねてみたかったが、彼女はその余裕をあたえなかった。

「さあ、これでもまだ三度しか出たことはないと言い張るつもり、お利口さん。バカはいったいどっちだろうね」

ポールは頭が朦朧としながらも、愕然たる思いで彼女をみつめた。なんと答えたらいいのかわからない。もうメチャクチャだ……気違いだ……

（なんだって）急に納屋のことを忘れた。（二階？　この女は二階と言ったのか？）

「アニー、どうやって私が二階へ上がれる？」

「上がれるさ！」彼女は破れ声をはりあげた。「アッタリキじゃない！　何日か前、あたしがここに入ってきたとき、あんたは自分独りで車椅子に移っていた。それができるなら、二階に上がれるじゃないの。這ってでもいけるわよ！」

「そう、折れた脚と潰れた膝をつかってね」

あの裂け目《クレバス》がまた現れた。草原にぽっかり口を開いた異様な暗がり。アニー・ウィルクスは消え、ブールカ族の蜂の女王がそこにいた。

「あたしにたいして利口ぶってみせることないわよ、ポール」

「アニー、私たちのどちらか一人でも、せめて利口にならなくちゃ。あなたはどうもその点怪しいな。ただ、ちょっと頭を働かせさえすれば、すぐに——」

「何度なの？」

「三度」

「一度目は薬を取りに行った」

「そう。ノヴリルのカプセルをね」

「そして二度目は、食べもの」

「そのとおり」

「三度目は、水差しに水を汲みに」

「そう。アニー、めまいがして――」

「廊下を行ったところのバスルームで汲んだのね」

「そう――」

「一度目が薬、二度目が食べもの、三度目が水」

「そうだと言ったでしょう」叫びたかったが、出てきた声は力なく嗄れていた。

アニーはスカートのポケットに手を入れて、肉切り包丁を取り出した。その鋭い刃が明るくなってくる朝の光をうけて煌めいた。彼女はふいに左のほうを向くと、包丁を投げた。まるでカーニヴァルの芸人のような、みごとに無造作な投げ方だった。包丁は凱旋門の絵のしたの漆喰に突き刺さって、ぶるぶる震えた。

「オペ前の注射をするすこし前に、マットレスのしたを調べたのよ。カプセルは予想どおりだったけど、包丁があるとは思ってもいなかった。危なく手を切るところだったわ。まさか、あんたがあれを隠したんじゃないでしょ？」

ポールは答えなかった。彼の頭はコントロールを失った遊園地の乗物のように、くるくる回ったりダイヴィングしたりしていた。オペ前の注射？　彼女はそう言ったのか。オペ前だと？　突如、彼女は壁から包丁を抜き取って、彼を去勢するつもりにちがいない、という気がした。

「あんたが隠したはずはないわよね。あんたが取りに行ったのは、一度目が薬、二度目が食べ物、三度目が水だもんね。あの包丁はきっと……そう、ひとりでにここへ飛んできて、マットレスのしたに潜り込んだんだ。そうね、そうにちがいないわね」アニーは嘲るようにケラケラ笑った。

（**オペ前？**　ほんとうにそう言ったのか？）

「嘘つき！」彼女はわめいた。「この大バカ！　いったい何回なのよ？」

「わかった、わかった！　水を汲みに行ったときに、包丁を取ってきた。白状しますよ。私が何回ここから出たか、あなたの思うとおりに決めたらいい。五回がよかったら、五回。なんなら二十回でも、五十回でも、百回でも、なんだっていい。認めますよ。あなたが思う回数だけ、出たことにするさ」

一瞬見失った。腹立ちと薬による酩酊状態とで、オペ前の注射という言葉にふくまれた恐るべき意味を、たとえ明々白々なことでも認めようとはしないだろうということはわかっていたが、それでも言ってやりたかった。それは湿気のせいだ。スコッチ・テープは湿気に弱い。彼女が作ったラドラムの小説にでもありそうな罠は、きっと自然に剝がれて、隙間風にでも吹き飛ばされたのにちがいない。それに、ねずみもいる。地下室には雨水が入り込み、この家の女主人は留守ときているので、壁の中を駆けまわっている。もちろん、家中をわがもの顔に走りまわっているのだ——アニーがそこいらじゅうで食べ散らかした残り物が結構な餌になって。おそらく張ってあった糸を切った元凶は、ねずみどもだろう。しかしそれを言っても、アニーは受けつけないにちがいない。なにしろ、彼女の頭のなかでは、ポールはニューヨーク・マラソンにだって出場可能らしいから。

「アニー……アニー、オペ前の注射をしたって、どういう意味ですか？」

だがアニーはほかのことに気を奪われている。「七回だと思うわ」と、静かな声で言う。「すくなくとも七回。七回でしょ？」

「あなたが七回だと思うなら、七回でいい。それより、さっきあなたが言った——」

「まだ意地を張るつもりだね」と、彼女は言った。「あんたみたいな作家連中は嘘を考え出すのが仕事だから、実生活でも平気で嘘をつくんだ。でも、いいわよ、ポール。あんたの出たのが七回だろうと、七十回だろうと、七十の七倍回だろうと、方針は変わらないんだから。方針も対応も変わらない」

ポールは目の前がぐるぐる回り、どこかへ漂い流されてゆくような気分だった。目をつぶると、彼女の声がはるか遠くのほうから聞こえる……雲のうえから聞こえる超自然の声のように。

(女神だ。)と、彼は思った。

「昔のキンバリーのダイヤモンド鉱山での話を読んだことがある、ポール？」

「その本は私が書いたんだ」と、口から出まかせを言って、笑った。

(オペ前？　オペ前の注射？)

「そこで働いている現地人たちは、ときどきダイヤモンドを盗んだのよ。葉っぱにくるんで、お尻の穴に突っ込むんだって。発見されずに無事、鉱山のビッグ・ホールを出られたら、そのまま逃亡したわけ。で、かれらがオレンジ州植民地を越えて、ボーア人の国に逃げ込む前に捕まったら、イギリス人がどうしたか知ってる?」

「殺した、だろうな」まだ目をつぶったまま、答えた。

「ちがうわよ! それじゃまるきり、スプリングが折れたからって、高価な自動車をスクラップにするようなもんじゃないの。捕まえたら、また働かせなきゃならない……しかも二度と逃げられないようにするわけよ。そのための処置を〝あしなえ《ハブリング》〟といってね、それをあんたにしてやろうというわけ。あたしの安心のため……それとあんたのためにもね。ほんとうよ、あんたは自分自身からも護られなくちゃいけないの。言っとくけど、すこし痛いだけで、すぐ終わるからね。そのことを忘れないように」

剃刀の刃のように鋭い恐怖が、朦朧とした意識を突風のごとく切り裂いた。ポールは目を開いた。アニーは立ち上がっていて、布団を剝ぐと、彼の捩じくれた脚からはだしの足先まで、すっかり露わにした。

「いやだ」彼は言った。「やめて……アニー……何をするつもりか知らないけど、話し合えばわかる。ね……お願いだ……」

アニーは屈みこんだ。背を伸ばしたときは、あの差し掛け小屋にあった斧を片手に、もういっぽうの手にはプロパントーチを持っていた。斧の刃がギラリと光った。プロパントーチのシリンダーには Bernz-O-matiC という文字が見える。彼女はまた身を屈め、こんどは黒っぽい壜とマッチの箱を床から取り上げた。黒っぽい壜にはラベルが付いている。ラベルの文字はBetadine。

その品々、文字、名前がポールの目に灼きついた。

「やめてくれ！」彼は金切り声をあげた。「ここにじっとしているよ！　ベッドからだって出ないから！　頼むから、切らないで！」

「大丈夫よ」と、アニーは言った。その顔は例の弛緩した虚ろな表情、あの自失した空白の表情をうかべていた。野火のごときパニックに焼きつくされる前に、ポールの念頭に浮かんだのは、事が終わったとき、アニーは自分が何をしたかほとんど憶えていないにちがいない、ということだった。幼児や、老人や、末期の患者や、アンドルー・ポムロイを殺したことを、薄ぼんやりとしか記憶していないように。この女は一九六六年に看護婦になっていながら、ついさっきは、十年間看護婦をしていたと、彼に言ったのだ。

（あの斧でポムロイを殺《や》ったんだ。そうにちがいない。）

ポールは金切り声をあげつづけて懇願したが、それは言葉にならず、わけのわからない喚きでしかなかった。彼女から逃れようと輾転し身をよじる。脚に激痛がはしる。その脚をひっこめ、曲げようとすると、こんどは膝が悲鳴をあげる。

「すこしのあいだだからね、ポール」アニーはそう言って、抗感染剤ベータダインの壜の蓋を取った。その赤茶色のどろどろした液体を、ポールの左の足首に注ぎかける。「ほんのすこしで終わるから」斧の刃を水平に持ち上げた。柄を握っているがっしりした右腕の腱が浮き上がった。小指にはめた指輪のアメジストがちらりと光る。彼女は刃にもベータダインを注いだ。

その匂いがひろがる。病院の匂い。これから注射をされるときに嗅ぐ匂い。

「ちょっと痛いけどね。たいしたことはないから」斧の刃をひっくりかえし、反対側にも抗感染剤をふりかけた。刃のあちこちに開きかけた錆の花を、どろりとした色の濃い液体がおおう。

「アニーああアニーやめてお願いだからアニーおとなしくすると約束するから誓うから頼むから言うことをきくから**アニーお願いだから聞いてくれェー**」

「ちょっと痛いだけよ。済んでしまえば、どうってことないわよ、ポール」

ベータダインの空壜を肩越しにうしろへ放った彼女の顔は、まったく表情を欠いていたにもかかわらず、断固たるものを感じさせた。右手を柄のつけねまで滑らせ、左手で柄の先のほうを握ると、木樵のような格好で両脚を開いた。

「**アニーああ頼むから切らないでくれェ！**」

アニーの目は穏やかに落ち着きはらっている。「心配しないで。あたしは熟練看護婦なんだから」

斧が風を切ってふりおろされ、ポール・シェルダンの左足首の上部にめり込んだ。激痛が彼の体内で凄烈な稲妻となって炸裂した。暗赤色の血がアニーの顔にとびちり、ウォーペイントを施したインディアンの顔のようになる。血は壁にも撥ねかかった。アニーが斧を引き抜くと、骨が軋んだ。ポールは信じられない面持ちで自分の足を見下ろした。シーツがまっ赤に染まってゆく。足の指がヒクヒクうごめいている。ふたたびアニーが血のしたたる斧をふりかぶった。ヘアピンが抜けて、髪がその虚ろな顔にざんばらに垂れ落ちている。

痛みに萎えた膝を曲げて、脚を引っ込めようとした。脚部は動いたが、足先は動かなかった。

そのために斧の切り口がパックリとひろがった。足はいまや、わずかに腓《ふくらはぎ》の肉だけでつながっているにすぎない。それを見とどけるまもなく、斧の刃が同じ切り口に落ちてきて、残りの部分を切断し、マットレスに深ぶかと喰い込んだ。スプリングが音をたてて弾み震えた。

アニーは斧を引き抜いて、床に投げ出した。血を噴き出す切断された足首をぼんやり眺めてから、マッチの箱を取り上げる。マッチをつけた。それからシリンダーに Bernz-O-matiC と書かれたプロパントーチを持ち上げ、バルブを捻った。ガスが噴出しはじめる。もはやポールの体ではなくなった部分から、血が流れ出ている。アニーは火のついたマッチを、慎重にプロパントーチのノズルにちかづけた。ブワッ！　という音とともに、黄色い炎が噴き出した。それを調節して、青い細い炎にする。

「縫合はできないから」と、言った。「時間がないからね。止血帯じゃむりだし、中心圧点でもだめ。だからちゃんと

（濯ぎ洗い）

焼　灼《しょうしゃく》しとかないとね」

上体をかがめた。出血している切断された足首に炎があてられ、ポールは絶叫した。煙が上がる。肉の焼ける甘い匂いがたちのぼる。ポールは最初の妻とのハネムーンにマウイ島へ行った。そこで〝ルーアウ〟と呼ばれるハワイ料理の宴会に出た。穴のなかで一日かけて丸焼きにされた豚が取り出されたときの匂いが、これに似ていた。串刺しになった豚は黒焦げになって垂れ下がっていた。

痛みが全身をつらぬき、彼は声をかぎりに叫んだ。

「もうすぐ終わりよ」アニーは言って、バルブを回した。すでに出血が止まった足首のまわりのシーツに火が燃え移った。足首はルーアウの穴から出された豚の皮膚のように黒焦げになっている。あのときアイリーンは顔を背けたが、ポールは魅せられたように注視していた。豚のひび割れた皮が、フットボール試合後にセーターを脱ぐように、つるりと剝がされていた。

「もうすぐ終わるから――」

アニーはプロパントーチの火を消した。ポールの脚は燃えるシーツのうえに横たわり、炎のむこうに切断された足がゆらめいて見える。彼女は身をかがめ、例の黄色いバケツを取り上げた。燃えるシーツに水をぶちまける。

ポールは激叫しつづけた。痛い！　ちくしょう！　痛い！　ああ、アフリカ！

アニーは突っ立って、彼を眺め、黒ずんだ血まみれのシーツを見て、かすかな驚きの表情をうかべた。ラジオで、パキスタンかトルコあたりの地震で、一万人が死亡したというニュースを聴いたときのような表情だった。

「大丈夫よ、ポール」そう言った声に、ふっと怯えがまじった。その目は原稿を燃やして、火のついた紙が舞い上がったときのように、キョトキョトとあらぬ方をさまよった。そこで何かが目にとまって、急に落ち着きを取り戻した。「後かたづけをしとかないと」

アニーは切断された足を取り上げた。指がまだヒクヒク動いている。彼女はそれを持ってドアのほうへ向かった。ドアに行き着くまえに、足指のヒクつきは止まっていた。ポールは足の甲にある傷痕を見て、あの傷をつけたときのことを思い出した。まだ子供だったときに、壜のかけらに躓いたのだ。あれはリヴィア・ビーチでだったか。そう、たぶんそうだ。彼は泣きわめき、父からたいした傷じゃない、と言われた。父はそのとき、足を切り取られたみたいな声をあげるな、とも言った。アニーがドアのまえで立ち止まり、絶叫し身をよじっているポールを見遣《みや》った。ベッドは焼け焦げ、血に染まっていて、ポールの顔は死人のように蒼白になっていた。

「これが〝あしなえ《ハブリング》〟よ」と、彼女は言った。「あたしを恨まないでね。これもあんたのためなんだから」

そして出ていった。

ポールは気を失った。

二三

黒雲がもどってきた。ポールはそのなかに飛び込んだ。それが意識不明ではなく、死を意味しているとしても、気にしなかった。むしろ、そうであるように望んだ。ただ……苦しむのはごめんだ。記憶も、苦痛も、恐怖もなく、アニー・ウィルクスもいないなら。

彼は雲のなかに飛び込み、潜り込みながら、かすかに自分の叫び声を聞き、焼けた肉の匂いを嗅いでいた。

薄れゆく意識のなかで、考えていたのは、(女神め、殺してやる！　殺してやる！　女神め！　殺してやる！)

それから、いっさいが無となった。

第三部　ポール

だめだ。三十分前から眠ろうと努力しているが、どうしても眠れない。この日記は一種の麻薬だ。今はこれだけが私の快楽。（……）書いた部分を、今日の午後、読み返してみた。わりに生き生きと書けている。生き生きと書けていると思うのは、ほかの人なら分からない箇所を私の記憶が補うからだろう。つまり、これは自己満足だ。でも（……）一種の魔術みたいに思える。それに私はこの現在の世界に生きることはできないのだ。そんなことをしていたら気が狂ってしまう。

――ジョン・ファウルズ『コレクター』（小笠原豊樹訳）

第三十二章

一

「ああ、　ということだ」イア　は呻くよう　言うと、咄嗟　飛び出そうとした。ジェフリーは友　腕を摑　だ。絶え間　い太鼓　音が、彼　頭中で、血　飢えた狂的　響き　聞こえてくる。かれら　まわりを蜂　群れがブ　ブ飛びまわっていたが、一匹だけを残して、すぐ　飛び去っていった。あたかも磁石　引き寄せられるよう　、空地へ　殺到し　行く

――ジェフリーは胸　悪く　るよう　思いで、それ

二

ポールはタイプライターを持ち上げて、揺すった。ややあって、ちっぽけな金属片が車椅子の肘掛けにわたした台板のうえに落ちた。拾いあげて、見た。

文字のtだった。nにつづいて、こんどはtが欠落したわけだ。

（マネージメントに苦情を言わなければ。新しいタイプライターを買ってくれるように、お願いするのじゃなくて、断固要求するんだ。金はあるはずだ——それはわかっている。たぶん納屋の床下に果物用の広口瓶に入れて隠しているか、あるいは〝笑いの家〟の壁のなかに詰めこんでいるか。とにかく現ナマを持っているはずだ。tは英語では二番目に頻度の多い文字だからな。）

もちろん彼は、アニーに要求はおろか、お願いすらする気はない。以前の彼なら、少なくともお願いはしただろう。おそろしい激痛を味わい、この本を書き上げることだけではなく、なにごとにも執着心がなかったときの彼なら、お願いしただろう。たとえ傷めつけられようとも、少なくともアニー・ウィルクスに立ち向かってみる勇気はあったのだ。

以前の彼ならそうだった。いまの自分を恥じるべきなのかもしれないが、しかし以前の彼には、いまよりも有利な条件二つがあった——両足と……それに拇指もちゃんと二本揃っていたのだ。

ポールはしばらく考えてから、最後の行を頭のなかで欠けた文字を補いながら読み返し、また執筆をつづけた。

そのほうがいい。

お願いしないほうがいい。

刺激しないほうがいい。

窓の外では、蜂が飛びまわっている。

夏の訪れだった。

三

「放してくれ！」イアンは怒鳴ると、右手の拳を固め、ジェフリーのほうに向き直った。土気色の顔で、狂ったように目を剝いていた。自分を妻のそばへ行かせまいと引き留めているのが誰なのか、全然わかっていないようだった。

うであった。へジカイアがかれらを保護していた茂みを脇へ退けたとき、かれらが目にした光景が、イアンを半狂乱へと駆り立てたのだと、ジェフリーは冷徹に受け止めていた。イアンはまだ狂気の縁でたたらを踏んでいるが、軽い一押しでその境を越えてしまうであろう。もしもそういうことにでもなれば、彼はミザリーをも道連れにすることになるのだ。

「イアン――」

「放せと言ってるんだ！」イアンが凄まじい力で腕を引いた。

へジカイアが恐ろしげに呻いた。「いけない。蜂どもを怒らせる。あいつら、奥様を刺す――」

イアンは聞く耳を持たないようであった。虚ろな目を剝いて、ジェフリーに殴りかかり、親友の頬骨の上に拳を命中させた。ジェフリーの頭の中に黒い星が飛び散った。

眩んだ目に、へジカイアが恐るべき凶器にもなるゴシャ――ブールカ族が接近戦に用いる砂袋だ――を振り回しはじめたのが映った。慌てて制する。「やめろ！　この場は私に任せろ！」

へジカイアはしぶしぶ手を止めた。ゴシャは革紐の先で、止まりかかった振子のように緩やかに揺れている。

すると、また殴打を喰らって、ジェフリーの頭ががくんと後ろに仰《の》け反った。こんどのは唇を潰して歯に命中し、生温い塩っぱい血の味が口中に流れ込んできた。ジェフリーの摑んでいるイアンの礼装用ワイシャツの袖の破ける音がした。ワイシャツは陽に灼けて変色し、既にいたるところが裂けている。イアンはいまにも腕を振り解《ほど》きそうである。ジェフリーは茫然たる想いで、イアンのワイシャツが、三日前の晩に、男爵夫妻のパーティーに彼が着て行った同じシャツであることを認めた。むろん、そうだ。あのとき以来、着替えをする暇などなかった。それはイアンだけに限ったことではない。わずか三日前……なのに、シャツの有様は少なくとも三年は着たきりであったように見え、あのパーティーからすでに三百年も経ったような気が、ジェフリーにはした。たった三日前。愕然としているジェフリーの顔に、イアンが続けざまに拳固の雨を降らせた。

「放せ、この野郎！」イアンは血のついた拳を、ジェフリーの顔に繰り返し叩きつける――正気のときなら、そのためには死をも厭わないはずの親友の顔にである。

「君は彼女への愛を、彼女を殺してまで示したいのか？」ジェフリーは穏やかに尋ねた。「何が何でもそうしたいのなら、私を叩きのめしてからにしろ」

イアンが初めて躊った。怒り狂った目に、幾分かの正気らしきものが戻ってきた。

「彼女のところへ行かなければ」と、夢を見ているような声で呟く。「殴って悪かったよ、ジェフリー――本当にすまなかった。わかってくれるだろうね――しかし、行かなければ……彼女をあんな……」そして、ふたたびその恐ろしい光景を確かめるように、ジャングルの空地のほうに目をやり、ミザリーが両手を頭上に挙げたまま縛りつけられている木立のそばへ飛び出して行きそうな気配を示した。空地に立つ一本だけのユーカリの樹の下枝に、ミザリーの手首を繋いでいるギラギラ輝く物。それはブールカ族がハイドツィーク男爵を、恐ろしい死が待ち構えている女神像の口の中へ送り込む前まで、非常に気にいっていたらしかった物――男爵の青い鋼鉄の手錠である。

こんどはヘジカイアがイアンを取り押えた。その拍子に茂みがまた動いて、ジェフリーの目に空地の光景が飛び込んできた。刹那、彼は布切れが刺に引っ掛かるように、呼吸が喉でつっかえるのを覚えた。あたかも一触即発の爆発物を両腕いっぱいに抱え込んで、岩山を登ってゆくような気分であった。一刺し、たった一刺しで、彼女は終わりだ、と彼は思った。

「だめ。いけない」ヘジカイアが怯えた声で言い聞かせている。「こちらの旦那が言ったこと……いま出て行ったら、蜂ども夢から覚める。蜂が目覚めたら、奥様おしまい。いっぱいいっぱい刺される。死ぬ。蜂ども覚めたら、わたしたちみんな死ぬ。だけど奥様が最初。それは恐ろしい」

でも、イアンは黒人と白人の二人に挟まれて、少しずつ落ち着いてきた。それでも、おずおずと空地のほうに顔を向ける。見たくはないが、見ずにはいられない、といった風情である。

「じゃあ、どうすればいい？　どうすれば彼女を救えるのだ？」

わかるものか、とジェフリーは言いそうになった、彼自身暗澹たる気分に落ち込みながらも、辛うじて唇を嚙んだ。ジェフリーが心底から（秘かにではあっても）愛する女はイアンのものであり、そのことでイアンは身勝手放題、女のヒステリーのごとき振舞いも許され、ジェフリーはそれをも黙認するしかないのだ。そういう想いが兆したのは、これが初めてではなかった。何と言っても、世間の目には、彼はミザリーの友人でしかないのである。

そうさ、ただの友人だ。そう半ば自棄っぱちの皮肉な気持ちで考え、おのずから彼の目は空地のほうへ、〝友人〟のほうへと惹きつけられるのであった。

ミザリーはその身に一糸も纏ってはいなかった。しかし、たとえ信心深い、取り澄ました村の老女でさえ、彼女の姿をはしたないと咎めることはできないだろう、とジェフリーは思った。その淑やかな老女は、ミザリーの様子を見たら、叫び声を上げて逃げ出すかもしれないが、その叫びは恐怖と戦慄から出た声であって、礼節を踏み躁られた故ではないであろう。

ミザリーは布切れを一糸も纏ってはいなかったが、裸ではなかった。彼女は蜂を身に纏っていたのである。足の爪先から、頭の栗色の髪のてっぺんまで、びっしりと蜂が群がっていた。あたかも奇妙な尼僧服を纏っているように見える。奇妙な、というのは、胸とお尻の膨らみの辺りが、そよとの風もないのに、波打つように動いているからである。おまけに顔は、貞淑な回教徒のヴェールを被っているようだ――口も鼻も顎も眉も、物憂げに這いまわる蜂に覆い尽くされ、その仮面の中から青い目だけが覗いているのだ。それに加うるに、世界で最も毒性が強く、最も気性の荒い、ジャイアント・アフリカ・ブラウンの群れが、男爵の手錠の上を這いまわってミザリーの生きた手袋に合流している。

見ているうちに、蜂はさらに数を増し、四周から空地へと飛来してくる。ジェフリーは他のことに気を奪《と》られながらも、その大部分が西から飛んでくるのだと理解していた。あの暗黒の女神の石の顔が聳えている西の方から。

絶え間ない太鼓の響きは、蜂の羽音に同調するように、眠りを誘うリズムをつづけている。しかし、あの眠たげな羽音が偽りであることを、ジェフリーは知っていた。男爵夫人の身に起こったことを目撃していた彼は、イアンがそれを免れたことを、神に感謝したい気持ちであった。あのとき、あの眠たげな羽音は、突如として凄まじい丸鋸の軋り音へと昂まったのだ……その音は男爵夫人の苦悶の絶叫をも呑み込んでしまったのである。

あの女は虚栄と愚鈍の塊であるだけでなく、危険きわまる存在でもあった――彼女はストリングフェローの巨大毒蛇《ブッシュマスター》を放って、ジェフリーたちをすんでに殺すところだったのである――が、たとえ愚鈍であろうと、危険であろうと、男であろうと女であろうと関係なく、あのような殺され方をしてよい筈はない。

ジェフリーの頭の中には、イアンの言葉が反響《こだま》していた。「どうすればいい？　どうすれば彼女を救えるのだ？」

ヘジカイアが言った。「どうすることもできない。だけど、奥様、危険ない。あいつらが太鼓叩いていれば、蜂ども眠る。そして、奥様も眠るよ」

蜂は今や、ミザリーを覆う、分厚い動く毛布となっていた。彼女の目は開いていたが、何も見てはいないのだ。それは低い羽音をたてて蠢く蜂の生きた洞穴の奥に埋没しかかっていた。

「それで、もし太鼓の音が止んだら？」ジェフリーは気力を喪ったような、低い声で尋ねた。ちょうどそのとき、太鼓の音が止んだ。

、三人　も、息を

四

ポールは信じられない思いで最後の行をみつめた。タイプライターを持ち上げ——アニーの姿が見えないときは、なんのためかわからないが、いまだにタイプライターをバーベル代わりにウェイト・リフティングをつづけていた——揺すってみた。キーがカタカタと鳴り、またも金属片が机代用の台板に落ちてきた。

家の外では、アニーが動かしている、明るいブルーの乗用芝刈り機が唸りをあげている。ゴロツキ屋のロイドマンに町で陰口をたたかれないように、家のまわりの芝生をきれいに刈っているのだ。

彼はタイプライターを下ろして、向こう側へ傾け、あらたに脱落した金属片をながめた。窓から射し込む午後の強い日射でそれをながめる彼の顔は、さっきの信じられないという表情をうかべたままだった。

脱落したタイプバーの先端の、わずかにインクに汚れた金属に浮き出ている文字は、

Ｅｅ

ロイヤルのやつ、ふざけるに事欠いて、英語でもっとも使われることの多い文字を棄て去ったのである。

ポールはカレンダーに目をやった。花の咲いた草原の写真。月は五月となっているが、ポールは書き損じの紙に自分なりに日付を記録していた。その自製カレンダーによると、今日は六月二十一日のはずである。

〈あの夏の、ノッペリ、のどかな、能天気の日々をもういちど〉という歌の文句を、胸の裡で苦笑しながらつぶやいて、タイプバーをおおよそ屑籠の方向めがけて放り投げた。

（さて、どうするか。）と考えたが、むろんこの後どうするかはわかっていた。手書きで書きつづけるしかない。つまりそういうことだ。

だが、とりあえずいまは？　ついさっきまで、まるで火でもついたようにがむしゃらに、ブ

ールカ族の待ち伏せにはまった、イアンとジェフリーと陽気なヘジカイアを救い出すのに夢中になっていた。そのあと、一行は石像の顔のうしろにある岩穴へ入ってゆき、大詰めのクライマックスを迎えるはずだったのだ。が、いまは、急に疲れをおぼえた。原稿用紙にあいていた穴は、ぴったりと閉じてしまった。

明日にしよう。

明日になったら、手書きで始めよう。

(手書きなんぞやめろ。マネージメントに苦情を訴えるんだ、ポール。)

しかし、そんなことをする気はない。アニーのようすは、いよいよおかしくなっていたのだ。ポールは乗用芝刈り機の単調な唸りに耳をかたむけ、アニーの影をながめた。アニーのますますおかしくなるようすのことを考えるたびに、ポールの脳裏に、斧を振り上げ振り下ろす彼女の姿がよみがえってくる。返り血を浴びた、彼女の無気味な空白の顔。彼女が言った一言一言。ポールの発した激叫。斧の刃が引き抜かれたときの骨の軋り。壁に飛び散った血。すべてがまざまざと浮かんでくる。そのたびに、ポールはあわてて記憶を遮断しようとするのだが、そのときにはもう遅すぎる。

『高速自動車』の決定的なプロット転回に、トニー・ボナサロが警察の手を必死に逃れようとして自動車事故を起こし、重傷を負うシーンを入れようと思って(そのことから、トニーの病室での、死んだグレイ警部補の同僚による容赦ない尋問という、エピローグの場面へと移るのだが)、ポールは何人もの交通事故の犠牲者に取材した。そして、なんどもなんども、同じ話を聞かされた。表現はさまざまでも、煎じつめればみな一様に同じことを言っていた——「憶えているのは、車にぶつかって、そのつぎ気がついたら、この病室にいたということです。そのほかはいっさい憶えていません」

どうしてポールの場合はそうならなかったのか。

（作家というものは、すべてを記憶しているものだからさ、ポール。とくに自分の受けた傷に関してはね。作家を丸裸にして、体に残っている傷痕について尋ねてみろ。どんな小さな傷についても、ちゃんと答えが返ってくるさ。大きな傷からは作品が生まれる。けっして記憶喪失なんかにはならないのさ。作家になるためには、ささやかな才能も結構だけど、ほんとうに必要なのは、どんな傷の由来も記憶している能力なんだよ。）

（芸術は持続する記憶から成り立っている。）

だれの言葉だったか。トーマス・サス？　ウィリアム・フォークナー？　シンディ・ローパーだったか？

その最後の名前が連想を呼び起こした。いまの情況からすると、辛い連想だったが、シンディ・ローパーがしゃっくりするような調子で、〈女の子は楽しみたいだけ《ガールズ・ジャスト・ウォント・トゥ・ハヴ・ファン》〉を明るく歌うのが、まるで聞こえてくるようだった。「ねえ、パパ、あなたはいまでも偉い人／だけど女の子は楽しみたいの／一日のお仕事が終わったら／女の子は楽しみたいだけ」

急にロックンロールのヒットナンバーを聴きたくなった。それは喫煙以上に強い欲求になった。べつにシンディ・ローパーである必要はない。だれだっていい。テッド・ニュージェントみたいなのでも構わない。

斧が振り下ろされる。

斧が風を切る音。

（考えるのはやめろ。）

だが、それは無理な相談だ。喉にひっかかった骨のように、そこにあるのがわかっているのに、考えるなと言いつづけるのは馬鹿げている。いっそそのままに放置しておくか、さもなければ、男になってそいつを吐き出してしまうかしかないだろう。

またべつの連想が浮かんでくる。まるきりポール・シェルダンの「リバイバル・リクエスト・デー」だ。こんどはデヴィッド・クローネンバーグ監督の映画「ザ・ブルード／怒りのメタファー」で、いかにも口達者な狂った精神科医を演じたオリヴァー・リードである。リードは精神原形質《サイコプラズマティック》研究所（ポールはこの名称が気にいっていた）で、患者たちに言う。「逆らわないで。行き着くところまで行きなさい」

そう……ときによっては、そう悪いアドバイスではないかもしれない。

（私はいちど、行き着くところまで行った。それで充分だ。）

そこが問題だ。いちど経験してしまえばそれで充分だというのなら、彼は父のように、電気掃除機のセールスマンにでもなっていただろう。

（だったら、逆らうな。行き着くところまで行くんだ、ポール。ミザリーに取り掛かれ。）

（いやだ。）

（やれよ。）

（くそくらえ。）

ポールは車椅子の背によりかかって、片手で両眼をおおった。好むと好まざるとにかかわらず、彼は逆らわずに行くしかなかった。

行き着くところまで。

五

彼は死ななかった。眠らなかった。だがアニーに〝あしなえ〟にされた後、痛みは消えていった。彼の意識は肉体の軛《くびき》をはなれて浮遊していた。紐が切れて浮揚してゆく純粋思考の風船。何をぐずぐず考えることがある？　あの女がやったんだ。あのときからいままで、苦痛と倦怠とがあっただけで、ときどきはその二つから逃れるために、くだらないメロドラマを書く仕事をした。それだけのことだ。何の意味もない。

（いや、そうじゃない――これには一つのテーマがあるんだ、ポール。一貫してつづいている一本の糸がある。確固とした一本の糸が。それがわからないのか。）

むろん、それはミザリーだ。それがすべてをつらぬき通っている一本の糸だが、どっちにしてもくだらない。

ミザリー。惨めさを意味する普通名詞としては、彼の苦痛を指していて、それは長々とつづき、ときとして焦点がはっきりしない。いっぽう固有名詞としては、小説の作中人物であるとともにプロットを意味する。そしてプロットはまぎれもなく長々とつづき、焦点がはっきりしないが、こちらはまもなく終わりが来る。ミザリーは彼のこの四カ月（いや五カ月か）の生活をつらぬき通ってきたことはたしかだ。明けても暮れてもミザリー、ミザリーの連続だったが、それはいとも単純明白なことで――

（いや、いや、ポール。ミザリーはそんなに単純なことじゃないぞ。だいいち、おまえの命はミザリーのおかげで助かっている……おまえはたしか、シェヘラザードになったのじゃなかったのか。）

その考えを追い払おうとしたが、できなかった。持続する記憶。三文文士はただ楽しみたいだけ。と、まったく予期していなかったことに思い当たって、思考にあらたな道筋を開いた。

（あまりに明白なので、これまで見過ごしてきたこと、それはおまえが自分自身にとってもシェヘラザードだった――いまもそうだ――ということだよ。）

塞いでいた手をおろして、目をしばたたくと、まさかここで見ることになるとは予期していなかった夏の日射をぼんやり眺めた。アニーの影がすっと通って、また消えた。

ほんとうにそうか。

（自分自身にとってもシェヘラザード？）もしそうだとしたら、なんとも愚かなことではないか。アニーにむりやり書かされることになった小説を、彼自身が完成したいがために、生き延びてきたということになる。死ぬべきだったのに、死ななかった。作品の完成を見るまでは。

（おまえ、頭がどうかしてるのじゃないか。）

（ほんとうにそう思うか？）

いや。何がほんとうか、もはや確信が持てなかった。何にたいしても。

ただ一つだけ確かなことがある。それは彼の生きるすべてが、いままでも、これからも、ミザリー次第ということである。

彼はほかのことを考えはじめた。

（あの雲だ。まず雲のことから考えよう。）

六

雲は以前のときより、さらに暗く濃密で、なんとなく滑らかでもあった。その雲のなかを漂っているというより、横滑りしてゆく、という感じがあった。ときどき思考がよぎったり、痛みがよみがえったり、幽かにアニーの声が聞こえたりした。その声はバーベキュー・グリルで燃やした原稿が舞い上がったときのように狼狽していた――「飲みなさい、ポール……飲まなければダメよ！」

（横滑り？）

そうではない。

その表現は正確ではない。滑るのではなく、沈む――死の淵へ沈み込んでゆく――という感じ。危篤状態だったということだ。その言葉が大学時代にかかってきた電話を思い出させた。午前三時だった。寄宿舎の四階の学生監がポールの部屋のドアをたたいて、眠そうな声で、早く電話に出ろと言った。母からだった。「すぐに帰ってきて、ポール。お父さんが倒れたのよ。危篤状態よ」それで彼はフォードのワゴンを、時速七十マイルですっ飛ばした。古いワゴンは四十マイルをオーヴァーすると前部が異常な振動を起こした。しかし、それも結局は無駄だった。帰り着いたときは、父はもはや沈みこんではいなかった。すでに沈んでしまっていたのである。

斧で足を切断された夜、彼自身はどのていどまで死の淵に近づいていたのだろうか。自分ではわからなかったが、あの後の一週間、ほとんど痛みを意識しなかったという事実からすると、かなり間近まで沈み込んでいたらしい。そのことと、アニーの声音の狼狽ぶりから判断できる。彼は半昏睡状態で横たわっていたのだ。薬の副作用で呼吸低下に陥り、そのためにふたたび腕にブドウ糖の点滴を受けていた。ポールはその間ずっと、ドラムのビートと蜂の唸りを聞いていた。

ブールカ族の太鼓《ドラム》。

ブールカ族の蜂《ビー》。

ブールカ族の夢《ドリーム》。

彼が書いた原稿のなかにしか存在しない土地と部族が、ゆるやかにたえまなく色彩を帯びてくる。

女神の夢、女神の〝顔〟の夢が、ジャングルの緑のうえに黒々と滲み、色濃くひろがってくる。暗黒の女神。暗黒の大陸。蜂のびっしりたかった石像の顔。そのうえに重なって、ひとつの情景があたかも彼の横たわっている雲に巨大なスライドが映し出されるように、時が経つにしたがってしだいに鮮明に見えてきた。それはユーカリの古木が立っている空地の情景だった。その木のいっとう下の枝から、青く塗られた古風な手錠がぶらさがっている。蜂が何匹も手錠のうえを這いまわっているが、手錠につながれているはずのミザリーの姿はなかった。ということは、ミザリーは――

――逃げたのか？　そういうことだろう。ストーリーの展開はそうなるはずではなかったか。そのはずだった――が、あまり確信はない。手錠だけがぶらさがっているのは、そういう意味ではないか。それとも、ミザリーは連れ去られたのか。石像のなかへ？　ブールカ族の〝アイドル〟である女王蜂のもとへ？

（おまえは自分自身にとってのシェヘラザードなんだ。）

（だれのためにこの話を書いているんだ、ポール。だれに話して聞かせるんだ？　アニーにか？）

　もちろんちがう。あの原稿用紙の穴から覗いているのは、アニーを見るためでもなければ、アニーを喜ばすためでもない……アニーから逃れるためなのだ。

　痛みが始まっていた。それと、痒みも。雲は明るくなり、四散しだしていた。雲間から、悪いことにまた寝室が見えてきて、さらに悪いことにはアニーの姿がチラついている。にもかかわらず、彼は生きようと心に決めていた。子供のころのアニーのように連続活劇中毒になったポールの一部が、結末を知るまでは死ぬわけにいかないと決断したのだ。

ミザリーはイアンとジェフリーに助け出されたのか？

それとも、女神の像のなかへ連れ去られたのか？

くだらない。だがその馬鹿ばかしい疑問の答えを、どうしても知らなければならないという気がしていた。

七

アニーはしばらく彼に仕事をさせなかった。その落ち着きのない目を見れば、どれほど彼女が怯えていたか、そしていまなお怯えているか、よくわかった。それほどポールの命は危なかったということだ。アニーは甲斐がいしく彼の看護をした。出血のつづく足首の包帯を八時間毎に替えてやり（最初は四時間毎だったという。彼女は表彰に価することをしていながら、当たり前のことをしたまでですと言う人のような口振りで、そのことを話した）、体を拭いてやり、アルコール消毒をしてやり、それはまるで自分のしたことを打ち消そうとしているかのようだった。仕事をすると痛みがぶりかえすよ、と彼女は言った。「また逆もどりしてしまうわよ、ポール。あたしが言うんだからまちがいない。信じなさい。あんたはともかく話の筋がわかってるけど——あたしはこの先どうなるのか知りたくて、もう死んでしまいそうよ」ポールが死の淵をさまよっているあいだに、アニーは彼の書いたものを全部——つまり、オペ前に書き上げた分ということだが——読んでいたのだ。原稿枚数で三百枚を越えている。最後の四十枚ばかりはまだnの字を埋めていなかったのだが、それをアニーが埋めていた。彼女はその部分を、なんとなく突っ掛かるような態度で、これみよがしに彼に示した。アニーの書いたnは練習帳の手本の字のようにきちんとしていて、ポールの殴り書きの猫背になったような字とは対照的であった。

本人はそうは言わないけれども、nの字を埋めたのも彼女の心遣いのひとつだろう——「こうやってnの字を書いてあげてるくらいだから、あたしがあんたにひどい仕打ちをするわけないでしょ?」——あるいは償いの行為か、それとも迷信じみた禁厭《まじない》のつもりかもしれない。包帯を替えたり、体を拭いてやったり、nの字を埋める行為を充分にくりかえしていれば、ポールは元気になる、ということか。(「ブールカの蜂女がお禁厭をやっとりますよ、だんな《ブワナ》。せっせとnを埋めよるから、すっかりよくなりますだよ」)

それが始まりで、それから後は〝ガッタ〟という中毒の虫がかかわってくる。これの中毒に罹った兆候のことを、ポールはよく知っていた。アニーが「この先どうなるか知りたくて、もう死にそうよ」と言ったのは、たんなる言葉の綾ではなかったのだ。

(この先がどうなるか、おまえ自身が知りたいから、生きているんだ。つまり、そういうことだろ?)

なんとも愚かしく、恥ずかしいくらいだが、事実そうだと思った。

あの〝ガッタ虫〟のせいだ。

腹立たしいかぎりだが、ミザリーものの小説では意のままにその虫を生じさせることができるのに、彼の本流の作品では、たまたま生まれるか、あるいはまったく生まれてこないのだ。〝ガッタ虫〟をどこで見つけられるか、事前には見当もつかないが、それが生まれたときにはそれとわかる。それは内なるガイガー・カウンターの針を、いっきに目盛りの端まで振らせるからである。いささか二日酔いぎみでタイプライターのまえに坐り、ブラック・コーヒーを何杯もがぶ飲みし、二時間毎に制酸剤を嚙み砕きながら（煙草はせめて朝のうちだけでも止めるべきだとはわかっていたが、ずるずると吸っていた）、それが原稿の完成する何カ月も前で、本が出版される何光年も前のことであっても、〝ガッタ虫〟が生まれると、ただちにそれとわかる。作品のなかに〝ガッタ虫〟が存在すると、なんとなく技巧を弄しているようで、気がひけるものではある。と同時に、それまでの労苦が報われたような気にもなる。何日も何日も、原稿用紙の穴はごくちっぽけで、明かりは薄暗く、聞こえてくる会話は機知を欠いたものばかり、という日がつづく。それでも先へ進むしか手はない。孔子も言っているように、畑の一列の穀物を育てるには、一トンの糞尿を掬わねばならない。そしてある日突然、原稿用紙の穴はヴィスタヴィジョン大にひろがり、そこからセシル・B・デミルの超大作映画での陽光のように明かりが射し込んでくる。それで、〝ガッタ虫〟が血気盛んに活動しはじめたことを知るのである。

〝ガッタ虫〟はたとえば、こういうぐあいに作用する。「あと十五分か二十分したら寝るよ、この話がどうなるかどうしても知りたい《ガッタ》んでね」と言う男は、一日中会社で仕事をしながら、今夜は女房と一発やろうと思いつづけていて、いま寝なければ、彼がやっと寝室に行ったときはもう女房は眠りこんでしまっているだろう、ということがわかっているのである。それでも、立ち上がる気になれない。

それからまた、「いますぐ夕食にしたいところだが――それがまたＴＶディナーだったら、彼は頭にくるだろう――こいつが終わるまでどうしても見たい《ガッタ》のでね」といった塩梅だ。

彼女が助かるかどうかどうしても知りたい《ガッタ》。

あの男が父親を殺した奴を捕まえるかどうか、どうしても知りたい《ガッタ》。

親友が自分の亭主と寝ているのに、あの女が気がつくかどうか、どうしても知りたい《ガッタ》ものだ。

などなど。〝ガッタ虫〟はいかがわしいバーでの手淫サービスのように薄汚く、最高の技巧にたけたコールガールとのファックのように素敵だ。ああそれは悪いああそれは良いそしてそのうちにどんなに粗野だろうと露骨だろうと構わなくなるなぜならそれはあのレコードでジャクソンズが歌っているように〈満足するまでやめないで《ドント・ストップ・ティル・ユー・ゲット・イナフ》〉という気分にさせるから。

八

（おまえは自分自身にとってもシェヘラザードだったのさ。）

そのことを自分では気がついてすらいなかった。つまり、当座は、ということだが。あのときはまだ、激痛でそれどころではなかった。にもかかわらず、そのことは薄々わかっていたのではなかったか。

（おまえがじゃない。下層の作業現場の連中がさ。あいつらにはわかっていたんだ。）

そうだ。どうやらそういうことのようだ。

芝刈り機の音が大きくなった。アニーの姿が視界に入ってきた。こちらに目を向けて、ポールが見ているのを知ると、手を振った。ポールもそれに応えて、手を——拇指が付いているほうの手を——挙げてみせた。彼女の姿は視界から消えた。いい気なもんだ。

結局は、執筆の仕事にもどることは、逆もどりではなくて、回復の促進になるのだと、アニーに納得させることができた。ポールは雲のなかから彼を呼びもどした、あの映像に取り憑かれていた。それは文章にするまでは実体のない幽霊のようなものだから、取り憑かれたというのは、まさにぴったりの表現だ。

アニーのほうは彼の言葉を信じたわけではなかったのだが、それでも仕事にもどるのに反対しなかった。彼が納得させたからではなく、それこそ〝ガッタ虫〟のせいである。

最初のうちは、ほんの短い時間しかタイプライターに向かっていられなかった。一回に十五分か、ストーリーの進みぐあいによってせいぜい三十分程度。その短い時間ですら苦悶の連続だった。車椅子に移動するだけで、くすぶっている燃えさしが風に煽られて炎をあげるように、切断された足首が疼きだす。タイプを打っているあいだずっと、痛みどおしだったが、最悪なのはそのあとの一、二時間である。治癒しかかっている傷口の痒みが、ものうげに群がる蜂の羽音のように間断なく襲ってきて、気が狂いそうになる。

ポールの言ったことは正しかった。アニーのほうがまちがっていた。完全に回復はしなかったが――こんな情況では当然の話だろう――健康状態は快方にむかい、体力もいくらかもどってきた。彼の関心の範囲は狭まってしまったが、それも生き延びるための代償だと甘受する気になった。ともかくも生き延びただけでも、奇跡のようなものだったのだ。

いよいよ歯欠けがひどくなったタイプライターの前にすわって、執筆に打ち込んできたこれまでの時間を顧みながら、ポールはひとり首肯した。たしかに、彼は自分自身のシェヘラザードだったのだろう。自分の逸物を摑んで、みずからのファンタジーの熱にうかされて自慰にふけったとき、彼の夢の女は彼自身だったのだ。執筆行為には自己愛の側面があるということは、心理学者に指摘されるまでもない。自分の肉棒のかわりにタイプライターを打つわけだが、どちらの場合も、機知をひらめかせ、手捌きを敏速に、回りくどい技巧に熱中するという点では変わりがない。

もっとも、ドライな関係とはいえ、そこにはある種の性交もあったのではないか。ひとたび彼が仕事にもどると……アニーは仕事のあいだは邪魔をしようとしなかったが、終わるとすぐにその日に書き上がった分を持っていってしまう。口実は欠けている文字を埋めるため、ということだったが、じつのところは――セックスに鋭敏な男が、デートの相手の女が今夜陥落するかしないかを見抜くように、いまのポールにはよくわかった――彼女の欲求を充たすため、つまり〝ガッタ虫〟を満足させるためだったのだ。

（連続活劇だよ。そう、あれのくりかえしだ。ただ、こんどの場合は、毎土曜日の午後というのではなく、毎日毎日のお娯しみで、彼女を連れていってくれるのが、兄貴ではなく、彼女のペット作家ポール・シェルダンだということさ。)

痛みがすこしずつ和らいでゆき、耐久力が回復してくるにつれ、タイプライターの前にすわる時間もしだいに長くなっていった……が、どんなに書くスピードが上がっても、彼女の欲求を満足させるのには追いつかなかった。

〝ガッタ虫〟は二人を生き延びさせてきた——それがなかったら、とっくにアニーは彼を殺して、自殺していただろう——が、その半面、彼が拇指を失う原因ともなったのだ。ひどい話だが、おもしろくないこともない。(すこしはアイロニーも必要だぞ、ポール——気分昂揚のためにな。)

もっとひどい話になったかもしれないのだ。

たとえば、拇指ではなくて、ペニスを失ったかもしれない。

「こればかりは一つしかないからな」そう声に出して言って、ゲラゲラ笑いだした。歯の欠けたニタニタ笑いを浮かべている憎たらしいロイヤルを前にして、横腹と足首が痛みだすまで笑った。心が痛みだすまで笑った。そのうちに、笑いは涙の出ない歔泣《すすり》きの声に変わり、左手の拇指があった箇所までが痛みだし、それでやっと笑い止めることができた。どうやら頭も狂いだしたらしい、という気がする。

それならそれでも構わない、と思った。

九

ある日、それは拇指切除のすこし前だった——一週間たらず前だったろう——が、アニーが大盛りのヴァニラ・アイスクリームを二皿と、ハーシーの缶入りチョコレート・シロップ、レッディウィップのスプレー式缶、それに心臓内血液のようにまっ赤なマラスキーノ・チェリーの生物学標本のような瓶をもって、部屋にやってきた。

「今日は二人でサンデーを食べようと思ってね」と、アニーは言った。ひどく浮かれた口調だった。それがポールには気になった。彼女の声の調子も、落ち着かない目付きも気にいらない。あたし、これから悪戯をするのよ、とでも言っているような気色だ。それが彼を震えあがらせた。とっさに頭にうかんだのは、彼女が階段に衣類の山や猫の死骸を置いたときが、これと同じように浮かれたようすをしていたのではないか、ということだった。

「それは、ありがたいですね」彼はそう言って、アニーがアイスクリームのうえからシロップを注ぎ、スプレー式缶のホイップクリームを積雲のように押し出すのを眺めた。永年の甘味中毒者らしい、いかにも慣れている手付きだった。

「お礼を言うことはないわ。当然よ。よく働いてるんだからね」

彼女はサンデーの一皿をポールに渡した。三口食べたところで、甘さに辟易したが、彼は食べつづけた。そのほうが賢明だ。この風光明媚な西部の山中でのサバイバルの秘訣は、歌の文句ではないが、「アニーのふるまい、食べずばなるまい」ということだから。しばらく沈黙があったが、やがてアニーはスプレーを置くと、顎に垂れたチョコレート・シロップと溶けたアイスクリームの滴を、手の甲でぐいと拭って、楽しそうに言った。「さあ、つづきを話して」

ポールもスプーンを置いた。「何のことです？」

「小説のつづきを話してよ。とっても待ってられないのよ」

いつかは彼女がそう言いだすと、ポールにはわかっていたのではなかったか。たとえば新しい「ロケットマン」連続活劇のフィルム全二十巻がアニーの家に持ち込まれたとしたら、彼女は週に一巻ずつ、あるいは日に一巻ずつでも、観てゆくだけの辛抱ができるだろうか、ということだ。

ポールは皿のうえの崩れかかったサンデーをみつめた。チェリーの一個がホイップクリームのなかに埋もれかかり、もう一個はチョコレート・シロップのなかを漂っている。いたるところに甘い物のこびりついた皿が散乱していた居間のようすが目に浮かんだ。

いや、アニーは辛抱できるタイプではない。きっと二十巻全部を、目が疲れ頭が割れそうになろうと、一晩で観てしまおうとするにちがいない。

なぜならアニーは甘い物に目がないから。

「それはむりですよ」と、彼は言った。

彼女の顔がさっと曇ったが、そこには思いなしか、ホッとしたような色も覗いたようだった。

ぐっと抑えた。

「へえ？　どうしてなの？」

（一夜明けたら、おまえはもう私を尊敬しなくなるだろうからさ。）そう言いたかったが、ぐっと抑えた。馬鹿なことを言うんじゃない。

「私は話が下手ですからね」と、言うことにした。

アニーはサンデーの残りを、スプーンでごっそり掬い取り、それを立てつづけに五回口に運んで、ピチャピチャ音をたてながら平らげた。ポールがそんなことをしたら、喉が凍傷でイカれてしまうだろう。アニーは皿をおろし、ポールを睨みつけた。まるで彼はポール・シェルダンではなく、偉大なポール・シェルダンをずうずうしく批判した、どこかの馬の骨であるかのように。

「そんな話の下手な人が、どうしてベストセラー作家になれるの？　何百万もの人があんたの書いた本に夢中になるのは、どうしてなのさ？」

「話を書くのが下手、とは言わなかったでしょう。それだったら、自分で言うのもなんだが、かなりうまいと思っていますよ。だけど、話をするほうは、からっ下手でね」

「もっともらしい言い訳なんかして」彼女の顔はいっそう暗くなった。両手がスカートの厚い生地をぎゅっと握りしめている。ハリケーン・アニーがもどって来たのだ。またしても同じことのくりかえし。いや、まったく同じではない。彼はアニーを心底恐れてはいたが、以前ほどではない。もはや命が惜しいとは思わなかった。〝ガッタ虫〟がいようといまいと。ただ傷めつけられるのが怖いだけだ。

「言い訳じゃない」彼は答えた。「その二つはリンゴとオレンジぐらいのちがいがあるんですよ、アニー。話をするのが上手な人は、たいてい書くのは下手なものです。物書きがどんなに話下手かということは、『トゥデイ』ショウのインタビューで、作家がしどろもどろにしゃべるのを見れば、すぐわかるはずだがな」

「とにかく、あたしは待ちきれないの」拗ねたように言う。「おいしいサンデーを作ってあげたんだから、せめてちょびっとぐらい話してくれてもいいと思うわ。なにも全部とは言わないからさ……男爵はカルソープを殺すの？」目がキラキラ光る。「ほんとうに知りたいのはそのことなの。そして、殺すのなら、死体をどう始末するのか。バラバラにして例のトランクに詰め、彼の妻がずっと目を離さないようにする、ということかしら？　あたしはそうじゃないかと睨んでるんだけど」

ポールは首を横にふった。彼女がまちがっている、というつもりではなく、話すわけにいかないことを示すために。

アニーはいよいよ険悪になってくる。しかし声だけは、穏やかだった。「あんた、あたしをひっどく怒らせてるのよ――わかってんだろうね、ポール」

「わかっていますよ。しかし、どうしようもない」

「やってあげようか。あんたが話すように、やってあげようか」だが、そこには敗北の表情が見えた。何かをしゃべらせることはできても、小説の話をさせることまではできそうにない、と悟ったかのようだ。

「アニー、憶えていますか、子供が台所の流しのしたの洗剤をいたずらしているのを、母親に見つかって叱られたとき、どう言うかという話。『ママのケチ！』そう言うんでしたね。いまのあなたがそれとおんなじだ。『ポールのケチ！』ってね」

「これ以上あたしを怒らせると、なにするかわからないわよ」と彼女は言ったが、すでに危機は去ったことを、ポールは感じた。アニーは規律と行儀を守ることに、奇妙なくらい弱い。

「こっちとしても、譲るわけにはいかないな」と、言った。「あの母親とおなじようにね。私がノーと言ってるのは、ケチとか意地悪のためじゃない――あなたにこの小説をほんとうに気にいってもらいたいから、ノーと言うんです。もしも、あなたの望みどおりにしたら、あなたはそれが気にいらないかもしれないし、もう読みたくなるかもしれない」（そうなったら、私はどうされるんだい、アニー。）と、胸の裡でつぶやいたが、口には出さなかった。

「せめてあの黒人のヘジカイアが、ミザリーのお父さんの居所を知っているのかどうか、ということだけでも。せめてそれだけでも教えて！」

「あなたの望みは小説ですか、それともアンケートの回答ですか」

「そんな皮肉たっぷりな言い方はやめなさいよ！」

「だったら、私の言っていることがわからないようなふりをするのは、やめてもらいたいね！」彼も声を張りあげた。アニーはビクッとして、身を引いた。暗い表情はあとかたもなく消え失せ、あとにはさっきの悪戯をする少女の表情だけが残った。「あなたは金の卵を産むガチョウの腹を裂こうとしているんだ。そういうことだよ！　あの童話の農夫はそれをやったけど、あとには死んだガチョウと、なんの価値もない臓腑《はらわた》しか残らなかったじゃないか！」

「わかった」と、彼女は言った。「わかったわ、ポール。サンデーを食べてしまったら？」

「もう食べられない」

「そうね。あたしが気分を壊しちゃったからね。ごめんなさい。あんたの言うとおりなんでしょう。あたしがまちがってた」

すっかり平静になっていた。さらに鬱の症状か癇癪の爆発がぶりかえすのではと、ポールはなかば予期していたが、そういうこともなかった。これまでどおりの日常がもどってきて、ポールは執筆をつづけ、アニーは一日分の書き上がった原稿を読む、という毎日だった。その間何も起こらなかったので、あのときの口論と拇指切除とにじつは関連があったことに、ポールは気がつかないでいた。いまのいままで。

（タイプライターのことで苦情を言ったんだ。）それを思い出しながら、タイプライターをみつめ、芝刈り機ののどかな音に聞き入った。音はさっきより遠のいているように聞こえたが、それは芝刈り機が遠のいているからではなく、彼の意識のほうが遠のいているせいだ、ということがなんとなくわかっていた。微睡《まどろ》みかけているのだ。最近はよく、うつらうつらする。要するに老人ホームのボケ老人のようなものだ。

（くどくど言ったわけじゃない。たった一度、苦情を言っただけだ。その一度で充分だったのじゃないか。いや、充分どころか。あれは――そう――あの女の作った甘ったるいサンデーを食べさせられた日から一週間後だったか。そんなところだろう。一週間に苦情一回。あのナンシー・ワルバカマンガーとかなんとかいう女の店から、キーが全部そろっている、べつの中古タイプライターを買ったら、などということすら口にもしなかった。言ったのは、ただ、このカランカラン響く音で頭が変になりそうだ、ということだけだった。そしたら、目にもとまらぬ手練の早業、あっというまに、これ、このとおり、拇指が飛んだというわけだ。しかし、それはタイプライターの苦情を言ったからじゃない。そうだろう？　こっちが「ノー」と言い、彼女がそれを認めざるをえなかったからなのだ。あれは腹立ちから出た行為。自覚の結果の腹立ちだ。何の自覚？　それは、彼女がすべてのカードを握っているわけではなかったという自覚――こちらが受動的ではあるけれども、ある種の主導権を握っているということさ。〝ガッタ虫〟パワーだよ。要するに、シェヘラザードとしては、どうして捨てたものじゃなかった、ということ。〕

馬鹿ばかしい。お笑いだ。にもかかわらず、真実なのだ。それをたわごとだと嘲笑う人は、芸術の影響力――たとえそれが低俗な大衆小説のたぐいであっても――がいかに人の心を毒するかに気がついていないからである。家庭の主婦は昼メロの時間にあわせて仕事のスケジュールを立てる。彼女らが職場に復帰することになったら、いの一番にビデオカセット・レコーダーを買い込んで、昼メロを夜に観られるようにするだろう。アーサー・コナン・ドイルがライヘンバッハの滝でシャーロック・ホームズを殺したとき、ヴィクトリア朝のイギリス人がこぞって立ち上がり、ホームズの生還を要求した。その抗議の調子がまさしくアニーの場合とおなじ――死を悼むのではなく、激怒したのだ。ドイルが母への手紙に、ホームズを葬り去るつもりだと書いたとき、その母すら彼を叱責した。憤慨した母の返信には、「あのすてきなホームズ氏を殺す、ですって？　たわけたことを！　絶対にいけません！」と、書かれていたのだ。

それから、ポールの友人のゲイリー・ラッドマンのことがある。ゲイリーはボールダー公共図書館に勤めていて、ある日ポールが立ち寄ってみたら、彼の部屋のシェードが降ろされ、ドアには黒い喪章が貼りつけられていた。ポールは心配になってドアをノックした。激しく叩くうちに、やっとゲイリーの声が応じた。「帰ってくれ。今日は落ち込んでるんだ。ぼくにとって大切な人が死んだ」誰が死んだんだ、とポールが訊くと、物憂げに「ファン・デル・ファルクだよ」と答えた。そのままドアから遠ざかる足音が聞こえ、ポールはさらにノックをしたが、ゲイリーはもどってこなかった。後でわかったのだが、ファン・デル・ファルクというのは、ニコラス・フリーリングという作家が創造し、その後抹殺した、架空の探偵だった。

そのゲイリーの態度を、ポールは嫌味だなと感じた。キザったらしいポーズだと思ったのである。その考えは、一九八三年に『ガープの世界』を読んだときに一変した。彼はそのとき、ガープの下の息子がギアシフト・レバーに串刺しになって死ぬ場面を、就寝前に読むという過ちをおかした。それから何時間も眠れなかった。その場面が頭にこびりついて離れない。小説の人物の死を嘆き悲しむなんて馬鹿げていると、輾転反側しながらなんども思った。つまり、彼はまさに嘆き悲しんでいたのだ。そうは思っても何の足しにもならず、そのことから、ゲイリー・ラッドマンはあのときポールが感じた以上に、本気でファン・デル・ファルクのことを悼んでいたのではないか、ということに気がついたのである。それはまた、別の記憶をもよみがえらせた。十二歳のときの暑い夏の日、ウィリアム・ゴールディングの『蝿の王』を読み終わるところで、冷たいレモネードを取りに冷蔵庫へ行きかけていた……それが、突然方向転換し、それも駆け足になってバスルームに飛び込んだ。そして、便器のうえに屈み、嘔吐したのだった。

この奇妙な熱狂の例はほかにいくつもあった。ディケンズの『小さなドリット』や『オリヴァー・トゥイスト』の新しい号の小包が着くたびに、毎月ボルティモアの波止場が群衆に襲われた（溺死人まで出たが、それでもかれらは懲りなかった）という話。ゴールズワージの『フォーサイト・サガ』が完成するまで死なないと宣言した百五歳になる老婆が、最終巻の最後のページを読んで聞かせてもらってから、一時間とたたずに息を引き取ったという話。低体温症で危篤状態にあるとみなされた若い登山家が、その枕元で友人が『指輪物語』全篇をノンストップでぶっつづけに読んでやったところ、昏睡状態から蘇ったという話。その手の実例には事欠かない。

世のベストセラー作家はだれしも、おそらく作家が創り出した架空の世界にのめりこむ熱狂的な読者に悩まされた経験があるはずだ。（つまり、シェヘラザード・コンプレックスの症例だな。）と、なかば微睡《まどろ》みながら考えた。アニーの芝刈り機の音が、遠く近く、波のように寄せては返す。ポールは、ディズニー・ワールドやグレート・アドヴェンチャーの例にならって、ミザリー・テーマ・パークを造るよう薦める手紙を、二通受け取ったことを思い出していた。その一通には、稚拙な設計図まで入っていたものだ。だが、その手のブルーリボン賞ものは（すくなくともアニー・ウィルクスの出現以前では）、フロリダ州インク・ビーチのローマン・D・サンドパイパー三世夫人だろう。夫人の洗礼名はヴァージニアといい、その自宅の二階を「ミザリーの居間」に改造したのである。夫人が送ってきたポラロイド写真には、「ミザリーの紡ぎ車」だとか、「ミザリーの書き物机」（そこには、フェイヴァリー氏宛の、当十一月二十日の学校講堂での朗読会に出席します旨の、いかにも月並みな書きかけの手紙までが載っていて、それがまたポールの小説のヒロインにいかにもふさわしく、丸まった流れるような貴夫人の字体ではなく、四角張ったコッパープレート書体をいくぶん女性的にしたような字で書かれていた）だとか、「ミザリーの寝椅子」、「ミザリーの刺繍」（〝愛に従い、愛を従わせようと思うな〟）などなど。ローマン・D・（〝ヴァージニア〟）サンドパイパー夫人の手紙によると、写真に写っている家具はすべて本物で、模造品ではありませんとあった。そう言われれば、そうなのだろうと思うしかない。だとすれば、その架空世界を造るのに、夫人は何千ドルも費ったのにちがいない。夫人はさらに、彼の小説の人物を金儲けに利用しようというつもりは毛頭なく、ただ彼に写真を見せたかっただけなのですから、どこか悪いところがあったら指摘してください、と書いていた。彼女自身では大いに自信があるのだが、彼の意見を聞きたがっていたのだ。写真を眺めながら、ポールはなんともいえない、背筋の寒くなるような気持ちに襲われた。写真に撮られた自分自身のイマジネーションを眺めているようで、これからさきは、つねにローマン・D・（〝ヴァージニア〟）サンドパイパー夫人のポラロイド写真が念頭にうかんできて、彼のイマジネーションはその一次元の映像に占領されることになりかねない、とわかっていたからである。どこが悪いかを夫人に指摘する？　そんなことできるわけがない。ただ気掛かりなだけだ。ポールは祝賀と称賛の短い返事を書いた。かりにも彼がローマン・D・（〝ヴァージニア〟）サンドパイパー夫人について抱いた疑問――たとえば、彼女がどこまで狂っているだろうか、といったようなこと――は片鱗ものぞかせないように書いた。すると折り返し、さらに大量のポラロイド写真を同封した手紙が届いた。最初のは手紙二枚と写真七枚だったのが、こんどは十枚の手紙に、なんと四十枚の写真が入っていた。手紙にはそれぞれの品物をどこで手に入れ、それにいくら支払い、どういう修復を施したかというようなことが、綿々と書き連ねられていた。夫人はマッキボンという昔の小口径の猟銃を持っている男を見つけて、椅子のそばの壁に弾痕をつけてもらった、と書いていた——猟銃がたしかにあの時代の物かどうかは請け合えませんが、口径はぴったりのはずです、とあった。その写真のほとんどは、クローズアップで接写したものだった。裏面に手書きされた説明がなかったら、まるきりパズル雑誌の「これは何の写真でしょう？」という例の写真のように見えただろう。ペーパークリップが鉄塔のように写っていたり、ビール缶の引き輪がピカソの彫刻に見えたりする、例の拡大写真のことである。ポールはこんどは返事を書かなかったが、それで思い止まるようなローマン・D・(〝ヴァージニア〟)サンドパイパー夫人ではなく、さらに四通の手紙(どれにも追加のポラロイド写真が同封されていた)が送られてきたあげくに、心外そうな、いくぶん感情を害したらしい五通目が届いて、ようやく音信が途絶えた。

最後の手紙には、ただミセス・ローマン・D・サンドパイパーとだけ署名されていた。それまでの(カッコ付とはいえ)〝ヴァージニア〟という親しみを込めた挿入はなくなっていた。あの夫人の感情は、たとえ強迫的だったとはいえ、けっしてアニーのパラノイア的妄執にまで発展することはなかった。しかし、いま考えると、いずれも因《よ》って来《きた》るところは同じだったのだとわかる。それはシェヘラザード・コンプレックス。〝ガッタ虫〟の絶大な引力である。

ポールの微睡《まどろ》みは深くなり、ついに眠り込んだ。

一〇

最近のポールは、老人のように、突然、思いもかけないときに、うつらうつらしはじめ、眠り込んでも老人のように眠る——言い換えれば、つねに覚醒の世界と薄皮一枚で隔てられているだけの眠り、ということだ。だから、芝刈り機の音はずっと聞こえていた。だがそれはいま、もっと不規則な唸りに変わっている——電気包丁の音だ。

ロイヤルと欠落したnの字のことで苦情を言うのに、ポールは悪い日を選んでしまった。とはいえ、アニー・ウィルクスにノーと言うのに、良い日などというものはない。そのための罰を、延期させることはできるかもしれないが、避けることはできないのだ。

（「そう、そんなに気になるのなら、そのnのことを思い煩わなくてすむようにしてあげなくちゃね」）アニーが台所で、あちこち引っ掻きまわしている音が聞こえていた。物を放り投げたり、例の妙なアニー・ウィルクス語で毒づいている。それから十分ほどして、部屋に入ってきたアニーは、注射器と、ベータダインと、電気包丁を手にしていた。とたんにポールは悲鳴をあげはじめた。ある意味で、彼はパヴロフの犬のようなものだった。パヴロフが鈴を鳴らすと、犬は唾液を分泌しはじめる。それと同じで、アニーが注射器とベータダインの壜と刃物をもって寝室に入ってくると、ポールは悲鳴をあげはじめた。アニーは車椅子のそばのコンセントに包丁のプラグを差し込んだ。ポールはまたしても懇願したり、わめいたり、言うことを聞くからと約束したりした。彼が注射器をはねのけようとしたとき、アニーはおとなしくしないと、麻酔なしでやることになるからね、と言った。それでも彼が泣きながら注射針から逃げようとすると、そんなに厭なら、いっそ包丁であんたの喉をかっ切って、おしまいにしてしまおうか、とも言った。

それでポールはおとなしくなり、注射を受けた。アニーはベータダインを彼の左の拇指と包丁の刃にふりかけた。電気包丁のスイッチを入れると、刃が急激に前後に動きだし、ベータダインの褐色の滴を空中にはねちらしたが、アニーは気にするようすもなかった。どうせもうすぐ、もっと赤い滴が飛び散ることになるのだ。アニーはいったんこうと決心したら、絶対にやりぬく。懇願にも悲鳴にもたじろぐことはない。所信をつらぬく断固たる意志の持主なのだ。ブンブン震える包丁の刃で、まもなく消失する運命にある拇指と、人差し指のあいだの柔らかい水搔きを切り裂きながら、アニーは例によって〝ポールちゃんよりママのほうが痛いのよ〟式の声音で、あんたのことを好きなのよ、と言った。

そして、その夜……

（これは夢じゃないんだ、ポール。目覚めているときには考える勇気のないことを、考えているんだぞ。だから、目を覚ませ。たのむから、**目を覚ますんだ！**）

だが、目を覚ますことはできなかった。

拇指を切断されたその夜包帯を巻いた左手を胸のところで吊ってその痛みと薬のために呆け

たようになっているとアニーがケーキを持って陽気にはしゃぎながら入ってきて「ハッピー・バースデー・トゥ・ユー」と旋律のない調子だけでわめいたがその日は彼の誕生日でもないのにケーキのうえにローソクがぐるりと立っていてその中央の粉砂糖に特大のローソクが突き刺してあったがそれが彼の拇指灰色に変色した拇指で爪がすこしギザギザになっているのは彼が言葉を考えるときに爪を嚙む癖があるからなのでアニーが「ポールあんたがいい子にすると約束するならバースデーケーキを食べさせてあげるし特大のローソクは食べなくていいわ」と言うので彼は特大のローソクを食べさせられるのが厭だからいい子にすると約束したがそれはまた主として確実にアニーが偉大でアニーが立派だから食べ物のお礼を言わなければならないのと〈女の子は楽しみたいだけ〉だが『何かが道をやってくる』からどうか私の拇指を食べさせないでママ・アニー女神アニーがそばにいるときは素直にしていたほうがいいのはアニーがなんでも知っているからで彼が眠っているか目を覚ましているかちゃんと知っているしいい子か悪い子かちゃんとわかっているから温和《おとな》しくして泣かないように不平を言わないようにそれよりもなによりも悲鳴をあげないように悲鳴をあげるな悲鳴をあげるな悲鳴をあげるな悲鳴を

彼はあげなかった。

そこで目が覚めた。それが突然だったので、全身に痛みが走り、悲鳴をあげないために唇をきつく結んでいたのにもほとんど気がつかなかった。もっとも拇指切断はもう一カ月も前の出来事だったのだ。

悲鳴をあげないようにということにばかり気持ちが集中していたため、車廻しに車が入ってくるのは目に入らなかった。そして、それを目にしたときは、一瞬幻覚かと思った。

それはコロラド州警察のパトカーだったのである。

二

拇指を切除された後、しばらくは朦朧とした日々がつづいた。その間、執筆の仕事をべつにすれば、ポールのやり遂げた最大の難行は、つねに日時を確認しつづけることだった。彼は病的なまでそれに固執した。ときに五分間ほど居眠りすると、目覚めるとともに勘定しなおして、一分たりともまちがえていないことを確かめた。

(こっちまでアニーみたいになりかけている。)と、考えたこともあった。するど、内心の声がうんざりしたように問い返す。(だったら、どうだというんだ?)

足を切断された後——アニーが気取って、彼の「回復期」と呼んだ期間——彼はかなりよく小説の仕事をやった。いや、かなりよくというのは、こういう言い方ができるとしたら、偽りの謙遜でしかない。かつては煙草がきれたら書けないとか、腰痛や頭痛がちょっとでもひどくなったら書けないと思っていた男にしては、驚くほどよく仕事をした。それを果敢な行為だとでも信じられたらいいだろうが、これもまた逃避の手段にすぎなかったようだ。痛みがそれほどひどかった、ということだ。傷の治癒がはじまってからも、もはや存在しない足の〝幻覚掻

"痒"は痛みそのものよりも耐え難かった。いっとう気になったのは、ありもしない足の土踏まずの部分だった。夜中にときどき目を覚まし、右足の拇指で、いまは左足の末端となっている部分より四インチほど先の空間を掻いていることがあった。

それでも小説を書く仕事はつづけていた。

それでも、くしゃくしゃに丸めた用紙がふたたび紙屑籠にあふれるようになったのは、拇指切断と、「何がジェーンに起ったか?」に使われた映画の小道具じみた、異様なバースデーケーキ事件のあとになってからである。片足を失ったときは、死にそうになりながらも、仕事をつづけた。片方の拇指を失い、あの異様な衝撃をうけたとき、その逆のことが起こったのだろうか。

むろん、熱を出したこともある――それで一週間まるまるベッドに寝たきりになった。しかし、それはたいしたことではない。熱のいっとう高いときでも、三十八度二分ていどで、それが大きな転換の原因ではない。熱が出たのは、おそらく体の衰弱のせいであって、なんらかの病菌感染のせいではないだろう。熱などアニーには問題ではなかった。彼女の山ほどの薬の蓄えのなかには、ケフレックスやアンピシリンなどの抗生物質製剤もあったので、それをポールに服用させ、それで具合はよくなった……とはいっても、この異常な状態で可能な限度に、ということだが。それでも何かがおかしかった。活力の素が失われてしまったかのようで、仕事への意欲は薄れてしまっていた。彼はそれをnの字の欠落のせいにしようとしたが、それ以前はとくに気にもしていなかったのだ。それに、nの字の欠落などは、片足の欠落と、おまけに拇指を欠落したことに較べれば、なにほどのことがあろう。

理由はともかく、何かが彼の夢を掻き乱し、何かが原稿用紙の穴を塞ぎかけていた。その穴は、かつては、まちがいなくリンカーン・トンネルほどの大きさがあった。それがいまや、物見高い通行人が建築現場をのぞき見る、目隠しの布の小さな穴ていどのものに狭まっていた。穴の向こうを見たいと思ったら、首をのばし、目をくっつけてのぞかなければならないし、それでも肝腎なことはこちらの視野に入ってこない、ということもしばしばだった。視野が狭まっているのだから、当然のことである。

実際の原稿についてなら、拇指切断とそれにつづく発熱期間のあとに起こった変化は、一目瞭然だった。派手はでしい形容や大袈裟な表現が多くなっていた——自己のパロディ化、とまではいかなくとも、確実にその方向に流れつつあって、その流れを止めることはできないような気がした。さらに、ストーリーの逸脱が、地下室の隅でねずみが繁殖するように、こっそりと増殖していた。たとえば、男爵がいつのまにか三十枚にわたって、『ミザリーの旅』の子爵に変わっていたりして、その部分を後戻りして読み返し、すべて破り捨てることになったりした。

（そんなことは気にするな、ポール。）と、なんども自分に言い聞かせたが、そのうち数日たったら、ロイヤルがまずtを、そのつぎにはeを吐き出して、ほとんど役立たずと化してしまった。そういうわけだ。小説を書きつづけることは苦痛となり、それを完成することは生の終わりを意味する。その後者のほうが、どちらかというと前者よりは魅惑的に思われてきて、そのことがとりもなおさず、彼の肉体も頭脳も精神も刻々と悪化しつつあることを物語っているようでもあった。にもかかわらず、小説は彼の肉体や頭脳や精神とは無関係に、進行していた。

ストーリーの逸脱は厄介ではあったけれども、些末な問題でしかない。それよりストーリーを創ることのほうが、これまでになく困難になってきた――〝どうする？〟のゲームは、たんなる遊戯ではなく、骨のおれる作業となっていた。それでも小説のほうは、アニーにくわえられた数々の虐待にもめげず、進行しつづけている。彼女に拇指を切られたときに流れた半パイントばかりの血といっしょに、彼の内の何か――たぶん、ガッツ――が失われてしまったのだ、といってもいいが、しかし小説の出来はよかった。これまでのところ、最高のミザリーものだといえるだろう。プロットはいかにも通俗的だが、構成はしっかりしていて、控え目にいっても面白くできている。アニー・ウィルクス版という厳密な限定本（初版一部）以外で出版されることがあるとしたら、爆発的な売行きを示すにちがいない。つまり、ポールはこれを完成させるつもりだった。オンボロのタイプライターさえ保《も》つならば。

（おまえはタフなはずじゃなかったのか。）前にウェイト・リフティングをやったあとで、彼はタイプライターに心中で言ったことがある。彼の痩せた腕はブルブル震え、拇指を切断された痕が熱をもって疼き、額じゅうにうっすらと汗を浮かべていた。（おまえはくたびれた老いぼれの保安官をやっつけて、名前をあげようとしている、タフな若いガンマンだったはずだろう。ただおまえは早くもキーを一つ投げ捨てていて、ほかのいくつかも――たとえば、tとかeとかgとか――おかしくなりかけているじゃないか。ときには右に、ときには左に傾いたり、文字の行より上に飛び出しかげんになるかと思うと、下にずり落ちたりする。どうやら、くたびれた老いぼれのほうが、この勝負に勝ちそうだぜ。このくたびれた老いぼれのほうが、おまえを叩きのめしてしまいそうだ……そのことが、あの女にはわかってたんだ。だから、この左の拇指を切り落としたのかもしれん。言い古された文句だが、あいつは気違いかもしれんが、馬鹿じゃない。)

ポールは疲れた目で、タイプライターをじっと睨んだ。

(やれよ。ぶっ壊れるがいい。それでも私は小説を書き上げる。あの女が替わりのタイプライターを買ってくるなら、謹んでお礼を言うが、そうでなければ、用箋に手書きで書きつづけるまでだ。)

(ただ、けっして音はあげないぞ。)

(悲鳴はあげないぞ。)

(けっして。)

(あげない。)

一二

(悲鳴はあげない。)

窓際にすわって、いまははっきり目が覚めていた。そして、外の車廻しにいるパトカーが、かつて彼には左足があったということと同じように、現実であることをはっきり覚った。

（悲鳴をあげろ！　叫ぶんだ！）

叫びたいと思ったが、金縛りにあったようになっていた。口を開くことすらできない。叫ぼうとすると、目の前に、電気包丁の刃からベータダインの褐色の滴が飛び散る光景がうかび、耳には、斧を打ち込まれた骨の軋りと、Bernz-O-matiC にマッチで火をつけるブワッという音が聞こえてきた。

口を開こうとしたが、できなかった。

手を上げようとしたが、できなかった。

閉ざした唇のあいだから、呻きがもれ、両手がロイヤルの両側をでたらめに叩いていた。できたのはそれだけだった。それだけが自分の運命を左右する行為のすべてだった。この金縛りの地獄ほどに恐ろしい思いをしたことは――左脚は動いたのに、その先の足は動かないことに気づいた、あの瞬間を除けば――これまでにもなかった。現実の時間では、ほんの五秒か、せいぜい十秒の間のことだったが、ポール・シェルダンの頭のなかでは、何年もつづいたように思えた。

すぐそこの見えるところに、救いの手がある。こちらのなすべきことは、窓ガラスを割り、あの女が彼の舌に掛けた犬錠を破って、（助けて、助けてくれ、アニーから解放して！　女神から救ってくれ！）と、叫ぶだけでいい。

同時に、べつの内心の声が叫んでいた。（おとなしくするよ、アニー！　声はあげない。おとなしく、いい子にしてるから。叫び声はあげないと約束するから、これ以上切り刻むのはやめてくれ！）意識するとしないとにかかわらず、自分がどれほどアニーを怖がっているか、彼の本質的な自我——精神の熱と光と——をアニーにどれほど削り取られてしまったかを、理解していたのかもしれない。絶えざる恐怖にさらされつづけてきたために、かつては確固としていたはずの主体的現実が、ボロボロにされてしまったのだろうか。

ひとつのことだけは、はっきりしていた——舌が麻痺していることよりも、はるかに重大なことだ。タイプライターのキーが欠落したり、熱を出したり、ストーリーに逸脱が生じたり、さらにはガッツを失ったことより、はるかに重大なことだ。それは恐ろしいまでに単純明快。ポールが少しずつ死にかけている、ということである。そんなふうにして死んでゆくということは、恐れていたほど悪いものではない。しかし、それと同時に、彼の精神も薄れていっている。恐ろしいのは白痴化してゆくということなのだ。

(声をあげるんじゃない!)パニックに駆られた内心の声が叫んだ。警官がパトカーのドアを開け、〝熊のスモーキー〟みたいな帽子を被りなおしながら、外に出てきた。まだ若く、二十二、三歳ぐらいで、原油を垂らしたように黒いサングラスを掛けている。ちょっと立ち止まって、カーキ色の制服のズボンの皺をのばした。彼からほんの三十ヤードしか離れていない家の窓辺では、髯ののびた生白い老人のような顔をした男が、閉ざした口から呻き声をもらし、車椅子の肘掛けに渡した板を両手でいらいらと敲《たた》きながら、青い目を剝いて彼をみつめている。

叫ぶんじゃない

(いや、叫ぶんだ。)

叫べばすべてが終わる、叫べば終わりに

(ならない。死ぬまで終わらないんだ。あの坊やじゃ、女神に太刀打ちできっこない。)

ポール、おまえはすでに死んでしまったのか？　声をあげろ、この腰抜け野郎！　**声をかぎりに叫ぶんだ！**

閉ざしていた唇が剝がれるように開いた。肺に空気を吸い込み、目をつぶった。何と叫ぶつもりか、自分でもわからなかった。

「**アフリカ！**」彼は叫んでいた。震える両手を鳥が飛び立つように挙げて、割れそうになる頭を押えるかのように、側頭部をしっかりと挟んだ。「アフリカ！　アフリカ！　助けて、助けて！　アフリカ！」

一三

彼は目を開いた。警官が家のほうを見ている。サングラスのせいで、スモーキーの目はポールには見えなかったが、訝しげに首をかしげているのはわかった。さらに一歩こちらに近づいてから、足を止めた。

ポールは板に目をやった。タイプライターの左手に、重い陶器の灰皿がのっている。かつては揉み消した吸い殻でいっぱいになったこともあっただろうが、いまはペーパークリップとタイプ用消しゴムだけで、健康に有害なものは何も入っていない。ポールはその灰皿をつかむと、窓に向かって投げつけた。ガラスが割れた。ポールにとって、これほど解放感をあたえる音は聞いたことがない。(壁は破られたぞ。)目も眩む思いで、彼は叫んだ。「こっちだ！　助けてくれ！　あの女に気をつけろ！　彼女は狂っている！」

警官はポールをみつめた。口をあんぐり開けている。胸のポケットに手を入れて、写真らしきものを取り出した。それを見ながら、さらに車廻しの端まで進んできた。そして発した言葉が、ポールが聞いた彼の唯一の言葉となった。そのあと彼はいろんな声を発したが、どれも言葉にはならなかった。

「あ、やっぱり」と、警官は叫んだ。「あんただ！」

ポールは警官にばかり注意を奪われていたので、アニーの姿が目に入らなかった。そして、目に入ったときは、すでに遅すぎた。彼女の姿が見えたとき、ポールは迷信じみた恐怖心にとらわれた。アニーは女神に変身していた。半身は女で、半身は芝刈り機の、女ケンタウロス。被っていた野球帽は脱げ落ち、顔は怒りの形相にゆがみ、片手に木の十字架をつかんでいる。十字架は、あのとき最後に鳴かなくなった牝牛の、墓に立てられていたものだ。

あの牝牛はやはり死んだのだった。春の訪れとともに、地面が柔らかくなってから、ポールは窓際にすわって、牝牛の埋葬を、畏怖の念半分に笑い転げたい気持ち半分で眺めていたものだ。アニーはまず墓穴を掘り（それだけでほぼ一日かかった）、納屋のうしろから牝牛の死骸を（こちらもかなり柔らかくなっていた）引きずってきた。チェロキーのトレイラー連結器にチェーンを着け、チェーンの反対端を輪にして牝牛の胴体に巻きつけていた。ポールはひそかに、墓穴につく前に牝牛の胴体がちぎれるだろうと、独りで賭けをしたが、賭けは負けだった。

アニーは牝牛を墓穴に押し込んで、上から土を掛けはじめた。穴を埋めおえたのは、夜もずいぶん更けてからだった。

それから、アニーは十字架を立て、春の月明かりに照らされながら、墓のそばで聖書を読んだ。

いま彼女は、その十字架を槍のように構え、土が付いて黒ずんだ尖端をまっすぐ警官の背中に向けていた。

「うしろだ！　気をつけて！」ポールは叫んだ。すでに遅すぎるとわかっていたが、それでも叫んだ。

アニーはヨーデルのような細い叫び声とともに、牝牛の十字架を警官の背中に突き刺した。

「うわっ！」警官は叫ぶと、十字架の突き刺さった背中を反らし、腹を突き出した格好で、ゆっくりと芝生のうえを歩きだした。その顔は腎結石が尿道を通りぬける痛みを堪えているような、あるいは毒ガス攻撃をうけたときのような表情をうかべている。背中から十字架をぶらさげて、ポールの土気色の顔が割れたガラスのギザギザに縁どられて覗いている窓に歩み寄ってくる。警官は両手を肩越しにそろそろと背中へまわした。まるで手のとどかない箇所の痒みを掻こうとしているようだった。

アニーは芝刈り機から降り、凍りついたように佇立して、広げた指を両の乳房にぎゅっと押しつけている。それから前に跳び出すなり、警官の背中から十字架を抜き取った。

警官は彼女のほうに向きなおって、腰の拳銃に手をのばした。その腹部にアニーが十字架の尖端を突き立てる。

「おえっ！」と呻いて、腹部をつかみ、膝を折った。屈みこむ警官の茶色の制服のシャツに、最初の一撃の突き破った穴があいているのが、ポールの目に映った。

アニーはまた十字架を引きぬいた。尖った先端が折れて、ギザギザに裂けた折れ口が残った。それをこんどは、肩胛骨の間にぶちこんだ。まるで吸血鬼退治でもしているようだった。それまでの二度の攻撃は、重傷をあたえるほど深くは刺さらなかったかもしれないが、こんどは、膝をついている警官の背中に少なくとも三インチはめりこんで、彼を地面に打ちのめした。

「**どうだ！**」アニーは叫んで、牝牛の墓標である十字架を、ぐいと捻りながら警官の背中から抜き取った。「**思い知ったか、このゴロツキ屋！**」

「アニー、やめろ！」ポールは叫んだ。

彼女は目を上げてこちらを見た。その黒い目がコインのようにキラリと光り、髪は乱れて太った毒キノコのような顔にまとわりつき、唇の両端をひきつらせてニタリと笑った。少なくともその瞬間は、すべての束縛から脱した狂人の笑いだった。それから、視線を足元の警官に移した。

「**どうだ！**」また叫ぶと、十字架をその背中に突き立てた。さらに尻を、片方の太腿を、首筋を、股を、たてつづけに五、六回突き刺しながら、「**どうだ！**」とそのたびに喚く。そこで十字架がまっぷたつに割れた。

「どんなもんだ」アニーはさらりと言ってのけると、さっき芝刈り機で現れた方向へ歩き去った。そしてポールの見ている前を通り過ぎるときに、血のついた十字架をポイと投げ捨てた。

一四

ポールは椅子の車輪に手をかけて、どこへ行こうか、何をするべきかと、思案に迷っていた。台所へ包丁を取りに行くか？　アニーを殺すためでは、もちろんない。彼の手に包丁があるのを見たら、アニーは即座に差し掛け小屋にひきかえして、ショットガンを持ち出してくるにちがいない。彼女を殺すためではない。彼女が報復のためにポールの手首を切り裂くのから、身を護るためだ。自分でも本気でそう思っているのかどうか確信はないが、良い思いつきであることはたしかだろう。舞台からの退場の時というものがあるのなら、いまがその絶好の時だからだ。アニーの激情のために、これ以上手足を失うのは耐えられない。

そのとき、ポールはハッと身を硬ばらせた。

警官だ。

警官はまだ生きていた。

いま頭を上げたのだ。サングラスは落ちていた。彼の目が見えた。いかにも若い顔。若くて、傷つき、怯えている顔。その顔を血が幾筋も流れおちている。どうにか四つん這いの姿勢になったが、すぐに崩れた。また起き上がり、パトカーのほうへ這いずりはじめた。

ゆるやかに傾斜した芝生のうえを、家と車廻しの中間あたりまで進んだところで、バランスを失って仰向けに倒れた。そのまま、甲羅のしたにもぐりこんだ亀のように、手足を縮めて寝転がっていた。やがて、ゆっくり横向きになり、力をふりしぼってまた四つん這いの姿勢にもどった。制服のシャツもズボンも血潮でみるみる黒ずんでくる。いくつもの小さなしみがすこしずつ広がって、隣のしみといっしょになり、どこまでも大きく拡大されてゆく。

スモーキーは車廻しに達した。

だしぬけに、乗用芝刈り機の音がけたたましく高まった。

「気をつけろ！」ポールは叫んだ。「気をつけろ、彼女がくるぞ！」

警官は顔をふり向けた。いまにも失神しそうな顔に驚愕がはしり、ふたたび腰の拳銃をまさぐった。抜き出したのは、銃身が長く、茶色の木のグリップの付いた、黒い大きな拳銃だった。そのときアニーが姿を現した。芝刈り機のサドルにまたがって、全速力で接近してゆく。

「撃て！」ポールは金切り声をあげた。

警官はそのダーティ・ハリー流のでかい拳銃を構えそこない、取り落とした。手をのばして、拾い上げようとする。アニーが芝刈り機の方向を転じて、のばされた手を前膊ごと轢きつぶした。芝吐き出し口から、血がジェット噴射のように吹き出した。ハイウェイパトロールの制服を着た若者が絶叫した。回転刃が拳銃にぶつかって大きな金属音をたてる。

アニーは機械を芝生のうえに乗り上げ、それを利用して方向転換させた。その瞬間、彼女の目がポールを見た。ポールはその一瞥の意味を理解したと思った。スモーキーを片づけたら、つぎはあんたの番だよ。

若い警官はまた横向きになりかけていた。芝刈り機が向かってくるのを目にすると、彼は仰向けに転がって、車廻しの地面を踵で必死に掻きながら、パトカーのしたへ逃げ込もうとした。しかし、そばまでも行き着くことはできなかった。アニーは芝刈り機のスロットルを最大限に開いて、若者の頭部に乗り上げた。

ポールは最後の瞬間に、恐怖をたたえた茶色の目と、身を護ろうとして弱々しく上げられた腕から垂れ下がっている、カーキ色のシャツのボロボロになった袖とを見た。その目が芝刈り機のしたに隠れ、ポールは目をそむけた。

芝刈り機のエンジンが、突然ガクンと停まり、汁気の多い果物を挽き潰すような異様な音がした。

ポールは目をつぶり、車椅子の横の床に嘔吐した。

一五

目を開けたのは、勝手口のドアに鍵を差し込む音が聞こえてからである。ポールのいる寝室のドアは開いたままだった。アニーが廊下をやってくるのが見える。茶色の古いカウボーイ・ブーツを履き、ブルージーンズのベルト通しに鍵束をぶらさげ、血が点々ととびちった男物の

Tシャツを着ている。ポールは身を竦めた。（これ以上どこかを切り落とすなら、私は死ぬ。切断のショックを受ける前に、死んでやるぞ。）そう言いたかったが、言葉が出てこなかった。われながら情けないことに、怯えた震える声がもれただけだった。

どっちにしても、アニーは彼にしゃべる余裕をあたえなかった。

「あとで話をつけるからね」そう言って、外からドアを閉めた。鍵を掛ける音——トム・トワイファードでも歯が立たない新式のクレイグ錠かな、とポールは思った——がして、ブーツの非情な踵の音が廊下を遠ざかっていった。

ポールは首をめぐらせて、ぼんやりと窓の外を見た。横たわっている警官の顔の部分は、芝刈り機の下になったままだった。機械はパトカーに凭れかかる格好で傾いている。乗用芝刈り機は通常よりは広い芝地を刈り込むために作られた、小型のトラクター様の乗物である。岩や、倒木や、警官の頭部に乗り上げて、バランスを保てるようには作られていない。もしもパトカーがあの位置に駐車していなかったら、または警官がアニーに襲われる前にパトカーのそばまで行っていなかったら、芝刈り機はまちがいなく転覆して、アニーを放り出していただろう。そうすれば、彼女も重症を負っていたかもしれないのだ。

（どこまで悪運の強い女だ。）ポールは暗鬱な思いで、アニーが芝刈り機のエンジンをニュートラルに入れ、ぐいと一押しして警官のうえから退けるのを眺めた。芝刈り機の側面がパトカーを擦り、塗料を削り落とした。

いまは警官の死体がすっかり見えていた。まるで悪童どもにめちゃめちゃにされた大きな人形のように見える。ポールは名前も知らない若者への同情で胸が痛んだが、そこにはべつの感情もまじっていた。それが羨望だとわかっても、とくに驚きはしなかった。警官は、もしいるとすれば、妻子のもとへ帰ることはできなくなってしまったが、そのいっぽう、もはやアニー・ウィルクスの手の届かないところへ行ってしまったわけだから。

アニーは警官の血だらけの手をつかんで、車廻しを引きずってゆき、納屋のなかに入っていった。出てくると、半開きになっていた納屋の扉をいっぱいに開いた。それからパトカーに歩み寄る。ほとんど泰然といっていいくらいの落ち着きぶり。パトカーに乗り込んで、エンジンをスタートさせ、納屋のなかに入れる。ふたたび出てきて、納屋の扉を彼女が出入りできるだけの隙間をのこして、閉めた。

車廻しのなかばまでもどってくると、腰に手をあて、まわりを見わたした。またしても、泰然とした表情を、ポールは見て取った。

芝刈り機の下側は血で汚れていた。とくに芝吐き出し口のまわりはひどく、まだ血が滴っている。カーキ色の制服のちぎれた布切れが、車廻しに散らばり、刈ったばかりの芝生で風に揺れている。いたるところに血の痕があった。警官の拳銃は、銃身に長い光る疵がついて、泥にまみれて落ちていた。厚手の四角い白い紙が、アニーが五月に植えた小さなサボテンの刺に引っ掛かっている。牝牛の割れた十字架は、この惨状への証言のように、車廻しに横たわっていた。

アニーは台所のほうにもどってゆき、ポールの視界から消えた。彼女の歌声が聞こえてくる。
「あの娘《こ》は六頭の白馬を駆ってやってくるだろう……あの娘《こ》は六頭の白馬を駆ってやってくるだろう。六頭の白馬を駆って、六頭の白馬を駆って……六頭の白馬を駆ってやってくるだろう！」

また姿が見えた。両手に大きなグリーンのゴミ袋を持ち、ジーンズのヒップポケットにさらに四、五枚つっこんでいる。Tシャツの腋の下と首のまわりに、汗のしみがひろがっている。彼女がむこうを向いたとき、背中にも汗のしみが、樹木が枝をひろげるような図を作っているのが見えた。

（布切れを拾い集めるにしては、ずいぶんゴミ袋が多いな。）とは思ったが、むろん拾い集めなければならない物は、ほかにもいろいろある。

まず制服の切れ端を拾い、つぎは十字架。それを二つに折ってから、ビニール袋に入れた。なんとそのあとに、片膝をついて祈りをささげた。つづいて拳銃を拾いあげ、シリンダーを回して弾丸を抜き出すと、弾丸を片方のヒップポケットに入れた。それから、慣れた手付きでシリンダーをもどし、拳銃をジーンズのウェストバンドに差し込む。サボテンに引っ掛かった紙片をつまみあげると、それをしげしげと眺めた。それもべつのヒップポケットに突っ込む。そのあと、納屋へ行って、ゴミ袋をなかに放り込み、家のほうへもどってきた。

芝生を歩いて、ポールのいる窓のすぐ下にある、地下室の跳ね上げ戸のあたりまで来た。そこに何かを見つけたらしい。彼女が拾いあげたのは、灰皿だった。それを割れたガラスの間から、そっと手渡した。

「ほら、ポール」

ポールは力なく受け取った。

「ペーパークリップはあとで拾うからね」と、ポールが訊きでもしたかのように、言った。一瞬ポールは、彼女が屈みこんだところを狙って、この重い陶器の灰皿を頭に投げつけてやろうかと思った。それで彼女の頭蓋骨を割って、脳みそに巣くっている病気を追い出すことはできないか。

だが、彼女に傷を負わせたら、自分がどんな目に遭わされるかを考え、震える拇指のない手で灰皿をしっかり押えた。

アニーがこちらに顔を向けた。「あたしが殺したんじゃないからね」

「アニー――」

「あんたが殺したんだ。あんたが口を閉じてさえいれば、黙って帰らせてやったんだ。あの男も死なずにすんで、こんな厄介な後かたづけをすることもなかったのよ」

「そう」と、ポールは言った。「彼は帰っていっただろう。それで、私はどうなったかな？」

アニーは跳ね上げ戸をあけて、ホースを取り出し、それを輪にして腕に掛けた。「どういう意味かわからないわ」

「いや、わかっているはずだ」ショックに萎えた心の底に、醒めた部分があった。「彼は私の写真を持っていた。さっきあなたがポケットに入れたのがそうじゃないかな？」

「質問はやめなさい。嘘は言わないから」ポールのいる窓の左手の、家の壁に水道の蛇口が付いていた。アニーはホースの先をそこに捩じ込んでいる。

「州警察の警官が私の写真を持っていたということは、私の車が見つかったということだ。いずれ見つかることは、わかっていた。むしろ遅すぎたくらいだよ。これが小説のなかでなら、車はどこかに流れ去ってしまった、ということにしてもいい――読者にそう信じ込ませることもできる——だけど現実には、そうはいかない。にもかかわらず、私たちはおたがい、自分を欺いてきたんだ。そうだろう、アニー？　あなたは本のために、私はどんなに惨めになろうと、自分の命のためにね」

「何の話だか、さっぱりだね」アニーは蛇口をひねった。「あたしにわかってるのは、あんたが窓から灰皿を投げたときに、あの可哀そうな男を殺したんだ、ということだけよ。あんたはあいつの身に起こったことと、自分の身に起こるかもしれないことを、ごっちゃにしてるんじゃないの」そう言って、ニヤリと笑いかけた。その笑いには狂気が宿っていたが、それよりももっと背筋をゾッとさせるものが感じられた。それは悪の性根——彼女の目の奥ではしゃいでいる悪魔の姿だった。

「くそったれめ」

「気違いの、くそったれめ、じゃないの？」まだニヤつきながら言う。

「ああ、そうだ——おまえは気違いだ」

「へえ、そのことについて話し合わなくちゃね。もっと時間があるときにね。とっくりと話し合いましょ。だけどいまは、見てのとおり、あたしは忙しいんだから」

彼女はホースをのばしていって、先端のノズルを開いた。それから三十分ちかくもかけて、芝刈り機と車廻しと芝生についた血痕を洗い流した。飛び散る水煙のなかに、いくつもの虹が浮かんでいた。

洗い終わってノズルを閉め、ホースを腕に捲きとりながらもどってきた。まだ明るかったが、すでに彼女の背後には影が長くのびている。もう六時ちかかった。

ホースを蛇口から引き抜いて、跳ね上げ戸をひらき、グリーンのプラスティックの蛇のようなホースをしまう。戸を閉め、閂をかけ、体を起こすと、水溜りのできた車廻しと、大量の露をかぶったようになった芝生を眺めわたした。

芝刈り機のところへ引き返し、乗り込んで、エンジンをかけ、方向を転じて動かしていった。ポールはかすかに頬笑んだ。アニーは悪運が強い。必要に迫られると、ほとんど悪魔のような巧知すら発揮する。が、そのほとんどというところが曲者なのだ。彼女はボールダー病院でうっかり尻尾をだし、なんとか切り抜けられたのは、悪運がついていたからだった。そしていままた、その〝うっかり〟をやらかした。ポールはそれを見とどけていた。アニーは芝刈り機の血痕を洗い流したが、下部についている刃――その意味では、刃が付いているハウジング全体――を洗うのを忘れている。あとで思い出すことは、たぶんないだろう。切迫した情況が過ぎると、アニーの頭はケロリと忘れてしまうのが常だからだ。彼女の頭とあの芝刈り機に共通しているもの――それは一見別条がないように見える、というところである。ところが、そいつをひっくり返して調べてみると、鋭い刃にべっとり血がこびりついた殺人機械であることが判明する。

アニーが勝手口のドアを開けて、屋内に入ってきた。二階に上がり、しばらく何かをかきまわしているらしい音が聞こえていた。やがて下りてきたが、ゆっくりと、なにやら柔らかくて重い物を引きずって下りてくる。ポールは思案してから、車椅子をドアのそばまで動かしてゆき、耳をおしつけて聴き入った。

かすかな遠のいてゆく足音――うつろな響き。何かを引きずっている音もつづいている。とっさにパニックの閃光が脳裏にひらめき、全身に恐怖の血がかけめぐった。

（差し掛け小屋だ！　小屋に斧を取りにいったんだ。あの斧を！）

しかし、それは瞬間的な条件反射にすぎず、すぐに思い直した。彼女は差し掛け小屋へ行ったのではなく、地下へ下りているのだ。何かを引きずって地下室へ下りている。

彼女が上がってくる足音がしたので、ポールはいそいで窓際へもどった。ブーツの足音がちかづいてきて、鍵を回す音がした。（殺しにやってきたんだ。）そう思うと、疲れきった安堵の気持ちがわいてきた。

一六

ドアが開いた。アニーはそこに佇立して、瞑想にでもふけるように彼をみつめた。清潔な白のティーシャツと、チノクロスのズボンに着替えている。ナップサックほどではないが、やや大きめのカーキ色のショルダーバッグを肩から提げている。

彼女が入ってきたとき、ポールはわれながら驚いたことに、いくぶんかの威厳すらこめて、こう言った。「さあ、殺すなら殺していいよ、アニー。ただし、さっさとやってもらいたい。もう切り刻まれるのはごめんだ」

「殺しゃしないわよ、ポール」彼女は足を止めた。「まだ運があるあいだはね。殺すべきだとはわかってるけど、あたしは気違いなんだから、そうでしょ？　気違いは自分の得になることばかり考えるとはかぎらないからね」

彼女はポールのうしろにまわり、車椅子を押しながら部屋を出て、廊下を進んでいった。シヨルダーバッグが彼女の脇腹に当たる音が聞こえた。ああいうバッグを彼女が提げているのを見たことは、これまでなかったな、とポールは思った。ドレス姿で町へ出掛けるときは、いつも大きなハンドバッグ――オールドミスの叔母が教会の慈善特売会に持ってゆくようなやつ――だったし、スラックスを穿いているときは、男のようにヒップポケットに財布をつっこんで出掛けた。

台所に射しこむ陽光は、明るい金色をおびていた。キッチンテーブルの脚がリノリウムの床に長い影を作って、それが刑務所の鉄格子の影のように見える。レンジのうえの時計は、六時十五分を指していた。アニーが時計にたいして、カレンダー（ここのはまだ五月のままだ）にたいするほどには杜撰《ずさん》ではない、と信じる理由はなにもないけれども、時刻はたぶん合っていそうだった。庭のほうで、コオロギが鳴きはじめた。（五体満足な子供のときに聞いたのと同じ鳴き声だな。）そう思うと、つい涙がこぼれそうになった。

食料貯蔵室に入ってゆく。地下室へ通じるドアは開いたままになっていた。下からの黄色い光が階段に射していたが、食料貯蔵室の床までは届いていない。冬の暴風雨で浸水したときの匂いが、まだ漂っていた。

（下には蜘蛛がいるぞ。ねずみもいる。）

「なるほど」と、彼は言った。「厄介払いというわけだ」

アニーは穏やかな苛立ちをみせて、ポールを見た。警官を殺したあとは、ほとんど正気を取りもどしているようだ。大掛かりなディナー・パーティーの準備にかかっている女のような、切迫したなかにも決然とした表情をみせている。

「地下に下りるんだけど」と、言う。「問題は背負われてがいいか、だっこされてがいいか。五秒で決めなさい」

「背負われるのがいい」即座に答えた。

「賢明だわ」彼女が背を向け、ポールはその首に両腕をまわした。「首を絞めようなんて、バカなことは考えないでよ、ポール。あたしはハリスバーグで空手を習ったんだから。強いのよ。振りとばしてやるからね。床は泥土だけど、固いんだから、背骨が折れるわよ」

ポールを背負って軽々と立ち上がった。彼の脚はもはや骨折は治っていたが、なにやら見世物小屋のテントの隙間から覗き見たしろもののように、醜く捩れ曲がっている。左脚の膝のあった部分が岩塩の塊のようになっていて、右脚よりゆうに四インチは短い。いちど右脚一本で立ってみようとやってみて、わずかな間なら立っていられることを発見したが、それだけで四時間は強い鈍痛が去らなかった。その奥深い箇所の鈍痛には、薬の効き目も届かないようだった。

アニーは地下室へと下りていった。古びた石と木材、浸水、腐った野菜、それらの混淆した匂いがむっと鼻をつく。三個の裸電球がぶらさがっている。剝き出しの梁のあいだに、古い蜘蛛の巣がハンモックのように垂れている。石壁は継目がいかにも無造作に塡められていて、子供が落書きした跡のように見える。空気はひんやりしていたが、気持ちのいい冷たさではなかった。

アニーに背負われて急な階段を下りながら、ポールはこれほど彼女と接触したことはなかったような気がした。ただ、もういっぺんはおなじ経験をすることになるだろう。気持ちのいい経験ではない。鼻孔に彼女の汗の匂いが侵入してくる。本来なら発汗の匂いは嫌いではない——それは労働や肉体的な努力との連想を喚起させるからだ——が、彼女の場合は、乾いた精液でごわごわしている古いシーツのような、淫靡な匂いがした。たぶんアニーは、カレンダーをめくるのに無頓着なように、シャワーを浴びるのも面倒くさがる性なのだろう。片方の耳が黒ずんだ茶色の耳垢でつまっているのを見て、かすかな嫌悪をおぼえながらも、これでよく物音を聞きつけることができるものだと、ふしぎに思った。

石壁のそばに置かれている物を目にして、さっき聞いた柔らかい物を引きずる音の正体がわかった。マットレスだった。その横に、TVディナーの潰れたトレイが置いてあり、缶詰と瓶詰がいくつか載っていた。アニーはマットレスのそばまで来ると、回れ右して、腰をかがめた。

「降りて、ポール」

ポールはそろそろと腕を放し、マットレスのうえに仰向けに横たわった。アニーが立ち上がり、カーキ色のショルダーバッグに手を入れるのを、ぼんやり眺める。

「いやだ」地下室の黄色い電灯の光が、皮下注射器にキラリと反射したのを見るなり、彼は叫んだ。「やめてくれ」

一七

「ほらほら」彼女は言った。「今日のアニーはとってもご機嫌なのよ。だから、リラックスしなさい、ポール」ＴＶディナーのトレイに注射器を置いた。「これはスコポラミンといって、モルヒネをベースにした薬なのよ。モルヒネがあってよかったじゃない。病院の薬剤の監視がどんなに厳しいか、前に話してあげたでしょ。ここに置いとくからね。地下室は湿気が多いから、あたしがもどってくるまでには、あんたの脚がひどく痛みだすかもしれないから。ちょっと待ってて」片目をつぶってみせる。妙に意味ありげな、共犯者が仲間におくるようなウィンク。「あんたが灰皿なんか投げるから、おかげでこっちは大忙しよ。すぐもどってくるわ」

彼女は上へあがっていって、まもなく居間にあったソファーのクッションと、ポールのベッドの毛布を持ってもどってきた。クッションをポールの背中にあてがって、なるべく心地よく坐っていられるようにしてやる——にもかかわらず、クッションを通して石壁の冷たさがじわじわと感じられ、いずれは凍りつくほど冷え込むだろうと予想された。

潰れたトレイにはペプシの壜が三本載っていた。その二本を、彼女は鍵束についている栓抜きであけ、一本をポールに渡した。そして、自分の分をラッパ飲みでいっきに半分空け、口に手を当ててレディのようにゲップを堪えた。

「話をしなくちゃ」と、言う。「というか、あたしが話すから、あんたは聴いてなさい」

「アニー、さっき気違いなんて言ったのは――」

「黙って！　そのことを言うんじゃないの。それについては、また後で話し合いましょ。だからって、あんたが――あんたみたいな考えることが本職のお利口さんが――考えたことに文句をつけようっていう気はないよ。あたしがこれまでにしたことは、壊れた車からあんたが凍死してしまわないうちに助け出して、折れた脚に副木をしてやり、痛みを和らげる薬をあたえ、あんたの面倒を見て、あんたが書いてた出来損ないの小説を捨てさせ、これまでの最高傑作を書かせてあげた。それだけだからね。それが気違いのすることだっていうのなら、精神病院に放りこめばいいじゃない」

（それができれば苦労はないさ。）そう胸の裡でつぶやき、思わず口走っていた。「私の足を切り落としたじゃないか、くそったれめ！」

アニーの手が風を切って鞭の音をたてた。ポールの顔がガクンと横を向く。

「あたしにそんな口をきくんじゃないよ」と、言った。「あんたはどうか知らないけど、あたしは育ちがいいんだからね。男の大事な物を切り落とされなくて、運がよかったと思いな。ほんとうは、そのつもりだったんだ」

ポールは彼女の顔を見た。胃袋が冷凍室に入れられたような感じだった。「わかっているよ、アニー」静かな声で言った。アニーの目が大きくなった。瞬間、彼女は驚愕と自責の表情を見せた。怒りが消えて、悪戯少女にもどった。

「聴いて。ようく聴くのよ、ポール。あの男のことで、だれかが調べにくる前に、暗くなってしまえばこっちのもの。あと一時間半もすれば、すっかり暗くなるわ。その前にやってきたら――」

ショルダーバッグに手を入れて、警官の四四口径を取り出した。裸電球の明かりに、芝刈り機の刃が銃身につけたジグザグの疵が稲妻のようにきらめいた。

「その前にやってきたら、これよ」と、言った。「まっさきにそいつ。つぎがあんた。それからあたし」

一八

暗くなったら、アニーはパトカーを運転して〝笑いの家〟へ行く、と言った。〝笑いの家〟には差し掛け小屋が付いていて、そこにパトカーを入れておけば、人目にもつかない。人に見られる危険があるのは、ハイウェイ九号線を走っているときだけだが、ハイウェイを走るのは四マイルだけだから、その危険も少ないだろう。九号線を外れてからの山道は、ほとんど車の通らない牧草地の道で、最近はそんな高地での放牧も稀になったから、ときにはまったく使用されない道も多い。なかには柵で通行止めになっている道もあるが、アニーはラルフと土地を買ったときに、柵を開ける鍵をもらっている。道と〝笑いの家〟の間の土地の持主が、鍵をくれたのだという。それが〝隣人〟というものよ、とアニーは言った。その言い方には、この快い響きの言葉にはそぐわない、猜疑と侮蔑と嘲笑のニュアンスがこめられていた。

「あんたから目を放さないために、いっしょに連れて行きたいんだけどね。どんなにあんたが信用ならないかわかったから。だけどそうもいかない。行きはパトカーの後ろの座席に乗せていけるけど、連れて帰ってくるのがむりなのよ。ラルフの小型バイクに乗ってくることになるから、転倒して骨でも折ったら、それこそ骨折り損」

彼女は愉快そうに笑ってみせたが、ポールはその冗談には乗らなかった。

「そんなことになったら、この私はどうなる？」

「だいじょうぶよ、ポール」と、穏やかな声にもどって言った。「なんて心配性なの、あんたは」

アニーは地下室の窓に寄っていって、外の暮れぐあいを眺めた。そのようすをポールは暗い気持ちでみつめる。もしも彼女が元の亭主のバイクに乗って、転倒するなり、舗装のない山道から飛び出すなりしたら、彼としてはだいじょうぶどころではなくなる。ここで野垂れ死にするはめになり、あげくのはてにはねずみの餌になるだけだろう。ねずみどもはいまでも、かれらの縄張りに侵入してきた二匹の二足動物を監視しているにちがいないのだ。上の食料貯蔵室のドアにはクレイグ錠が付いているし、跳ね上げ戸の閂はポールの手首ほどもある太いものだった。地下室にいくつかある窓は、いかにもアニーの妄想狂を反映して（それは当たり前の話で、家というものは住んでいる人の個性を反映するようになるものだから）縦二十インチに横幅十四インチていどの、汚れた銃眼といったしろものだった。かつて彼が最もスリムであったころでも、あれを通り抜けるのはむりだったろう。できるとすれば、窓ガラスを破って、声をはりあげて助けを呼びつづけることしかない。それで、飢え死にする前に、人が助けにきてくれるとすれば、まあましなほうだろう。

痛みの前兆が有毒な水のように、じわじわと脚に浸透してくる。それと、欲求。体がノヴリルを求めて疼きだした。これもまた〝ガッタ虫〟のせいか？　たしかにそうだ。

アニーが窓のそばからもどってきて、三本目のペプシの壜を取った。「出掛ける前に、もう二本もってきてあげるから」と、言う。「あたしは糖分をとる必要があるからね。かまわないかしら」

「もちろん。私のペプシはあなたのペプシ、だから」

彼女は壜の栓をあけて、ぐいぐいと飲んだ。〈ヘイッキ、イッキ、そこでヤッホーと叫びたくなる〉だれの歌だったか。ロジャー・ミラー、かな？　いまこんな歌を思い出すとは、おかしなものだ。

お笑いだ。

「あの男をパトカーで〝笑いの家〟まで運んでくるわ。彼の物はみんな持っていって。車を小屋に入れて、林のなかに彼を……彼の死体を……埋める」

ポールはなにも言わなかった。ただ牝牛のことを考えていた。鳴いて鳴いて、死ぬまで鳴きつづけた牝牛。西部の山の生活のもう一つの定理――〝死んだ牛は鳴かない〟。

「車廻しには入れないように、チェーンを掛けとくわ。警察が来たら、へんだと思うかもしれないけど、家までやってこられて、あんたの騒ぎ立てる声を聞かれるよりは、まだましだからね。猿轡を嚙ませておこうかとも思ったけど、猿轡は危険だから。とくに呼吸活動に影響のある薬を服用しているときはね。それとも、ゲロを吐くかもしれないし。ここは湿気が多いから風邪を引くかもしれない。鼻が詰まってしまって、口からも呼吸できないとなると……」

ふっとあらぬ方に目をそらし、空白状態に陥った。地下室の石壁のようにひっそり沈黙し、彼女が飲み干したペプシの壜のように空っぽ。〈そこでヤッホーと叫びたくなる〉。そういえば、アニーは今日、ヤッホーと叫んだのではなかったか。たしかにそのとおり。庭じゅうを血みどろの惨状にするまで、ヤッホーと叫びつづけたのだ。ポールは声をたてて笑った。アニーにはその声も聞こえなかったようだ。

やがて、ゆっくりと、正気にかえってきた。

ポールのほうに視線をもどし、目をしばたたいた。

「柵の金網にメモを付けておくわ」思考の流れにもどりながら、のろのろと言う。「ここから三十五マイルほどのところに町があるの。スチームボート・ヘヴンという、へんてこりんな名前の町。そこで今週、『世界最大のノミの市』っていうのをやってるわ。毎年夏にやるんだけど。あたしはそのスチームボート・ヘヴンに陶器を見に行くって、メモに書いとくわけよ。今夜は帰らないってね。あとで、どこに泊まったか、宿帳を調べるために尋ねられたら、良い陶器がなかったから、そのまま帰ってきたって言うわ。ただとっても疲れてたから、途中で車を停めて眠ったってね。ただとっても疲れてたから、ほんのちょっと眠るつもりだったけど、会場を歩きまわって疲れていたせいか、ぐっすり朝まで眠ってしまった。そう話すわ」

ポールは彼女の狡猾さに舌を巻いた。アニーはまさに彼にできなかったことをやってのけている。つまり、現実の場で の〝どうする？〟のゲームをやっているのだ。（だからこそ、たぶん、彼女は小説を書かないんだ。その必要がないから。）

「できるだけ早く帰ってくるわ。警察がきっとやってくるだろうからね」そのことを考えても、アニーはいささかも取り乱す気色はなかった。それでも心の片隅では、このゲームの終焉がまぢかに迫っていることに気がついていないはずはない、とポールには思えた。「今夜はもう来ないでしょう——パトロールで道を通るのはべつだけど——でも、そのうちにきっとくる。あの男が行方不明だとなるとね。彼の足取りを追ってきて、どこに立ち寄ったか調べようとするわ。そうでしょう、ポール？」

「そう」

「その前に帰ってこなければ。朝方にバイクで出れば、昼前には帰り着くでしょう。それならだいじょうぶ。あの男がサイドワインダーから来たのだったら、ここに着くまでに、いろんなところに立ち寄っただろうからね。

警察がくる前に、あんたを寝室にもどして、絨毯のダニみたいにぬくぬくとベッドに寝かしておく。縛りつけたり、猿轡を嚙ませたり、そういうことはいっさいしないからね。あたしが警官と話をするのを、覗いて見てもいいわ。こんどは、たぶん二人でくるでしょう。すくなくとも、二人以上でね。そうでしょう？」

そのとおりだと、ポールは思った。

アニーは満足したようにうなずく。「二人だって、相手になってやる」カーキ色のショルダーバッグを叩いてみせる。「覗くのはかまわないけど、あの男のピストルのことを忘れないでね、ポール。明日か明後日か、警察がやってきたとき、ピストルがずっとこのなかに入っていることを忘れないで。バッグはジッパーを閉めないで持ってるわ。あんたが警官の姿を見るぶんにはかまわないけど、むこうがあんたに気がついたら――今日みたいな真似をあんたがしなくて、それが偶然であってもよ――そのときは、バッグからピストルを出して、撃ちまくるからね。あの男が死んだのも、あんたのせいなんだから」

「くそったれ」彼女に殴られるのを覚悟で、そう言った。

だが、アニーは殴らなかった。母親のような静かな微笑をうかべただけだった。

「そりゃまあ、そういわれて、あんたがおとなしくしてるかどうか。あたしは安心してるわけじゃないよ。そりゃあね。警官二人が殺されるかもしれないとしても、あんたが何もしないとはかぎらない……それで自分が助かる見込みがあるとしたらね。だけど、そうはいかないんだよ、ポール。二人を殺さなければならないとしたら、あたしは四人とも殺すよ。そいつらと……それから、あたしたち二人。こういっちゃなんだけど、あんたはまだ命が惜しいんだと思うよ」

「それほどでもない」と、ポールは言った。「はっきりいって、日に日に、早く死んでしまいたいという気持ちになっているんだ」

アニーは笑った。

「ふん、聞いたふうな科白をいって。そういう連中にかぎって、こちらが人工呼吸装置に手を掛けたとたんに、態度がガラリと変わるんだから。そうなんだよ！　とたんに泣いたり喚いたり、ガキみたいになってしまうのよ」

（それでもおまえは、その手を引っ込めはしなかったんだ。そうだろう、アニー？）

「どっちにしても」アニーは言った。「どういうことになるか教えてあげとくわ。それでもやりたかったら、警察がやってきたときに、大声で喚くがいいよ。それはあんたしだいさ」

ポールはなにも言わなかった。

「連中がやってきたら、あたしは車廻しに出ていって、ええ、警察の方が見えましたって答えるわ。スチームボート・ヘヴンに陶器を見に出掛けようとしていたときに、やってきたってね。彼はあんたの写真を見せたけど、あたしはあんたを見掛けなかった、と答えた。そこで、警官の一人が『この前の冬のことですよ、ミス・ウィルクス、どうしてそうはっきり言えるんですか？』と訊くと、あたしは『エルヴィス・プレスリーがいまでも生きていたとして、あんたがこの前の冬にプレスリーを見掛けたとしたら、そのことをはっきり憶えてるんじゃないですか？』っていってやるわ。すると警官は、『そりゃそうでしょうが、それとこれとどういう関係が？』って訊くので、『だって、ポール・シェルダンはあたしの好きな作家で、写真はなんべんも見てますからね』と答える。そういっとかないといけないのよ、ポール。どうしてかわかる？」

わかった。彼女の狡猾さにいよいよ舌を巻く。わかってはいたが、やはり驚きだった。ポールはあの新聞の切り抜きを思い出していた。裁判が終わり、陪審員がもどってくるまでの待ち時間に、留置所の房にすわっているアニーの写真に付いていたキャプション。その一語一語を彼は憶えている——「悲嘆《ミザリー》にくれて？　〝ドラゴン・レディ〟ならぬアニーの読書をしながら評決を待つ姿」

「それで、警官はそのことを手帳に書き留めて、あたしにお礼をいったって話すわ。あたしは出掛けるので急いでたけど、コーヒーでもいかがって、警官にいったことにする。それはまた、どうして？　と二人は訊くわ。つまり彼が前の事件のことを知ってるかもしれないから、いまは万事が問題なくいってることを、わかってもらいたかったから、と答える。だけど、警官はまだ仕事があるのでと断った。そこであたしは、今日はとても暑かったから、途中で飲むようにと冷たいペプシをあげた。彼は喜んで、お礼をいった、というわけ」

アニーは二本目のペプシを飲み干して、空になったプラスティックの壜を、自分とポールの間に置いた。プラスティックを透かして、彼女の目が一つ目巨人キュクロープスの目のように、大きく揺らいで見える。頭は脳水腫にかかったように横に膨らんで波打っていた。

「この壜を二マイルほど先の溝に捨てておくわ」アニーは言った。「もちろんその前に、彼の指に触らせておいてね」

ポールに笑いかけた——干からびた笑い。

「指紋をつけとくのよ。それで、彼があたしの家に立ち寄ったけど、また先へ行った、と思われるでしょう。そう思わせるわけ。うまい考えでしょ、ポール」

ポールの驚きはいよいよ深まる。

「連中は道の先のほうを捜すけど、彼は見つからない。消えてしまったというわけ。笛を吹いて籠からロープを立ち上がらせる、インドの行者とおんなじで、彼はロープを上へ上へと登っていって、そのままフーッと消えてしまう」

「フーッ」ポールは息を吐いた。「それでも、いずれはここへもどってくる。それはわかってるわ。ここから先に、手掛かりはペプシの壜しかないとなると、あたしのことをもっと調べたほうがいいのじゃないか、と思うだろうからね。要するに、あたしは気違いなんだから、そうでしょ？　新聞が書き立ててたわ、まったく狂ってるって。

だけど、最初はあたしの話を信じるわ。いきなり家に踏み込んできて、家捜ししたりはしないでしょう――最初はね。いずれはもどってくるにしても、その前にほかを捜して、ほかの可能性を考えようとするわ。それでこっちは時間を稼げる。たぶん、一週間ぐらいかな」

ポールをじっとみつめた。

「仕事を急がなければならないわね」

一九

日が暮れた。警察はやってこなかった。それまでの時間を、アニーはずっとポールと過ごしていたわけではない。彼女は寝室の窓ガラスを入れ替え、芝生に散らばっていたペーパークリップとガラスの破片を拾いあつめた。明日警察が迷子の仔羊を捜しにきたとき、なにか異常なことに気がつくとぐあいが悪いからね、と彼女は言った。（芝刈り機の下を覗かせてやれよ。あれを見たら、たっぷり異常なことに気がつくだろうよ。）しかし、いかに彼の生き生きとした想像力を働かせてみても、芝刈り機の下を覗かせる方策は思いつけなかった。

「どうして、こんなことをあんたに話して聞かせたのかわかる？」一階へ上がってゆく前に、彼女は訊いた。「あたしの計画を、どうしてこんなに詳しく話したのか」

「いや」ポールは力なく答えた。

「ひとつには、これがどれほど際どい情況か、生きていたかったらどうしなければならないかを、あんたの肝に銘じておいてもらいたいからよ。それと、あたしがいますぐにでも片を付けてしまいたいと考えていることを、知ってもらいたかったの。小説のことさえなければね。小説のことが気掛かりなのよ」微笑した。晴れやかな微笑だったが、そこには妙に物欲しげな表情がのぞいていた。「あれはほんとに最高のミザリーものだから。最後はどうなるのか、どうしても知りたいの」

「私もだよ、アニー」と、ポールは言った。

アニーは驚いたように彼を見た。「どうして……だって、あんたにはわかってるんじゃないの？」

「小説を書き始めるときは、それがどう展開するのか、自分ではわかっているつもりでいる。だけど、実際は、結末がそのとおりになった試しはないんだ。ちょっと考えてみれば、それはそれほど驚くことじゃない。小説を書くのは、ＩＣＢＭを打ち上げるのに似ているところがある……ただ、この場合、ミサイルは空間を飛ぶのじゃなくて、時間のなかを飛んでゆくんだけどね。登場人物がストーリーのなかで生きる小説の時間と、作家が小説を書いてゆく現実の時間だ。小説を書き始めたときに考えていたとおりの結末にもってゆくのは、いわばタイタン・ミサイルを地球の半周先まで飛ばして、弾頭をバスケットボールのリングに落とすようなものでね。机上の計算ではうまくゆきそうに見える。そういう計算を立てて、いとも簡単だと平然と断言する人だっている。しかし、実際の確率はきわめて低いんだよ」

「ええ。わかるわ」と、アニー。

「確率を高めるには、きわめて優秀な航法システムを組み込んでいなければならない。ノーズコーンによほど強力な爆薬を詰め込んでおけば、それだけ命中しやすくなるだろう。いまのところ、私はこの小説に二つのエンディングを考えている。一つはたいへん悲しい結末。もう一つは、ハリウッド式ハッピーエンドとまではいかないまでも、すくなくとも未来に希望をのこすような終わり方だ」

アニーは警戒する表情を見せ……ふいに喚いた。「またミザリーを殺すつもりじゃないでしょうね、ポール、そうなの?」

ポールはチラリと微笑した。「もしそうだったら、どうする? 私を殺すかね? べつに怖くはないよ。ミザリーがどうなるか、まだわからないかもしれないが、私がどうなるかはわかっている……それとあなたがどうなるかもね。私が〝終わり《ジ・エンド》〟と書いて、あなたがそれを読み、それからあなたが〝終わり《ジ・エンド》〟と書く。そうじゃないか? 私たち二人の終わりだ。それはもうわかりきっている。だれがなんといおうと、事実は小説ほど奇じゃないんだ。たいていの場合、この先がどうなるかは、はっきりわかっている」

「でも――」

「どちらのエンディングになるかは、私にはおおよそわかっているつもりだ。ほぼ八十パーセントは確かだな。そのとおりになれば、あなたは満足するだろうね。しかし、たとえそうなっても、実際に書き終わってみなければ、そのディテールがどうなるかは、私にもあなたにもわからない」

「ええ――そうでしょうね」

「昔のグレイハウンド・バスの宣伝文句じゃないが、『向こうに着くだけなら楽しさ半分』ってね」

「どっちにしても、もうすぐよね」

「そう」と、ポールは言った。「もうすぐだ」

二〇

アニーは出掛ける前に、ペプシをもう一本と、リッツのクラッカー一箱、鰯の缶詰、チーズ、それと便器をもってきた。

「私の原稿と例の黄色い罫紙の用箋をもってきてくれたら、手書きで原稿書きをつづけられるんだがな」ポールは言った。「時間潰しにもなる」

アニーは考えてみてから、残念そうに首を横にふった。「できればそうしてほしいけどね、ポール。それだと電灯を点けておかなきゃならないし、そんな危険は冒せないわ」

地下室に独りでとりのこされることを思うと、またもパニックで体がカッと熱くなった。が、熱くなったのは一瞬で、こんどは寒気が襲ってきた。全身に鳥肌が立つのがわかる。穴のなかに隠れ、石壁のなかを駆けまわるねずみのことを思った。地下室が暗闇につつまれたら、あいつらがやってくる。ポールが無力なのを、あいつらは嗅ぎつけるだろう。

「暗がりに残していかないで、アニー。どうか、それだけは」

「そうはいかないわ。地下室に明かりが点いているのを見たら、人が調べにくるわよ。車廻しにチェーンが張ってあろうと、メモがあろうとなかろうとね。懐中電灯をあんたに持たせたら、それで合図をしようとするだろうし。ローソクをあげたら、家に火をつけようとするだろうしね。あんたのことは、ようくわかってんだから」

寝室を抜け出した回数の話のとき、彼はあえて抗弁はしなかった。彼女をいきり立たせるだけだとわかっていたからだ。しかしいまは、暗闇に独りとりのこされることの恐ろしさに、そんなことには構っていられなくなった。「家に火をつけたいと思ったら、とっくの昔にやっているはずじゃないか」

「いまは事情が変わったのよ」と、にべもなく言う。「暗がりに置いていかなきゃならないのは、気の毒だけどね。でも、これはあんたが悪いのよ。あんたがあんなまねをしたからだよ。

だから、出掛けなくちゃならなくなったんだ。注射をするときはね、脚に打ちなさいね」

そこで彼をじっと見た。

「それか、お尻にね」

階段へ向かった。

「だったら、窓に覆いをすればいい！」ポールはどなった。「シーツで覆いをするか……それとも、窓をまっ黒に塗りつぶすか……それとも……たのむ、アニー、ねずみが！　ねずみが！」

アニーは階段を三段上がったところで立ち止まり、光のないニッケル硬貨のような目でポールをみつめた。「そんな暇はないよ。ねずみなんか、どうってことないさ。あんたを仲間だと思うかもしれないよ。もしかしたら、養子にしてくれるかもね」

声をたてて笑った。階段を上がってゆくにつれて、笑い声はますます大きくなる。スイッチが切られて、電灯が消えた。アニーは笑いつづけている。ポールは叫び声をあげまいとした。懇願するのはやめろ、もう手遅れだ、と自分に言い聞かせた。しかし、じめついた暗がり、アニーの笑い声に、もはやがまんできなくなり、こんな仕打ちはやめてくれ、置いていかないでくれ、と喚きたてた。だが彼女は笑いつづけるだけ。ドアの閉まる音が聞こえ、笑い声は遠くなったが、それでもまだ聞こえている。笑い声はドアの向こう側、明かりのついている側から聞こえ、鍵を掛ける音がして、またべつのドアが閉まり、笑い声はますます遠ざかってゆく（が、まだ聞こえている）。またべつの鍵を掛ける音。差し錠を掛ける音。笑い声は家の外へと移動していった。アニーがパトカーのエンジンをかけ、バックで道路に出て、車廻しの入口をチェーンで遮断して、走り去ってしまってからも、まだ笑い声は聞こえていた。それはポールの耳に、いつまでも、いつまでも、響いていた。

二

部屋のまんなかに、暖房用ボイラーがうすぼんやりと浮かびあがっている。まるで巨大な蛸のようだ。夜あたりが静まりかえれば、一階の居間で鳴る時計のチャイムが聞こえるのではないか、と思っていたが、聞こえるのは夏の夜風の音ばかり、ただ時間だけが無限に延びてゆくように思われる。そして風がやむと、こんどはコオロギの声……それからしばらくして、彼が恐れていた秘《ひめ》やかな音がしはじめた。ねずみの動きまわる、幽かな物音。

しかし、彼が恐れていたのは、ねずみだったのか？　いや、そうではない。あの若い警官だ。例の〝生き生きとした〟想像が彼に恐怖をあたえることは、めったにあることではないが、いったんそうなったらもう処置なしである。いったん騒ぎだしたら、もうどうにもならない。それがいまや、騒ぐどころか、息の根を止めんばかりの勢いで暴れはじめていた。彼の想像しているいることが、まったくのナンセンスだということは、暗闇ではなんの意味もない。暗闇では、合理がばからしく思え、ロジックが夢に変じる。暗闇では、頭ではなく皮膚で考えるのだ。ポールの目には、ずっと、あの警官が納屋のなかで徐々に生命を——ある種の生命を——得て、起き上がる光景が見えていた。アニーが死体にかけておいた干し草が、警官のまわりや膝のうえにバラバラ落ちる。芝刈り機の回転刃で切り刻まれた顔は、血みどろのままだ。警官はいま納屋から這い出し、車廻しを地下室の跳ね上げ戸のほうへ進んでくる。引き裂かれた制服が吹き流しのように風にはためく。警官の体は煙のように跳ね上げ戸に吸い込まれ、地下室のなかでふたたび実体をとりもどす。それから、固い泥土の床をこちらに這ってくる。ポールが聞いている幽かな物音は、ねずみではなくて、警官が這い寄ってくる音なのだ。冷たい泥のような警官の死んだ脳のなかの思考が伝わってくる——おまえはおれを殺した。声をあげておれを殺した。灰皿を投げておれを殺した。ちくしょうめ、よくも殺しやがったな。

頬を死者の指が上から下へ撫でるのを感じて、ポールはけたたましい悲鳴をあげた。同時に脚をいきなり引っこめようとしたため、激痛が刺すようにはしった。夢中で払いのけると、それは指ではなくて、大きな蜘蛛だった。

急に動いたことで、これまで休止状態にあった脚の痛みと薬の禁断症状がぶりかえしたが、おかげで恐怖心もいくらか薄らいだ。目もはっきりして、前より夜目が利くようになり、そのぶん安心感が増した。といって、見るべきものがとくにあるわけではない。目に映るのは、ボイラー、石炭の小さな山、黒々した缶や道具がのったテーブル……それと、ポールが半身を起こしている場所のずっと右手に……あの形は何だ？　棚の横にあるものは？　あの形には見覚えがある。その形が嫌悪を呼び覚ます。三本脚で立って、上の部分が円形をしている。それはウェルズの『宇宙戦争』に出てくる殺人機械のミニチュアのように見えた。ポールは訝りながら、一瞬頭がくらくらとして、また目を凝らしなおした。(そうさ。はじめからわかっていたんじゃないか。あれは殺人機械だ。この地球上にあれを使う火星人がいるとしたら、そいつこそアニー・ウィルクス。あの女のバーベキュー・グリルだよ。あの女が『高速自動車』を茶毘《だび》に付した火葬場さ。)

臀部が麻痺してきたので体の位置をずらし、呻き声をあげた。瘤状になった左膝と骨盤の部分が、とくに痛みがはげしかった。だとすると、今夜はひどいことになりそうだ。なにしろ骨盤の痛みはこの二カ月、ほとんど治まっていたのだから。

手探りで注射器を取り上げたが、またもとにもどした。ごく弱い薬だからね、とアニーは言っていた。だったら、もっと後のためにとっておいたほうがいいだろう。

隅のほうでカサコソと音がして、彼はさっとそちらに目をやった。這いよってくる警官の姿がみえるかと思ったのだ。こまぎれ肉と化した顔から、こちらを睨んでいる茶色の目。おまえがあんなことをしなかったら、いまごろは家で、女房の膝に手をおいてテレビを観てられたんだ。

警官なんかいない。ぼんやりした影はただの想像か、ねずみかだ。ポールは意志の力でリラックスしようとした。長い一夜になりそうだ。

二二

すこしうつらうつらして、目を覚ますと、道端で寝ている酔っぱらいのように、頭が左のほうにだらしなく傾いた格好になっていた。体を立て直す。たちまち脚が疼きだす。便器を使った。排尿すると疼痛がはしった。尿道感染症かなにかになりかけているのだろう。それほど脆弱になっているということだ。何にたいしても、すっかり弱くなっている。便器をわきにどけて、また注射器を手に取った。

（スコポラミンの弱いやつだから、とあいつは言ったぞ。そのとおりかもしれないし、あるいは強力なやつを注入したのかもしれない。病院でアーネスト・ゴンヤーや〝クィーニー〟ボーリファントに注射したやつかもな。）

ポールは薄笑いをうかべた。だったらどうなんだ？　結構なことじゃないか。杭は永久に消滅する。引き潮もなくなる。永久に。

そう考えながら、左腿の脈をさぐった。これまで自分で注射をした経験はなかったが、われながらうまくやれた。

二三

死にはしなかった。眠りもしなかった。痛みは去り、ふわふわと肉体のいましめから解き放たれ、長い糸のさきで漂う思考の風船となった。

（おまえは自分自身にとってもシェヘラザードなんだ。）そう考え、バーベキュー・グリルを見やった。

ふいに、トランプスというグループのディスコ調の歌を思い出した――〈燃えろよ、燃えろ、お袋さんを焼きつくせ……〉

閃くものがあった。

そうだ。

〈お袋さんを焼きつくせ……〉

ポールは眠りに陥ちた。

二四

目が覚めたとき、地下室にはうすぼんやりと夜明けの光が射していた。アニーが置いていったトレイのうえに、おそろしくでかいねずみが、尻尾を体に巻きつけて坐り込み、チーズを齧っている。

ポールは悲鳴をあげ、身を竦めたとたんに脚に激痛がはしって、また絶叫した。ねずみは逃げ去った。

アニーはカプセルをいくつか置いていった。ノヴリルでは痛みは鎮まらないとは思ったが、何もないよりはましだ。

（痛みがあろうとなかろうと、どっちにしても朝のお薬の時間じゃないかい、ポール。）

カプセルを二錠、ペプシで流し込んで、うしろに凭れかかった。腎臓に鈍痛を感じる。内臓にも疾患が生じはじめているらしい。結構なことじゃないか。

（火星人。火星人の殺人機械。）

バーベキュー・グリルに目をやる。朝の光のなかで見れば、それがバーベキュー・グリルらしく、バーベキュー・グリル以外のなにものでもないように見えることを期待したのだ。ところが驚いたことに、あいかわらずウェルズの歩く殺人機械にしかみえなかった。

（閃くものがあったはず――あれは何だったか？）

トランプスの歌がよみがえってきた。

〈燃えろよ、燃えろ、お袋さんを焼きつくせ〉

（それで？　あのお袋さんは、ローソクもくれなかったじゃないか。爪の先に火をつけることすらできないぜ。）

下層部分の作業現場からメッセージが送られてきた。

（いま火をつける必要はない。いまここではな。）

（なんの話だ、おい。もっとちゃんと教えて――）

わかった。一瞬にしてわかった。みごとな構想だ。申し分なく完璧な、破壊的なアイデアだった。

〈お袋さんを焼きつくせ……〉

バーベキュー・グリルをみつめ、自分が原稿を焼いた――彼女に無理強いされた――ときの痛みがもどってくることを期待した。それはもどってきたが、わずかな痛みでしかなく、むしろ腎臓の鈍痛のほうが強いくらいだった。昨日、アニーは何と言ったか。「あたしがこれまでにしたことは……あんたが書いてた出来損ないの小説を捨てさせ、これまでの最高傑作を書かせてあげた……」

それもまた一理あるようでもあった。もしかしたら、彼が『高速自動車』の出来を買いかぶりすぎていた、ということもなかったとはいえないではないか。

（そいつは精神の鈍磨というやつだぞ）と、内部でささやくものがある。（もしもここから出られたとしたら、おまえは同じような考え方をしはじめ、もともと左足なんて必要じゃなかった、なんて言いだすのじゃないか——足の爪を切る手間が五本分はぶけた、なんてな。最近では、義足の技術もめざましく発達してるから、とか。いやいや、ポール、あれは優れた小説だったし、あれは大事な足だったんだ。自分を欺くのはやめようぜ。）

それでも、心の底には、そういう考え方こそ自分を欺くことではないか、と思う部分があった。

（そうじゃないよ、ポール。そいつは、はっきりいって、自分に嘘をつくことだ。物語を創る人間は、万人にたいして嘘をつくからこそ、自分自身にたいしては嘘をつけないのさ。妙な話だが、それが真実なんだ。いまみたいな馬鹿な考え方をするようだったら、さっさとタイプライターに覆いをかけて、株式ブローカーになる勉強でもはじめるんだな。なっちゃいないぜ。）

それじゃ、真実とは何だ？　真実とは、つまり、彼の作品が批評家から〝大衆作家〟（それは要するに、〝売文作家〟といわれる一歩——ごく小さな一歩——手前ということだ）のものだからと、ますます無視されることに、ひどく傷ついていた、ということだろう。自分では〝純文学作家〟だと思っていたからだ。くだらないロマンスものを書きとばすのは、ひとえに（華やかにファンファーレを、どうぞ！）〝本物の小説〟を書くための資金稼ぎでしかない、と思っていたからである。では、ミザリーを彼は憎んでいたのか。ほんとうにそうか？　憎んでいたとしたら、ああも易々とミザリーの世界にもどれたのは、どういうわけだ？　易々なんてものじゃない、嬉々として、まるで片手に好きな本を持ち、片手に冷えたビールを持って、風呂にでもつかるみたいに入っていったじゃないか。おそらくポールが憎んでいたのは、本のジャケットについた作者の写真に、いつもミザリーの顔が二重写しになっているように思われたことだろう。それがために、批評家たちに、作者が若き日のノーマン・メイラーやジョン・チーヴァーのような、〝ヘヴィーウェイト級〟の作家だと思われる妨げとなったからだ。その結果として、彼の〝本物の小説〟は、ますます自意識過剰の絶叫のようになっていったのではなかったか。それは声をかぎりに叫びつづける、「私を見ろ！　どんなにすばらしいか、よく見てくれ！　おい、そこの人たち、これにはパースペクティヴの転換がある。意識の流れの幕間劇がある。これが私の〝本物の小説〟なんだぞ、おい！　私から目をそらすんじゃない！　目をそらすなったら！　〝本物の小説〟から目を背けるな！　さもないと――」

　さもないと？　どうする気だ？　そいつらの足を切るか？　拇指を殺《そ》ぎ落とすか？　発作的な身震いにおそわれた。尿意をもよおした。便器をつかんで、ようやく膀胱を空にしたが、痛みはさっきよりひどくなっていた。排尿しながら呻き声をあげ、終わってからも呻きつづけた。

　そのうち、ありがたいことに、ノヴリルが効き目を――わずかだが――あらわし、うとうとした。

　瞼のふさがりかけた目で、バーベキュー・グリルをみつめた。

（あの女に『ミザリーの生還』を燃やさせられたら、どんな気がするかな？）と内心に声がささやき、ポールはギクリとした。遠のいてゆく意識のなかで、そうなったら胸が痛むだろう、と考えていた。そう、ひどく痛むだろう。それに較べたら、『高速自動車』が煙と化したときに感じた痛みなどは、アニーが斧で彼の足をぶった切って、編集者的権威を彼の肉体に行使したときの痛みと比較した、いまの腎臓の鈍痛ていどにしか思えないだろう。

しかし、ほんとうの問題はそういうことではない。

ほんとうの問題は、それをアニーがどう感じるかということだ。

バーベキュー・グリルのそばに、テーブルがある。そのうえに、広口瓶と缶が五、六個のっている。

その一つは木炭点火用のライター・オイルの缶だった。

（痛みに悲鳴をあげるのが、アニーのほうだったら？　どんな悲鳴をあげるか、聞いてみたいかい？　ほんとに聞いてみたい？　復讐は冷めてから食べるべき料理だ、という諺があるが、そういわれたのはまだロンソンのライター・オイルがなかった時代のことだからな。）

ポールは心のなかで、（お袋さんを焼きつくせ。）とつぶやいて、眠りに陥ちた。その蒼白い寝顔には、うすら笑いがうかんでいた。

二五

翌日の午後三時十五分に、アニーはもどってきた。ふだんは縮れている髪が、被っていたへルメットの形にぺったりと頭に張りついている。むっつりと黙りこくっているのは、鬱病の兆候というより、疲労のせいと、なにごとか考えこんでいるせいのようだった。無事に片づいたのかとポールが問うと、彼女はうなずいた。

「ええ、まあね。バイクのスターターの具合が悪かったのよ。そうでなきゃ、一時間は早く帰ってこれたのに。プラグが汚れててね。脚の具合はどう、ポール？　上に運ぶ前に、注射をしてあげようか」

じめつく地下室で二十時間ちかくすごしたせいで、左脚は、錆びた釘を打ちこまれたような感じがしていた。一刻もはやく注射を打ってもらいたかったが、ここではうまくない。それでは困るのだ。

「いや、だいじょうぶみたいだ」

アニーは背を向けてしゃがみこんだ。「それじゃ、つかまって。前にも言ったけど、首を絞めるまねなんかするんじゃないよ。あたしは疲れてるから、悪ふざけに付き合ってる余裕はないからね」

「ふざける元気なんかない」

「ならいいわ」

アニーは疲れた掛け声をあげて、立ち上がった。ポールは苦痛の呻きを必死で嚙み殺した。階段へ歩いてゆきながら、アニーはわずかに首をめぐらせ、缶の載ったテーブルのほうを見た――ように思われた。なにげなくチラリと見ただけだったが、ポールには、ながいことじっとみつめているように思えた。ライター・オイルの缶が紛失していることに気がついたかもしれない。その缶はいま、彼のパンツの背中にあたる部分に突っ込まれている。長い間あきらめていたが、いままた盗みをはたらく勇気を奮い起こしたのだった。階段を上がる途中で、もしも彼女が手を腿の上のほうにずらしたら、彼の痩せた尻のほかに、膨らむものがあるのに気づくはずである。

テーブルから目をそらしたアニーの表情に変化は見られなかった。ポールは心から安堵した。そのおかげで、揺すりあげられながら階段を上がる苦痛にも、どうにか耐えられた。アニーはその気になればポーカーフェイスはお手のものではあったが、こんどは気づかれずにすんだ──という気がした。

こんどこそは、騙しおおせた、と。

二六

「やっぱり注射をしてくれないかな」ベッドに降ろされてから、ポールは言った。

アニーは彼の蒼白い、汗をうかべた顔をじっと見たが、やがてうなずいて、部屋を出ていった。

彼女がいなくなるとすぐ、ポールはパンツから平べったい缶を取り出して、マットレスのしたに押し込んだ。肉切り包丁以来、マットレスのしたには何も隠したことはない。ライター・オイルもそこに長く置いておくつもりはなかった。夜になるのを待って、べつのもっと安全な場所に隠すつもりだった。

アニーがもどってきて、注射をした。それから速記用箋と芯を尖らせたばかりの鉛筆を三本、窓敷居に置いて、車椅子をベッドのそばまで運んできた。

「さあ、あたしは眠るわ。車がくれば、目が覚めるでしょう。もしも邪魔が入らなかったら、たぶん明日の朝までぶっとおしで眠るわ。あんたが起きて、手書きで原稿を書くときのために、車椅子はここに置いとくからね。原稿はあそこの床のうえ。ほんとうをいうと、脚の具合がよくなるまで動かないほうがいいんだけどね」

「いまはむりだけど、夜になればもっとよくなるでしょう。あなたもいったように、なにしろ時間が残り少ないのだから」

「うれしいわ、ポール。あとどれくらいで完成するかしら？」

「普通の情況なら、一カ月というところだが。最近のペースでつづけると、二週間。猛スピードでやれば、五日間。いや、一週間かな。ラフな原稿になるけど、いちおう完成はする」

アニーは溜息をついて、自分の両手をぼんやりと眺めた。「あと二週間はないと思うわ」

「ひとつ約束をしてもらいたい」

彼女は訝しげにポールを見たが、その表情には腹立たしさも、怪しむような色もなかった。

「なによ？」

「終わるまで原稿を読まないこと、あるいは、途中で……その……つまり……」

「打ち切るとき？」

「そう。打ち切らなければならなくなったときまで。そうすれば、細切れじゃなく、いっきに結末まで読めるからね。そのほうがずっとパンチが効く」

「良い結末になるんでしょうね？」

「ええ。すばらしい結末になるよ」

二七

その夜、八時ごろになって、ポールは身を起こし、用心しながら車椅子に移った。耳をすましたが、二階からはなんの物音も聞こえてこない。午後四時に、アニーが寝るときのベッドのスプリングの軋みが聞こえてからは、ずっと静まりかえったままだった。よっぽど疲れていたらしい。

ポールはライター・オイルの缶を取り出し、車椅子を窓のそばまで動かしていった。そこはいまや、彼のいわばミニ仕事場になっている。歯が三本欠けた口で厭味な笑いをうかべているタイプライターがあり、紙屑籠があり、鉛筆に用箋、タイプ用紙、書き損じの原稿の山がある。書き損じの原稿は、あるものはリライトに使用し、あるものは紙屑籠行きになる。

これまでは、そうだった。

ここには、別世界へ通じる見えないドアがある。またここには、彼自身の幽霊が幾重にも層をなして存在している。それは連続撮影でとったスティール写真のように、スピードをつけてめくってゆくと、あたかも動いているかのように見えるのだ。

車椅子を、原稿の山と乱雑に積み重ねられた用箋との間に、慣れた捌きで進めると、もういちど耳をすましてから、床に手をのばし、九インチばかりある床板の一枚を剝がした。一月ほど前に、その部分が緩くなっているのを発見していたのだ。そのうえに薄く埃がつもっているのを見て(「この次は髪の毛を張りつけておいたほうがいいのじゃないか」と、そのとき思ったものだ)アニーが緩んだ板に気がついていないことがわかった。板を剝がすと、埃とねずみの糞だらけの窪みがあらわれた。

ロンソンのライター・オイルの缶をその窪みに入れて、床板を元にもどす。板がもとどおり平らにならず、ヒヤリとした(あの女はおそろしく目ざといんだぞ!)が、ようやくきっちり嵌まり込んだ。

それをしばらく眺めやってから、用箋を開き、鉛筆を取り上げ、紙のなかに穴をさがした。

それから四時間ぶっつづけに原稿を書き、アニーが削っておいた鉛筆の芯が三本ともまるくなったところで、車椅子でベッドのそばまでもどり、ベッドにもぐりこんで、たちまち眠り込んだ。

二八

第三十七章

ジェフリーの腕は白い鉄の棒と化したように感じられた。彼はまるまる五分間、〃美しき者〃ムチビの小屋の外の濃い影の中に立ち尽くしていたのである。男爵夫人のトランクを頭上に持ち上げた、その恰好は、サーカスの力持ちが痩せ細ってしまったかのようであった。

ヘジカイアが何を言おうと、ムチビを小屋から誘き出すことはできまいと思ったとき、内部《なか》から慌しい物音が聞こえてきた。腕の筋肉がキリキリ痛んだが、ジェフリーはさらに小屋に近づいた。〃美しき者〃ムチビ酋長は

〝火を守る者〟でもある。彼の小屋には、優に百本を越える松明があり、松明の先にはゴム状の樹脂が塗られている。その樹脂はこの辺の低い木から取られるもので、ブールカ族はそれを〝火の油〟とか〝火の血油〟とか呼んでいる。単純な言語にありがちなように、ブールカ族の言葉もときとして妙に明快さを欠く。呼び名のことはともかくとして、小屋の中にはこの村全体をそっくり焼き払えるだけの松明があるのだ。きっとガイ・フォークスの人形のように燃え上がるに違いない。とジェフリーは考えた。ただし、ムチビを片づけることさえできれば。

「おじけるのダメよ、ジェフリー旦那」と、ヘジカイアは言っていた。「ムチビ、はじめに出てくる。火の男だからね。ヘジカイア、あとから出てくる。だから、わたしの金歯が見えるまで待たない。すぐに、あいつの頭ぶち割るね！」

しかし、かれらの出てくる音を実際に耳にしたとき、腕の痛みにもかかわらず、ジェフリーの心に疑念が生じたのである。仮にも、これを限りに、

二九

車のエンジン音を聞いて、ポールは書いていた手を止めた。われながら落ち着いていることに驚く——彼が感じていたのは、興にのって蝶のように舞い、蜂のように刺しはじめたところを邪魔された、軽い苛立ちでしかなかった。ブーツを履いたアニーの足音が、小走りに廊下をやってきた。

「隠れてなさいよ」顔が険しくひきしまっている。カーキ色のショルダーバッグを、ジッパーを開いて肩に掛けている。「姿が見えないように——」

彼女は口をつぐんで、ポールがすでに車椅子を窓際から遠ざけているのを見た。窓敷居に何ものっていないのをたしかめ、うなずく。

「州警察よ」と、言う。緊張してはいたが、落ち着いている。ショルダーバッグは右手がすぐ

届く位置にあった。「おとなしくしてるわね、ポール」

「ええ」と、彼は言った。

アニーの目が彼の顔をさぐる。

「信じることにするわ」そう言って、踵《きびす》をめぐらすと、ドアを閉めた。だが、鍵は掛けなかった。


車が車廻しにはいってきた。大型の442プリムスのトレードマークともいうべき、滑らかで緩やかなエンジン音。勝手口の網戸の閉まる音を聞いてから、ポールは車椅子をそっと窓のほうへもどした。影のなかに入ったままで、こちらから向こうが見える位置だ。パトカーはアニーの立っているそばに停まり、エンジンを切った。運転席から警官が降りてきて、この前あの若い警官が最後の言葉を発したときとまったく同じ位置に立った。が、同じなのは、そのことだけだ。あの警官は十代を出たばかりの、頼りなげな若者だった。彼は新米警官で、自動車事故のあと森に迷いこんで野垂れ死にしたか、あるいは無事に事故現場から歩き去って姿をくらましただけなのか判明しない作家の、手掛かりの薄弱な足跡をたどる、という任務を遂行していただけだった。

だが、いまパトカーの運転席から降りてきた警官は、齢は四十がらみ、納屋の梁のように肩幅の広いがっしりした体格をしている。顔は四角形の花崗岩のごとく、目尻と口元にわずかに浅い皺が刻まれている。アニーは大女だったが、この男の前ではむしろ小柄に見えた。

相違はまだほかにもある。アニーが殺した警官は単独だったが、いま助手席のほうから、撫で肩の私服の男が降り立った。つやのないブロンドの小男である。(ダビデとゴリアテだ。)と、ポールは思った。（漫画のマットとジェフの名コンビだ。）

私服のほうは、気取ったふうに小股で歩いて、パトカーのまわりをまわってきた。老いのあらわれた、くたびれたような顔は、半分眠っているようだった……が、色の薄いブルーの目だけはちがっていた。らんらんと光る、油断のない目。目も頭も鋭いにちがいない。

二人はアニーを挟んで立った。彼女がなにごとか話している。最初はゴリアテの顔を見上げて話し、それから半身に向きを変え、ダビデを見下ろして答える。いま窓ガラスを割って助けを求めたら、どういうことになるだろうか、とポールは考える。おそらく十中八は、二人がアニーを逮捕することになるだろう。たしかに彼女はすばやいが、でかい警官はその図体にもかかわらず、それよりもっと敏捷そうだし、中位の立木を素手でひっこぬく怪力がありそうに見えた。私服の気取ったふうな歩き方も、その寝呆けたような顔付きとおなじく、人を欺く芝居なのかもしれない。二人は彼女を逮捕するだろう……ただし、不意の出来事にかれらは驚くだろうが、アニーは驚きはしない。その分だけ、彼女に万が一のチャンスがあることになる。

私服の上着は、照りつけるこの暑さにもかかわらず、ボタンがキチンと留められていた。アニーがもしゴリアテを先に撃てば、ダビデが上着のボタンを外して拳銃を抜く前に、彼の顔に弾丸を撃ち込むチャンスがあるかもしれない。なによりも上着のボタンを留めていることが、アニーの言ったことの正しさを証明しているようだった。いまのところは、たんなる型どおりの聞き込みにすぎない。

すくなくとも、いままでのところは。

（「あたしが殺したんじゃないよ。あんたが殺したんだ。あんたが口を閉じてさえいれば、黙って帰らせてやったんだ。あの男も死なずにすんで……」)

そんな譫言《たわごと》を、もちろん信じたわけではない。それでも一瞬ぐさりと突き刺されたような、鋭い胸の痛みを覚えたことはたしかだ。いままた彼が口を開けば、アニーがあの二人を殺すかもしれない可能性が十中二はあるという理由で、口をつぐんでいるつもりなのか、と自問してみた。

またもや、胸を突き刺されるような疚しさを覚えた。自問にたいする答えは、ノーだった。それほどりっぱな自己犠牲の理由があるのなら、気分もいいだろうが、そうではなかった。ほんとうのところは、自分の手でアニー・ウィルクスの始末をつけたいから、というのがその理由だ。(かれらはせいぜい、おまえを刑務所に放り込むのが関の山だ。だが、こっちはおまえを傷めつけるやり方を知っている。)

三〇

むろん、かれらがなにかを嗅ぎつける可能性はあった。なんといっても、犯罪の匂いを追うのがかれらの仕事だからだし、アニーの過去のことも知っているにちがいない。そういう事態になれば、それはそれでしかたがない……が、アニーはこんどもまた法の網をくぐりぬけるのではないか。

ポールはすでに、どういう情況になっているか、知る必要のあるていどのことは知っているつもりだった。アニーは長い睡眠から覚めてから、ずっとラジオをつけっ放しにしていたからだ。行方不明になった警官の名は、ドゥエイン・クーシュナーといい、彼の失踪が重大ニュースになっていた。彼がポール・シェルダンという有名作家の捜索にあたっていたことは報道されていたが、クーシュナーの失踪がポールの行方不明と関係があるかもしれない、とは予想もされていなかった。すくなくとも、いまのところは。

春の奔流はポールのカマロを五マイルほども下流へ押し流していた。車が見つかったのはまったくの偶然で、そうでなかったらあと一カ月か、あるいは一年も、森のなかに転がったままだったかもしれない。たまたま麻薬取締まりのための哨戒に出ていた（言い換えれば、山奥の麻薬密造業者を探索していた）州軍のヘリコプターが、カマロの割れたフロントガラスに反射する光を見つけ、調査のために近くの空地に降りたのだった。カマロはそこまで押し流されてきた過程でめちゃめちゃに破損していたため、事故の程度がどういうものであったのか、判別できなくなっていた。車に血痕が残っていたかどうか（もしも鑑識による検査がおこなわれたとして）、ラジオはなにも言っていなかった。たとえ徹底的に検査したとしても、血痕はほとんど検出されないのではないか――車は春のあいだずっと、雪解け水の洪水に洗われつづけていたのだ。

それにコロラド州民の関心と憂慮は、ほとんどドゥエイン・クーシュナーのことに集中していた――あの二人の警察官の来訪がその証拠だろう。これまでのところ、推測の焦点は三つの禁制品に絞られている。密造酒と、マリファナと、コカインである。つまりクーシュナーは行方不明の作家の足取りを追っていて、偶然にそういった禁制品の蒸留か栽培か貯蔵の現場にでくわしたのだろう、というわけだ。そして、クーシュナーの生存の望みが薄れてくるにつれて、そもそも彼をなぜ単独で行動させたのかという、非難の声がおおきくなってきていた。だから、コロラド州の財政がパトロール警官の二人組制を維持できないほど逼迫しているのでないかぎり、クーシュナー探索にペアでやって来たのは、当然のなりゆきだった。危険は冒さない、ということである。

ゴリアテがいま、家のほうを指さしている。アニーは肩をすくめ、かぶりを振った。ダビデがなにか言った。ややあって彼女はうなずき、二人の先にたって勝手口のドアのほうへ歩きだした。網戸の蝶番がきしみ、かれらは屋内に入ってきた。どやどやというくつもの足音が、まるで聖域を侵すかのように、恐ろしげに響く。

「彼が来たのは何時ごろでしたか？」と、ゴリアテが訊いた——ゴリアテの声にちがいない。中西部訛りの、煙草で荒れた低い濁声《だみごえ》だった。

四時ごろだと、アニーが答える。四時より前か後か。芝生を刈り終えたばかりのときで、あいにく腕時計をしていませんでしたから。すごく暑かったのは、よく憶えてます。

「彼はどれくらいいたんですか、ミセス・ウィルクス」と、ダビデが訊く。

「ミス・ウィルクスですよ、いっとくけど」

「これは失礼」

どれくらいかはわからないが、たいして長くはなかった、とアニーは答えた。五分間ぐらいかしら。

「写真を見せましたか？」

ええ、それが目的だったんでしょ。アニーの声がいかにも明るく落ち着いているのに、ポールは舌を巻いた。

「写真の男に見覚えがありましたか？」

もちろん、ポール・シェルダンだということは、すぐにわかった、とアニーは言った。「あたし、彼の本はみんな持ってますからね。大好きな作家だから。それでクーシュナーさんはがっかりしたみたいでしたね。そういうことなら、あたしの話はまちがいないだろうからって。とても気落ちしちゃって。それにとても暑そうだったわ」

「そう、たしかに暑い日だったな」と、ゴリアテ。その声がこちらに近づいてくるように聞こえたので、ポールは身をこわばらせた。居間かな？　そう、居間あたりらしい。大男のくせに、まるで山猫のように音もたてずに動いているようだ。質問に答えるアニーの声が、さっきより近くなっている。警察官二人はさきに居間に入っていて、あとからアニーがつづいたのだろう。

彼女が請じ入れたのではないのに、かってに入り込んで、室内を物色している。

囚われの作家が三十五フィートと離れていないところにいるのに、アニーの声は落ち着きはらっている。あたしが、なかに入ってアイスコーヒーでも、と勧めたんですけど、彼はことわった。それで、よかったら冷えたペプシの――

「それ、毀さないでね」アニーの声が急に鋭くなった。「あたしの大事にしてるものだから。とっても毀れやすいんですよ」

「すみません」ダビデらしい。悪びれるような、ちょっとビクついた、低くささやくような声。警察官がそういう声を発するとは、ほかの情況でなら愉快がるところだろうが、いまの情況では愉快がってなどいられない。ポールは身を固くして、なにかを元のところにもどすらしい（ペンギンを氷塊のうえにもどしたのか。）微かな音に耳をすましながら、両手で車椅子の肘掛けをぎゅっと握りしめた。アニーがショルダーバッグに手をのばすところを想像する。警察官の片方——ゴリアテのほうか——が、いまにも、あっちの部屋には何があるのかと、訊くのではないかと身構えた。

とたんに銃撃がはじまるのだ。

「お話の途中でしたな」と、ダビデが促した。

「とても暑い日だったから、よかったら冷蔵庫の冷えたペプシをさしあげましょうか、と彼にいったんですよ。うちではいつも、フリーザーのすぐそばにペプシの壜を入れとくんです。そうしとけば、凍らせないで、すごく冷たくしとくことができるから。彼は喜んで戴きますっていったわ。とっても礼儀正しい人でしたね。あんな若い人に、なんで単独行動なんかさせたんですか？」

「彼はここで飲んだのですか？」ダビデは彼女の質問を無視して訊いた。その声がさらに近くなっている。居間のこちらの端に来たのだろう。目をつぶるまでもなく、彼がそこに立って、短い廊下をのぞいている姿が浮かびあがる。一階の浴室のまえを過ぎて、つきあたりには客用寝室の閉ざされたドア。ポールは背筋をまっすぐに伸ばした。動悸が痩せ細った喉もとまで、せり上がってくる。

「いいえ」と、アニーのあいかわらず落ち着いた声。「彼は持っていきましたよ。車のなかで飲むんだって」

「あっちには何があるんですか？」ゴリアテが尋ねた。ブーツの踵の音がうつろに響いた。居間の絨毯から、廊下の板張りの床に踏み出したのだ。

「浴室と予備の寝室よ。とっても暑い日には、ときどきあそこで寝るんです。よかったら、見てみますか。だけど、いっときますけど、あの若い警官をベッドに縛りつけたりなんかしてませんからね」

「いやいや、そりゃわかってます」と、ダビデが言った。驚いたことに、足音と声がふたたび台所のほうに遠ざかってゆく。「彼のようすには、なにか興奮しているようなところが見られませんでしたか？」

「ぜんぜん」と、アニー。「暑そうだったのと、がっかりしたらしいようすだけ」

ポールは止めていた息をやっと吐き出した。

「考え込んでいるようすは？」

「いいえ」

「つぎにどこへ行くか、言ってませんでした？」

警察官二人は気づかなかっただろうが、ポールの馴れた耳は、ごくわずかな逡巡のけはいを捉えた——罠ではないか、と警戒したのだ。いますぐか、後になってからにしろ、パックリと喰らいついてくるかもしれない罠。いいえ、とアニーは答えた。だけど、西へ向かって行ったから、たぶんスプリングス・ロードに行ったのじゃないかしら。あちらに農場がいくつかあるから。

「ご協力ありがとうございました」と、ダビデが言った。「あとでまた、お尋ねすることがあるかもしれません」

「どうぞ」と、アニー。「いつでも。最近はあんまり人と会うこともありませんから」

「納屋をちょっと見せてもらっていいですか」ゴリアテがだしぬけに訊いた。

「いいですよ。なかに入ったら、ご挨拶してやってくださいね」

「だれにです？」と、ダビデが訊く。

「ミザリーに」アニーは言った。「うちの豚ちゃんよ」

三一

アニーは戸口のところに立って、ポールをじっとみつめた。あまりみつめるので、ポールは顔がカッと熱くなるような気がした。二人の警察官はすでに十五分前に帰っていった。

「珍しいものでも見えるのかな」ポールは言ってみた。

「なぜ声をあげなかったの？」警察官二人はパトカーに乗り込むとき、かるく帽子に手をやって挨拶したが、どちらも笑顔はみせなかった。二人の目に、ある表情が宿っているのを、ポールは窓の隅の見にくい角度からでも、読み取ることができた。アニーがどういう女か、かれらはちゃんと知っているのだ。「あんたが叫びだすだろうと、ずっと思ってたのよ。そしたら、あいつらはたちまちあたしに飛びかかってきたでしょう」

「かもしれないし、そうじゃないかもしれない」

「でも、なぜなのよ？」

「アニー、いつもいつも最悪の事態ばかりを予想していれば、とうぜん外れるときもあるはずだよ」

「お利口さんぶるのはやめな！」外見は平静をよそおっているが、内心すっかり当惑しているのが見てとれる。ポールが沈黙を守ったことは、彼女の人生観からすると、まったく考え及ばないことだったのだ。彼女の人生観とは、この世はすべて一大レスリング試合——すなわち、正直者アニー対最強の汚いゴロツキ屋タッグチームの対戦試合だとする考え方である。

「お利口ぶる？　私は口をつぐんでいると約束したから、そのとおりにしたんだ。なるべくなら静かに小説を書き上げたい。あなたのために書き終えたいんだ」

アニーはあやふやな表情で彼を見た。信じたくもあり、信じたくもなし……で、結局信じることにしたらしい。彼女は信じてよかったのだ。なぜなら、ポールは本当のことを言っていたのだから。

「それじゃ、仕事をしてよ」と、静かな声で言った。「大車輪でやって。あいつらがあたしを見た目付きを見たでしょ」

三二

つづく二日間、すべてはドゥエイン・クーシュナーが現れる以前の生活にもどった。ドゥエイン・クーシュナーの一件などなかった、と信じることすらできそうだった。ポールはひたすら書きつづけた。当面、タイプライターのことはあきらめた。アニーはなにも言わずに、暖炉のうえの凱旋門の絵のしたにタイプライターを片づけた。ポールはその二日の間に、黄色い罫線の用箋を三冊使いきった。あと一冊しか残っていない。それも使ってしまって、速記用箋に移った。アニーは半ダースのベロル・ブラック・ウォーリアの鉛筆を削り、ポールが芯をまるくしてしまうと、彼女がまた削った。鉛筆はみるみる短くなっていった。ポールは日あたりのいい窓際にすわり、背中をまるめ、ときどき右足の拇指で、左足の蹠《あしのうら》があったはずの空間を無意識に掻きながら、用箋の紙にあいた穴の向こうをみつめつづけていた。穴はいまやポッカリと開いて、物語はロケット橇に乗ったかのように、そのクライマックスに向かって驀進していた。彼の目にはすべてがありありと見える――石像の額のうしろに銃眼のようにあいた通路で、ミザリーを必死に捕まえようとする三つのグループ。その二つは彼女を殺そうとしており、残りの一つ――イアンとジェフリーとヘジカイアのグループ――は彼女を救おうとしている……いっぽう、下のブールカ族の村は炎上し、生き残りの者たちが通路の一方の出口（石像の左耳）に集結して、生きて出てくる者があれば血祭りにあげようと待ち構えている。

その無我夢中の没入状態は、ダビデとゴリアテの来訪の三日後に、荒々しく揺すぶられたが、それでも破られはしなかった。その日、ボディにKTKA／グランド・ジャンクションと書かれた、クリーム色のフォードのステーション・ワゴンが、車廻しに乗り入れてきたのだ。ワゴンの後部にはビデオ機材が積み込まれていた。

「なんだ！」ポールは愉快と驚きと狼狽とに凝然となった。「あの物々しさは何事だ？」

ワゴンが停まりきらないうちに、いきなり後部ドアの一つが開いて、戦闘服のズボンに頭蓋骨の絵のTシャツ姿の男が飛び出してきた。片手にピストル型の握りのついた大きな黒い物をもっている。一瞬、ポールは催涙ガス銃だと思った。男がそれを肩に構え、家のほうに向けたところで、ビデオ・カメラだとわかった。前部の助手席から、若いきれいな女が降りてくると、バックミラーの前でドライヤーのかかった髪を軽くふくらませ、メイクアップのぐあいを確かめてから、カメラマンのそばへ行った。

この数年〝ドラゴン・レディ〟の前から遠ざかっていた外界の目が、復讐にもどってきたのだ。

ポールはあわてて窓際から退いたが、姿を見られなかったかどうか、確信はなかった。

（確かなことは、六時のニュースを見ればはっきりするさ。）そう思って、忍び笑いを押し殺すために両手で口をふさいだ。

網戸がものすごい音を立てて開閉した。

「出て行きなさい！」アニーがわめいた。「あたしの土地から出ていけ！」

聞き取りにくい声。「ミズ・ウィルクス、ちょっとだけお邪魔――」

「出て行かないなら、お尻の穴に散弾をぶち込んでやるよ！」

「ミズ・ウィルクス、わたしはＫＴＫＡのグレンナ・ロバーツですが――」

「火星から来たトンチキだろうと何様だろうと知ったこっちゃないね！　出て行かないと、**殺す！**」

「でも――」

ズドン！

（ああアニーああなんとあの馬鹿な女を殺してしまった――）

車椅子をもどして、窓から外をのぞいてみた。見ないではいられなかった。そして、ほっと安堵した。アニーは宙にむけて撃ったのだ。それだけで効果は覿面《てきめん》だった。グレンナ・ロバーツはＫＴＫＡのニュース車に頭からダイビングして飛び込んだ。カメラマンはレンズをアニーのほうに振った。アニーがショットガンを彼のほうに向けると、カメラマンは〝ドラゴン・レディ〟をビデオに収めるよりか、生きてもういちどグレートフル・デッドのＬＳＤコンサートを見たいというほうを選び、これも車の後部座席に逃げ込んだ。彼がドアをちゃんと閉めきらないうちに、ワゴンはバックで車廻しから出ていった。

　アニーは銃を片手に、ワゴンが行ってしまうのを見送ってから、家のなかに引き返してきた。銃をテーブルに置く音が聞こえる。彼女はポールの部屋へやってきた。これまで以上に物凄い形相になっている。げんなりした蒼白の顔。キョトキョトと落ち着かない視線。

「あいつらがもどってきた」と、ささやくような声で言う。

「落ち着いて」

「いつかはもどってくると、わかってたんだ。とうとうもどってきた」

「行ってしまったよ、アニー。あなたが追い払ったじゃないか」

「行ってしまったんじゃないわ。あの警官が姿を消すまえに〝ドラゴン・レディ〟の家に行ったと、だれかが話したんだ。だから、あいつらがやって来た」

「アニー――」

「あいつらの望みは何だかわかる？」

「もちろん。マスコミを相手にした経験はあるからね。かれらの望みは二つあって、いつも同じ――ビデオ撮りのときに、こちらがトチることと、バーのサービスタイムに、だれかがマティーニを奢ってくれること。しかし、アニー、気を落ち着けて――」

「あいつらの望みはこれよ」言うなり、指を鉤爪のように曲げた手を自分の額にあて、ガッと引っ掻いた。四本の爪跡がふかい溝をえがき、血が噴き出す。血は眉をつたって、頬や鼻の両側を流れおちた。

「アニー！　やめろ！」

「それから、これよ！」左手で左の頬をはげしく打った。頬に掌の跡がくっきりと付く。「それと、これも！」さらにはげしく右頬を打つ。その勢いで爪先に溜まっていた血が飛び散った。

「やめてくれ！」ポールは叫んだ。

「これがあいつらの望みなのよ！」アニーも叫び返す。彼女は両手を額にあてて、傷に押し付け、血をなすりつけた。その血だらけになった掌をポールのほうに突き出してみせると、やがて力ない足取りで部屋から出ていった。

長い時間が過ぎてから、ポールはやっと執筆にもどった。最初のうちは、額に溝のような傷をつけたアニーの顔がうかんできて、いっこうに進まなかった。これではだめだ、今日は仕事はやめにしよう、と思ってから、ストーリーが彼を捉えはじめ、ふたたび紙のなかの穴へと引き込んでいった。

しまいには、一昨日以来の陶酔感をとりもどしていた。

三三

その翌日、警察がやってきた。こんどは、地元の田舎警官である。それといっしょに、速記タイプライターが入っているらしいケースを提げた、痩せた男がついてきた。アニーは車廻しに出ていって、無表情でかれらの話を聴いていた。それから、かれらを台所へ請じ入れた。

ポールは膝に自分の速記用箋をのせて（罫線の用箋は昨晩使いきってしまっていた）、アニーが四日前にダビデとゴリアテに話したことを、くりかえして述べるのに耳をすました。彼にとっては、うるさい仕事の邪魔でしかない。そう思うと同時に、自分がアニー・ウィルクスにいくぶん同情らしい気持ちを抱いているのに気づいて、驚いていた。

聴取をおこなったサイドワインダー署の警察官は、最初に、アニーが望むなら弁護士を同席させることができる、と告げた。アニーはそれを断って、この前の話をくりかえしただけだった。ポールの聴いたかぎりでは、前の話と食い違っているところは一カ所もなかった。

かれらは台所に三十分ほどいた。おしまい近くになって、一人が彼女の額の傷のことを質問した。

「ゆうべつけたんです」と、彼女は答えた。「悪い夢をみてて」

「どんな夢でした？」

「いまになってあたしのことを思い出した連中が、またここに押し掛けてきはじめる夢ですよ」と、アニーは言った。

警察が帰ると、アニーはポールの部屋にあらわれた。蒼膨れした、気の抜けたような顔付きだった。

「ここはグランド・セントラル駅並みになってきたな」と、ポールは言ってみた。

アニーはにこりともしなかった。「あとどれくらいかかるの？」

ポールはすぐには答えなかった。タイプ原稿のうえに手書きの原稿が雑に積み重なった山を見てから、アニーに視線をもどす。「二日か、三日ぐらい」

「こんどあいつらが来るときは、きっと捜索令状を持ってくるわ」そう言い残して、彼がなにも言わないうちに出ていった。

三四

零時十五分をまわったころ、アニーがやってきた。「一時間前にはベッドに入っていなけりゃならないはずでしょ、ポール」

ポールは深い陶酔感から呼び覚まされて、顔をあげた。ジェフリー——いまや彼がこの物語の事実上の主人公になっている——が、ミザリーの命を救うために死を賭して闘うべく、醜怪な女王蜂と対峙したばかりのところだった。

「だいじょうぶ」と、彼は言った。「しばらくしたら寝るから。ときには書けるところまで書いておかないと、ストーリーが逃げていってしまう」そして、疲れて疼く手をふった。人さし指の鉛筆が当たる部分が腫れて、胼胝《たこ》と水疱《みずぶくれ》の中間のような状態になっている。鎮痛剤を嚥めば、痛みはやわらぐが、頭もいっしょにぼやけてしまう。

「良いものができるわね？」彼女はそっとつぶやくように言った。「ほんとうに良いものが。もうあたしだけのために書いてるんじゃないんでしょ？」

「そう」そこで言いたい言葉をぐっと堪えた。（アニー、これはおまえのためでもなければ、ファンレターに「あなたのナンバーワンの愛読者」と書いてくる他の連中のためでもない。小説を書きはじめた瞬間から、その連中は、いってみれば銀河系の反対側の端にいるようなものだ。私はこれまで別れた女房のためにも、母のためにも、父のためにも書いたことはない。作家がよく本の初めに献辞をつけるのは、書き終えてから、それまでの自己本位の態度が空恐ろしくなるからなのさ。)

アニーにそんなことを言うのはまずい。

ポールは東の空が明るみはじめるまで書きつづけ、そのあとベッドに倒れこんで、四時間眠った。混濁した不快な夢ばかり見た。その一つでは、アニーの父親が長い階段を上っていた。新聞の切り抜きらしいものの入った籠を両腕に抱えていた。ポールは声をあげて警告しようとしたが、口を開くたびに出てくるのは、きちんと文章になったナレーションのパラグラフばかりだった。ナレーションの内容はそのつど違っているのだが、出だしはかならず「一週間ほど経った、ある日のこと……」という文句で始まるのだった。そこへアニー・ウィルクスが現れた。叫びながら廊下を駆けてきて、父親を突き落とそうと両手をのばす……が、その叫び声はしだいに異様なブンブンという音に変わり、スカートにカーデガンをはおった彼女の体は、波打ち、むくむくと膨らんでくる。アニーは蜂に変身していたのだった。

三五

その次の日は、警察はやってこなかったが、関係ない連中が大勢あらわれた。野球の〝指名打者〟にならって、〝指名ヤジ馬〟とでもいおうか。なかには、ティーンエイジャーのグループで溢れかえった車もあった。その連中の車がバックで車廻しに入ってくると、アニーが跳び出していって、あたしの土地から出ていかないと、銃をぶっ放すよ、とわめきたてた。

「くたばれ、ドラゴン・レディ！」と、ティーンエイジャーの一人が叫んだ。

「死体をどこに埋めたんだ？」と、べつの一人が、もうもうと埃をまきあげて出てゆく車のなかからどなる。

さらにもう一人はビール壜を投げた。凄まじいエンジン音を響かせて走り去る車のリア・ウィンドーに、ステッカーが貼ってあるのを、ポールは見た。「サイドワインダー・ブルー・デヴィルズを支援しよう」とあった。

それから一時間ほどして、アニーがむっつりした顔で、窓のそばを通った。作業用手袋をはめながら、納屋のほうへ歩いてゆく。しばらくしてから、チェーンをもって納屋から出てきた。それからたっぷり時間をかけて、がっちりしたチェーンの輪に、有刺鉄線を巻きつけてゆく。

それが終わると、できあがったトゲトゲのチェーンを車廻しに張って、南京錠で留め、胸のポケットから赤い布切れをいくつか取り出した。それをチェーンが目につきやすいように、何カ所かの輪に結びつけた。

「あれで警察を締め出すことはできないけどね」あとで寝室に入ってきて、彼女はそう言った。「だけど、ほかのやつらは近づけないわ」

「そうだな」

「あんたの手……腫れてるみたい」

「ええ」

「こんなことはいいたくないんだけどね、ポール、でも……」

「明日」と、彼は言った。

「明日？　ほんとに？」たちまち顔を輝かせる。

「ええ、たぶん。六時ごろかな」

「ポール、すばらしいわ！　それじゃ、もう読んでも——」

「それまで待ってほしいな」

「じゃ、いいわ」彼女の目にとろけるような表情が浮かんだ。その表情をされるたびに、ポールは憎悪を掻き立てられるようになっていた。「愛してるわよ、ポール。わかってるでしょ？」

「ええ、わかっている」そう言うと、また執筆にもどった。

三六

その夜、アニーはケフレックスの錠剤――尿道の炎症は遅々としてではあるが、快方にむかっていた――と、氷を入れたバケツをもってきた。そのそばに、きちんと畳んだタオルを置いて、なにも言わずに出ていった。

ポールは鉛筆を置いて――左手をつかって右手の指を一本一本剝がすようにしなければならなかった――その手を氷に浸けた。感覚がほとんど喪くなるまでそうしていてから、引き上げる。腫れがすこし退いたようだった。その手にタオルを巻きつけ、暗がりをじっとみつめたまま待っていると、指先がチリチリして感覚がもどってきた。タオルを外し、指を屈伸させる。はじめの何回かは痛くて顔をしかめたが、やがて嫋《しな》やかになってきた。それからまた書きはじめた。

明け方に、車椅子をゆっくりベッドまで動かしていって、やっとのことで潜り込み、すぐさま眠りに陥ちた。雪嵐の吹きすさぶなかで道に迷っている夢を見た。ただし降っているのは雪ではなかった。夥《おびただ》しい量の紙がめちゃくちゃに舞い狂っているのだ。その紙にはタイプで文字がびっしり打ち込まれていて、どれもnとtとeの文字が抜けている。このブリザードが止んで、まだ生きていられたら、抜けている文字を手書きで埋めていかなければならないな、とポールは思った。

三七

十一時ごろ目を覚ました。ポールが動きだしたのを聞きつけるや、アニーはすぐさま、オレンジジュースと薬と熱いチキンスープを運んできた。興奮で顔を輝かせている。

「今日は特別な日よね、ポール、そうでしょ?」

「ええ」

右手でスプーンを取ろうとしたが、できなかった。まっ赤に腫れあがって、腫れた部分の皮膚がてらてら光っている。指を曲げて拳をつくろうとすると、まるで鉄の棒でつっかいぼうでもしたような感じがした。このところは、まるきり終わりのない書き取り競争みたいなものだったからな、と彼は思った。

「まあ、あんたのその手!」アニーが叫んだ。「もっとお薬を取ってくるわ。いますぐにね」

「だめだ。ここは大事な瀬戸際なんだ。頭をはっきりさせておかないと」

「だって、手がそんなじゃ書けないわよ」

「そう、むりだな。手がだめになってしまった。だから書き始めたときと同じように、ロイヤルを使って書き終えることにするよ。八枚から十枚ぐらいにはなるだろう。その分のnとtとeを書き込むぐらいは、なんとかやれるさ」

「タイプライターをもう一台買ってあげればよかった」本気でそう思っているようだった。目に涙をいっぱい溜めている。こういうときが、ポールにはいっとうやりきれなかった。もしも彼女がまともに成長するとか、彼女の内部の分泌腺がまともな働きをしていたなら、アニーがなっていたかもしれない女らしい姿をそこに垣間見るからである。「あたしがまちがってたわ。それを認めるのは辛いけど、ほんとうのことだものね。あのダートマンガーにしてやられた、と思うのが悔しかったからよ、ごめんなさいね、ポール。あんたの手がこんなになってしまって」

わが子を喪って嘆き悲しむ母親のように、彼の手をそっと持ちあげると、そこにキスした。

「だいじょうぶ」ポールは言った。「ダッキー・ダッドルズと私とで、なんとかうまくやるから。あいつは嫌いだが、あいつのほうも私を嫌っているらしいから、あいこだよ」

「だれのことをいってるの？」

「ロイヤルさ。漫画のキャラクターからとったニックネームをつけてやったんだ」

「あ、そう……」声がすーっと消える。スイッチが切れて、空白状態がおとずれた。彼女が正気に返るのを待つ間、ポールは左手の人さし指と中指でぎごちなくスプーンを挟んで、スープを掬っては飲んでいた。

しばらくして、アニーはハッと気がつくと、いま目覚めたばかりの女が、今日はいい一日になりそうね、とでもいうような調子で、「スープは飲み終えたの？　だったら、特別のすごいご馳走があるのよ」と、言った。

ポールは、底のところにヌードルが数本くっついているだけのスープ皿を傾けてみせた。

「私は働き蜂だからね」と、にこりともせずに言った。

「世界最高の働き蜂だわよ、ポール。金星のずらりと並んだ勲章をあげたいくらいだわ。ほんとに……待ってて！　ちょっと待っててね」

出ていった。残されたポールは、カレンダーを見て、つづいて凱旋門の絵に目をやった。それから天井を見上げ、漆喰に踊るように走っているWの亀裂を眺めた。そして最後に、タイプライターと原稿の山を見やる。（みんな、さようなら。）そう胸の裡でつぶやいた。そこへアニーがトレイを捧げ持って、あわただしくもどってきた。

トレイには四皿のっていた。一つには楔形に切ったレモン。二つめのには、潰し玉子。三つめは、トースト・ポイント。そして中央の大きな皿には、

（ベトベトの）

キャビアが山盛りになっていた。

「あんたが好きかどうか知らないけど」と、おずおずと言う。「自分が好きかどうかもわからないのよ。あたしは食べたことがないから」

ポールは笑いだした。笑うと、腹の皮に響き、脚に響き、手にまで響いてきた。いまに他のところにも響くことになりかねない。なぜなら、アニーは他人が笑うと、かならず自分が笑いものにされたと思い込むからである。それでも、ポールは笑い止めることができなかった。笑

いすぎて息が詰まり、咳き込み、頬が紅潮し、目からは涙があふれた。この女は斧で彼の足を切り落とし、電動包丁で拇指を切断し、そしていま、猪を窒息させるほどの量のキャビアを差し出している。驚いたことに、彼女の顔にあの黒い裂け目《クレバス》はあらわれなかった。それどころか、ポールといっしょになって笑いだしたのである。

三八

キャビアというものは、大好きか大嫌いかのどっちかでなければならないと思うのだが、ポールはそのどちらでもなかった。たとえば飛行機のファースト・クラスに乗って、スチュアーデスが彼の前にキャビアを盛った皿を置けば、黙って食べるが、それはそれだけのことで、次回にスチュアーデスが目の前に皿を運んでくるまでは、この世にキャビアなるものが存在することすら忘れている、といったような塩梅である。ところがいまは、生まれてはじめて食べ物の本質を発見したとでもいうように、その付け合わせといっしょに、貪るように食べた。アニーは嫌いなようだった。ティースプーンでお上品に掬ってトースト・ポイントに載せ、一口かじってみて、顔をしかめると、横に置いてしまった。しかしポールのほうは、ガツガツと食べつづけ、十五分ばかりで、山なす大チョウザメの卵を半分ほども片づけていた。そこでゲップをし、片手で口をおさえ、悪いことでもしたようにアニーの顔を盗み見たので、彼女はまた愉快そうに笑った。

（私はおまえを殺すつもりなんだよ、アニー）と、心のなかで言って、彼女ににっこりと頬笑んでみせた。（本気だぜ。おまえに調子を合わせるつもりが、腹一杯のキャビアに調子を合わせることになっちまった。こんなのはまだ序の口だがね。）

「おいしかった。もう食べられないな」と、彼は言った。

「それ以上食べたら、もどすわよ」彼女が言う。「とっても脂っこいんだから」彼女もにっこりして、「ほかにも驚かすことがあるの。シャンパンがあるのよ。あとで……小説が完成したら、開けるわね。ドン・ペリニョンというシャンパンで、七十五ドルもしたのよ。一本でよ！　酒屋のチャッキー・ヨンダーは、それが最高の品だって言ってたわ」

「そのチャッキー・ヨンダーの言うとおりだよ」そうポールは言って、そもそもこんなはめになったのは、ドン・ペリニョンのせいでもあるのだ、と思った。ちょっと間を置いてから、「もうひとつ欲しいものがあるのだけどな。小説が完成したら」

「へえ？　なんなの？」

「前にあなたは、私の持物をぜんぶ預かっている、と言ったね」

「そうよ」

「それじゃ……私のスーツケースのなかに煙草が一カートン入っている。仕事が終わったら、一服吸いたいんだけどね」

彼女の微笑がすーっと消えていった。「ああいうものは体によくないわ、ポール。癌のもとなのよ」

「アニー、いまさら癌の心配なんかする必要があるのかな」

彼女は答えなかった。

「たったの一本だけだよ。いつも仕事が終わると、椅子にもたれて、一本吸うんだ。その一服のうまいことといったら、上等の食事をしたあとの一服よりか、もっとうまいくらいだ。すくなくとも、これまではそうだった。こんどはたぶん、目眩《めまい》や吐き気がするかもしれないが、私にとっては過去とのささやかなつながりになるんだよ。どうだろう、アニー。聞き入れてくれないかな。私だって、聞き分けよくしたんだから」

「いいわ……だけど、シャンパンを開ける前だよ。あんたが毒を撒き散らしてる部屋で、一本七十五ドルもする発泡酒を飲むのは厭だからね」

「それでいい。お昼ごろにもってきてくれれば、窓のそばに置いておいて、ときどき眺めていたい。原稿を書き終わり、空白の文字を埋めてしまったら、煙草に火をつけ、頭がくらくらしてきたら煙草を消す。そして、あなたを呼ぶよ」

「わかったわ」と、アニーは言った。「それでも厭なことに変わりはないけどね。煙草一本であんたが肺癌にならないとしても、やっぱり厭なものは厭なのよ。どうしてかわかる、ポール？」

「いや」

「ほんとうの働き蜂は煙草なんか吸わないものよ」そう言って、皿を片づけはじめた。

三九

「イアン旦那、奥様は――？」

「しーっ、静かに！」イアンの激しい見幕に、ヘジカイアは身を竦めた。

ジェフリーは動悸が早鐘のように昂まるのを覚えた。外から聞こえてくるのは、帆綱と索具の間断ない軋み、爽やかな貿易風のそよぎに緩やかにはためく帆の音、時折起こる鳥の声。後部甲板のほうからは、微かに、船乗りたちが胴間声でがなる調子外れの囃し歌《シャンティ》が聞こえていた。しかし、ここでは、二人の白人と一人の黒人がひっそり黙り込んで、ミザリーの様子を見守っている……

イアンが呻くような声を発し、ヘジカイアがその腕を押えた。ジェフリーはみずから、既に逸る心を押えていた力を増した。この期に及んで、ミザリーを死なせてしまう程、神は残酷になれるものか？　かつてのジェフリーならば、そのような可能性は、一笑に付し去ったであろう。神が残酷になれるなどと考えること自体、莫迦げていると思ったに相違ない。

しかし、神についての彼の考えは——その他多くの事に関する考え方も——今や変わってしまった。アフリカが変えたのである。アフリカで、彼は神が唯一ではなく、多くの神が存在することを発見し、なかには残酷どころか、狂気の神すらいることを知った。それが総てを変えたのである。残酷というのなら、まだ理解できる。しかし、神が錯乱するとは、もはや論外である。

彼の恐れているように、もしもミザリーが本当に死んだら、前部甲板に上がって行って、海に身を投げるつもりであった。神々が苛酷であるということは、理解もするし受け容れもしよう。しかしながら、神々が錯乱した世界には、もはや生きていたいとは思わなかった。

その陰惨な瞑想は、ヘジカイアが発した畏怖の喘ぎに破られた。

「イアン旦那！　ジェフリー旦那！　見て！　奥様の目！　あの目を見て！」

矢車菊の絶妙な藍色を宿した、ミザリーの眸が震えながら開いた。それがイアンを見て、ジェフリーに移り、またイアンへと戻る。その目には不思議そうな当惑の色が浮かんでいた……それから、ようやくわかったらしい表情が兆してきた。ジェフリーは歓喜が魂を揺さぶるのを感じた。

「ここはどこ？」彼女はそう尋ね、欠伸をして、伸びをした。「イアン——ジェフリー——わたくしたち、海へ出たの？　どうしてこんなにお腹が空いているのかしら？」

イアンは泣き笑いしながら、彼女を抱きしめ、何度も何度も彼女の名前を呼んだ。

わけがわからないながらも、嬉しそうに、彼女もイアンを抱きしめた。もう大丈夫だ。そう思うと、ジェフリーは二人の愛し合う姿を認めてやりたい気持ちになれた。これから先も、永久に。彼は独りで生きて行くことができるだろう。独りで静かに。

やはり神々は錯乱してはいなかったのだ……少なくとも、神々の総ては。ジェフリーはヘジカイアの肩に手を置いた。「二人だけにしたほうがいいのじゃないか、え、おい」

「それがいいね、ジェフリー旦那」ヘジカイアは答えて、ニヤリと笑い、七本の金歯をそっくり剝き出した。

ジェフリーは最後にそっとミザリーを見た。ほんの一瞬、あの矢車菊の眸がこちらに向けられ、彼を温かいもので充たした。

（愛しているよ、ダーリン。私の声が聞こえるかね？）と、彼は心の裡で呼び掛けた。

それに答えた声は、彼自身の想いの反響にすぎなかったのかもしれないが、ジェフリーはそうは思わなかった。それは余りにも明瞭に、彼女自身の声で答えたのだ。

（聞こえるわ……わたくしも愛しているわ）

ジェフリーはドアを閉じて、後部甲板に上がっていった。そして、海に身を投げるかわりに、パイプに火をつけ、ゆったりと紫煙を燻らせながら、遠く水平線に霞む雲の彼方に沈む太陽を眺めていた。その雲は、アフリカの海岸であった。

書き終わると、ポール・シェルダンは最後のページをタイプライターから抜き取り、なによりもまずペンを執って、作家の使う用語のなかで最も愛されかつ憎まれる言葉を、末尾に殴り書きした。

終わり《ジ・エンド》

四〇

腫れあがった右手で、欠けた文字を埋めるのは難儀だったが、むりにでも動かしてどうにかやり遂げた。そうやって手の強張《こわば》りをいくぶんかでも柔らげておかなかったら、その後の仕事をやり通すことができないからだ。

原稿が仕上がり、彼はペンを置いた。出来あがった原稿をしばらく眺める。いつものことだが、仕事が終わったときの、奇妙にむなしい脱力感をおぼえ、この小さな成功を得るために支払った代償が徒労のようにも思える。

いつもこんなふうなのだ。山を登り、ジャングルをぬけ、何カ月もの艱難辛苦《かんなんしんく》のすえにやっと頂上の空地に出たとおもったら、そこで出くわしたのは高速道路――せいぜいガソリンスタンドとボウリング場がそこここに点在する眺め――でしかなかった、というようなものである。

それでも、終わった。終わったということは気分のいいものだ。何かを創りだし、完成させた。ぐったり力萎えながらも、自分のやり遂げたこと、存在しない人物に生命を吹き込み、活動と情熱の幻影をあたえた行為を、それなりに賞揚する気持ちが涌いてきた。いまになって理解するのだが、その仕掛けを駆使するのに、彼はさほど手際のいいほうではない。とはいえ、彼にできるのはそれしかないのだし、たとえやり方が不手際だったとしても、すくなくとも常に心魂こめてやり遂げてきたことだけはまちがいない。ポールは原稿の山に手をおいて、ちらりと微笑をうかべた。

その左手が原稿の山を離れ、アニーが彼のために窓敷居においた一本だけのマールボロに触れた。煙草のそばには、陶製の灰皿がある。灰皿の底には水掻き車のついた遊覧船の絵があり、それを取り囲むかたちに「アメリカの文豪の故郷ミズーリ州ハンニバルの記念(ハンニバルはマーク・トウェインの生誕地)」という文字が刷り込まれている。

そして灰皿のなかには、紙マッチがおいてあるが、マッチ棒はたったの一本だけ——それがアニーの許容の限界だった。しかし、一本で充分。

二階で彼女の動きまわる音がしている。いいぞ。ちょっとばかりの準備をする時間はたっぷりある。かりに彼の準備ができないうちに、アニーが下りてくる気配を見せても、それに備える余裕もあるだろう。

(これからが本当の仕掛けというやつだぞ、アニー。私の手際を見せてやろうじゃないか。さて、〝どうする?〟の始まりだ。)

ポールは脚が痛むのもかまわず身を折り曲げて、緩んでいる床板を指先で剝がしはじめた。

四一

それから五分後、アニーを呼んだ。階段を重い単調な足音が下りてくる。いざそのときになると、怖気づくのではないかと予想していたが、自分がまったく平静なので安心した。部屋中にライター・オイルの臭気が充満している。車椅子の肘掛けにわたした板の端から、オイルがポタリポタリ滴っている。

「ポール、ほんとに終わったの？」アニーが廊下のむこう端から叫んだ。

板のうえの憎むべきロイヤル・タイプライターのそばに積み上げられた紙の山を、ポールは眺めた。紙の山も、ライター・オイルをかぶってぐしょ濡れだった。

「そう。最高の作品が仕上がったよ、アニー」と、叫びかえした。

「うわー、凄いわ！　なんだか信じられないみたい。ようやっとネ！　ちょっと待ってて！　シャンパンをとってくるわね」

「いいね」

アニーが台所のリノリウムの床を動きまわる音が聞こえる。彼女の動きにつれて、つぎに何の音が聞こえてくるか、いちいち事前に予想がついた。（あの音を聞くのもこれが最後だ。）そう思うと、不思議な気持ちに襲われ、とたんに彼の平静は卵のように割れた。割れた卵のなかには、恐怖があった……が、そのほかにも見えるものがある。おそらく遠のいてゆくアフリカの海岸だろう、と彼は思った。

冷蔵庫の扉が開き、また閉まる音。アニーが台所から出てくる。いよいよやってくるぞ。

いうまでもなく、彼は煙草を吸わなかった。マールボロの一本はまだ窓敷居に置かれたままだ。ポールが欲しかったのはマッチだった。この一本のマッチ棒だけだ。

（もしもマッチがつかなかったら？）

もはやそんなことを考えるには遅すぎる。

彼は灰皿に手をのばし、紙マッチを取った。一本だけのマッチ棒をちぎり取る。アニーが廊下をやってくる。ポールはマッチを擦った。案の定、火はつかなかった。

（落ち着け！　ゆっくりやるんだ！）

もういちど擦った。やっぱりつかない。

（落ち着いて……ゆっくり……）

裏面の焦げ茶色の側薬帯に三度目に擦りつけたとき、薄黄色の炎が、紙の軸の先にポッとともった。

四二

「きっと、す――」

アニーがギクリと足を止め、息をのんだ。ポールは紙の山と古いタイプライターとをバリケードにして、車椅子にすわっている。山のいっとう上のページは、彼女のほうから読めるように置いてあった。

「ミザリーの生還」
ポール・シェルダン作

濡れそぼった紙の山のうえに、ポールの腫れあがった右手がかざされ、拇指と人さし指の間に火のついたマッチ棒があった。

アニーはタオルでくるんだシャンパンの壜を抱えて、戸口に突っ立っている。その口があんぐりと開き、パクリと閉まった。

「ポール？」おずおずと、「何をするつもり？」

「完成したんだ」と、ポールは言った。「良いのができたよ、アニー。あなたのいったとおりだ。ミザリーものの最高の作品で、おそらく私のこれまでの最上作だろうな。これから、それにちょっとした仕掛けをする。すばらしい仕掛けをね。やりかたはあなたが教えてくれた」

「ポール、やめて！」彼女は叫んだ。すべてを悟った、苦悶の叫び。両手をさしのべたとたんに、支えを失ったシャンパンの壜が床に落ちて、魚雷のように破裂した。白い泡が四方に飛び散る。「だめ！　だめ！　**やめて――**」

「読めなくて気の毒だね」そう言って、彼女に笑いかける。この何カ月かではじめての、晴ればれした本物の笑顔だった。「よけいな謙遜を抜きにすれば、良い作品なんてものじゃない。傑作だよ、アニー」

マッチの軸の根元まで火が燃えてきて、指先が熱くなった。指を放した。一瞬、火が消えたかと思って狼狽した。つぎの瞬間、ボワッという音とともに、紙の山のうえに青白い炎がはしった。炎は紙の山の両端を浸していくライター・オイルを嘗めるように、上から下へ伝い下りてゆき、黄色の火となって燃え上がった。

「なんてことを！」アニーが金切り声をあげた。「ミザリーが！　ミザリーが！　やめてェーッ！　だめ！　だめッ！」

炎のむこうで、彼女の顔が揺らいで見える。

「願を掛けたらどうだい、アニー」ポールはどなった。「まじないを掛けてみろ、鬼婆め」

「**ああ、ポール、なんてことをするのーっ**」アニーは両腕をひろげ、よろめきながら足を踏み出した。紙の山はいまや燃え盛っている。ロイヤルの灰色の側面が黒く焦げはじめていた。タイプライターのしたにライター・オイルが溜まっていて、キーの間から青白い炎の舌が舞い上がる。ポールは顔が熱くなり、皮膚が焼けつくような感じがした。

「ミザリーが！」アニーがわめいた。**「ミザリーを焼くなんて、このゴロツキ屋の悪党、ミザリーを焼くなんて！」**

そこで、彼女はポールが予想したとおりの行動に出た。燃えている紙の山を両腕に抱えあげたのだ。おそらくそのまま浴室へ走って、浴槽に投げ込んで火を消すつもりだろう。

彼女がこちらに背を向けたとき、ポールはロイヤルをつかんだ。その焼けた側面がすでに腫れあがった右手に火脹《ひぶく》れをつくるのも意に介さなかった。タイプライターを頭上に持ち上げる。機械の下部からはまだ青い火玉となったオイルが滴ってくる。それにも、極度の緊張で背中に痛みがはしるのにも、たいして注意をはらわない。彼の顔はすさまじい形相に変わった。それからタイプライターを満身の力を込めて投げた。機械はアニーの広いがっしりした背中に、命中した。

「ううわっ！」それは絶叫というより、驚きのまじった呻き声だった。アニーは燃える紙の山を抱えたまま、前方にばったり倒れた。

ポールが机代わりにしていた台板のあちこちに、アルコールランプの炎のような青みがかった火が躍っている。はげしく喘いで、熱した鉄のようになった喉に空気を送り込みながら、彼はその板を払いのけた。そして体を持ち上げ、よろよろしながら右脚一本で立った。

アニーは身をよじり、呻いている。彼女の左腕と脇腹のすきまから、炎があがった。アニーは悲鳴をあげた。皮膚が焼け、脂の燃える匂いがしてきた。

彼女は体を半回転させ、膝で起き上がろうともがいた。紙の山の大部分は床のうえで、炎をあげたり、シャンパンの溜りに濡れてジュウジュウ音をたてたりしている。だが、一部はまだアニーが抱えたままで、それは彼女の腕のなかで燃えていた。彼女のカーデガンも燃えている。彼女の前腕に緑色の壜のかけらが刺さっていた。さらに大きなかけらが、右頬にトマホークの刃のように喰い込んでいる。

「殺してやるからね、この嘘つきのゴロツキ屋」そう言うと、膝立ちのままポールのほうによたよた進んできた。だが、膝で三歩あるいたとたんにタイプライターに躓き、そのうえに倒れ込んだ。身もだえして起き上がろうとする。そのうえへ、ポールが襲いかかった。激しく倒れたため、彼女の体をとおしてタイプライターの尖った角が感じられたほどだった。アニーは猫のような悲鳴をあげ、猫のように身をよじって下から彼を爪でひっ掻こうとした。

まわりの火は消えかかっていたが、ポールは彼の下でもがいている肉の塊から、強い熱が立ちのぼってくるのを感じた。カーデガンやブラジャーがまだ燃えていて、彼女の皮膚を焼いているのだ。そうとわかっても、一片の憐れみも感じなかった。

アニーが彼を撥ねかえそうとする。彼はしがみつき、まるで強姦しようとするように、顔と顔をくっつけんばかりにして、彼女をがっちり押え込んだ。そうしながら、右手をのばした。

「放してよ！」

ポールは焼け焦げた熱い紙をつかんだ。

「放しなったら！」

ポールは指で火を揉み消しながら、紙をまるめた。アニーの臭気が鼻をつく——焼けた肉と汗と憎悪と狂気の匂い。

「**どきなったら！**」彼女がわめいた。口がぱっくり開き、女神の濡れた赤い洞穴がポールの目の前に出現した。「**どけったら、このゴロツキ屋の——**」

ぱっくり開いてわめきたてる口に、ポールはまるめた紙を押し込んだ。怒りに燃えていた目がいっそう大きく見開かれ、驚愕と恐れとあらたな苦痛をあらわにした。

「これがおまえの本だ、アニー」喘ぎながら、右手はさらに紙をつかんだ。こんどのはすでに火が消えていて、濡れそぼり、こぼれたシャンパンの酸味のある匂いを放っていた。アニーが彼の下でじたばたする。左膝の岩塩の塊と化した部分をいやというほど床にぶつけ、耐え難い激痛がはしったが、ポールは彼女を放さなかった。（おまえを強姦してやるぞ、アニー。強姦してやる、わかるか、これが私の最低の行為だ。さあ、私の原稿を嘗めろ。私の本をしゃぶれ。しゃぶってしゃぶって、窒息しちまえ。）濡れた紙を握り潰してまるめ、彼女の口につっこみ、先に入れた半焦げの塊をさらに奥へ押し込んだ。

「どうだ、アニー、気にいったか？　これこそ、まぎれもないアニー・ウィルクス版の本だぞ、味はどうだ？　さあ、食べろ、しゃぶれ。遠慮はいらん、たっぷり食べてみろ」

三つめを押し込み、さらに四つめ。五つめはまだ火がついたままのを、火脹れになった右手のつけ根で押し込んだ。

なにやら異様な、くぐもった音声を発して、アニーは凄まじい力で暴れ、ポールは弾き飛ばされた。アニーは手足をじたばたさせながら、膝で起き上がった。黒ずみ、気味悪く膨らんだ喉を、両手でかきむしる。燃え残ったカーデガンが首のまわりに焦げたまま巻きついている。腹部から胸元にかけての皮膚は、火脹れで泡立ったようになっていた。口からはみ出した紙の塊から、シャンパンが滴り落ちる。

「うふぁん！　しゃんふ！　むぁん！」アニーがうなる。まだ喉をかきむしりながら、どうにか立ち上がる。ポールは脚を投げ出した格好で、肘をつかって後退りながら、彼女をみつめていた。「どぉーしる？　ぽぉーる？　うふぁん！」

彼女はポールのほうに足を踏み出した。二歩あるいたところで、またタイプライターに躓いた。もんどりうって倒れながら、顔はポールのほうに向けられていて、その目には「どうしてなの、ポール？　あたしはシャンパンを持ってきてあげたのに、どうして？」と問いたげな表情が浮かんでいた。

倒れる拍子に、左の側頭部が暖炉にぶちあたった。まるで煉瓦を詰めた袋を落としたような、家を揺るがすほどの音響とともに、アニーは床に崩れ落ちた。

四三

アニーは燃えている紙の山のうえに倒れ込んで、その火を消した格好になった。部屋の中央には、燻《くすぶ》っている黒焦げの山がある。散乱した紙のほとんどは、シャンパンに浸されて火が消えていた。ただ二、三枚だけが、まだ燃えながら、ドアの左側の壁まで飛ばされて、その火が壁紙に燃え移っていた……が、大事にいたるほどの燃え方ではない。

ポールは肘をつかってベッドまで這ってゆくと、上掛けをつかんだ。それから、手で壜のかけらを押しのけながら、燃えている壁へ向かった。壁のまえまで来て、背筋をのばしながら上体を起こす。右手の火傷はかなりひどかった。頭がズキンズキンする。肉の焼ける妙に甘ったるい匂いに、胃袋はでんぐり返りそうだった。それでも、彼は自由になったのだ。女神は死に、彼は解放された。

右膝を立てて起きあがり、シャンパンに濡れて灰で黒いしみだらけになった上掛けを壁にたたきつけ、火を消しにかかった。ようやく上掛けを床の燻る山のうえに投げ捨てたときは、壁のまんなかにおおきく焼け焦げた跡だけを残して、壁紙の火は消えていた。カレンダーは下端が捲《めく》れあがっていたが、それだけのことだった。

ポールは車椅子のほうへ匍匐《ほふく》でもどりはじめた。まだ半分も這いすすまないうちに、アニーが目を開いた。

四四

ポールは信じられない思いで、アニーがのろのろと起き上がるのを見ていた。彼自身は腹這いになって、両肘を床についた格好のままだ。まるきりポパイの養子の赤ん坊スイーピーの大人版といった趣きである。

(そんなバカな……おまえは死んだんだぞ。)

(「とんだまちがいだよ、ポール。女神を殺せるもんか。女神は不死身なんだよ。さあ、濯ぎ洗いしとかないとね」)

アニーは目をカッと見据えている。頭の左側が切れて、髪の毛のあいだから大きな薄赤い傷がのぞいている。その顔は流れ落ちる血に染まっていた。

「ぐぞっ！」紙がいっぱいに詰まった口で叫んだ。のばした両手を鉤のように曲げ、膝立ちでこちらへにじり寄ってくる。「くぉの、ぐぞっ！」

ポールは向きを変え、ドアにむかって這いずりはじめた。背後からアニーが叫ぶ。壜のかけらの散乱するなかに這いすすんだとき、彼女の手が左の足首をとらえ、恐ろしい力でつかんだ。ポールは悲鳴をあげた。

「ぐぞっ！」アニーが勝ち誇ったように叫んだ。

ポールは肩越しにうしろを見た。アニーの顔がだんだんに紫色に変わり、肥大してくるように見える。まさしくブールカ族の女神像そのものだった。

つかまれた脚を力いっぱい引っぱる。足のない足首は彼女の手からすっぽ抜け、アニーが足首に嵌めておいた革のバンドだけが後に残った。

彼は泣き声をあげながら、必死に這いすすんだ。頬を汗が滝のように流れ落ちる。機関銃の猛射のしたをかい潜《くぐ》って進む兵士のように、肘をつかって匍匐前進する。うしろでは、アニーが膝頭で歩いてくる、ドシン、ドシンという音。前からつねづね思っていたとおり、おそろしく頑強な女だ。大火傷を負い、背骨を折られ、喉いっぱいに紙を詰め込まれていながら、それでも追ってくる。

「あぐどう！」アニーが叫んだ。「あぐどう……ぐぞっ！」

肘が湾曲した壜のかけらを押え、その尖《さき》が腕に突き刺さった。それでもかまわず、画鋲を腕に突き刺したような格好のまま、彼は這いずりつづけた。

アニーの手が左のふくらはぎに達した。

「うっ！　がわ……あああああっ……うっ！」

またもや振り返ってみた。アニーの顔は青黒くなっていた。腐ったプラムのような顔のなかで、血走った目が異様にふくらんでいる。脈打っている喉はタイヤのチューブのように膨張し、口がぐにゃりと歪んだ。おそらく、ニヤリと笑おうとしたのだろう。

ドアはすぐ手の届くところにあった。ポールは手をのばし、側柱《だき》にしっかりしがみついた。

「がわ……あああっ……うっ！」

彼女の右手がポールの左の腿を押えた。

ドシン。一歩。ドシン。二歩。

彼女の影が迫った。影が覆いかぶさってきた。

「だめだ」ポールはすすり泣くような声をもらした。ぐいと引っぱられるのを感じた。目をしっかり閉じて、側柱《だき》に必死でかじりつく。

「がわ……あああっ……うっ！」

覆いかぶさる、雷鳴。女神の発する雷鳴。

彼女の両手が背中を蜘蛛のように這い上がってきて、首にかかった。

「ぐぁ……あああっ……ぐぞっ……あぐど！」

息が詰まった。側柱《だき》にかじりつく。かじりつきながら、覆いかぶさった彼女の手が喉に喰いこんでくるのを感じ、叫び声をあげた。（死ね死なないか死なない死ね――）

「ぐぁ……うぐっ――」

喉の圧迫がやんだ。一瞬、息が楽になった。それからアニーが崩れてきて、小山のような肉の塊に圧しつぶされ、また呼吸ができなくなった。

四五

雪崩の下敷になって、そこから這い出すようなものだった。それにはあらん限りの力をふりしぼる必要があった。

やっとのことで這い出して、ドアの外へ逃れながらも、いまに足首をつかまれるのではないかと思ったが、手は伸びてこなかった。血溜りと、こぼれたシャンパンと、グリーンの壜のかけらのなかに顔を伏せて、アニーは静かに横たわっていた。死んだのか？　死んだにちがいない。が、アニーが死んだとは、ポールには信じられなかった。

彼はドアを閉めた。アニーが取りつけた差し錠は、まるで高い絶壁の途中にあるように見えたが、ポールは爪をたてて絶壁を這いのぼり、差し錠を掛けると、その場に崩れて、震えながらうずくまった。

そのまま意識朦朧として、どれくらいたったか。幽かな引っ掻くような音に、ハッと意識をとりもどした。（ねずみだ。あれは、ねず——）

ドアのしたから、アニーの血だらけの太い指がのびてきて、ポールのシャツをつかんだ。

彼は叫び声をあげて、身を引いた。左脚がギリギリ痛んだ。拳をかためて、その指を殴りつけた。指は痙攣して、動かなくなった。

（死んだのならいいが。どうか、あの女が死んでいますように。）

痛みが烈しくなってきて、ポールはそろそろと浴室にむかって這いずりはじめた。途中まで進んで、ふりかえった。ドアのしたから、まだ指が突き出したままだ。痛みはひどかったが、突き出している指を目にするのも、そのことを考えることすら、我慢できなかったので、方向を逆転してドアまで這いもどり、指を向こうへ押し込んだ。それには勇気が要った。触ったとたんに、指が摑みかかってくるような気がしたからだ。

ようやく浴室にたどりついたときは、体のいたるところがズキンズキン疼いていた。浴室内に入って、ドアを閉めた。

（あの女が薬をほかへ移していたら？）

だが、そんなことはなかった。厚紙の箱はまだ雑然とそこに置かれたままだった。ノヴリルの試供品《サンプル》も入っている。それを三錠、水なしで嚥みこみ、ドアまで這いもどって、体の重みでドアを押えておくために、そこに凭れかかった。

それから、眠った。

四六

目を覚ましたとき、まわりは暗く、初めはどこにいるのかわからなかった――寝室がどうしてこんなに狭くなったのだろう、と思った。それから、すべての記憶がもどってきた。思い出すと同時に、奇妙な確信がわいてくる。アニーは死んでいない、いまもまだ生きているんだ。このドアの外に斧をもって立っていて、こちらが這い出していったら、首を切り落とすつもりなんだ。彼の首はボウリングの玉のように廊下を転がってゆき、それを見て彼女はケラケラ笑うだろう。

(馬鹿げている。)そう自分に言い聞かせたとき、物音が聞こえた――あるいは、聞こえたと思った。擦るような密かな音。糊のきいたスカートが、壁を擦るような音。

(空耳だ。想像だよ……例の生き生きとした。)

(そんなことはない。たしかに聞こえた。)

いや、聞こえなかった。それはわかっていた。手をドアの把手にのばしたが、自信がなくなって、また下ろした。たしかに、なにも聞こえなかった……が、もしも聞こえたのだったら?

(寝室の窓から出たのかもしれない。)

（ポール、彼女は死んだんだぞ！）

（それにたいする厳正なる答えは「女神はけっして死なない」ということだ。）

ポールは激しく唇を噛んで、一人問答を止めようとした。気が狂いはじめている証拠だろうか。そうだ。当然じゃないか。もしもこのまま狂ってしまったら、明日か明後日かに警察がやってきたとき、客用寝室にはアニーの死体があり、一階の浴室では魂の抜け殻が泣きじゃくっている、ということになるだろう。かつてはポール・シェルダンという名の作家だった魂の抜け殻が。それこそアニーの勝利じゃないか。

（そのとおりだ。さあ、ポール、勇気を出して、初めの筋書どおりにやるんだ。さあ。）

（わかった。）

手をふたたび把手にのばし……またためらう。とても初めの筋書どおりにはいかない。それによると、彼は紙の山に火をつけて、彼女がそれを抱えあげる、ということになっていて、そこまではそのとおりになった。しかし、タイプライターを彼女の背中に投げつけるのではなく、あれで彼女の脳天をぶち割るはずだったのである。そうして、居間へ逃げ出し、家に火を放つつもりだった。筋書どおりなら、彼は居間の窓から脱出しなければならない。その際そうとうの打撃を蒙ることはまちがいないが、アニーがドアという ドアに厳重に鍵を掛けていることは、すでに確認済みの事実なのだ。火炙りになるよりは打撃をうけるほうがましと、たしか洗礼者ヨハネが言っていたのではなかったか。

本のなかでなら、すべては計画どおりに運ぶかもしれない……が、人生はミソもクソもいっしょ――深遠きわまる人生論の最中に、糞をしたくなるのをどうしようもない。人生には〝連続活劇〃のような区切りはない。

「ミソもクソもいっしょだ」ポールは嗄《しわが》れ声を出した。「だから私みたいに、いつも濯ぎ洗いをする人間が必要なんだ」クックッと笑う。

シャンパンの壜は筋書には入っていなかったが、あの女の途方もない生命力と、彼のいまの不安な情況に較べれば、些細な問題でしかなかった。

アニーが死んだかどうかがはっきりするまでは、家に火を放って助けを呼ぶ灯台にする、という段取りにはいかないのだ。彼女がまだ生きているかもしれないから、というわけではない。あの女を焼き殺すのに、なんらの痛痒も感じはしない。

彼を躊躇させているのは、アニーではなく、原稿のことだった。本物の原稿。彼が焼いたのは、いっとう上にタイトル・ページを載せただけのニセモノ――書き損じやメモの紙の山だったのである。本物の『ミザリーの生還』の原稿は、ベッドのしたに隠しておいた。いまも燃えずにそこにあるはずだ。

(ただし、彼女が死んでいればだ。もしも、まだ生きているとしたら、原稿を見つけだして読んでいるところかもしれない。)

(だったら、どうする?)

(ここで待つんだ。この安全な場所で。)

しかし、彼の内部のもうすこし勇敢な部分は、筋書どおりにやれるだけのことをやってみろ、とけしかける。居間へ行って、窓ガラスを破り、この恐怖の家から脱出するのだ。そして道路まで這ってゆき、通りがかった車を止める。以前の情況では、車が通りがかるまで何日も待たなければならなかったかもしれないが、いまはちがう。アニーの家はいまや名所も同然なのだから。

勇気を奮い起こし、ドアの把手をつかんで、回した。ドアは暗がりのなかで、ゆっくりと開いた。やはり、女神はいた。アニーが暗がりに、看護婦の白衣姿で立って——

ポールは目をしっかりつぶって、また開いた。ただの影だ。アニーではなかった。新聞の写真でしか、アニーの白衣姿は見たことはない。ただの影と

(生き生きとした)

想像でしかない。

そろりそろり廊下に這い出し、客用寝室のほうを見やった。ドアは閉じたままだった。だれもいない。彼は居間にむかって這い進みはじめた。

居間はまっ暗だった。どこにアニーが潜んでいるかしれない。きっと斧をもっているだろう。

彼は這いつづけた。

詰物でふくらんだソファーがある。あのうしろに、アニーがいる。台所のドアが開いたままになっていた。あの陰に、アニーが隠れている。うしろで床板が軋んだ……そうか！ アニーはうしろにいるんだ！

心臓が破れそうになり、こめかみが引き絞られるような気がして、彼は振り返った。アニーが斧を振りかぶっていた。が、それは一瞬のことで、その姿は闇のなかに掻き消えた。彼は必死で居間に這い込んだ。そのとき、近づいてくる車のエンジン音が聞こえた。ヘッドライトの光が窓にあたり、室内を明るくした。泥土でタイヤがスキッドする音がした。アニーが車廻し

に張っておいたチェーンのまえで急停車したのだ。

ドアを開閉する音。

「くそっ！　なんだこれは！」

ポールは急いで這っていって、窓から外を見た。家のほうに近づいてくる人影が見える。あの帽子は見まちがえようがない。州警察の警官だ。

ポールは装飾品の載ったテーブルを手探りした。陶器の小像が倒れ、いくつかが床に落ちて割れた。彼の手がその一つをつかんだ。これほど完璧な暗合は、人生ではめったに起きない。まさに小説だけが提供できる完璧さだ。

彼がつかんだのは、氷塊のうえに載ったペンギンだったのだ。

氷塊の銘には「わが儚《はかな》い命運よ！」とあった。（そのとおり！　よし、やるぞ！）

左腕で身をささえ、右手にしっかりペンギンを握りしめる。火脹れが破れ、漿液がしたたった。右腕をうしろに引き、ついこのあいだ寝室の窓に灰皿を投げたときのように、居間の窓にペンギンを投げつけた。

「ここだ！」ポールは狂喜せんばかりに叫んだ。「こっちこっち、ここにいるぞ！」

四七

大詰めもまた、小説のように完璧な大団円となった。やってきたのは、この前クーシュナーのことをアニーに尋ねた二人の警察官、ダビデとゴリアテだったのである。ただ今夜のダビデは、上着のボタンを外していたばかりでなく、拳銃を抜いた。ダビデの名前はウィックスといい、ゴリアテのほうはマクナイトといった。かれらは捜索令状を持っていた。居間からの狂ったような叫びに応えて、家のドアをぶち破って侵入した二人は、まるで悪夢が現実となったような男の姿を目にした。

「おれがハイスクールのときに読んだ小説があってさ」ウィックスはその翌朝、細君に話した。「『岩窟王』だったか、それとも『ゼンダ城の虜』だったかな。とにかく、四十年間も幽閉されてた男の話だ。四十年間だれにも会わなかったのさ。あの男はちょうどそんな感じだった」ちょっと間をおいて、そのときの自分の気持ちを表現する言葉を探そうとした。悍《おぞ》ましさと、憐憫と、悲哀と、嫌悪とがせめぎあう感情。あんなようすになっても、まだ生きていたことへの驚き。彼は言葉をみつけることができなかった。「あの男はおれたちを見て、泣きだした」代わりにそうつけくわえた。「おれのことをダビデ、ダビデと呼びつづけていたよ。なんでかな」

「だれか知ってる人に似てたんじゃないの」と、細君は言った。

「かもしれんな」

四八

ポールの皮膚は土気色をし、体は骨と皮ばかりになっていた。予備のテーブルのそばにうずくまって、ブルブル震えながら、ギョロつく目で二人をみつめていた。

「あんたは――」マクナイトが言いかけた。

「女神に」床にうずくまった、痩せさらばえた男がさえぎった。唇をなめた。「女神に気をつけろ。寝室にいる。あそこに私を閉じ込めていたんだ。お気にいりの作家だから。寝室だ。彼女はあそこにいる」

「アニー・ウィルクスが？」と、ウィックス。「あの寝室にかね？」廊下の先に顎をしゃくった。

「そうだ。錠を掛けた。でも、もちろん、窓があるから」

「あんたは、だれ――」マクナイトがまた言いかけた。

「おい、わからんのか？」ウィックスが口を出した。「クーシュナーが捜索してた男だよ。作家だ。名前は忘れたけど、彼だよ」

「よかった」と、骨と皮の男は言った。

「なんだって？」ウィックスは身を屈めながら、眉宇《びう》をひそめた。

「名前を忘れていてくれて、よかった」

「こっちはあんたを捜してたわけじゃないんでね」

「いいんだ。気にしないで。ただ……気をつけてくれ。彼女は死んでいると思う。だけど、用心しろ。もし生きていたら……危険だ……ガラガラ蛇のような女だ」捩じ曲がった左の脚を、呻吟してマクナイトの懐中電灯の明かりのほうへ差し出した。「この足を切り落としたんだ。斧で」

二人は足の切断された部分を、ながいことみつめていた。それから、マクナイトがつぶやいた。

「なんてこった」

「行ってみよう」ウィックスが言った。彼は拳銃を抜いた。二人は廊下に出て、閉じられた寝室のドアにむかってゆっくり進んでいった。

「気をつけて！」ポールがひび割れた声を張りあげた。「用心しろ！」

二人はドアを開けて、なかに入っていった。ポールは壁に身を寄せ、頭をもたせかけて、目をつぶった。寒気がした。体の震えが止まらない。いまに叫び声がするのではないか。かれらのか、それともアニーのか。取っ組み合う物音か。それとも、銃声か。いずれにしても受け止める心構えをした。時が過ぎてゆく。おそろしく長い時間のような気がした。

ようやくブーツの足音が廊下をもどってくるのが聞こえた。ポールは目を開いた。ウィックスだった。

「死んでいたんですね」と、ポールは言った。「わかっていたんだ――ちゃんとわかっていながら、どうにも信じられ――」

ウィックスは言った。「そこらじゅう血とガラスのかけらと焼け焦げた紙だらけだった……けど、部屋にはだれもいなかった」

ポール・シェルダンはウィックスをみつめた。それから悲鳴をあげはじめた。悲鳴をあげながら、気を失った。

第四部　女神

「長身の見知らぬお客の訪れがあるでしょう」そうジプシーの女がミザリーに言った。ミザリーは卒然として同時に二つのことを悟った。この女はジプシーではない、このテントの中にいるのは彼女ら二人だけではない、ということである。グエンドリン・チャステインの香水が仄かに匂った、と思ったときは既に遅く、狂女の手が彼女の首に掛かっていた。

「実を申せば」と、偽のジプシー女は言った。「その人はここに来ているのだよ」

ミザリーは声を上げようとしたが、もはや呼吸すら儘ならなかった。

——『ミザリーの子供』

「いつもあんなふうだ、イアン旦那」ヘジカイアが言った。「どっから見ても、女神、こっちを見てる。ウソかホントか知らん。だけど、ブールカ族に言わせると、後ろに回っても、女神、ちゃんとこっちを見てる」

「しかし、たかが石の像ではないか」イアンは異を唱えた。

「そうだよ、イアン旦那」ヘジカイアは同意した。「だから、女神、強い」

——『ミザリーの生還』

一

ううんうん　ううんうん
りーりーりりる　ぐるるっいいいいい
しゅうううううっ
朦朧としたなかに、音だけがあった。

二

（「濯ぎ洗いしとかないとね」）と、彼女は言った。以下がその濯ぎ洗いの顚末である。

三

アニーの家から、ウィックスとマクナイトに間に合わせの担架で運び出されてから九カ月のあいだ、ポール・シェルダンはもっぱら、クイーンズにあるドクターズ病院と、マンハッタンのイーストサイドの新しいアパートで過ごすことになった。脚は両方とも再度骨折していたのである。左脚はいまだに、膝からしたにギプスを嵌めたままだ。一生びっこをひくことになるでしょう、と医師は言った。しかし歩くことはできるし、いずれは歩いても痛みを感じなくなるだろう、ということだった。それに、特別誂えの義足ではなくて、自分の足で歩くことになっていたら、もっと跛行の程度がひどくなったはずだ、という。皮肉な話だが、その点はアニーのおかげだということになる。

ポールは酒浸りで、小説は一行も書かなかった。そして、悪夢に悩まされつづけた。

五月のある日の午後、九階でエレベーターを降りたときは、珍しくアニーのことを忘れ、小脇に抱えこんでいる嵩張る紙封筒のことしか念頭になかった。それには『ミザリーの生還』の校正刷の仮綴じ本が二冊入っていたのである。出版社は突貫作業で本の製作にかかった。小説が書かれた異常な情況が世界的なトップ・ニュースになったことを考えると、それも驚くにはあたらない。ヘイスティング・ハウス社は百万部という前代未聞の初版部数を予定していた。

「それもほんの序の口ですよ」担当編集者のチャーリー・メリルは、その日の昼食のテーブル（その昼食の席でポールは校正刷の仮綴じ本を受け取ったのである）で、そう言った。「世界最高のベストセラーになります。小説そのものの内容も、小説が書かれた情況に劣らず凄い。これはわれわれみんな、神に跪いて感謝しなくては」

それが本当かどうかわからないが、ポールにはもはやどうでもよかった。彼の本心は、過去のことは忘れて、次の作品にかかりたいということだった……しかし、構想はすっかり枯れはて、それが何日も何週間も何カ月もつづいて、もしかしたら永久に、次の作品を書けないのではないか、と思いはじめていた。

チャーリーは、こんどの体験のノンフィクションを書いてほしいと言った。それは『ミザリーの生還』よりもっと売れるだろう、とも言った。『アイアコッカ』を凌ぐかもしれない、と。ポールはたんなる好奇心から、それを書いたとしたら、ペーパーバック権はどれくらいになるだろうか、と尋ねてみた。チャーリーは額にかかったロング・ヘアを掻きあげ、キャメルに火をつけて、おもむろに「最低額を一千万ドルに設定することができるんじゃないかな。凄いノークションになりますよ」そう言ったとき、彼は瞬きひとつしなかった。ややあって、ポールは彼が本気なのか、あるいは本気のつもりなのだ、ということに気がついた。

だが、そういう本を書く気はなかった。いまのところは。というか、たぶん永久に。彼の仕事は小説を書くことだ。チャーリーが望むようなノンフィクションを書くことはできるかもしれないが、それはとりもなおさず、次作の小説を書かないことを自分に認めるのに等しい。

（これは冗談だが、あれを小説にしたらどうだろう。）と、チャーリー・メリルに言いそうになったが、土壇場でやめた。冗談にも何にも、チャーリーはそれでもいいと言いかねない。（最初は事実として書き出して、ちょっとずつ、ちょっとずつ、だんだんに粉飾してゆく。私自身のことは事実より良く見えるようには書かない《それでも良く見えるだろうが》し、アニーのことは事実より悪くは書かない《あれ以上悪くなりようがない》。ただ、小説的に完璧なストーリーにするだけだ。私は自分自身をフィクション化するのは好まない。書くことはマスターベーション的行為かもしれないが、自分の肉を喰《くら》うカニバリズムだけは断じてやってはならない。）

ポールの部屋はエレベーターを出ていっとう奥の9－Eだった。そこまでの廊下の長さが、今日は二マイルもあるように思えた。両手にT形の松葉杖をついて、うんざりしながら歩きだした。カツン……カツン……カツン……カツン。この音がまた嫌いだった。

脚がひどく痛む。ノヴリルが恋しかった。ときには薬を取りにアニーの家へもどりたいと思うことすらあった。医師たちは彼に薬を禁じた。酒はその代用物なのだ。部屋に着いたら、バーボンをダブルで飲もう。

それから、ワード・プロセッサの何の表示も出ていない画面と、しばらく睨めっこだ。なんという笑止。ポール・シェルダンの一万五千ドルのペーパーウェイトというわけか。

カツン……カツン……カツン……カツン。

ポケットを探り、校正刷の入ったマニラ紙の封筒と松葉杖を落とさないように気をつけながら、鍵をとりだす。松葉杖を壁に立て掛ける。そのひょうしに、紙封筒が腋のしたから絨毯のうえに滑り落ちた。封筒が破れた。

「くそっ」と、唸ったとたん、ご丁寧にこんどは松葉杖が音をたてて倒れた。

ポールは目をつぶって、捩じ曲がった痛む脚でふらつきながら、自分が癇癪を起こすか泣きだすかするのを待った。どちらかといえば、癇癪を起こすほうがいい。廊下で泣きじゃくるなんて真っ平だが、やりかねなかった。案の定、泣きだした。脚は四六時中痛みどおしで、薬が欲しかった。病院の薬局でくれる万能アスピリンなどではなく、本物の薬、アニーの薬だ。それに、しじゅう疲れてばかりいる。彼をしゃんと立ち直らせるのに必要なのは、こんな松葉杖ごときものではなくて、架空物語のゲームとストーリーである。それこそ良薬であり、確固たる支えなのだが、いずれもまったく影をひそめてしまった。遊びの時間は永久に終わったかのようだった。

（まるきり〝終わり《ジ・エンド》〟の後のようだ）と、ドアを開き、アパートメント内に入ってゆきながら、考えた。（それについてだれも書かないのは、それがあまりにやりきれなく、惨めだからだ。アニーは白紙と書き損じの紙を詰め込まれて死んだにちがいないが、そのとき私もいっしょに死んだんだ。あのときの私たちは、まるでアニーの〝連続活劇〟の登場人物そのものだった。曖昧さは微塵もない、白と黒、善と悪がはっきりしていた。私はジェフリーで、アニーがブールカ族の蜂の女神。それが……結末がどうだったか、たしかに聞かされはしたが、あれは馬鹿げている。あの寝室がどういう状態だったか、そんなことはどうでもいい。まずは一杯やって、そのあとは――）

彼は足を止めた。部屋のなかがやけに暗いことに気がついたのだ。匂いもしていた。この匂いには覚えがある。埃と白粉とのまじった匂い。

ソファーのうしろから、アニーが白い幽霊のように立ち上がった。看護婦の白衣を着て、帽子をかぶり、手に斧をもっている。彼女は叫んだ、「濯ぎ洗いしとかないと！　ポール、濯ぎ洗いだよ！」

ポールは悲鳴をあげて、痛む脚で逃げようとした。アニーは白子《アルビノ》の蛙のように、ぶざまな格好でソファーを跳び越えた。糊のきいた白衣の擦れあう音がした。斧の一振りは空を切っただけだった——血の匂いのする絨毯に倒れるまで、彼はほんとうにそう思っていた。下半身に目をやって、はじめて、胴がまっぷたつになりかけているのに気がついた。

「濯ぎ洗いだ！」アニーが叫んだ。ポールの右手が飛んだ。

「濯ぎ洗いだ！」アニーがまた叫んだ。こんどは左手が失くなった。ポールは血を噴く手首をつかって、開いているドアへむかって這っていった。信じがたいことだが、ドアの外には、まだ校正刷が落ちたままだった。ミスター・チャーリー・リーズで昼食をとったとき、頭上のスピーカーから流れる有線のBGMを聴きながら、チャーリーが輝くばかりに白いテーブルクロス越しに、マニラ紙の封筒に入れてよこした仮綴じ本である。

「アニー、いまなら読めるよ！」と、叫ぼうとしたが、アニー、い、い、いまならまで言いかけたところで、彼の首が飛んで、壁のほうへ転がっていった。彼の目に最後にうつった光景は、自分の倒れた体と、それを跨いで立つアニーの白い靴だった。

（女神だ。）そうつぶやいて、ポールは息絶えた。

四

［筋書］アウトライン、あるいは梗概。プロットの粗筋。
——ウェブスターズ・ニュー・カレッジァト辞典

［作家］物書き、特に、職業としての。
——ウェブスターズ・ニュー・カレッジァト辞典

［架空］虚偽、あるいは嘘を本当らしく見せかけること。
——ウェブスターズ・ニュー・カレッジァト辞典

五

ポール、どうする？

六

ポールの答え——作家の書いた筋書は、アニーがまだ生きているということだが、それが架空にすぎないことを彼は知っていた。

七

チャーリー・メリルと昼食をともにしたのは、事実である。そのときの会話も、すべてそのままだった。ただし、ポールがアパートに帰って、部屋に入ったときから話がちがってくる。室内が暗かったのは、掃除婦がカーテンを閉めていたからだし、ポールが転んで、ソファーのうしろからアニーがカインのごとく立ち上がるのを見、恐怖の悲鳴をあげそうになったのは事実だが、それはアニーではなく猫だった。先月、動物収容所でもらってきた、ダンプスターという名の斜視のシャム猫である。

アニーがいるわけがないのだ。アニーは女神などではなく、利己的な理由からポールを傷めつけた精神異常の女にすぎなかった。彼女はあのとき、ポールが薬で眠りこんでいたあいだに、口と喉に押し込まれた紙をなんとか取り出して、寝室の窓から外へ出たのだ。そして、納屋へ行き、そこで倒れた。ウィックスとマクナイトが発見したときは、すでに息絶えていたが、窒息死ではなかった。暖炉に頭をぶつけたときの頭蓋骨折が死因である。暖炉に頭をぶつけたのは、躓いて転倒したからであり、その意味では、ポールがあれほど憎悪したタイプライターが彼女を殺したことになる。

彼女がポールを殺すつもりだったことはまちがいない。それも、こんどは斧どころではなかった。

発見されたときのアニーは、豚小屋のそばに倒れて、片手にチェーンソーを握りしめていた。

しかし、それは過去の話。いま、アニー・ウィルクスは墓のなかにいる。だが、ミザリー・チャステインとおなじく、安らかに永眠してはいないのだ。ポールの白昼夢のなかで、アニーはなんども なんども、墓から蘇ってきた。女神を殺すことはできない。バーボンで一時的に酔っ払わせることはできても、それだけのことだ。

ポールはホームバーへ行って、酒壜をみつめ、校正刷と松葉杖が置いてあるほうを振り返った。それから、酒壜に目顔で別れを告げ、そちらへ後もどりした。

八

（濯ぎ洗いをするんだ。）

九

三十分後、ワープロの何も書いてない画面と向き合っていた。へこたれてはいけないのだ。酒のかわりにアスピリンを嚥んでいたが、なにも変わりそうにはなかった。こうして十五分かせいぜい三十分、カーソルだけが光っている画面を睨みつづけたあげく、結局はスイッチを切って、酒にもどることになるのだろう。

ただ……

ただ、チャーリーとの昼食から帰ってくる途中で、彼は珍しいものを見た。それがある構想を彼にあたえていた。たいした構想ではない。ほんのちっぽけなアイデアだ。その出来事じたいが、些細なことでしかなかった。一人の少年が四十八丁目をショッピング・カートを押しながら歩いていた。ただそれだけのこと。カートのなかには籠があった。籠に入っているのは、やや大きめの毛深い動物で、ポールは最初、猫だと思った。よくよく見ると、動物の背中に幅広い白い縞がある。

「きみ、それはスカンクかい？」と、彼は訊いてみた。

「そうだよ」少年は答えて、ショッピング・カートを押す速度をはやめた。

都会では、人は長話のために路上で立ち止まったりはしない。ことに、金属の松葉杖をついて、目のしたにサムソナイトのスーツケースほどもあろうかという大きな垂れ袋《バッグ》をつくった、異様な風体の男があいてではなおさらだ。少年はそそくさと角を曲がって、行ってしまった。

ポールはそのまま歩きつづけ、タクシーをつかまえたいと思った。しかし、日に少なくとも一マイルは歩くように言われている。彼の一日一マイルの歩行とは、このワープロの前の苦行にほかならない。それはおそろしい苦痛をともなった。その苦痛から気をそらすために、彼はあの少年はどこから来たのか、あのショッピング・カートはどこから来たのか、そしてとりわけ、あのスカンクはどこから来たのだったろうか、ということに想いをめぐらせた。

背後に物音を聞いて、ワープロの画面からふりかえると、キッチンからアニーが現れた。ジーンズに木樵の着るような赤いネルのシャツを着て、両手でチェーンソーを抱えている。

ポールは目を閉じて、また開いた。例によってアニーの姿は掻き消えた。ふいに怒りがこみあげてくる。ワープロに向き直ると、殴りつけるような勢いでキーを叩きはじめた。

一章

少年はビルの裏手で物音を聞いた。とっさにネズミだろうと思ったが、その角を曲がってみた。家に帰るには早すぎる。学校が退けるまでには、まだ一時間半はある。彼は昼休みに学校を脱け出してきたのだ。

埃っぽい日射のなかで、壁際にうずくまっていたのは、ネズミではなく、大きな黒猫だった。それにしても、見たこともないような、毛の長い尻尾をしている。

一〇

ポールは手を止めた。心臓が高鳴っていた。

(〝どうする?〟、ポール、やれるかい?)

それに即答できる勇気はまだなかった。ふたたびキーボードを見た。ややあってから、またキーを叩きはじめた……こんどはゆっくりと。

一一

猫ではなかった。エディ・デズモンドはニューヨーク・シティ育ちではあったが、ブロンクス動物園にも行ったことはあるし、なにより、絵本を見ていた。こんな人気のない東百五丁目の住宅地区に、どうやって迷い込んできたのか見当もつかなかったが、それが何かはわかった。あの黒い毛の背中にはしった幅広い白い縞。スカンクだ。

エディは道にちらばった漆喰屑を踏みしめながら、そろそろとスカンクに近づいていった。

一二

やれた。やれたぞ。

感謝と恐れとのないまぜになった気持ちで、彼はキーを打ちつづけた。ワープロの画面に穴があいた。ポールはその彼方に見えるものをみつめていた。そして、いつのまにかキーを打つ指が速くなっていることにも、痛む脚が遙か遠くへ飛んでいってしまったことにも、自分がキーを叩きながら涙を流していることにも、気がついていなかった。

一九八四年九月三日　メイン州ローヴェル
一九八六年十月七日　メイン州バンゴア
わが儚い物語

訳者あとがき

まず献辞の話からはじめよう。この『ミザリー』は、ステファニー・レナードとジム・レナードに捧げられている。作家がなぜ、自作に献辞をつけるのかについて、この小説中にポール・シェルダンの穿《うが》った告解があるが、そのことをここで言おうというのではない。そうではなくて、献辞のあとのほうの「その理由は、当人たちが先刻ご承知」ということについてである。

ステファニーは、スティーヴン・キング夫人であるタビサの妹で、キングの秘書となり、のちに月刊誌〈キャッスル・ロック通信〉の発行人兼編集長となった女性なのだ。キャッスル・ロックというのは、しばしばキングの作品の舞台となる架空の地名である。〈キャッスル・ロック通信〉は一九八五年一月から発行され、キング自身もエッセイや短篇を寄せたこともあり、ピーク時には定期購読者が五千人を越えたというから、たんなるファンジンではない。余談ながら、発行人兼編集長は一九八九年一月から、ステファニーの弟のクリストファーに引き継がれている。

もう一人のジムは、けだしステファニーのご亭主で、かってに推量すれば、キングのファンどうしということで結ばれた仲ではないか。要するに、かれらこそ「ナンバーワンの愛読者《ファン》」

にほかならない。それも、「ナンバーワンの愛読者」がこのレナード夫妻のような人たちばかりであれば、キングが『ミザリー』を書くことはなかったであろう。そうではないファン心理、ファン行動がどんなものであるか、レナード夫妻がよく承知している、というのが献辞の意味するところだと思われる。

世にファンと称する人種の狂態は、古今東西変わるところがない、と言ってしまえばそれだけのことだが、キングはこれに悩まされ、懲りごりしたようである。そのため、メイン州バンゴアの自宅は、現在、鉄柵で囲われ、「私有地。狩猟、魚釣り、無断通行は、いかなる意図によるものであろうと、法律で罰せられます」という立札がたてられ、電話番号は電話帳に載せず、面会はいっさい謝絶、ファンレターには返事を書かない、という態度を堅持している。キングご難のエピソードはいくらでもあるが、その大部分はどこにでもあるような話で、サイン責め、スナップ写真責め、ファンの押し掛け、あるいは、自宅の門扉についていたコウモリとグリフィンの装飾が盗まれた、といったたぐいである。が、なかには、ドキッとするエピソードもある。

それは一九八六年九月、ヴァージニア・ビーチでの講演で、キング自身が目下執筆中の『ミザリー』にふれて披露した話。時は一九七九年、ニューヨークのロックフェラー・プラザでの出来事である。テレビの「トゥモロウ・ショウ」出演を終えたばかりのキングがNBCのビルを出ると、予期したとおり、待ち構えたファンに取り囲まれた（この手の連中は、テレビに出ている〝有名人〟でさえあれば誰でもかまわない、〝サイン・コレクター〟にすぎない、とキングは言っている）。そのなかの一人で、キングの「ナンバーワンのファン」だと自称する男が、いっしょに写真に写ってほしいと、しつこく頼む。キングが「じゃあ、急いで」と、承知すると、男は近くにいる者にポラロイド・カメラを渡し、キングと並んで写真におさまった。さらに男は、できあがったポラロイド写真にサインをしてくれ、とせがむ。キングは男のさしだす特殊ペンをうけとり、男の名前を訊いて「マーク・チャップマンへ、スティーヴン・キングより」とサインしてやった。このマーク・チャップマンこそ、その翌年、同じように写真を撮ったあと、ジョン・レノンを射殺する「ナンバーワンのファン」である。

さいわいキングは殺されなかったが、ファン心理の恐ろしさには怖気をふるったかもしれない。

『ミザリー』のアニー・ウィルクスは、そういう「ナンバーワンのファン（愛読者）」のカリカチュアライズされた姿である。ジョン・ファウルズの『コレクター』のフレデリック・クレッグをさらに極端化し戯画化したような〝オバタリアン〟として描かれる。対するポール・シェルダンのほうも、ベストセラー作家のカリカチュアであろう。その命名からして、あるベストセラー作家の名前をもじったものであることは見え見えである。この作家と愛読者とのふたつのカリカチュアが、ほとんど登場人物二人だけという、いわば密室劇のなかでぶつかり合い、なんとも凄まじい葛藤を展開する。

そのために、キングは超自然の要素をもちこむ必要すらなかった。一般に理解されている〝ホラー〟という範疇からいえば、その意味で、『ミザリー』はホラーではなく、心理サスペンスとかサイコ・スリラーと呼ばれるべきであろう。それでもなお、これが〝恐怖小説〟にまぎれもないことは、すでに読まれた読者なら無条件で首肯されるはずである。昨年（一九八九年)、キングは“*The Dark Half*”という新作を発表しているが、そこでは作家と愛読者ではなく、作家と作家のもうひとつのペンネームとの対決が展開される。『ミザリー』でも、ポール・シェルダンが、ミリオンセラーの大衆作家と売れない純文学作家との分裂に悩むシーンがしばしば描かれるが、こんどはその〝二人〟が文字どおり〝分裂〟し、それぞれ実体をもった存在として血みどろの葛藤を演じるのである。したがって“*The Dark Half*”は『ミザリー』の姉妹篇と言っていいかもしれないが、あちらはまさしく〝スーパーナチュラル・ホラー〟である。

「偉大な恐怖小説というものは、必ずといっていいほど寓意的である」(高畠文夫訳)と、キングは短篇集『深夜勤務』の「はしがき」に書いているが、それをすこしもじって、「偉大な恐怖小説というものは、ユーモアの要素をもっている」と、この『ミザリー』にかこつけて言い替えてもよさそうである。ポール・シェルダンもアニー・ウィルクスも、ともに作家と愛読者のカリカチュアである。カリカチュアとはすなわち〝マンガ〟だ。ポール・シェルダンの激痛との闘いが、競馬やスポーツ実況中継にカリカチュアライズされ、作家の小説作法が〝どうする?〟という子供のゲームや生産工場というカリカチュアによって説明される。

『ミザリーの生還』という作中小説の創作過程が、作家のおかれている情況によって影響されてゆく二重構造までも、カリカチュアと言うのは言いすぎかもしれないが、ポール・シェルダンの閉じ込められている密室が、作家の仕事場の恐怖のカリカチュアであることはまちがいない。「ナンバーワンの愛読者」の監視付きとはいえ、外部から遮断された孤独な密室は、作家にとっての理想的な情況だろうからである。キングへの山のようなファンレターへは、エージェントから「スティーヴン・キングは返事を書きません。作家は小説を書くのが仕事です。手紙ばかり書いていては、仕事の時間がなくなるからです」という決まり文句の返事が出されることになっているそうだが、そういう立場から言うと、ポール・シェルダンの密室は作者の理想的な仕事場像から発想されたのかもしれないではないか。だからこそ、監禁状態のポール・シェルダンは、「ミザリーもの」の最高傑作を書くことができたのだ——そこには、原稿しめきりをめぐるカリカチュアも介在しているかもしれない。さらに言うと、有名になることの恐ろしさでは、〝ドラゴン・レディ〟となったときのアニー・ウィルクスの周章狼狽ぶりにも、皮肉なカリカチュアを見ることができるだろう。

キングは一九八〇年に、“*On Becoming a Brand Name*”（ブランド・ネームになること）というエッセイを書いている。下積みの貧乏作家時代から、一躍ベストセラーの〝ブランド・ネーム〟となるまでを述懐した文章だが、その終わりのところに、彼はこう書く——「しかし作家の仕事は書くことであり、タイプライターかペンやノートが置かれている小さな部屋には、ブランド・ネームなどというものは存在しない」

一九九〇年二月

矢野浩三郎

解説――広がっていく部屋

綿矢りさ

キングの最新作『リーシーの物語』が発刊されるにあたって、『ミザリー』の文庫本が新装版として再版された。最新作では主人公の夫の職業が小説家だそうだが、本書では主人公が小説家だ。キングの物語には登場人物として小説家が登場することが多く、彼自身がこの仕事に誇りを持っているせいか、机の前でパソコンを打っているだけの仕事中の姿を、創作活動という高度な頭脳ゲームと格闘しているように描くので、かっこ良い職業に思えてくる。私は、彼は想像力をふくらませる筋肉を酷使し運動して汗を流すように書くタイプの人で、創作のために精神をすり減らして犠牲にすることのない作家だと思っていた。だから二〇〇一年に出た彼の『小説作法』という本を読んだときは意外だった。

同書で彼は彼の体得した小説の書き方を惜しまず熱意をこめて読者に伝授しつつ、自身が各々の作品に取り掛かっていた時期の状況を振り返っている。彼は常に物語を生み出し続けているので、彼の書いた物語を一つ一つ振り返ることは彼の人生を振り返ることになり、彼特有の皮肉のまじったおもしろい語り口のエッセイにもなっている。「文章は飽くまでも血の滲むような一語一語の積み重ねである。」という著者の言葉がカバー袖にあり、他の作家と比べても並外れてたくさんの作品を生み出している彼だから、想像力のあふれるままに書き飛ばしているのだろうと思っていたのに、文章での一番短い単位である「一語」を基準にして物語を「積み重ね」ていたとは驚きだった。『ミザリー』執筆当時の一九八〇年代半ば、小説家としての彼がどんな状態にあったかを、この本で知ることができる。私の知らない別の本で、彼がもっと長く詳しく『ミザリー』について触れている文章があるかもしれないが、私はこの本で知った。

彼は作家業が軌道に乗ってきた頃、アルコール依存から抜け出すのに必死だったことを明かした後、『ミザリー』執筆時の状況に触れている。

「そんな私にわずかに開かれている道が、創作と、薬物耽溺だった。一九八五年の末から八六年のはじめにかけて、私は『ミザリー』を書いた。ある作家が狂気の看護婦に監禁され、虐待される話で、悲惨や苦難を意味するこの題名は、いみじくも、当時の私の精神状態を物語っている。」

彼はアルコール依存という現実から逃れるために、コカインを常用していた。ある依存を克服するために別の対象に依存してしまうほどの壮絶な状況を想像するのは難しいが、その時期彼がどれだけ多くの作品を生み出していたかを見れば、当時のキングという車が彼自身を燃料にしなければならないほど爆走していたことは分かる。二年の間に、『IT』『ミザリー』『トミーノッカーズ』と立て続けに長篇を刊行している。

当時の彼にとって薬物が絶対的な存在だったことを知るのは、『ミザリー』の冒頭を飾っているコデインの成分が含まれている鎮痛剤、ノヴリルの役目の大きさに気づくのに役立つ。

私は多く物語を書いてきたわけではないので確信をもって言うことはできないが、それでも思うのは、物語は正直なものだ、ということだ。書き終えてある程度時間が経ってから読み直すと、一人の人間の頭の中で創られた世界であるということを、誰よりもまず書いた本人が分かる。主人公の職業とキングの職業が同じだとかいう単純なレベルではなく、キングのように日常では起こりえないホラーや超常現象の小説を書き、その小説の一つ一つが全く違う世界の物語でも、作品中のほとんどすべてに彼の日常生活が、人生が、形を変えながら投影されている。コカインに依存していたキングの見ていた世界は、ノヴリルという想像上の薬を生み出しただけではなく、本書の世界観にまで及んでいるように思う。

冒頭の、ノヴリルの効果を満ちてくる潮、痛みをぎざぎざの影を落とす杭のイメージになぞらえた文章は、痛みという身体での感覚を映像化した、いつまでも頭に残り続ける稀有な文章だ。薬を持ってくるアニーは潮の満ち引きを定める月のイメージになぞらえられているが、あくまで彼女は使者だ。読み直してみると、アニーの凄まじい虐待の陰に隠れているが、実はノヴリルはアニーよりも強く主人公を支配している。アニーを退治したあとでさえ、主人公はノヴリルを飲まずにいられない。

「アニーは私のコカインであり、アルコールである。飼い殺しはまっぴらだ。」とキングは『小説作法』に書いているが、アニー自体がコカインの権化だとするならば、彼が本書を生み出していたときに潜っていた彼の無意識の世界では、依存と監禁は似ていたということだろう。状況から抜け出したいという気持ちはあるのに、どちらも抜け出せない。一歩も今の自分の場所から離れることができず、苦痛は時間のある限り、両端を引っ張られているビニールのように引き延ばされる。しかしこの設定が特異な〝密室トリック〟と呼んでもいい物語を作ることになった。

事故に遭った作家が彼の小説のファンに監禁されて、小説を書かされる——筋を聞くとおもしろそうな話で読んでみたいと思うが、書くほうにとってはやさしい設定ではない。なぜなら物語の性質上、場面がずっと家のなかになり、主人公が物語の途中で新たな人物に会う機会も乏しいからだ。監禁の酷い様子、果たして主人公は脱出できるのか、簡単に考えてみるとこの二つがハラハラする要素だと思うが、このハラハラに頼っているだけでは物語は途中から平坦で陰惨になるだろう。

私自身は、物語を書いているときどれだけ想像力を働かせても、ある地点で物語が一歩も進まなくなってしまうときがある。プールサイドの寝いすに寝そべってまぶしい太陽に目を細めていた登場人物たちが突然起き上がり、「で、どうすればいいんですか、これから？」と私に向かって聞いてくる。

物語はいくつかの重要な歯車がそろわないと回り始めない、もしくは回り始めても途中で止まる仕組みになっているようだ。『ミザリー』は歯車が止まる要素に満ちている。主人公は一歩も動けないほどの重態で、監禁部屋は無人島ほどの広さもないから、寝床にする洞窟を見つける必要も、焚き火を起こす必要も、木の枝の先を尖らせて海のなかの魚を突く必要もない。しかしこの物語はほとんどベッドの上で進んでいて、長い間主人公が部屋に閉じ込められているにもかかわらず、ここから出たいと窓を爪でがりがりするような閉塞感がない。読者の私たちも舞台が変わらないことにうんざりしない。それどころか、ページをめくる手はどんどん早くなり、どんなひどい状況に物語が進んでも即座に展開を飲み下すことができる。ポールが部屋から脱出し薬を取りに行くときなど、〝そんなにうろうろしなくていいんじゃないの。早く部屋に戻って〟と心配になるほどである。脅されて主人公が助けの声一つ上げられなくなったとしても、その気持ちが十分に分かるので、いらいらしない。ここにキングのマジックが隠されている。監禁部屋は物語が進むにつれて、どんどん広くなっているのだ。

部屋を広げている一番の要素は、言うまでも無く恐怖だ。暗闇のなかでは部屋の大きさがどれほどか分からないのと同じように、ベッドに縛られているからこそ、囚われている家の外の世界がどうなっているかはもちろん、隣の部屋の様子さえ分からない。すべて小さな物音やアニーの言動で推察するしかない。だから車椅子でリビングに出かけるだけでも大冒険になる。〝次はどのようなことをされるのだろう〟という怯えも部屋を広くする。暗い想像力はどこまでも広がり、部屋を飛び越える。

キングの著書に『ジェラルドのゲーム』がある。主人公の女性がSM趣味の夫にベッドに手錠で監禁されるという、『ミザリー』と設定の似た物語だ。違うのは心臓麻痺を起こした夫がベッドの横で死んでしまっているので、アニーにあたる人物が登場せず、主人公は一人きりだという点だ。同書では主人公の一番の敵は未だ克服できない自分の過去で、厳しい状況下で前向きな心を持とうとするときに襲いかかってくる負の思い出と闘いつつ、脱出のために最善をつくす。自己の内面を深く探る描写にはぐいぐい引き込まれるが、『ミザリー』では部屋は部屋の大きさのままで、隣の部屋にいるのに何をしているのか分からないアニーが、狭い世界にどれほどの広がりを与えたかが分かる。

潮を満ちさせる月、石像、アフリカの女神へと、アニーのイメージは神々しく変化する。アニーは女王ぶっているわけではないので、主人公が自らの恐怖により崇めている。この原因は一つは主人公にとって絶対的な存在であるノヴリルを持っていたため、もう一つは彼女の狂気じみたという言葉では生やさしいほどの破壊行動のせいだ。

また主人公は監禁された一人の人間という前に作家としてアニーに向かい合っている。だから彼女が殺人者であっても、まともな読者でもある以上、彼女と向かい合わなければいけないということだ。言葉の通じない、完全に理解できない化け物だと割り切ることができない。物を書く者にとって真に圧倒的な力を持つのは、原稿を直せと命じてくる編集者ではなく、おもしろくないものはおもしろくない、という読者である。また筋が通ってないことを即座に見抜き「フェアじゃない」と言い切る正しい目を持った読者の示すハードルを乗り越えるためには並外れた集中力が必要になる。
次が読みたい、と思わせる力は自然に生み出されているのではなく、事件の起こるエネルギーをキングが絶やさないようにしているからだ。キングは事件が起こりそうになれば見逃さず削除せず、喜んで追加している。そのせいで私たちはいつまでも読み続けてしまう。キングは部屋が部屋よりももっと広い世界を保つよう、間断なく物語にエネルギーを投入しているのだ。それは薬であったりアニーの殺人をにおわせる発言であったり、恐怖のバースデーケーキだったり、主人公の書く物語「ミザリー」であったりする。ドアノブまで主人公が自分で這っていき手をかけることが、ほとんど奇跡だと思わせることに成功している。

（作家）

単行本　一九九〇年三月　文藝春秋刊
文庫　一九九一年二月　文藝春秋刊
本書は、右文庫のカバーを一新し、新たに解説を付した新装版です。

文春文庫

ミ ザ リ ー

定価はカバーに
表示してあります

2008年8月10日　新装版第1刷
2023年10月31日　第2刷

著　者　スティーヴン・キング
訳　者　矢《や》野《の》浩三郎《こうざぶろう》
発行者　大沼貴之
発行所　株式会社 文藝春秋

東京都千代田区紀尾井町 3-23　〒102-8008
TEL 03・3265・1211㈹
文藝春秋ホームページ　http://www.bunshun.co.jp

落丁、乱丁本は、お手数ですが小社製作部宛お送り下さい。送料小社負担でお取替致します。

印刷製本・TOPPAN

Printed in Japan
ISBN978-4-16-770565-7

（　）内は解説者。品切の節はご容赦下さい。

スティーヴン・キング（矢野浩三郎　他訳）
ミスト　短編傑作選
町を覆った奇妙な濃霧。中に踏み入った者は「何か」に襲われる……。映画化、ドラマ化された名作「霧」他、初期短編からよりぬいた傑作選。スティーヴン・キング未体験者におすすめ。
キ-2-54

スティーヴン・キング（白石　朗　訳）
ミスター・メルセデス（上下）
暴走車で群衆に突っ込み、大量殺人を犯して消えた男。そいつを追って退職刑事が執念の捜査を開始する。米最大のミステリー賞、エドガー賞を受賞した傑作。ドラマ化。（千街晶之）
キ-2-55

スティーヴン・キング（白石　朗　訳）
ファインダーズ・キーパーズ（上下）
少年が発掘したのは大金と巨匠の幻の原稿。だがそれを埋めた強盗が出獄、少年へ魔手を……。健気な少年を守るため元刑事が立ち上がる。キングが小説への愛を謳う力作。（堂場瞬一）
キ-2-57

スティーヴン・キング（永井　淳　訳）
呪われた町（上下）
荒れ果てた屋敷が丘の頂から見下ろす町、セイラムズ・ロット。小さな町に不吉な失踪と死が続発する。丘の上の屋敷に潜むのは何者か？　史上最強の吸血鬼ホラー。（風間賢二）
キ-2-59

スティーヴン・キング（風間賢二・白石　朗　訳）
マイル81　わるい夢たちのバザールⅠ
廃墟のパーキングエリアに駐まる車に近づいた者を襲う恐怖を描く表題作、死刑囚の語るおぞましい物語「悪ガキ」他全十編。ホラーから文芸系の小説まで巨匠の筆が冴える短編集その1。
キ-2-61

スティーヴン・キング（風間賢二　訳）
夏の雷鳴　わるい夢たちのバザールⅡ
滅びゆく世界を静かに見つめる二人の男と一匹の犬。美しく悲しい表題作、見事な語りで花火合戦の末路を描く「酔いどれ花火」他全十編。著者自身による自作解説も楽しい短編集その2。
キ-2-62

スティーヴン・キング（白石　朗　訳）
任務の終わり（上下）
昏睡状態の殺人鬼メルセデス・キラー。その脳内には新たな大量殺人の計画が。謎の連続自殺の調査を始めた退職刑事ホッジズは恐るべき真相に気づくが。三部作完結編。（三津田信三）
キ-2-63

（　）内は解説者。品切の節はご容赦下さい。

ボーン・コレクター（上下）
ジェフリー・ディーヴァー（池田真紀子 訳）
首から下が麻痺した元NY市警科学捜査部長リンカーン・ライム。彼の目、鼻、耳、手足となる女性警察官サックス。二人が追うのは稀代の連続殺人鬼ボーン・コレクター。シリーズ第一弾。
テ-11-3

コフィン・ダンサー（上下）
ジェフリー・ディーヴァー（池田真紀子 訳）
武器密売裁判の重要証人が航空機事故で死亡、NY市警は殺し屋〝ダンサー〟の仕業と断定。追跡に協力を依頼されたライムは、かつて部下を殺された怨みを胸に、智力を振り絞って対決する。
テ-11-5

エンプティー・チェア（上下）
ジェフリー・ディーヴァー（池田真紀子 訳）
連続女性誘拐犯は精神を病んだ〝昆虫少年〟なのか。自ら逮捕した少年の無実を証明するため少年と逃走するサックスをライムが追跡する。師弟の頭脳対決に息をのむ、シリーズ第三弾。
テ-11-9

石の猿（上下）
ジェフリー・ディーヴァー（池田真紀子 訳）
沈没した密航船からNYに逃げ込んだ十人の難民。彼らを狙う殺人者を追え！　正体も所在もまったく不明の殺人者を捕らえるべくライムが動き出す。好評シリーズ第四弾。（香山二三郎）
テ-11-11

魔術師《イリュージョニスト》（上下）
ジェフリー・ディーヴァー（池田真紀子 訳）
封鎖された殺人事件の現場から、犯人が消えた!?　ライムとサックスは、イリュージョニスト見習いの女性に協力を依頼する。シリーズ最高のどんでん返し度を誇る傑作。（法月綸太郎）
テ-11-13

12番目のカード（上下）
ジェフリー・ディーヴァー（池田真紀子 訳）
単純な強姦未遂事件は、米国憲法成立の根底を揺るがす百四十年前の陰謀に結びついていた——現場に残された一枚のタロットカードの意味とは？　好評シリーズ第六弾。（村上貴史）
テ-11-15

ウォッチメイカー（上下）
ジェフリー・ディーヴァー（池田真紀子 訳）
残忍な殺人現場に残されたアンティーク時計。被害者候補はあと八人…尋問の天才ダンスとともに、ライムは犯人阻止に奔走する。二〇〇七年のミステリ各賞に輝いた傑作！（児玉　清）
テ-11-17

（　）内は解説者。品切の節はご容赦下さい。

ソウル・コレクター（上下）

ジェフリー・ディーヴァー（池田真紀子 訳）

そいつは電子データを操り、証拠を捏造し、無実の人物を殺人犯に陥れる。史上最も卑劣な犯人にライムとサックスが挑む！　データ社会がもたらす闇と戦慄を描く傑作。（対談・児玉　清）

テ-11-22

バーニング・ワイヤー（上下）

ジェフリー・ディーヴァー（池田真紀子 訳）

人質はニューヨーク！　電力網を操作して殺人を繰り返す凶悪犯を追うリンカーン・ライム。だが天才犯罪者ウォッチメイカーの影が…シリーズ最大スケールで贈る第九弾。（杉江松恋）

テ-11-29

ゴースト・スナイパー（上下）

ジェフリー・ディーヴァー（池田真紀子 訳）

政府に雇われた狙撃手が無実の男を暗殺した。その策謀を暴くべく、秘密裏に捜査を始めたライムたち。だが暗殺者による隠蔽工作が進み、証人は次々と消されていく……。（青井邦夫）

テ-11-33

スキン・コレクター（上下）

ジェフリー・ディーヴァー（池田真紀子 訳）

毒の刺青で被害者を殺す殺人者は、ボーン・コレクターの模倣犯か。NYの地下で凶行を繰り返す犯人。名探偵ライムは壮大な完全犯罪計画を暴けるか？「このミス」1位。（千街晶之）

テ-11-37

スティール・キス（上下）

ジェフリー・ディーヴァー（池田真紀子 訳）

NYでエスカレーターが誤作動を起こし、通行人が巻き込まれて死亡する事件が発生。四肢麻痺の名探偵ライムは真相究明に乗り出すが…。現代の便利さに潜む危険な罠とは？（中山七里）

テ-11-41

ブラック・スクリーム（上下）

ジェフリー・ディーヴァー（池田真紀子 訳）

拉致された男性の監禁姿が、動画サイトにアップされた。被害者の苦痛のうめきをサンプリングした音楽とともに——。犯人の自称「作曲家《コンポーザー》」を追って、ライムたちは大西洋を渡る。

テ-11-44

カッティング・エッジ（上下）

ジェフリー・ディーヴァー（池田真紀子 訳）

NYの宝石店で3人が惨殺された。名探偵リンカーン・ライムが調べるが、現場には不可解な点が多い。さらに、新たな犠牲者が出て——。シリーズ原点回帰のノンストップ・ミステリー。

テ-11-48

（　）内は解説者。品切の節はご容赦下さい。

ロバート・ジェームズ・ウォラー（村松　潔　訳）
マディソン郡の橋
アイオワの小さな村を訪れ、橋を撮っていた写真家と、ふとしたことで知り合った村の人妻。束の間の恋が、別離ののちも二人の人生を支配する。静かな感動の輪が広がり、ベストセラーに。
ウ-9-1

P・G・ウッドハウス（岩永正勝・小山太一　編訳）
ジーヴズの事件簿　才智縦横の巻
二十世紀初頭のロンドン。気はよくも少しおつむのゆるい金持ち青年バーティに、嫌みなほど有能な黒髪の執事がいた。どんな難題もそつなく解決する彼の名は、ジーヴズ。傑作短編集。
ウ-22-1

P・G・ウッドハウス（岩永正勝・小山太一　編訳）
ジーヴズの事件簿　大胆不敵の巻
ちょっぴり腹黒な有能執事ジーヴズの活躍するユーモア小説傑作集第二弾。村の牧師の長説教レースから親友の実らぬ恋の相談まで、ご主人バーティが抱えるトラブルを見事に解決！
ウ-22-2

クレア・キップス（梨木香歩　訳）
ある小さなスズメの記録
人を慰め、愛し、叱った、誇り高きクラレンスの生涯
第二次世界大戦中のイギリスで老ピアニストが出会ったのは、一羽の傷ついた小雀だった。愛情を込めて育てられた雀クラレンスとキップス夫人の十二年間の奇跡の実話。（小川洋子）
キ-16-1

サン＝テグジュペリ（倉橋由美子　訳）
星の王子さま
「ねえ、お願い…羊の絵を描いて」不時着した砂漠で私に声をかけてきたのは別の星からやってきた王子さまだった。世界中を魅了する名作が美しい装丁で甦る。（古屋美登里・小川　糸）
サ-9-1

パトリック・ジュースキント（池内　紀　訳）
香水　ある人殺しの物語
十八世紀パリ。次々と少女を殺してその芳香をわがものとし、あらゆる人を陶然とさせる香水を創り出した〝匂いの魔術師〟グルヌイユの一代記。世界的ミリオンセラーとなった大奇譚。
シ-16-1

アンネ・フランク（深町眞理子　訳）
アンネの日記　増補新訂版
オリジナル、発表用の二つの日記に父親が削った部分を再現した〝完全版〟に、一九九八年に新たに発見された親への思いを綴った五ページを追加。アンネをより身近に感じる〝決定版〟。
フ-1-4

（　）内は解説者。品切の節はご容赦下さい。

スティーヴン・キング（深町眞理子 訳）
ペット・セマタリー（上下）
競争社会を逃れてメイン州の田舎に越してきた医師一家を襲う怪異。モダン・ホラーの第一人者が〝死者のよみがえり〟のテーマに真っ向から挑んだ、恐ろしくも哀切な家族愛の物語。
キ-2-4

スティーヴン・キング（小尾芙佐 訳）
IT（全四冊）
少年の日に体験したあの恐怖の正体は何だったのか？　二十七年後、薄れた記憶の彼方に引き寄せられるように故郷の町に戻り、IT（それ）と対決せんとする七人を待ち受けるものは？
キ-2-8

スティーヴン・キング（深町眞理子 訳）
シャイニング（上下）
コロラド山中の美しいリゾート・ホテルに、作家とその家族がひと冬の管理人として住み込んだ——。S・キューブリックによる映画化作品も有名な「幽霊屋敷」ものの金字塔。（桜庭一樹）
キ-2-31

スティーヴン・キング（白石 朗 他訳）
夜がはじまるとき
医者のもとを訪れた患者が語る鬼気迫る怪異譚「N」、猫を殺せと依頼された殺し屋を襲う恐怖の物語「魔性の猫」など全六篇収録。巨匠の贈る感涙、恐怖、昂奮をご堪能あれ。（coco）
キ-2-35

邱 挺峰（藤原由希 訳）
拡散 大消滅2043（上下）
二〇四三年、ブドウを死滅させるウィルスによりワイン産業は壊滅の危機に——。あの地球規模の感染爆発の真相とは。〝台湾のダン・ブラウン〟と評された華文SF登場。（楊 子葆）
キ-18-1

ゲイ・タリーズ（白石 朗 訳）
覗くモーテル 観察日誌
ある日突然、コロラドのモーテル経営者からジャーナリストに奇妙な手紙が届いた。送り主は連日、屋根裏の覗き穴から利用客のセックスを観察して日記をつけているというが……。（青山 南）
タ-16-1

スチュアート・タートン（三角和代 訳）
イヴリン嬢は七回殺される
舞踏会の夜、令嬢イヴリンは死んだ。おまえが真相を見破るまで彼女は何度も殺される。タイムループ＋人格転移、驚異の特殊設定ミステリ。週刊文春ベストミステリ2位！（阿津川辰海）
タ-18-1

（　）内は解説者。品切の節はご容赦下さい。

死のドレスを花婿に
ピエール・ルメートル（吉田恒雄 訳）

狂気に駆られて逃亡するソフィー。かつて幸福だった聡明な女は、なぜ全てを失ったのか。悪夢の果てに明らかになる戦慄の悪意！　『その女アレックス』の原点たる傑作。（千街晶之）

ル-6-2

悲しみのイレーヌ
ピエール・ルメートル（橘　明美 訳）

凄惨な連続殺人の捜査を開始したヴェルーヴェン警部は、やがて恐るべき共通点に気づく——『その女アレックス』の刑事たちを巻き込む最悪の犯罪計画とは。鬼才のデビュー作。（杉江松恋）

ル-6-3

傷だらけのカミーユ
ピエール・ルメートル（橘　明美 訳）

カミーユ警部の恋人が強盗に襲われ、重傷を負った。執拗に彼女の命を狙う強盗をカミーユは単身追う。『悲しみのイレーヌ』『その女アレックス』に続く三部作完結編。（池上冬樹）

ル-6-4

わが母なるロージー
ピエール・ルメートル（橘　明美 訳）

『その女アレックス』のカミーユ警部、ただ一度の復活。パリで爆発事件が発生。名乗り出た犯人はまだ爆弾が仕掛けてあるという。真の動機が明らかになるラスト1ページ！（吉野　仁）

ル-6-5

監禁面接
ピエール・ルメートル（橘　明美 訳）

失業中の57歳・アランがついに再就職の最終試験に残る。だがその内容は異様なものだった——。どんづまり人生の一発逆転はなるか？　ノンストップ再就職サスペンス！（諸田玲子）

ル-6-6

魔王の島
ジェローム・ルブリ（坂田雪子・青木智美 訳）

その孤島には魔王がいる。その島の忌まわしい秘密とは——彼女の話は信じるな。これは誰かが誰かを騙すために紡がれた物語。恐怖と不安の底に驚愕の真相を隠すサイコ・ミステリ！

ル-8-1

魔術師の匣（上下）
カミラ・レックバリ　ヘンリック・フェキセウス（富山クラーソン陽子 訳）

奇術に見立てた連続殺人がストックホルムを揺るがす。事件に挑む生きづらさを抱えた女性刑事と男性奇術師。北欧ミステリの女王が最強メンタリストとのタッグで贈る新シリーズ開幕！

レ-6-1